ÉPITAPHE POUR UNE STAR DU PORNO

Jeffery Deaver est l'auteur d'une dizaine de romans, parmi lesquels *Dix-huit heures pour mourir*, qui a été adapté au cinéma sous le titre *Dead Silence*, *Le Désosseur*, porté à l'écran avec Denzel Washington et Angelina Jolie dans les rôles principaux, et *Tir à l'aveugle*.

JEFFERY DEAVER

Épitaphe pour une star du porno

TRADUCTION DE L'ANGLAIS PAR JEAN-BERNARD PIAT

LE LIVRE DE POCHE

Titre original :

DEATH OF A BLUE MOVIE STAR

A Bantam Book

*Pour Wiz, Chris,
Charlotte et Isabel.*

« Je revendique un théâtre dont les acteurs seraient
comme des victimes brûlant sur le bûcher,
un signal au travers des flammes. »

Antonin ARTAUD

CHAPITRE PREMIER

Rune avait dépassé le cinéma et parcouru trois blocs quand la bombe explosa.

Ce n'était pas de la dynamite de chantier – ça, la rénovation de quartier, elle connaissait, après avoir habité plusieurs années à Manhattan. Ce bruit-là était assourdissant. Une énorme, épouvantable déflagration. Une chaudière qui s'écroule. Les volutes de fumée noire et les hurlements au loin balayèrent ses doutes.

Puis des sirènes, des cris, la foule qui court. De l'endroit où elle se trouvait, Rune ne voyait pas grand-chose.

Rune revint sur ses pas, mais fit halte, jetant un coup d'œil à l'une des trois montres qu'elle portait au poignet – la seule en état de marche. Elle était en retard, aurait dû être de retour au studio voici déjà une demi-heure. Bon sang ! se dit-elle, si je dois me faire engueuler, autant rapporter une bonne histoire pour faire avaler la pilule.

Oui ? Non ?

Vas-y. Cap au sud. Direction le carnage.

Le souffle proprement dit n'avait pas été si terrible. Il n'y avait pas d'entonnoir au sol, et les seules fenêtres brisées étaient celles du cinéma ainsi que la baie vitrée du bar d'à côté. Non, le plus atroce, c'étaient les ravages de l'incendie. Des lambeaux de tissu enflammé avaient apparemment décrit des arcs de cercle, comme ces balles traçantes dans les films de guerre, embrasant le papier mural, la moquette, les cheveux des clients et tous les recoins du cinéma, que le propriétaire avait probablement l'intention de mettre aux normes depuis dix ans. Lorsque Rune parvint sur les lieux, les flammes avaient entièrement détruit le cinéma *Vénus de velours (La Meilleure Sélection de Films XXX)*.

C'était le pandémonium dans la 8e Avenue. Celle-ci était totalement coupée de la 42e Rue et de la 46e. Grâce à sa petite taille – elle mesurait à peine plus d'un mètre cinquante –, Rune réussit facilement à se faufiler jusqu'au premier rang des spectateurs. Les SDF, les tapineuses, les joueurs de bonneteau et les enfants regardaient avidement le ballet des hommes et des femmes descendus de la douzaine de voitures de pompiers sur les lieux. Au moment où le toit du cinéma s'effondra, projetant des cascades d'étincelles dans la rue, les badauds poussèrent des exclamations comme s'ils avaient assisté au feu d'artifice de *Macy's* au-dessus de l'East River.

Grâce à l'efficacité des pompiers, les foyers d'incendie furent maîtrisés au bout de vingt minutes. Le macabre spectacle était terminé. Le cinéma, un bar, une épicerie fine et un peep-show avaient été détruits.

La foule cessa de murmurer, observant, dans un silence empreint de solennité, les médecins qui évacuaient les corps. Ou plutôt ce qu'il en restait.

Le cœur de Rune battit la chamade quand les gros sacs verts passèrent devant elle, roulés sur des chariots ou portés. Même les gars du service médical d'urgence, qui devaient pourtant être aguerris, avaient l'air nerveux. Ils étaient verts et serraient les lèvres, le regard fixe.

Elle s'approcha d'un des toubibs en train de parler à un pompier. Le jeune homme avait beau s'efforcer de paraître calme, de parler en souriant, sa voix tremblait.

— Quatre morts, mais deux macchabées anonymes... Il n'en reste pas même assez pour identifier la dentition.

Elle déglutit, partagée un instant entre la nausée et l'envie de pleurer.

Le haut-le-cœur revint quand Rune s'avisa d'autre chose : trois ou quatre tonnes de béton et de plâtre brûlants jonchaient à présent les plaques de ce même trottoir qu'elle avait foulé quelques minutes plus tôt. Marchant et sautillant comme une collégienne, évitant les fissures, jetant un coup d'œil à l'affiche du cinéma, admirant les longs cheveux blonds de la vedette de *Cousines lubriques*.

L'endroit même. Quelques minutes plus tôt et...

— Que s'est-il passé ? demanda Rune à une jeune femme au visage grêlé, vêtue d'un tee-shirt rouge moulant.

Incapable d'achever sa question, elle dut la répéter.

— Une bombe, ou une conduite de gaz, répondit la femme en haussant les épaules. Peut-être du propane. Je n'en sais rien.

Rune hocha la tête lentement.

Les flics étaient hostiles et indifférents, répétant inlassablement sur un ton autoritaire :

— Circulez, allons, circulez.

Rune ne bougea pas d'un pouce.

— Excusez-moi, mademoiselle. (Un homme s'adressait à elle d'une voix courtoise. Rune se retourna et vit un cow-boy.) Puis-je passer ?

Il était sorti du cinéma réduit en cendres et se dirigeait vers un groupe d'officiers de police au milieu de la rue.

Il mesurait environ un mètre quatre-vingt-cinq. Il portait un jean, une grosse chemise et un gilet blindé. Des bottes. Des gants de toile usés jusqu'à la corde. Il avait des cheveux clairsemés, coiffés en arrière, une moustache. Il arborait une expression sombre et réservée. Rune jeta un coup d'œil à son insigne, épinglé à sa grosse ceinture tachée, avant de s'écarter.

Il passa sous le cordon de sécurité jaune et gagna la rue. Elle se glissa à sa suite. Il s'arrêta devant un break bleu et blanc, marqué BRIGADE DE DÉMINAGE, s'appuya sur le capot. Rune s'approcha.

— De quoi s'agit-il ? demanda un gros type en complet brun à Cow-Boy.

— De plastic, dirait-on. Un demi-kilo. (Il leva les yeux. Sourcils poivre et sel.) Je ne pige pas. Pas de cibles de l'IRA dans les parages. C'était un bar grec. (Il hocha la tête.) Et la Mafia ne fait tout sauter qu'après les heures de bureau. En plus, quand ils veulent flanquer la trouille à ceux qui ne paient pas leur « assurance », ils utilisent du Tovex pris sur un chantier, éventuellement une grenade percutante. Quelque chose qui fasse du boucan. Mais du plastic à usage militaire ? Juste à côté de la conduite de gaz ? Ça me dépasse.

— Nous avons trouvé quelque chose, dit un agent en s'approchant et tendant à Cow-Boy une enveloppe en plastique qui contenait une feuille de papier roussie. Nous recherchons des empreintes, alors si vous pouviez faire bien attention, monsieur.

Cow-Boy opina et lut.

Rune tenta de jeter un coup d'œil. Elle entrevit une écriture soignée. Ainsi que des taches sombres. Des taches de sang ?

Cow-Boy releva les yeux.

— Vous êtes qui, vous ?

— La fille de ma mère. (Elle sourit l'espace d'un instant. Impassible, il l'examina d'un œil critique, essayant de deviner si c'était un témoin. Ou bien la criminelle. Elle décida de ne pas jouer les malignes.) Je me demandais simplement ce qui était écrit là-dessus.

— Vous n'avez pas le droit d'être ici.

— Je suis journaliste. Je suis curieuse de savoir ce qui s'est passé.

— Allez satisfaire votre curiosité ailleurs, suggéra Complet Brun.

Agacée, elle faillit lui rétorquer qu'en tant que contribuable – ce que d'ailleurs elle n'était pas –, c'était elle qui lui payait son salaire, mais au même

14

instant Complet Brun acheva la lecture du message et tapota le bras de Cow-Boy.

— C'est quoi, cette Epée ?

Oubliant Rune, Cow-Boy répondit :

— Jamais entendu parler d'eux. Mais, s'ils veulent porter le chapeau, pourquoi pas ? En attendant mieux.

Là-dessus il remarqua quelque chose, s'éloigna du break. Complet Brun regardait ailleurs. Rune jeta un coup d'œil au message.

« Le premier ange sonna de la trompette. Et la terre fut en proie à la grêle, au feu, au sang. Et un tiers de la terre fut consumé. »
A bon entendeur, salut : l'Epée de Jésus

Cow-Boy revint un instant plus tard, suivi d'un jeune prêtre.

— Voici, mon père.

Cow-Boy lui tendit l'enveloppe en plastique. Tout en lisant, l'homme porta la main à son oreille au-dessus de son col rond, hocha la tête, lèvres serrées. Solennel comme à un enterrement. C'était le cas de le dire, pensa Rune.

— C'est tiré de l'Apocalypse de Jean, déclara le prêtre. Chapitre trois, verset... sept, ou six. Je ne suis pas...

— L'Apocalypse ? répéta Cow-Boy.

Le prêtre eut un petit rire poli, avant de comprendre que la question était sérieuse.

— L'Apocalypse. La fin du monde, quoi.

C'est alors que Complet Brun aperçut Rune, cachée derrière le coude de Cow-Boy.

— Hé, vous ! Circulez.

Cow-Boy se retourna, mais ne souffla mot.

— J'ai le droit de savoir de quoi il retourne. Je suis passée par ici il y a quelques minutes. J'aurais pu être tuée.

— Ouais, fit Complet Brun. Mais vous êtes en vie.

Alors estimez-vous heureuse. Allez, ouste, ça commence à me fatiguer de le répéter.

— Parfait. Parce que moi, ça commence à me fatiguer de l'entendre, répliqua Rune en souriant.

Cow-Boy se fendit d'un sourire.

— Allons...

Complet Brun s'avança.

— D'accord, d'accord, concéda Rune en s'éloignant.

Mais lentement – rien que pour leur montrer qu'ils n'allaient quand même pas trop la bousculer. Aussi entendit-elle ce que le jeune prêtre expliquait à Cow-Boy et Complet Brun.

— J'ai une mauvaise nouvelle, car si ce message est en rapport avec l'attentat ça n'augure rien de bon.

— Pourquoi ? demanda Cow-Boy.

— Ce verset. Il parle du *premier* ange. Dans le passage, il est question de *sept* anges en tout.

— Et alors ? fit Complet Brun.

— A mon avis, ça veut dire qu'il va y en avoir six autres avant que Dieu ne passe l'éponge.

Dans le bureau de « L & R Productions », 21ᵉ Rue, Rune sortit une bière du frigo, un vieux Kenmore. C'était l'un de ses objets fétiches. La porte arborait un motif en relief semblable à la calandre d'une Studebaker des années cinquante. Sa grosse poignée argentée ressemblait à l'écoutille d'un sous-marin.

Rune se regarda dans le miroir crasseux au-dessus du bureau de la réceptionniste, et vit son portrait estompé en noir et vert à la lumière fluorescente : une fille en minijupe rouge ornée de silhouettes de dinosaures, avec deux tee-shirts sans manches, un blanc, l'autre bleu marine. Elle portait ses cheveux châtains en queue-de-cheval, ce qui rendait un peu plus anguleux son visage rond. En plus des montres, Rune arborait trois bijoux : un verre de montre au bout d'une chaîne, une boucle d'oreille unique, simili-or, en forme de tour Eiffel, ainsi qu'un bracelet en argent, de la forme de deux mains jointes, qui avait été ressoudé. Le peu de maquillage appliqué ce matin-là avait été effacé par la transpiration due à la canicule d'août et par le jet d'une prise d'eau, dans la 32ᵉ Rue, sous laquelle elle n'avait pas résisté à se passer la tête. De toute façon, Rune n'était pas trop portée sur le maquillage. Elle se préférait au naturel. Lorsqu'elle soignait son physique, elle n'était pas sophistiquée mais ridicule, n'avait rien de distingué mais tout de la poule.

Tu n'es pas très grande, tu es jolie à l'occasion, tiens-t'en à la garde-robe de base : tee-shirts, bottes et jupes à dinosaures. Telle était sa conception en matière de mode. Utilise seulement de la laque pour tuer les mouches et faire des collages.

Elle frotta la bière glacée contre sa joue et s'assit au bureau.

Le bureau de « L & R » donnait une idée de la marge brute d'autofinancement de l'entreprise. Mobilier en acier gris datant de 1967, lino décollé, monceaux de factures jaunies, de scénarimages, d'annuaires de directeurs artistiques et de papiers peu à peu accumulés.

Larry et Bob, ses patrons, étaient des documentaristes australiens. Généralement, Rune les tenait pour des détraqués. En tant que réalisateurs de pubs pour les agences de Melbourne et de New York, ils avaient plus qu'un ego hypertrophié : pour reprendre leurs propres termes, ils étaient « foutrement bons ». Ils bâfraient comme des animaux de ferme, rotaient, reluquaient les blondes à gros nichons et avaient des accès de profonde mélancolie. Entre deux pubs, ils produisaient et tournaient parmi les meilleurs documentaires diffusés sur PBS, Channel 4 (en Angleterre) ou bien au Forum du Film.

Rune avait réussi à décrocher un boulot chez eux, espérant que la magie opérerait en sa faveur.

Un an plus tard, la magie n'avait guère opéré.

Larry, l'associé qui avait la barbe la plus longue,

entra dans le bureau. Ce jour-là : bottes, pantalon de cuir noir, et une ample chemise noire Parachute, dont tous les boutons étaient prêts à sauter.

— Pas trop tôt ! Qu'est-ce que tu fabriquais ?

Elle brandit l'objectif Schneider qu'elle était allée chercher chez Optirental à Manhattan. Il tendit la main, mais elle l'esquiva.

— Ils m'ont dit que votre compte était en souffrance...

— Mon compte ? répéta Larry, piqué au vif.

— ... et ils voulaient encore des arrhes. J'ai été obligée de leur faire un chèque. Un chèque perso.

— OK. J'ajouterai ça à ton enveloppe.

— Non, dans ma poche directement.

— Ecoute, tu peux pas accumuler les retards comme ça, ma poulette. Et si nous avions été en tournage ? (Il prit l'objectif.) Le temps, c'est de l'argent, non ?

— Non, ce qui est de l'argent, c'est l'argent, riposta Rune. Je ne suis pas en fonds et je veux être remboursée. Allez, Larry, j'en ai besoin.

— Prends-le dans la caisse.

— Depuis que je travaille ici, il n'y a jamais eu plus de six dollars en caisse. Et vous le savez bien.

— Exact.

Il examina l'objectif, merveille allemande d'optique et de mécanique de précision.

Rune, immobile, le dévisageait toujours.

Il leva les yeux. Soupira.

— C'était combien, nom de Dieu ?

— Quarante dollars.

— Fichtre !

Il plongea la main dans sa poche et lui tendit deux billets de vingt.

Elle sourit brièvement.

— Merci, patron.

— Ecoute, ma poulette, pour le moment j'suis en grande réunion avec un nouveau client...

— Pas encore une pub, Larry ! Ne vous vendez pas, voyons.

— C'est ce qui paie le loyer. Et ton salaire. Alors... il me faut quatre cafés. Un long, un normal, deux sucrés. Et deux thés. (Il la gratifia d'un regard affable, lui pardonnant d'avoir exigé d'être remboursée.) Autre chose... Je te le demanderais pas si j'en avais pas besoin, mais ma veste de sport... tu sais, la noire ? Elle est chez le teinturier et faut que j'aille...

— Pas de teinturier. Je suis assistante de production.

— Rune...

— Ecrivez-le et relisez. Assistante de production. Ça ne signifie pas passer chez le teinturier.

— Pardon ?

— La production et le repassage. Deux choses très différentes. Le jour et la nuit.

— Je te laisserai utiliser l'Arriflex la prochaine fois.

— Pas de teinturier.

— Bon sang...

Elle termina sa bière.

— Larry, je veux vous demander quelque chose.

— Je viens de t'accorder une augmentation.

— Il y a eu un attentat. A Manhattan. Une explosion dans un cinéma porno.

— Que tu fréquentais pas, j'espère.

— Je suis passée devant juste avant. Apparemment ce serait une secte qui aurait fait le coup. Des extré-mistes de droite, quelque chose dans ce goût-là. Et je veux faire un film là-dessus.

— Toi ?

— Un documentaire.

Quand elle ne se tenait pas droite, ce qui était fré-quent, Rune arrivait au deuxième bouton de Larry. Elle se redressa et lui arriva presque au col.

— Je suis venue ici pour apprendre à faire des films, reprit-elle. Au bout de maintenant onze mois, tout ce que je fais, c'est préparer le café, ranger le matériel et les câbles sur le plateau, déposer des films et sortir le chien galeux de Bob.

— Je croyais que tu l'aimais bien.

— C'est un chien merveilleux, mais là n'est pas la question.

Il regarda sa Rolex.

— On m'attend.

— Je vous en prie, Larry. Je vous mentionnerai au générique.

— Vachement généreux de ta part. Et t'y connais quoi, en documentaires ?

Elle se fendit d'un sourire admiratif.

— Je vous regarde faire depuis presque un an.

— Foutaises ! C'est peau de balle. T'as pas de technique cinématographique.

— C'est mieux que rien.

— Ecoute, poulette. J'veux pas me faire passer pour un génie, mais en ce moment j'ai une soixantaine de CV sur mon bureau. Et tous ces candidats meurent d'envie d'aller chercher mes affaires chez le teinturier, putain de bordel !

— Je paierai le film moi-même.

— Bon, d'accord. Oublie le teinturier. J'ai des clients qui attendent leur café. (Il lui glissa dans la main un billet froissé de cinq dollars.) Va me chercher du café, *s'il te plaît*.

— Je peux utiliser une caméra après le travail ?

Autre coup d'œil à sa montre.

— Merde ! Entendu. Mais pas de caméra. La Betacam.

— Oh, Larry, de la *vidéo* ?

— La vidéo, c'est l'avenir, ma poulette. T'achètes toi-même ta bande. Et je vérifie tous les soirs si l'Arris et les Bolex sont bien là. S'il en manque une, même une demi-heure, t'es virée. Et tu fais ce boulot sur ton temps libre. Tu peux t'estimer vernie.

Elle le gratifia d'un délicieux sourire.

— Désirez-vous des biscuits avec votre thé, patron ?

A l'instant où elle tournait les talons, Larry lui lança :

— Hé, poulette, autre chose encore... Cet attentat, ce truc, là, on va en parler aux actualités...

Rune hocha la tête, percevant le regard d'intense concentration qui brillait dans ses yeux quand il était en tournage sur un plateau, ou bien échangeait des idées avec Bob ou le directeur de la photo. Elle dressa l'oreille.

— Utilise l'attentat comme prétexte.

— Comme « prétexte » ?

— Si tu veux tourner un bon documentaire, fais un film sur l'attentat mais qui ne traite pas de l'attentat.

— Ça ressemble à un précepte zen.

— Zen mon cul. (Il grimaça.) Et trois sucres pour mon thé. La dernière fois, t'avais oublié.

Rune était en train de payer le thé et le café quand elle pensa à Stu. Etonnant qu'elle n'ait pas pensé à lui plus tôt. Du coup elle donna à l'épicier deux dollars sur son argent (c'est ainsi qu'elle considérait la monnaie de Larry), pour faire porter le carton chez « L & R ».

Puis elle sortit et se traîna jusqu'au métro.

Une voiture de sport beige de quinze ans d'âge passa à côté d'elle en vrombissant. Un coup de klaxon ; une invite énigmatique émana du siège avant plongé dans la pénombre, se perdit dans le bruit du moteur diesel. Le conducteur accéléra et la voiture s'éloigna.

Il faisait rudement chaud. Avant d'arriver à la station de métro, elle acheta un cône de glace à l'eau auprès d'un vendeur latino. Rune secoua la tête lorsqu'il tendit le doigt vers les bombes de sirop, sourit devant son air perplexe, s'étala la glace sur le front, puis en glissa sous son tee-shirt. Cela ravit le bonhomme, qui afficha une expression pensive. De nouveaux horizons commerciaux s'offraient peut-être à lui.

Pénible, cette chaleur.

Sacrée canicule.

Quand elle parvint à la station, la glace avait fondu. Quand la rame arriva, l'humidité s'était évaporée.

Le train A roulait sous terre avant de ressortir à l'air libre à Manhattan. Quelque part là-haut se trouvaient les décombres fumants du *Vénus de velours*. Rune darda un regard perçant par la vitre. Des gens vivaient-ils dans le métro ? Peut-être y avait-il des tribus entières de SDF, des familles ayant élu domicile dans les tunnels désaffectés. Cela aussi fournirait un formidable sujet de documentaire. *La Vie sous les rues*.

Elle pensa au sujet de son film.

Un film sur l'attentat, mais qui ne traite pas de l'attentat.

Soudain, eurêka ! Il fallait faire un film sur *quelqu'un*. Quelqu'un de concerné par l'attentat. Elle pensa aux films qu'elle aimait. Ils ne traitaient jamais de problèmes ou d'idées de manière abstraite. Ils parlaient de gens. De ce qui leur arrivait. Mais qui choisir ? Un des spectateurs blessés ? Non, non, personne ne serait prêt à l'aider. Qui admettrait avoir été blessé dans un ciné porno ? Et un producteur de films porno ? *Sleazy* lui vint à l'esprit. Mais Rune savait que le public a besoin de se prendre d'amitié pour le personnage principal. Et les gus qui faisaient ce genre de films – peut-être quelque sale coco de la Mafia – n'avaient guère de chances de s'attirer la sympathie du public.

Sur l'attentat, mais qui ne traite pas...

Le métro filait toujours sous terre et Rune était de plus en plus surexcitée à l'idée de tourner ce documentaire. Oh, pareil film ne lui apporterait pas la gloire du jour au lendemain, mais cela lui conférerait une certaine – comment dire ? – *légitimité*. La liste des métiers qu'elle avait tentés sans succès était longue : employée de bureau, serveuse, vendeuse, femme de ménage, étalagiste... Les affaires n'étaient pas son fort. La seule fois où Rune avait touché de l'argent, Richard, son ex-copain, avait eu des dizaines d'idées de placements sans risques. Des sociétés à monter, des actions à acheter. Et par mégarde elle avait oublié les dossiers de Richard au manège de Central Park... Pas très grave de toute façon, vu qu'elle avait dépensé presque tout l'argent pour trouver un nouveau logement.

Je n'ai guère le sens pratique, lui avait-elle expliqué.

Non, son point fort depuis toujours, c'étaient les histoires – par exemple les contes de fées ou les films. Et malgré les mises en garde répétées de sa mère quand elle était plus jeune (« Une fille, ça ne gagne pas sa vie au cinéma, sauf les moins-que-rien »), les chances de faire une carrière au cinéma paraissaient bien meilleures que dans le conte de fées.

Elle était faite pour réaliser des films, elle en avait la conviction. Et celui-ci – un vrai film d'adulte (un *documentaire*, le premier stade du film sérieux) – avait acquis une importance vitale pour elle au cours des dernières heures, était devenu évident comme l'appel d'air du métro s'engouffrant dans le tunnel ! D'une façon ou d'une autre, ce documentaire serait réalisé.

Elle regarda par la fenêtre. Les colonies de troglodytes qui vivaient (peut-être) dans le métro devraient attendre encore quelques années avant qu'elle ne raconte leur histoire.

Avec un bruit assourdissant, le train passait devant eux, ou devant rats et détritus. Ou devant rien du tout. En attendant, Rune ne pensait qu'à son film.

... mais qui ne traite pas de l'attentat.

Dans les bureaux de « Belvedere Post-Production », la climatisation ne fonctionnait pas.

— Je n'en peux plus, marmonna-t-elle.

Stu, sans lever les yeux de *Gourmet*, agita la main.

— Je n'y crois pas, reprit Rune. Tu ne meurs pas de chaud ?

Elle s'approcha de la fenêtre et essaya d'ouvrir la vitre grillagée crasseuse. Les années, la peinture et le mastic l'en empêchèrent. Tout en s'escrimant, Rune dirigea son regard vers l'ardoise verte de l'Hudson.

Muscles tétanisés, elle poussa un grognement. Stu, sentant qu'il était censé intervenir, examina la fenêtre depuis son fauteuil, puis se redressa vaguement. Il était jeune et baraqué, mais s'était surtout fait les muscles à force de pétrir le pain et battre des blancs d'œufs dans des bols en cuivre. Au bout de trois minutes, il s'avoua vaincu, hors d'haleine.

— De toute façon, on n'aurait droit qu'à de l'air chaud. (Il se rassit, prit quelques notes pour une recette, puis fronça les sourcils.) Tu viens chercher quelque chose ? On ne fait rien pour « L & R » en ce moment, il me semble.

— Non, je voulais te demander quelque chose. C'est personnel.

— Mais encore ?

— Par exemple, quels sont vos clients ?

— Tu appelles ça *personnel* ? Ma foi, principalement des agences de pub et des réalisateurs indépendants. Les chaînes télé et les grands studios de temps à autre, mais...

— Qui sont les indépendants ?

— Eh bien, de petites boîtes qui tournent des documentaires ou des films à petit budget. Comme « L & R »... Mais je te vois sourire avec cet air de sainte-nitouche que je connais bien. Affranchis-moi.

— Vous faites les films X ?

Il haussa les épaules.

— Oh, du porno ? On en fait beaucoup. Je pensais que tu allais me poser une question impossible.

— Tu pourrais me donner le nom de quelqu'un dans l'une de ces sociétés ?

— Je ne sais pas trop. C'est une question de déontologie, de secret professionnel...

— Stu, ces sociétés font des films qui sont probablement interdits presque partout dans le monde, et tu me parles de déontologie ?

Nouveau haussement d'épaules.

— Si tu ne dis pas que je t'ai donné le nom, tu peux

essayer « Lame Duck Productions ». C'est une grosse boîte. Et à deux pas de chez vous.

— De chez « L & R » ?

— Oui. Dans la 90ᵉ, près de la 5ᵉ.

L'énorme Rolodex de Stu pivota, dégageant une odeur de bibliothèque publique. Il écrivit l'adresse.

— Ont-ils une actrice qui soit célèbre dans le métier ?

— Quel métier ?

— Le porno.

— C'est à moi que tu demandes ça ? Je n'en sais rien.

— Quand tu visionnes le générique en postproduction, tu ne vois pas les noms ? Quel est le nom qui revient le plus souvent ?

Il réfléchit un instant.

— Ma foi, j'ignore si elle est célèbre, mais je vois tout le temps le nom d'une actrice qui travaille pour « Lame Duck ». Elle s'appelle Shelly Lowe.

Le nom parut vaguement familier à Rune.

— A-t-elle un visage fin ? C'est une blonde ?

— Ouais, je crois. Je n'ai pas beaucoup regardé son visage.

Rune fronça les sourcils.

— Vieil obsédé, va.

— Tu la connais ?

— Il y a eu un attentat à Times Square dans un cinéma porno... Tu en as entendu parler ?

— Non.

— Aujourd'hui même, il y a quelques heures. Je crois qu'elle jouait dans l'un des films qui passait là quand c'est arrivé.

Parfait.

Rune glissa l'adresse dans le sac en plastique peau de léopard qu'elle portait en bandoulière.

Stu se balança en arrière dans son fauteuil.

— Eh bien ? reprit Rune.

— Eh bien quoi ?

— Tu n'es pas curieux de savoir pourquoi je t'ai demandé ça ?

Stu leva la main.

— Pas de problème. Mieux vaut garder le secret sur certaines choses. (Il ouvrit son magazine.) Tu as déjà fait une tarte aux marrons ?

CHAPITRE 2

Contrastes

Rune était assise dans un énorme loft : le hall d'accueil de « Lame Duck Productions ». Elle suivit des yeux les deux jeunes femmes qui se dirigeaient vers un bureau à l'autre bout de la salle. Au-dessus de leurs têtes, des ventilateurs brassaient l'air paresseusement.

La femme en tête marchait à la perfection. Pieds pointés en avant, dos droit, hanches fixes. Elle avait les cheveux blonds comme du miel, noués derrière la tête par une cordelette tressée de fils multicolores. Elle portait une combinaison-pantalon (heureusement avec des sandales et non des bottes), agrémentée d'une fine ceinture de cuir marron, ce qui évitait toute vulgarité.

Rune l'examina de près, mais ne put décider s'il s'agissait de l'actrice qu'elle avait vue sur l'affiche en façade du cinéma porno. Sur la photo, celle-ci était bien maquillée, alors qu'aujourd'hui cette femme avait le teint terne et un air très fatigué.

L'autre femme était plus jeune. Elle n'était pas grande, avait un visage luisant. Ses formes mettaient à rude épreuve les coutures de sa tenue. Elle avait une poitrine énorme, proéminente – probablement refaite – et de larges épaules. Le pull-over noir sans manches révélait une taille svelte. La minijupe couronnait des jambes fines. Cette mignonne n'échappait pas à la vulgarité, elle : hauts talons aiguilles, cheveux crêpés duveteux, couverts de laque, et maquillage violacé, faisant oublier son large nez slave.

Elle n'aurait pas été vilaine, se dit Rune, si sa mère l'avait habillée correctement.

Elles s'arrêtèrent devant elle. La petite lui adressa un sourire, la grande blonde la parole :

— C'est donc vous la journaliste de – comment déjà ? –... *Le Mensuel du film érotique* ? (Elle secoua la tête.) Je croyais connaître tout le monde dans la presse spécialisée. Vous êtes nouvelle ?

Rune faillit continuer son boniment. Mais elle lâcha tout à trac :

— J'ai raconté des blagues.

Léger sourire.

— Ah bon ?

— J'ai menti à la réceptionniste. Pour pouvoir entrer. Vous êtes Shelly Lowe ?

Froncement de sourcils passager. Puis elle eut un curieux sourire.

— Oui, répondit-elle. Mais ce n'est pas mon vrai nom.

Robuste poignée de main. Masculine, confiante.

— Moi, je m'appelle Nicole, intervint son amie. C'est mon vrai prénom, mais D'Orleans n'est pas mon vrai nom. (Elle le prononça à la française.) Ça s'écrit comme la ville, en tout cas.

Rune lui serra la main prudemment. Nicole avait des ongles pourpres, longs de trois centimètres.

— Moi, je suis Rune.

— Intéressant, dit Shelly. C'est votre vrai nom ?

Rune haussa les épaules.

— Aussi vrai que le vôtre.

— Pas mal de noms de scène dans notre métier, reprit Shelly. Parfois je m'y perds. Maintenant avouez-moi pourquoi vous avez raconté des craques.

— J'ai pensé qu'on me ficherait dehors si je disais la vérité.

— Et pourquoi ça ? Vous êtes une extrémiste de droite ? Vous n'en avez pas l'air.

— Je veux tourner un film sur vous.

— Ah bon ?

— Vous êtes au courant de l'attentat ?

— Oh, c'est affreux, intervint Nicole, qui se mit à trembler avec affectation.

— Nous sommes tous au courant, renchérit Shelly.

— Je veux partir de là pour faire mon film.

— Et c'est sur moi que ça tombe ? demanda Shelly.

Rune réfléchit, prête à contester la formulation, mais se ravisa.

— C'est à peu près ça.

— Pourquoi moi ?

— Simple coïncidence à vrai dire. On passait l'un de vos films quand la bombe a explosé.

Shelly hocha la tête lentement. Rune l'observa attentivement. Depuis l'évocation de l'attentat et des morts, Nicole avait le front plissé, les yeux clos, semblait sur le point de se signer. Tandis que Shelly écoutait simplement, appuyée contre une colonne, bras croisés.

Tout se brouillait dans l'esprit de Rune. Sous le regard de Shelly, elle se sentait jeune et sotte, telle une enfant à qui l'on passe un caprice.

Nicole sortit de sa poche un paquet de chewing-gums sans sucre, en dépiauta un et se mit à mâchonner.

— Quoi qu'il en soit, voilà quelle est mon intention, reprit Rune.

— Vous connaissez quelque chose au marché des films X ?

— J'ai travaillé dans un club vidéo. Mon patron disait qu'on faisait notre marge sur les films X.

Elle n'était pas peu fière d'avoir utilisé les mots de « marché » et de « marge ». Façon affranchie de parler des films de cul.

— Il y a de l'argent à gagner, reconnut Shelly.

Ses yeux devenaient lumineux. Des rayons laser bleu pâle. Le regard était intense en ce moment même, mais Rune sentit qu'il pouvait changer d'expression d'un instant à l'autre, se faire inquisiteur, coléreux, vindicatif, sous l'effet d'un simple influx nerveux. Les yeux de Shelly ne devaient pas savoir étinceler d'humour et se refusaient à exprimer bien des choses. Elle décida de commencer son documentaire en filmant les yeux de Shelly.

L'actrice, sans rien ajouter, jeta un coup d'œil à Nicole, qui mâchonnait son chewing-gum avec enthousiasme.

— Est-ce que vous, euh... jouez ensemble toutes les deux ? questionna Rune, piquant un fard.

Les deux actrices échangèrent un regard, puis se mirent à rire.

— Je veux dire... reprit Rune.

— Est-ce que nous travaillons ensemble ? intervint Nicole.

— Quelquefois, répondit Shelly.

— Nous partageons également le même appartement, ajouta Nicole.

Rune tourna les yeux vers les piliers de fer et le plafond constitué de tôles métalliques.

— C'est un endroit curieux, ce studio, observa Rune.

— Autrefois, c'était une fabrique de blouses.

— Ah ouais ? De blouses ? questionna Nicole.

— De chemisiers pour femmes, expliqua Shelly sans quitter le plafond des yeux.

Shelly est grande, sans être d'une beauté exceptionnelle. Sa présence est due à sa silhouette (et à ses yeux !). Elle a des pommettes basses. Une peau de la consistance et de la pâleur d'un ciel d'été couvert. « Comment je suis entrée dans le métier ? J'ai été violée à l'âge de douze ans. Mon oncle m'a agressée. Je me drogue à l'héroïne – ça ne se voit pas, hein ? J'ai été kidnappée par des trimardeurs dans le Michigan... »

Nicole alluma une cigarette. Elle continua de mâcher son chewing-gum.

Shelly regarda Rune.

— Il s'agirait donc d'un documentaire ?

— Comme sur PBS, précisa Rune.

30

— Une fois, dit Nicole, un type voulait m'en faire tourner un, de documentaire. Mais, en fait, vous devinez ce qui l'intéressait vraiment.

— Il fait toujours chaud dehors ? demanda Shelly.

— Torride.

Nicole eut un petit rire, sans que Rune comprît à quoi elle pensait.

Shelly se dirigea vers un endroit où soufflait un courant d'air froid au niveau du sol. Elle se retourna et examina Rune.

— Vous me semblez pleine d'enthousiasme. Plus que de professionnalisme, si je puis me permettre. Je vous donne mon avis, voilà tout. Bon, pour en revenir à votre film... Je veux y réfléchir. Dites-moi où je peux vous joindre.

— Ecoutez, ce serait formidable. Je peux...

— Laissez-moi réfléchir, répéta calmement Shelly.

Rune hésita, observa longuement le visage de Shelly, son expression distante. Puis elle glissa la main dans son sac peau de léopard, mais avant de trouver son stylo « Road Runner » Shelly sortit un lourd « Mont-Blanc » laqué. Rune écrivit avec ce stylo tout chaud, lentement mais maladroitement, car le regard de Shelly la mettait mal à l'aise. Elle tendit le papier à Shelly.

— C'est là que j'habite. Christopher Street. Tout au bout. En bordure du fleuve. Vous me verrez. (Elle marqua une pause.) Je vous verrai ?

— Peut-être, répondit Shelly.

— Salut, filme-moi, mignonne, vas-y, filme-moi.

— Hé, tu veux filmer ma bite ? Il va te falloir un grand-angle !

— Merde, pour ça, c'est un microscope qu'il lui faudrait !

— Vas-y, j't'emmerde, mec.

Se dirigeant vers la sortie de la station de Times Square sans prêter attention à ses admirateurs, Rune chargea la caméra sur l'épaule et remonta le quai. Elle passa devant une demi-douzaine de mendiants, sans rien leur donner, mais déposa deux pièces de vingt-cinq *cents* dans une boîte devant un jeune couple de Sud-Américains qui faisait une démonstration de tango au son tonitruant d'une grosse radio-cassette.

Il était huit heures du soir. Rune avait fait connaissance de Shelly et de Nicole huit jours plus tôt. Elle avait appelé Shelly deux fois. Au début, l'actrice était restée plutôt évasive quant au film, mais au second appel Shelly lui avait dit :

— Si j'acceptais, me laisseriez-vous visionner le montage final ?

Par son travail chez « L & R » et en raison de son amour du cinéma en général, Rune savait que le montage final – ce qui est projeté en salle – est le Saint Graal de l'industrie du cinéma. Seuls les producteurs et quelques réalisateurs de choix ont droit de regard sur le montage final. Aucun acteur dans l'histoire d'Hollywood n'y a jamais eu droit.

Pourtant, elle lui répondit que c'était d'accord, sentant instinctivement que c'était le seul moyen d'amener Shelly Lowe à accepter.

— Je vous donnerai ma réponse définitive dans un jour ou deux.

Pour le moment, Rune cherchait à tourner des scènes d'atmosphère et trouver des angles de vue révélateurs – les scènes panoramiques qui permettent au public de s'y retrouver, lui indiquant dans quelle ville ou quel quartier le film est tourné.

Et ici, de l'« atmosphère », il y en avait. La vie dans le Tenderloin, à Times Square. Le cœur du quartier porno de New York. Rune était surexcitée à l'idée de tourner ces scènes pour son premier film, mais se remémora les paroles de Larry, son mentor, au moment où elle avait quitté les studios de « L & R » l'autre soir : « N'en fais pas trop, Rune. N'importe quel abruti peut tourner quatre-vingt-dix minutes de grandes scènes d'atmosphère. Ce qui compte, c'est l'histoire. N'oublie jamais ça. L'*histoire*. »

Elle se plongea dans le tourbillon dément et bruyant de Times Square, à l'intersection de la 7ᵉ Avenue, de Broadway et de la 42ᵉ. Au bord du trottoir, elle attendait le feu rouge, examinant le motif fortuit incrusté dans l'asphalte à ses pieds : une capsule de bouteille de Stroh, un morceau de verroterie vert, une clef en bronze, deux pièces d'un penny. Elle se mit à loucher, crut distinguer un visage de diable.

Devant elle se dressait une grande tour blanche sur l'île de béton encerclée par les larges rues. A quinze mètres de hauteur, un épais bandeau lumineux annonçait les nouvelles de la journée : « ... LES SOVIÉTIQUES ESPÈRENT... »

Le feu passa au rouge, et elle n'eut pas l'occasion de lire la fin du message. Rune traversa la rue, passant devant une belle Noire, vêtue d'une robe de coton jaune avec une ceinture, qui criait dans un mégaphone. « Il y a encore mieux au Ciel. Amen ! Renoncez à la chair ! Amen ! Vous pouvez gagner à la loterie, vous pouvez devenir multimillionnaires, milliardaires, obtenir tout ce que vous voulez. Mais tout cela ne peut se comparer à ce que vous trouverez au Ciel. Amen ! Renoncez au péché, à vos passions... Si je meurs dans ma petite chambre ce soir, eh bien, je glorifierai le Seigneur parce que je sais ce que cela voudra dire. Je sais que je serai au Ciel dès demain. Amen ! »

Quelques personnes reprenaient « Amen ! » en chœur. La plupart passaient leur chemin.

Plus au nord de la place, c'était plus luxueux, autour du guichet TKTS de billets à prix réduit. C'est là qu'on voit les énormes panneaux d'affichage connus de tout étranger à la ville pour peu qu'il regarde la télévision. C'est là que se trouve le restaurant *Lindy's*, avec son fameux cheesecake hors de prix. Là le *Brill Building* – Tin Pan Alley. Plusieurs nouveaux immeubles de bureaux resplendissants ; un nouveau cinéma présentant des films en exclusivité.

Mais Rune évita ce secteur. Ce qui l'intéressait, c'était la partie sud de Times Square.

Zone neutralisée.

Rune passa devant un certain nombre de magasins, de galeries et de cinémas, arborant des pancartes : NON AU PROJET DE RÉHABILITATION DE TIMES SQUARE.

Il s'agissait du grand projet de nettoyage du quartier, afin de construire bureaux, restaurants chic et théâtres. Purification du quartier. Personne ne semblait y tenir, mais apparemment il n'y avait pas d'opposition organisée au projet. C'est là le paradoxe de Times Square : un lieu à la fois apathique et plein d'énergie. Il y a partout surabondance de mouvement et d'activité, mais on sent que le quartier est en voie d'extinction. Nombre de magasins fermaient leurs portes. *Nedid's* – l'échoppe à hot dogs des années quarante – allait être remplacée par un luxueux *Mike's Hot Dogs and Pizzas*, tout en miroirs.

Seuls quelques-uns des cinémas classiques de la 42e – anciens music-halls prestigieux pour beaucoup – étaient toujours ouverts. Tous ne passaient que des films porno, de kung-fu ou d'horreur.

Rune jeta un coup d'œil, de l'autre côté de la rue, à l'énorme et vieil *Amsterdam Theater*, de style Art déco. Des planches en condamnaient la façade, et son horloge rebondie était arrêtée à trois heures moins cinq. De quel jour ? De quel mois ? De quelle année ? Le regard de Rune glissa vers une ruelle. La jeune femme capta un mouvement éclair. Quelqu'un paraissait l'épier. Quelqu'un portant une veste rouge. Coiffé d'un chapeau, lui sembla-t-il. Puis l'inconnu disparut.

Paranoïaque. Bon, c'était l'endroit qui voulait ça.

Elle passa ensuite devant des dizaines de petits magasins, vendant des bijoux en or de pacotille, des gadgets électroniques, des costumes de maquereau, des baskets bon marché, des photos d'identité, des souvenirs, des parfums et des montres de contrefaçon. Partout des rabatteurs dirigeaient les touristes déboussolés vers leurs magasins.

34

« Venez voir, venez voir... Nous avons ce qu'il vous faut, et c'est fait pour vous plaire. Venez voir... »

Un magasin, dont les vitrines étaient peintes en noir, arborait l'enseigne de « Nouveautés artistiques ». Une pancarte annonçait : PRODUITS RÉCRÉATIFS. INTERDIT AUX MOINS DE 21 ANS.

Rune essaya de jeter un coup d'œil à l'intérieur. Qu'était donc un « produit récréatif », sacré nom d'une pipe ?

Elle poursuivit son chemin, tanguant sous le poids de la caméra. La sueur ruisselait sur son visage, son cou, le long de son corps.

Flottaient dans l'air des odeurs d'ail, d'huile, d'urine, d'aliments pourris et de gaz d'échappement. Et, bon sang, la foule... D'où venaient tous ces gens ? Par milliers. Où habitaient-ils ? La ville ? La banlieue ? Pourquoi étaient-ils là ?

Rune évita deux adolescents en tee-shirt et en jean Guess ? qui fendaient l'air d'une démarche chaloupée en agitant les bras et parlaient d'une voix rauque.

— Vas-y, c't enculé a beau être mon patron, j'suis pas sa chose, t'entends, mec ?

— Merde, non, on n'est pas ses jouets.

— S'il recommence, j'lui fiche mon poing dans la gueule. J'lui fous mon poing dans la gueule, merde !

Ils s'éloignèrent. Rune continua à faire l'historique visuel de Times Square.

Endroit unique à New York.

Times Square.

Mais à tout Royaume Enchanté il faut son Mordor ou son royaume d'Hadès. Et ce soir, en se promenant ici, Rune ne se sentait pas trop mal à l'aise. Elle poursuivait sa propre quête, tournait son film. *Sur l'attentat, mais qui ne traite pas de l'attentat.* Elle n'avait pas à justifier cet endroit angoissant aux yeux de quiconque. Elle n'avait de comptes à rendre à personne sinon à elle-même. Et elle regardait soigneusement où elle mettait les pieds.

Derrière elle, un énorme ébrouement.

Fantastique ! Des chevaliers !

Rune braqua la caméra sur deux policiers à cheval, droits comme des piquets sur leurs selles. Les chevaux, tête baissée, piétinaient lourdement les tas de crottin granuleux.

— Hé, chevalier Gauvain ! s'écria Rune.

Ils lui jetèrent un coup d'œil, avant de décider que ça ne valait pas le coup de flirter avec elle, et continuèrent à scruter la rue d'un regard impassible sous la visière de leurs casques bleus comme des œufs de merle.

C'est au moment où son regard s'écartait du grand cheval marron qu'elle entrevit de nouveau la veste rouge. Qui disparut encore plus vite que la première fois.

Un frisson la parcourut malgré la chaleur.

Qui était-ce ?

Personne. Juste un individu sur les dix millions du Royaume Enchanté. Et elle l'oublia en tournant le coin de la rue pour remonter la 8e Avenue vers le site de l'ex-cinéma *Vénus de velours*.

Sur ce tronçon, elle dénombra six cinémas porno et sex-shops. Assortis de peep-shows ou bien encore de petites cabines où l'on pouvait visionner des films avec une pièce de vingt-cinq *cents* ou un jeton. Rune pointa la caméra par la porte et filma une pancarte : UNE SEULE PERSONNE PAR CABINE. C'EST LA LOI ET L'USAGE DE LA MAISON. BONNE JOURNÉE ! Mais un type baraqué vendant des jetons vint la déloger.

Elle filma des banlieusards qui se dirigeaient vers la *Port Authority*, avant de rentrer chez eux dans le New Jersey. Certains lorgnaient les vitrines, la plupart affichaient des expressions vitreuses. Quelques hommes d'affaires s'engouffraient rapidement dans les cinémas, sans s'arrêter, comme aspirés par une bourrasque.

C'est alors qu'un vent humide rabattit une atroce odeur de brûlé. En provenance du cinéma, Rune le savait. Elle coupa la caméra et remonta la rue.

Toujours angoissée. De nouveau la paranoïa. Mais

Rune entendait encore en mémoire la terrible déflagration. Le sol tremblant sous elle. Elle se rappela les corps, les *bouts* de corps. Les épouvantables effets de la bombe et de l'incendie. Elle jeta un coup d'œil derrière elle, ne vit personne l'épier.

Elle poursuivit son chemin, perdue dans ses pensées. Il y avait eu une bonne couverture médiatique de l'événement. *News at Eleven* lui avait consacré dix minutes et le fait divers avait permis au magazine *Time* de faire un article sur les orientations du film X (« Les temps sont durs pour le hard »). Un autre article dans *Village Voice* avait souligné le problème posé par l'attentat au regard du Premier Amendement, « Mépris de la religion et restriction de la liberté de la presse »). Mais, comme Larry l'avait prédit, ce n'étaient là que des nouvelles à chaud. Personne ne s'était intéressé aux aspects humains que présentait la question.

Allons, Shelly, se dit-elle. C'est toi la clef. J'ai besoin de toi...

A l'approche du cinéma détruit, Rune fit halte, posant la main sur le cordon jaune. La puanteur était pire que le jour de l'attentat. Rune eut un haut-le-cœur en sentant l'odeur de tissu brûlé et humide. Et il y avait autre chose – un relent écœurant de carton. Les corps brûlés, sans nul doute, se dit Rune, s'efforçant de chasser l'image de son esprit.

En face, elle avisa un autre cinéma. Une enseigne au néon proclamait : LES MEILLEURS FILMS X. CLIMATISATION, CONFORT, SÉCURITÉ. Les clients ne devaient guère être attirés malgré le message rassurant, et il ne semblait pas y avoir foule.

Elle regarda de nouveau le cinéma dévasté. Un mouvement capta son attention. Sa première pensée : merde ! c'est encore lui. Son mystérieux poursuivant.

Le visage d'un homme...

Elle fut prise de panique. Sur le point de s'enfuir, elle scruta l'obscurité et distingua mieux l'inconnu qui la filait depuis tout à l'heure. Il portait un jean et un blouson bleu marine avec l'inscription NYPD sur la poitrine. La police de New York. C'était Cow-Boy. Le type de la Brigade de déminage.

Elle ferma les yeux, poussant un ouf de soulagement. Tenta de calmer ses mains tremblantes. Il était assis sur une chaise pliante, regardant une feuille de papier blanc, qu'il plia et glissa dans sa poche. Rune aperçut un fin étui brun le long de sa hanche droite. Elle souleva la caméra et filma environ une minute, diaphragme grand ouvert pour obtenir une vision nette malgré l'obscurité.

Il regarda la caméra. Rune crut que l'homme allait lui ordonner de fiche le camp. Mais il se leva simplement et se mit à arpenter le cinéma détruit, donnant des coups de pied dans les décombres, se penchant de temps à autre pour examiner quelque chose, braquant sa longue torche noire sur les murs et le sol.

L'image dans le viseur de la grosse caméra s'évanouit. Le crépuscule était tombé rapidement – ou peut-être n'y avait-elle pas prêté attention. Elle ouvrit le diaphragme au maximum, mais l'image était toujours indistincte et Rune n'avait pas de projecteurs. Elle savait que la luminosité était trop faible. Elle coupa la caméra, l'ôta de son épaule.

Elle scruta de nouveau l'intérieur de la bâtisse. Cow-Boy avait disparu.

Où était-il passé ?

Elle entendit des bruits de pas précipités derrière elle.

Quelque chose de lourd tomba par terre.

— Holà !

Rien.

— Hé ! lança de nouveau Rune.

Pas de réponse. Elle cria dans le cinéma détruit :

— Vous me suiviez ? Hé, inspecteur ? Quelqu'un me suivait. C'était vous ?

Un autre bruit, comme celui de bottes sur du béton. Tout près. Mais elle n'aurait su dire où exactement.

Puis elle entendit un moteur qui démarrait. Elle fit

volte-face, cherchant des yeux le break bleu et blanc avec l'inscription BRIGADE DE DÉMINAGE. Elle ne vit rien.

Une voiture de couleur foncée émergea d'une ruelle et disparut dans la 8e Avenue.

Mal à l'aise encore une fois. Non, paniquée, sans raison précise. Pourtant, en observant les gens dans la 8e Avenue, elle n'aperçut que des passants inoffensifs. Des gens qui allaient au cinéma. Tout le monde perdu dans ses pensées. Les clients des cafés et des bars ne lui portaient pas la moindre attention. Une horde de touristes passa devant elle, se demandant manifestement pourquoi leur guide les avait emmenés dans ce quartier. Un autre adolescent, Latino à la mine patibulaire, lui fit des avances sans méchanceté. Il poursuivit son chemin quand Rune se borna à lui souhaiter une bonne soirée. De l'autre côté de la rue, un homme coiffé d'un chapeau à large bord, tenant à la main un sac de Lord & Taylor, regardait la vitrine d'un sexshop.

Pas de veste rouge. Pas d'espion.

Paranoïaque, décréta-t-elle. Je suis paranoïaque.

Pourtant, elle coupa la caméra, glissa la cassette dans son sac peau de léopard et se dirigea vers le métro. Elle avait eu son compte d'« atmosphère » pour ce soir.

Dans la ruelle en face du *Vénus de velours* incendié, un clodo était assis à côté d'une benne à ordures. Il était en train de boire une bouteille de Thunderbird. Il loucha quand un homme pénétra dans la ruelle.

Merde ! il va pisser ici, se dit le clodo. Ça ne rate jamais. Ils boivent de la bière avec leurs copains, se sentent incapables d'atteindre à temps Penn Station, et viennent pisser dans ma ruelle. Que dirait ce gus si j'allais pisser dans son salon ?

Mais le type ne défit pas sa braguette. Il s'arrêta à l'entrée de la ruelle, scruta la 8e Avenue, cherchant quelque chose, sourcils froncés.

Que faisait ce gars ici ? Pourquoi portait-il ce chapeau démodé à large bord ? se demanda le clochard. Il
but une autre gorgée d'alcool, reposa la bouteille, qui
tinta.

L'homme fit volte-face.

— 'z avez 25 *cents* ? s'enquit le clodo.

— Vous m'avez fait peur. Je n'avais pas vu que
vous étiez là.

— 'z avez 25 *cents* ?

L'homme fouilla dans sa poche.

— Oui. Vous allez boire un coup ?

— Probable, répondit le clodo.

Quelquefois il faisait la manche dans le métro en
disant : « Aidez un handicapé, aidez un handicapé...
C'est pour me péter la gueule. » Et les gens lui don-
naient de l'argent parce qu'il les avait fait rire.

— Ma foi, l'honnêteté est une qualité que j'apprécie. Tenez.

L'homme lui tendit une pièce.

A l'instant où le clochard allait la prendre, la main
gauche de l'homme lui saisit brusquement le poignet

— Attendez !

Mais l'homme n'attendit pas. Le clochard sentit
alors une légère piqûre au cou. Et encore une, de
l'autre côté. L'homme lui lâcha les poignets et le clochard porta la main à sa gorge. Deux lambeaux de
chair en pendaient. Puis il vit le rasoir dans la main de
l'homme. La lame sanglante se rétractait.

Le clochard tenta d'appeler à l'aide. Mais le sang
jaillissait des deux blessures et sa vision s'obscurcis-
sait. Il essaya de se lever, s'effondra sur le pavé. Sa
dernière vision, ce fut l'homme glissant la main dans
un sac Lord & Taylor pour en ressortir un blouson
rouge et l'enfiler. Là-dessus, l'homme quitta la ruelle
rapidement comme s'il eût craint de rater son métro.

CHAPITRE 3

Le lendemain matin, Rune, allongée dans son lit
– enfin, sur sa couchette –, écoutait les bruits du fleuve.
On frappa à la porte d'entrée.

Elle enfila son jean et un kimono de soie rouge, puis
gagna le devant du bateau. Elle ouvrit la porte et aperçut le dos de Shelly Lowe. L'actrice, debout sur une
petite passerelle peinte en jaune d'œuf, observait l'eau
qui clapotait sous ses pieds. Elle se retourna, secouant
la tête. Rune hocha la sienne devant la réaction qu'elle
connaissait déjà.

— C'est une péniche... Vous vivez sur une péniche.

— Avant, commenta Rune, je disais pour blaguer
que j'avais de l'eau au sous-sol. Mais le nombre de
plaisanteries sur les péniches est somme toute limité.

— Vous n'avez pas le mal de mer ?

— L'Hudson, ce n'est quand même pas le cap
Horn.

Rune recula pour laisser Shelly pénétrer dans la
petite entrée. Au loin, sur le toit de l'appontement côté
nord, un éclair de couleur. Rouge. Impression déplai-
sante. Mais évoquant quoi ?

Elle suivit Shelly à l'intérieur du bateau.

— Faites-moi visiter.

Le style : ranch nautique de banlieue, milieu des
années cinquante. En bas se trouvaient la salle de
séjour, la cuisine et la salle de bains. En haut d'un
étroit escalier, il y avait deux petites pièces : le kiosque

de navigation et la chambre à coucher. A l'extérieur, un pont et un bastingage entouraient la partie habitable.

Régnait une odeur d'huile et de roses séchées.

Rune montra à Shelly une récente acquisition : une demi-douzaine de presse-papiers Lucite, incrustés de bouts de plastique colorés.

— Je suis passionnée d'antiquités. Celles-ci sont garanties 1955. Grande année, d'après ma mère.

Shelly hocha la tête avec une indifférence polie et examina le reste de la pièce. Pas mal d'objets avaient de quoi mettre la politesse à rude épreuve : des murs turquoise, un vase peint (représentant une femme en pantalon corsaire promenant un caniche), des lampes Lava, des tables en plastique en forme de reins, un abat-jour fait de cartons de produits de nettoyage Bon Ami et Ajax, des fauteuils en fer forgé et de toile noire genre hamac, une vieille console télé Motorola.

Et puis une collection de poupées de contes de fées, des animaux empaillés et des rayonnages couverts de livres.

Shelly prit sur une étagère un livre abîmé des frères Grimm, le feuilleta et le remit en place.

Rune observait Shelly du coin de l'œil. Une idée lui traversa l'esprit et elle se mit à rire.

— Vous savez, c'est étrange, j'ai un portrait de vous !

— De moi ?

— Oui, en un sens. Tenez, regardez.

Elle s'empara d'un livre poussiéreux sur l'étagère et l'ouvrit en grand. *Les Métamorphoses*.

— C'est un vieux Romain qui a écrit ces histoires, reprit Rune.

— Un Romain ? répéta Shelly. Comme Jules César ?

— Oui. Tenez, regardez cette reproduction.

Shelly jeta un coup d'œil sur une reproduction en couleur : un homme jouant d'une lyre conduisait une belle femme hors d'une grotte obscure. L'actrice lut la légende sous la reproduction : *Orphée et Eurydice.*

— Vous voyez, poursuivit Rune, c'est vous. Eurydice. Vous vous ressemblez comme deux gouttes d'eau.

Shelly secoua la tête, plissant les yeux. Elle se mit à rire.

— Oui, c'est vrai. Amusant, ça. (Elle examina le dos du livre.) C'est de la mythologie gréco-romaine ?

Rune hocha la tête.

— C'est une triste histoire. Eurydice meurt et descend jusqu'au royaume d'Hadès. Là-dessus, Orphée – son mari, qui est musicien – descend la délivrer. Romantique, non ?

— Attendez, je connais cette histoire. C'est un opéra. Et ça se termine mal, hein ?

— Oui. Ces dieux romains avaient de drôles de conventions. Ainsi, Orphée ne pouvait la sortir des Enfers que s'il s'abstenait de se retourner pour la regarder. Assez logique, non ? Bref, il se retourne et tout est fichu. Eurydice reprend le chemin des Enfers. Les gens croient que les mythes et les contes de fées se terminent bien. Mais pas tous.

Shelly examina la reproduction un moment.

— Moi aussi je collectionne les vieux livres.

— De quel genre ? s'enquit Rune, pensant littérature érotique.

Mais Shelly répondit :

— Surtout des pièces de théâtre. Au lycée j'étais présidente du club d'art dramatique. J'étais une « adepte de Thespis ». (Elle se mit à rire.) Chaque fois que j'en parle dans le milieu du porno, j'ai droit à « Quoi ? Adepte de Lesbos ? » (Elle secoua la tête.) Ma profession ne brille pas par la culture...

Rune alluma un éclairage ultraviolet. Un poster en trois dimensions, représentant un navire qui naviguait autour de la lune, s'illumina sous l'effet de la lumière noire. Il était accroché à côté de rideaux pourpre et orange.

— Je mélange les époques, précisa Rune. Mais il ne

faut pas se laisser enfermer, n'est-ce pas, être trop puriste. C'est ma devise.

— Il faut l'éviter à tout prix. (Shelly était montée jusqu'au kiosque de navigation et tirait sur le cordon du « rossignol ». Ce qui ne produisit aucun son.) On peut faire un tour avec cette péniche ?

— Non, répondit Rune, elle ne navigue pas. Il y a un moteur, mais il ne fonctionne pas. Mon ex-copain et moi, nous longions un jour l'Hudson en voiture et l'avons trouvée amarrée près de Bear Mountain. Elle était à vendre. J'ai demandé au propriétaire de m'emmener faire un tour et il m'a expliqué que le moteur ne fonctionnait pas. Du coup, nous nous sommes fait remorquer. Nous avons pas mal marchandé et, lorsque le type a accepté de me céder la salle à manger en formica, j'ai dit oui.

— Vous payez pour l'amarrer ici ?

— Oui. Il faut payer les autorités portuaires. Ce sont encore elles qui s'occupent des quais, bien qu'il n'y ait plus guère de trafic. C'est assez cher. Je ne pense pas pouvoir rester ici éternellement. Mais ça va pour le moment.

— Il n'y a rien à craindre ?

Rune tendit le doigt vers l'une des vitres panoramiques.

— Comme l'embarcadère sert encore, tout le secteur est clos. Je suis copine avec les vigiles. Ils veillent au grain. Je leur fais de beaux cadeaux à Noël. C'est vraiment génial d'être propriétaire d'une maison. Et il n'y a pas de pelouse à tondre.

De nouveau Shelly lui adressa un pâle sourire.

— Vous êtes si... enthousiaste. Et vous habitez pour de vrai une péniche à Manhattan. Incroyable.

Les yeux de Rune se mirent à étinceler.

— Venez là. Je vais vous montrer quelque chose de vraiment incroyable.

Elle sortit sur le petit pont peint en gris. Se tenant au bastingage, elle trempa le pied dans l'eau opaque et huileuse.

— Vous allez vous baigner ? demanda Shelly d'une voix incertaine.

Rune ferma les yeux.

— Savez-vous que je touche exactement l'eau qui baigne les îles Galapagos, Venise, Tokyo, Hawaï et l'Egypte ? Extraordinaire. Et puis – j'ai encore du mal à comprendre ceci –, c'est peut-être cette même eau qui a éclaboussé la *Niña*, la *Pinta* et la *Santa Maria*, ou bien encore les navires de Napoléon. La même eau utilisée pour nettoyer le sang lorsque Marie-Antoinette a été guillotinée... Il me semble que c'est possible... mais je n'en suis pas trop sûre. Bref, est-ce que l'eau meurt ? Je me rappelle avoir entendu parler d'un truc dans ce goût-là en cours de science. A mon avis, elle circule en permanence.

— Vous avez une sacrée imagination, observa Shelly.

— On me l'a déjà dit. (D'un bond, Rune regagna le pont.) Du café ? Quelque chose à manger ?

— Du café simplement.

Elles s'assirent dans le kiosque de navigation. Rune étala du beurre de cacahuète sur des toasts tandis que Shelly sirotait du café noir. Cette femme était peut-être une vedette de films X, mais elle ressemblait aujourd'hui à une ménagère du Connecticut. Un jean, des bottes, un chemisier blanc, un fin pull-over bleu clair, les manches nouées autour du cou.

— Vous avez trouvé facilement ? lui demanda Rune.

— Sans difficulté. J'aurais voulu vous appeler au préalable, mais vous ne m'aviez pas donné de numéro.

— Je n'ai pas le téléphone. Lorsque j'ai essayé de le faire installer, les gars de la New York Bell sont venus, ont rigolé et sont repartis.

Un silence, puis :

— J'ai réfléchi pour le film, dit Shelly. Même après avoir obtenu votre accord pour le montage final, je ne voulais toujours pas le tourner. Mais il s'est passé quelque chose qui m'a fait changer d'avis.

— L'attentat ?

— Non. En fait, j'ai eu une méchante prise de bec avec l'un des types pour qui je travaille. Je ne veux pas entrer dans les détails, mais cela m'a amenée à prendre conscience de beaucoup de choses. J'ai compris à quel point j'en avais marre de ce métier. Je fais ça depuis trop longtemps. Il est temps de tirer un trait. Si je pouvais me faire connaître normalement, si les gens voyaient en moi autre chose qu'une ravissante idiote, ça m'aiderait peut-être à trouver un boulot sérieux.

— Je vais faire du bon travail, je vous assure.

Ses yeux bleu pâle dardèrent deux rayons laser.

— J'ai l'impression que vous êtes la personne idéale pour raconter ma vie. Quand commençons-nous ?

— Pourquoi pas maintenant ? Je ne travaille pas aujourd'hui.

Elle secoua la tête.

— Je suis prise dans l'immédiat, mais pourquoi ne pas se donner rendez-vous cet après-midi vers, disons, cinq heures ? Nous pourrons travailler quelques heures. Et puis, ce soir, je vais à une réception donnée par un éditeur. La plupart des maisons d'édition publiant des revues porno font aussi des films et des vidéos X. Il y aura beaucoup de gens de ce milieu-là. Vous pourriez peut-être leur dire un mot.

— Parfait ! Où voulez-vous qu'on tourne le film ?

Elle regarda autour d'elle.

— Pourquoi pas ici ? Je m'y sens très bien.

— On va faire une interview formidable.

Shelly sourit.

— Il se peut même que je sois sincère.

Shelly était partie. Rune se tenait à la fenêtre. Elle entrevit encore un éclair rouge sur le toit de l'embarcadère de l'autre côté de l'étendue d'eau étale.

Et elle se rappela la couleur.

Celle de la veste ou du blouson de l'individu qu'elle avait vu – ou crut voir – la suivre à Times Square.

Elle alla s'habiller dans sa chambre.

Cinq minutes après, la tache rouge était toujours là. Dix minutes après, Rune courait vers l'embarcadère, recroquevillée comme un soldat. Autour du cou elle portait un gros sifflet en chrome, comme ceux utilisés par les arbitres de football. Avec ça elle pouvait atteindre cent vingt décibels sans problème et flanquer une trouille de tous les diables à un enquiquineur potentiel.

Ce qui était parfait pour les agresseurs au petit pied. Pour les plus sérieux, Rune avait autre chose. Une petite bombe lacrymogène ronde. Contenant cent treize grammes de gaz lacrymogène CS-38 à usage militaire. Elle en sentait la masse réconfortante contre sa jambe.

Elle accéléra l'allure. Du fleuve montait une odeur de pourriture qui se mélangeait à l'humidité dégagée par les nuages, maintenant présents dans le ciel. Le vent tomba. Plusieurs cloches d'églises se mirent à sonner. Il était exactement midi.

Rune se faufila sous le grillage, puis se dirigea lentement vers l'embarcadère. Il avait trois étages et la façade était tellement érodée par les intempéries qu'en maints endroits seul apparaissait le bois nu. Rune distingua partiellement le nom de la compagnie de navigation, peint tout en haut. La peinture bleu foncé était associée dans son esprit aux trains d'autrefois. Elle déchiffra le mot *Amérique*, crut voir une étoile bleue à demi effacée.

Les portes en bois hautes de quatre mètres étaient imposantes, mais hors de leurs gonds. Rune se glissa aisément à l'intérieur.

C'était sordide là-dedans et l'obscurité donnait la chair de poule. Jadis, de ces embarcadères partaient pour l'Europe les grands paquebots. Par la suite, ils avaient servi aux cargos, puis les docks de Brooklyn et du New Jersey avaient pris la relève. Aujourd'hui ce n'étaient guère plus que des vestiges du passé. Certes, une péniche de la taille d'un demi-terrain de football avait fait son apparition un jour, s'était amarrée à côté du bateau de Rune en son absence. Mais le trafic fluvial du secteur n'était plus guère actif.

Rune avait déjà visité cet embarcadère depuis qu'elle habitait ici. Elle s'était baladée çà et là, imaginant les splendides paquebots du dix-neuvième siècle, se demandant par la même occasion si certains navires n'auraient pas par hasard perdu quelque marchandise de contrebande (de l'or en lingots de préférence), éventuel trésor à découvrir. Des pirates, elle le savait, avaient navigué sur l'Hudson, non loin de là. Mais elle ne fut pas étonnée de ne pas retrouver de caisses d'or... Ne restait que cartons vides, bois de charpente, gros fragments de machines rouillées.

Après avoir compris qu'elle ne raflerait aucun butin, elle venait de temps à autre pique-niquer avec des amis sur le toit et regarder les géants jouer dans les nuages au-dessus de la ville, avant de les voir disparaître à la hauteur de Brooklyn ou de Queens. Parfois elle venait toute seule, simplement pour nourrir les mouettes.

Dans la partie de l'embarcadère qui s'avançait le plus dans le fleuve, il y avait un entrelacs de salles, jadis bureaux et docks. Tout était condamné à présent. La lumière ne filtrait qu'à la faveur de planches mal clouées. C'était de là que partait l'escalier montant au toit.

Rune se faufila par l'arrière dans cette partie-là et se dirigea lentement vers l'escalier. Au pied de celui-ci, le plancher avait lâché. Un trou irrégulier d'un mètre de large plongeait dans l'obscurité. On entendait un clapotis. L'odeur était nauséabonde. Rune, l'œil rivé sur ce trou, le contourna doucement.

Elle tendit l'oreille en montant, mais n'entendit que la circulation lointaine, l'eau contre les pilotis, le vent qui annonçait l'orage. Rune fit halte au dernier palier. Elle prit dans sa poche la bombe lacrymogène blanche et poussa la porte.

48

Le toit était désert.

Elle sortit, puis marcha avec précaution sur le gravier et le papier goudronné à demi pourri, testant chaque plaque devant elle. Une fois au bord, elle revint vers le devant de la bâtisse, jusqu'à l'endroit où il lui avait semblé apercevoir le type.

Rune s'arrêta et regarda à ses pieds.

Bon, ce n'est donc pas le fruit de mon imagination. Il y avait des empreintes de pied dans le goudron. Grandes. De la taille d'une chaussure d'homme. Lisses. Des chaussures classiques, ni des baskets, ni des chaussures pour courir. Mais à part ça, rien. Pas de cendres de cigarette, pas de bouteille abandonnée. Pas de message sibyllin.

Rune reçut alors une rafale de pluie. Elle se hâta de regagner l'escalier. Puis redescendit lentement, tâtant du pied les marches dans l'obscurité.

Un bruit.

Elle fit halte sur le palier du premier. Pénétra par une porte ouverte dans le bureau sombre et abandonné. Sa main agrippa fermement la bombe lacrymogène. Ses pupilles, contractées après la vive clarté, ne parvenaient pas encore bien à accommoder.

Mais elle entendit. Rune resta figée sur place.

Il est là !

Il y avait quelqu'un dans la pièce.

Rien de particulier ne l'avait avertie. Pas de craquement de planche, pas de chuchotis, pas de bruits de pas. Elle en eut l'intuition, peut-être à cause d'une odeur, peut-être par une sorte de sixième sens.

Puis une autre intuition : oh, ma chérie, il est costaud ; à deux pas de toi.

Rune demeura immobile. La silhouette également, mais Rune l'entendit par deux fois respirer. Ses yeux s'habituaient à l'obscurité. Cherchant une cible, elle leva lentement la bombe lacrymogène.

Ses mains se mirent à trembler.

Non, pas un, mais deux.

Des fantômes.

Deux formes pâles. Indistinctes. Vaguement humaines. Toutes deux la dévisageaient. L'une d'elles tenait une grosse matraque blanche.

Rune brandit la bombe.

— J'ai une arme à feu.

— Merde ! fit une voix d'homme.

L'autre voix, également masculine :

— Prenez le portefeuille ! Prenez les deux porte-feuilles !

Elle commençait à mieux y voir. Les apparitions se révélèrent être deux hommes nus, coiffés en brosse, d'environ trente-cinq ans. Rune se mit à rire quand elle vit ce qu'était la matraque, beaucoup plus petite à présent.

— Désolée, dit-elle.

— Ce n'est pas une agression ?

— Non. Excusez-moi.

Grosse indignation :

— Mais, bon sang, vous nous avez flanqué une trouille de tous les diables ! C'est privé ici, vous savez !

— Vous êtes là depuis longtemps ? questionna-t-elle.

— Depuis trop longtemps, apparemment.

— Depuis une heure à peu près ?

La colère fit place à l'euphorie du soulagement. L'un des deux hommes hocha la tête vers son ami et dit :

— Il est performant, mais pas à ce point-là...

L'autre, plus sérieux :

— Quarante-cinq minutes ?

— Plutôt ça.

— Avez-vous entendu quelqu'un descendre du toit ? demanda Rune.

— Oui. Il y a un quart d'heure. Là-dessus, vous montez, puis redescendez. Aujourd'hui c'est la Grand Central Station !

— Vous l'avez vu ?

— Nous étions assez occupés...

— Je vous en prie, insista Rune. C'est important.

— Nous avons cru qu'il draguait, mais sans en être trop sûrs. Il faut être prudent.

Certes. Impossible de savoir sur quel détraqué on risque de tomber quand on s'envoie en l'air dans un embarcadère désert.

— Du coup, nous ne nous sommes pas manifestés.

— Comment était-il physiquement ?

— De taille moyenne. A part ça, je n'en sais rien. (Se tournant vers son compagnon :) Et toi ?... Non, aucune idée.

— Avez-vous vu ce qu'il portait ? Une veste ?

— Un blouson rouge. Un chapeau démodé. Un pantalon foncé, je crois, dit une voix.

— Moulant, précisa l'autre.

— Ça, évidemment, tu l'as remarqué...

— Eh bien, merci, conclut Rune.

En s'éloignant, elle les entendit chuchoter : « l'ambiance n'y est plus », quelque chose dans ce goût-là. « Oui, mais tu peux quand même essayer. »

Elle commença de redescendre.

Son cœur se calmait.

Rune se mit à rire. *C'est privé ici !* Pourquoi n'avaient-ils pas choisi plus romantique, comme...

Il l'attrapa par-derrière.

Au pied de l'escalier, alors qu'elle contournait le trou prudemment. La main agrippa sa queue-de-cheval et la tira violemment en arrière. Elle vit une main gantée, armée d'un cutter, se diriger vers son cou. Elle saisit le poignet de l'homme, y enfonça de toutes ses forces ses ongles courts. Cela fit dévier le cutter. L'espace d'un instant, ils luttèrent pour s'en emparer. Si elle lâchait la rampe, c'était la chute, mais le seul moyen pour elle de prendre sa bombe lacrymogène, tout au fond de sa poche.

Rune lâcha prise et tomba contre son agresseur. Elle saisit la bombe et, sans viser, appuya sur le bouton. Un nuage fusa entre eux, les aveuglant tous deux. Elle poussa un cri de douleur. L'homme s'écarta brusquement, mains sur le visage.

Mais il n'abandonna pas la partie, et Rune se sentit tirée en arrière. Les yeux fermés, elle tendit la main en vain, et tomba, paniquée, perdue. Son dos heurta le sol violemment. Lui coupant le souffle. Elle se retourna sur le ventre, puis se releva sur un genou, tentant de s'écarter de l'homme. Celui-ci se pencha vivement et lui agrippa le cou. Il n'était pas fort. Mais il avait l'avantage de la surprise, et il était enragé. Il lui donna un coup de pied dans la poitrine, lui coupant de nouveau la respiration. Elle se recroquevilla, pantelante. Elle vit vaguement sa forme indistincte cherchant le cutter à tâtons. Elle sentit une odeur de vieux bois, d'eau salée, d'huile de moteur, de pourriture, eut un goût de sel dans la bouche – peut-être ses larmes, peut-être du sang.

Bon Dieu ! ses yeux la piquaient. Comme de l'alcool.

Elle aussi se mit à chercher son arme, tâtonnant pour retrouver la bombe lacrymogène.

Il renonça au cutter et regarda par terre autour d'eux. Il empoigna Rune par le col et la traîna vers l'ouverture noire au-dessus de l'Hudson. Les oreilles de Rune bourdonnaient. Il poussa la tête, puis les épaules de la jeune femme, dans le trou. Il la saisit par la ceinture. Rune s'enfonça.

CHAPITRE 4

Rune décocha un coup de pied, faillit l'atteindre à l'aine, mais ne lui fit pas très mal. Il se borna à grogner d'irritation et lui envoya son poing dans le dos.

Elle poussa un faible cri. Se mit à pleurer. L'odeur de poisson pourri qui montait de l'eau la fit suffoquer.

Il défonça les planches à coups de pied pour élargir le trou. Elles tombèrent dans l'obscurité. Il la poussait de plus en plus.

C'était si sombre en dessous !

Elle réussit à attraper la rampe et s'accrocha. Il se contenta de lui donner un coup de pied sur la main pour lui faire lâcher prise.

Je nagerai... Mais la lumière de la surface est-elle visible ? Et s'il n'y a pas moyen de sortir de là-dessous à la nage ? Et s'il y a seulement un boyau qui s'enfonce d'une trentaine de mètres ?

Il se mit à genoux, la saisit d'une main par les cheveux, puis tendit l'autre main vers le bord du trou pour s'assurer une bonne prise et mieux jeter Rune dans le trou.

— Hé ! Là ! Oh, bon sang !

Une voix d'homme.

L'agresseur se figea.

— Bon Dieu ! que se passe-t-il ? demanda l'autre homme, du haut de l'escalier.

Soit ils avaient renoncé à leur quart d'heure amoureux, soit c'était terminé, et tous deux venaient voir ce qui causait tout ce bruit.

L'homme lâcha Rune, jeta un coup d'œil vers l'escalier. Elle se tortilla pour lui échapper. Il fit un bond en arrière, pris de panique. Elle roula sur elle-même, s'éloignant du pied de l'escalier. Quand l'agresseur se tourna de nouveau vers elle, mains tendues devant lui, il se trouva en face d'un minuscule bec émettant un sifflement.

La giclée de gaz l'atteignit au nez.

Inspire, connard, inspire !

L'homme hoqueta, mit les mains sur les yeux, puis tendit au hasard les bras vers Rune. Qui lui envoya une autre giclée. Chancelant, il passa devant elle, la projeta violemment dans le trou, puis s'engouffra dans l'entrepôt.

Ses pas lourds s'éloignèrent, puis disparurent.

Rune sortit du trou et s'effondra sur le sol, frigorifiée. Elle ferma les yeux, souffrant horriblement. Son nez et sa gorge la brûlaient méchamment. Elle posa le visage contre le plancher. Sa respiration s'apaisa. Elle sentit une odeur de graisse et un souffle d'air frais.

— Oh, mon Dieu, dit l'un des hommes, habillés à présent. Ça va ? Mais c'était qui, ce type ?

Ils l'aidèrent à se relever.

— Avez-vous vu sa tête ? questionna-t-elle.

— Non, j'ai seulement remarqué sa veste.

— Rouge, intervint son ami. Comme je vous avais dit. Oh, et le chapeau.

— Il faut que vous appeliez la police... Quelle est cette odeur atroce ?

— Du gaz lacrymogène.

Un silence.

— Qui êtes-vous, exactement ?

Rune se releva lentement, les remercia. Puis, d'un pas mal assuré, traversa l'entrepôt pour ressortir au grand jour. Elle trouva une cabine téléphonique et appela la police. Les policiers rappliquèrent assez vite. Mais, comme elle s'y attendait, ne purent faire grand-chose. Impossible de leur fournir un signalement précis de l'agresseur. Probablement blanc, de sexe masculin, de taille moyenne. Couleur des cheveux et des yeux inconnue, aucun trait de physionomie particulier. Un blouson rouge, comme dans *Ne vous retournez pas*, le film d'épouvante tiré de l'histoire de Daphné du Maurier. Qu'aucun des deux flics n'avait vu ni lue, décréta Rune, à en juger par leur absence totale de réaction.

Ils l'assurèrent qu'ils feraient une enquête, mais n'étaient guère satisfaits de la voir en possession d'une bombe lacrymogène de CS-38, gaz interdit à New York.

— Avez-vous une idée du mobile de cette agression ?

C'était sans doute en rapport, se dit-elle, avec son film, le cinéma porno et l'Epée de Jésus. Elle le leur expliqua, mais, à voir leur air, en conclut que, de leur point de vue, l'affaire était classée. Ils refermèrent leurs calepins et déclarèrent qu'ils enverraient de temps à autre une voiture de police patrouiller dans les parages.

Elle leur demanda aussitôt combien d'hommes ils allaient mettre sur l'affaire. Coup d'œil inexpressif des deux gars. Ils étaient désolés de sa mésaventure, l'assurèrent-ils.

Là-dessus, ils lui confisquèrent la bombe lacrymogène.

Après s'être débarbouillée, avoir appliqué de l'eau oxygénée sur les égratignures et pris une nouvelle bombe sous l'évier, Rune se rendit chez « L & R Productions ».

— Hé ! Qu'est-ce qui t'est arrivé ? s'enquit Bob en examinant son visage.

Pas question de lui expliquer que ces blessures avaient peut-être un rapport avec son film – vu que la Betacam de « L & R » risquait d'en prendre un coup si Rune se faisait mitrailler dans la rue.

— J'ai été agressée par un type. Je lui ai volé dans les plumes.

— Mmm, fit Bob, sceptique.

— Ecoutez, après le travail, j'aurai besoin d'emprunter encore la caméra vidéo. Et des projecteurs.

Bob prit son ton doctoral :

— Tu sais ce que c'est, ça, Rune ? questionna-t-il en caressant la grosse caméra comme s'il flattait le postérieur d'une blonde.

— Larry m'a dit que c'était d'accord. Je l'ai déjà utilisée.

— Fais-moi plaisir, poulette. Dis-moi ce que c'est.

— C'est une caméra vidéo Betacam, Bob. Fabriquée par Sony. Avec une console Ampex. J'ai utilisé ça cinquante fois.

— Tu sais combien ça coûte ?

— Plus que le total de mes salaires chez vous ma vie durant, je parie.

— Ha, ha ! Ça vaut quarante-sept mille dollars.

Pause théâtrale.

— Larry me l'a déjà dit la première fois qu'il me l'a prêtée. Je me doutais bien que le prix n'avait pas baissé.

— Si tu la perds, si tu la casses, si tu crames le tube, tu la rembourses.

— Je ferai attention, Bob.

— Tu sais ce qu'on peut se payer avec quarante-sept mille dollars ? demanda-t-il, philosophe. Avec quarante-sept mille dollars, un homme peut s'installer au Guatemala et vivre là-bas comme un roi pour le restant de ses jours.

— Je ferai attention.

Rune se mit à numéroter des scénarimages pour un devis de pub télé que Larry et Bob devaient soumissionner la semaine suivante.

— Comme un roi pour le restant de ses jours, répéta Bob, battant en retraite dans le studio.

Rune installa la Sony sur le pont de sa péniche, à côté d'une lampe Redhead de quatre cents watts. Elle arracha des bouts de papier argenté d'un grand rouleau et s'en servit pour appliquer un gel rose sur les larges déflecteurs en métal noir de la lampe. Cela baignait le visage de Shelly d'un éclairage très doux.

Pour maîtriser l'art cinématographique, poulette, faut maîtriser la lumière, lui avait dit Larry.

Elle ajouta une petite lampe derrière Shelly.

Rune constata qu'elle captait également les lumières de la ville au-dessus de la tête de l'actrice, sans reflet ni image rémanente.

Excellent, se dit-elle en regardant dans le viseur.

Elle pensa aussi : je donne l'impression de savoir ce que je fais. Elle tenait absolument à impressionner son modèle.

Tout à l'heure, quand elle avait glissé les scénarimages dans une enveloppe, Rune avait réfléchi aux questions qu'elle allait poser à Shelly. Elle les avait notées sur un bloc jaune. Mais à présent, lumières allumées et caméra en marche, elle hésitait. Ses questions lui rappelaient ses cours de journalisme au lycée.

Mmm, quand vous êtes-vous lancée dans ce métier ?

Mmm, quels sont vos films préférés, en dehors des films X ?

Avez-vous fait des études supérieures ? Quelle était votre spécialité ?

Mais Shelly n'avait pas besoin de questions. Rune attaqua comme prévu par un super-gros plan sur ces yeux bleus comme des réacteurs, puis recula. Shelly sourit et se mit à parler. Elle avait une voix grave, agréable, et paraissait parfaitement maîtresse d'elle-même, confiante. Elle faisait penser à ces femmes sénateurs ou agents de change pugnaces qu'on voit dans les émissions de PBS.

Au cours de la première heure, Shelly discuta de l'industrie pornographique d'une manière neutre, terre à terre. Les films X étaient malheureusement en perte de vitesse. Ils n'étaient plus dans le vent, comme dans les années soixante-dix. Le plaisir de l'excitation clandestine avait disparu. La droite religieuse et les conservateurs étaient plus actifs. Mais, expliqua Shelly, d'autres facteurs étaient au contraire favorables à cette industrie. Le sida était certainement un élément à prendre en compte : « Regarder faire l'amour, c'est sans danger. » Et puis les gens avaient tendance à être plus fidèles à présent. Ayant moins de liaisons, les couples étaient plus inventifs à la maison. Inutile d'aller dans un cinéma dégueulasse de quartier pouilleux. Vous et votre partenaire pouviez regarder des prouesses sexuelles dans votre propre chambre à coucher.

Le matériel avait changé également. « C'est le magnétoscope qui a contribué le plus à la nouvelle popularité », expliqua-t-elle. Le porno, à son sens, était fait pour la vidéo. « Il y a quinze ans, à l'âge d'or des grosses productions X, le budget d'un film atteignait parfois un million de dollars. » Il y avait des effets spéciaux recherchés, des décors, des costumes et des scénarios de quatre-vingt-dix pages, que les acteurs devaient mémoriser. Les producteurs du classique *Derrière la porte verte* avaient même brigué un Oscar.

Aujourd'hui, le porno était quasi artisanal, et on trouvait des douzaines de petites boîtes sur le créneau. Elles tournaient en vidéo, jamais sur pellicule. Un producteur était quelqu'un qui disposait de cinq mille dollars, d'une abondante source de coke et de six amis de bonne volonté. Il y avait quelques superstars, comme John Holmes, Annette Haven, Seka ou Georgina Spelvin. Shelly Lowe était aussi connue qu'une autre. (Coup d'œil effronté à la caméra : « Merde, j'ai cinq cents films sous la ceinture, si je puis dire ! ») Mais la notoriété des vedettes se limitait principalement à New York et la Californie. Dans l'Amérique profonde, Shelly était un visage parmi d'autres sur les cassettes proposées en location, derrière un rideau au fond d'un club vidéo familial. Si elle avait fait du X au milieu des années soixante-dix, elle serait apparue en public lors d'inaugurations de cinémas. Maintenant, ça, c'était fini.

Tourner un film n'était pas difficile. Une équipe de trois personnes louait un loft ou bien occupait un appartement pendant deux jours, installait les camé-scopes, les éclairages, le son, tournait de six à dix scènes de cul et vingt minutes de transitions. Le scéna-rio tenait en dix pages. Les dialogues étaient impro-visés. La boîte de postproduction faisait deux versions du film. Du hard pour les cinémas porno, la vente par correspondance, les peep-shows et les clubs vidéo ; du soft pour les chaînes câblées et les réseaux de télévi-sion internes des hôtels. Les cinémas n'étaient plus le débouché le plus important. Ils fermaient leurs portes ou bien installaient des systèmes de projection vidéo, et puis finissaient quand même par fermer. Mais les gens louaient des cassettes porno pour les visionner chez eux. On produisait chaque année quatre mille vidéos X. C'était devenu une denrée comme une autre.

— La production en série. La pornographie, c'est le sexe pour tous.

— Et vous ? questionna Rune. Sur le plan person-nel ? Avez-vous été contrainte de faire ce métier ? Avez-vous été, je ne sais pas, kidnappée ? Agressée à l'âge de dix ans ?

Shelly se mit à rire.

— Pas vraiment. J'avais envie de faire ça. Ou peut-être devrais-je dire que les pressions exercées ont été subtiles. Je voulais jouer à tout prix, mais je n'arrivais pas à obtenir de vrais rôles. Rien pour payer le loyer. Je n'ai trouvé à faire que du porno. Et puis je me suis rendu compte que non seulement je jouais, mais que je gagnais aussi beaucoup d'argent. Je dominais la situa-tion. Tant sur le plan créatif que sexuel. Cela peut être très stimulant.

— Vous n'avez pas été exploitée ?

Shelly se mit à rire une fois encore, secouant la tête. Elle regarda la caméra bien en face.

— Ça, c'est un mythe ! Non, nous ne sommes pas

de pauvres filles de ferme victimes d'esclavagistes. Les hommes tiennent le haut du pavé dans le cinéma classique, mais dans le porno, c'est l'inverse. C'est comme le sexe dans la vie réelle : ce sont les femmes qui dominent. Nous avons ce que veulent les hommes, et ils sont prêts à payer pour l'obtenir. Nous gagnons plus d'argent que les hommes, nous décidons de ce que nous faisons ou pas. Nous occupons la position du dessus, si vous me pardonnez la plaisanterie.

— Donc vous aimez ce métier ? demanda Rune, surprise.

Silence. Et les yeux sincères se tournèrent de nouveau vers l'objectif brillant (et onéreux) de la Betacam.

— Pas exactement. Il y a un problème. Il manque une dimension... esthétique. On parle de films érotiques, mais ils n'ont décidément rien d'érotique. L'érotique implique une stimulation émotionnelle et physique. Des gens qui baisent en gros plan, ce n'est pas érotique. Comme je vous l'ai déjà dit, on travaille dans le bas de gamme.

— Alors pourquoi avez-vous continué ?

— A présent, je fais du vrai théâtre. Pas beaucoup, mais une fois de temps en temps. Et je n'ai jamais gagné plus de quatre mille dollars. Avec le porno, j'ai fait cent douze mille l'année dernière. La vie est chère. J'ai choisi la voie de la facilité.

Shelly prit une pose moins raide et Rune remarqua quelque chose. La femme dure et aguicheuse qui avait commencé à parler, la Shelly qui n'avait que faits et chiffres à la bouche, n'était plus celle qui parlait à présent. Elle était différente : plus douce, sensible, pensive.

Shelly se redressa, croisa les jambes. Elle regarda sa montre.

— Dites donc, je suis pompée. Restons-en là pour ce soir.

— Entendu.

Les projecteurs brûlants s'éteignirent. On entendit

des craquements comme ils refroidissaient. Rune ressentit aussitôt la fraîcheur de la soirée.

— Comment était-ce, à votre avis ? s'enquit Rune. Moi, j'ai trouvé ça génial.

— C'est très facile de vous parler, répondit Shelly.

— Je ne me sers même pas de mes questions. (Rune s'assit dans la position du lotus et battit des genoux comme un papillon bat des ailes.) Il y a tellement de matière... Et nous avons à peine commencé à parler de vous. Vous êtes excellente.

— Si ça vous intéresse toujours, on peut aller à la réception dont je vous ai parlé.

— Bien sûr.

— Je peux téléphoner ?

— Désolée. Vous vous rappelez ? Je suis coupée du monde.

— Une radio de bateau : voilà ce qu'il vous faudrait. En ce cas, passons au studio un instant. Il faut que je voie si un tournage est prévu pour demain. (Elle avisa le petit caméscope JVC de Rune.) Emportez ça. Vous pourrez filmer à la réception.

— Parfait. (Rune rangea le caméscope dans son étui.) Ça ne posera pas de problème ?

Shelly balaya l'objection d'un sourire.

— Vous serez accompagnée de la star, n'est-ce pas ?

Le studio des « Lame Duck Productions » était seulement à trois pâtés de maisons de celui de Rune.

Tous deux étaient situés à Chelsea, quartier qui changeait progressivement. L'immeuble de « L & R » était situé à côté d'un restaurant hors de prix, alors que celui de « Lame Duck » se trouvait dans un secteur miteux, entouré d'importateurs coréens, d'entrepôts et de cafés. Rune sentit des relents d'ail et d'huile rance dans la rue. Des pavés brillaient dans l'asphalte. Des voitures en piteux état et des fourgonnettes de livraison se tenaient prêtes à affronter une autre journée de mauvais traitements dans les rues de New York.

Elles entrèrent dans le hall de l'immeuble, dont le sol était très approximativement nettoyé.

— Je redescends dans un instant, annonça Shelly. Je dois simplement vérifier le planning de tournages. Il fait trop sombre pour filmer en extérieur ? demanda-t-elle avec un hochement de tête vers le caméscope.

Rune acquiesça.

— Oh, Miss Lowe, dit le vigile, vous avez un message téléphonique. C'est urgent, paraît-il.

Shelly prit le message rose, le lut.

— Je redescends tout de suite, répéta-t-elle.

Une fois dehors, Rune arpenta le trottoir. Elle porta le caméscope à son œil, mais le signal de manque de luminosité s'alluma dans le viseur. Elle remit le caméscope dans son sac. L'ail lui donnait faim. Que mangeait-on à une réception dans le milieu du porno ?

On doit y manger comme partout ailleurs, ma vieille. Qu'est-ce que tu crois ? Shelly est comme tout le monde. Elle...

— Hé, Rune ! lança la voix de cette dernière.

Rune leva la tête, mais dans la pénombre ne put voir de quelle fenêtre elle appelait. Puis elle distingua l'actrice dont la silhouette se découpait dans l'encadrement d'une fenêtre au troisième étage.

— Oui ? cria-t-elle.

— Je tourne à onze heures demain. Vous voulez voir ça ?

— Pourquoi pas ? répondit-elle aussitôt, se rendant compte presque aussi vite qu'elle n'y tenait guère, en fait... Ça ne posera pas de problème, à votre avis ?

— J'arrangerai ça. Je passe un coup de fil et je redescends.

Elle disparut à l'intérieur.

Ça devait être incroyable ! Comment serait le plateau ? L'équipe de tournage aurait-elle l'air de se raser ? Est-ce que ça se transformait en partouze géante ? Peut-être certains acteurs lui feraient-ils du gringue ? Cependant, si toutes les actrices étaient de grandes blondes aussi belles que Shelly, le problème ne se poserait sans doute pas. Ces hommes et ces femmes se baladaient-ils tout nus sur le...

La boule de feu, éclaboussure de soleil, fut si éblouissante que Rune porta instinctivement les bras à ses yeux, épargnant à son visage les morceaux de béton, de verre, de bois, qui dégringolèrent dans la rue. Déflagration si forte que l'onde de choc lui parcourut tout le corps.

Rune hurla, terrorisée par le vacarme assourdissant. Elle fut violemment projetée contre une camionnette Chevy toute cabossée, le long du trottoir.

Fumée, flammes...

Rune resta un moment allongée dans le caniveau, la tête contre le bord du trottoir, le visage dans une flaque d'eau huileuse. Le sifflement pénétrant ses oreilles était si strident qu'elle crut à la rupture d'une conduite de vapeur.

Mais c'était quoi, bon sang ? Un avion qui s'était écrasé ?

Rune se redressa lentement. Elle se passa les mains sur les oreilles. Bouchées par du coton, lui sembla-t-il, bourrées de cendres. Elle claqua des doigts, n'entendit pas un son. Ni ses doigts, ni l'énorme voiture de pompiers Seagrave qui stoppa à trois mètres d'elle, et dont la sirène devait pourtant hurler.

Elle se leva, s'appuyant contre la camionnette. Elle fut prise d'un étourdissement. Attendit que la sensation passe. En vain. Elle se demanda si elle ne souffrait pas de commotion cérébrale.

Elle se demanda aussi si elle n'avait pas un problème de vision. Celle-ci était en effet parfaitement nette sur deux choses en même temps, l'une proche, l'autre lointaine.

Tout près : un morceau de papier fin, à bordure dorée, couvert de petits caractères. Il passa majestueusement devant sa joue puis fut emporté par le caprice d'un souffle d'air.

L'autre chose – et Rune ne la voyait que trop distinctement, même à travers l'épaisse colonne de fumée noire –, c'était le trou béant au troisième étage de l'immeuble devant elle, une caverne, à la place du bureau d'où Shelly venait de crier à Rune ce qui resterait, vraisemblablement, ses dernières paroles.

CHAPITRE 5

Visages de marbre.

Rune était assise à l'arrière d'une voiture du New York Police Department, portière ouverte, pieds posés par terre à l'extérieur. Essuyant ses larmes, elle sentait sur elle les yeux des deux hommes debout à deux mètres d'elle, mais sans les regarder.

L'incendie était éteint. Une odeur nauséabonde de produits chimiques imprégnait l'air et une fine fumée enveloppait la rue, tel un brouillard huileux.

Le visage et les coudes de Rune avaient été nettoyés et pansés par les infirmiers du service médical d'urgence. Ils avaient utilisé de vulgaires pansements adhésifs. Elle s'était attendue à des soins plus sérieux, mais ils s'étaient contentés de lui frotter la peau et de lui coller dessus du sparadrap couleur chair, avant de monter. Sans se presser. Personne là-haut n'avait besoin de leurs talents.

Elle utilisa encore une fois le Kleenex en boule pour se tamponner les yeux, puis les leva vers les hommes en costume sombre.

— Elle est morte, n'est-ce pas ?

— Vous criez, lui dit un des enquêteurs.

Elle n'entendait pas sa propre voix. Elle avait toujours les oreilles dans du coton. Elle répéta la question, s'efforçant de parler plus doucement.

La question les surprit. L'un d'eux afficha un petit

sourire, lui sembla-t-il. Dit quelque chose qu'elle n'entendit pas. Rune lui demanda de répéter.

— Pour être morte, elle est morte, entendit-elle.

La conversation était difficile. Rune captait des bribes de phrases, mais certains de leurs propos lui échappaient. Elle fut obligée de regarder leurs yeux pour comprendre les questions.

— Que s'est-il passé ? demanda-t-elle.

Ni l'un ni l'autre ne répondit.

— Comment vous appelez-vous, mademoiselle ? questionna l'un d'eux d'un ton bourru.

Après avoir répondu, elle entendit :

— Pas votre nom de scène, ma chérie, pas celui que vous utilisez à l'écran. Votre vrai nom.

Il lui décocha un regard froid.

— Rune est mon vrai nom. Attendez... Vous croyez que je travaillais avec Shelly ?

— Travailler ? Vous appelez ça *travailler* ? Que pense votre mère de votre carrière ?

— Je ne tourne pas dans des films porno ! lança Rune, furieuse.

L'autre sourit.

— Ça, je m'en serais douté, dit-il en la reluquant de la tête aux pieds. Alors, qu'est-ce que vous faites pour eux ? Vous leur apportez le café ? Vous les maquillez ? Vous faites des pipes aux acteurs pour les mettre en condition avant le tournage ?

Elle se redressa.

— Ecoutez...

— Asseyez-vous. (Il lui fit signe de se rasseoir dans la voiture.) Je n'ai pas envie de perdre mon temps avec quelqu'un de votre espèce. (Son collègue n'avait pas l'air aussi irrité, mais se garda d'interrompre sa tirade.) Si ça vous amuse de foutre en l'air votre vie en incitant les gens à attraper des maladies et des saletés, parfait. Nous vivons dans un pays libre. Mais ne comptez pas sur ma sympathie : vous ne m'entendrez pas vous dire à quel point je regrette que votre copine soit partie en fumée, ça non, merde ! Maintenant je pose mes questions, et je me barre. Alors racontez-moi ce que vous avez vu.

Un calepin fit son apparition.

De nouveau elle pleura, avec force reniflements, en leur racontant ce qui s'était passé. Elle leur parla de la réception à laquelle elles devaient aller et du message téléphonique pour Shelly. Puis leur expliqua qu'elle avait alors attendu Shelly en bas dans la rue.

— Je l'ai vue à la fenêtre, puis le studio a explosé. (Elle ferma les yeux. Elle revit l'explosion au ralenti. Elle rouvrit les yeux, mais continua à revivre la scène en esprit.) C'était... c'était si *fort*...

Celui qui prenait des notes, le teigneux, hocha la tête et glissa son calepin dans la poche de sa veste.

— Vous n'avez vu personne d'autre ?

— Non.

Il se tourna vers son collègue, feignant de froncer les sourcils.

— On devrait peut-être l'emmener voir le corps. Pour l'identifier.

— Oui, avec cette explosion, le labo du légiste va avoir un mal de chien. Vous pouvez nous être très utile, Miss Porno. Vous avez le cœur bien accroché, n'est-ce pas ?

La prenant par le bras, il la fit sortir de la voiture.

L'autre arborait un grand sourire.

— Elle a la moitié de la peau arrachée et le reste du corps méchamment brûlé.

Il la poussa vers l'entrée.

Une voix derrière eux :

— Bonjour, messieurs. Que se passe-t-il ?

Cow-Boy, sur le trottoir, passait lentement les doigts sur le bord de sa casquette de baseball. Il jeta un coup d'œil à Rune, puis aux flics.

Un des enquêteurs désigna Rune d'un signe de tête.

— Témoin oculaire. On allait juste...

Rune s'écarta d'eux, s'avança vers Cow-Boy.

— Ils voulaient me faire monter pour que j'identifie le corps de Shelly.

Cow-Boy plissa le front.

— Tiens donc !

L'un des flics haussa les épaules avec un sourire.

— Le corps a été emporté voici dix minutes, reprit Cow-Boy. Direction le labo du légiste. Vous l'avez vu partir, les gars...

Grand sourire des enquêteurs.

— Rien qu'une petite plaisanterie, Sam...

Ce dernier hochait la tête. Il n'était pas en rogne, mais ne souriait pas.

— Vous en avez terminé avec elle ?

— Oui, je pense.

— Ça vous dérange que je lui dise un mot ?

— Elle est à vous. (L'enquêteur se tourna vers elle.) Il faudra nous signer une déposition. Où peut-on vous joindre ?

Rune leur communiqua le numéro de « L & R Productions ».

En montant dans leur voiture banalisée, l'un des enquêteurs lui lança :

— J'espère que ça vous servira de leçon et vous aidera à prendre votre vie en main !

— Je ne... commença Rune.

Mais les portières claquèrent et la voiture démarra en trombe.

Cow-Boy examinait le visage de Rune.

— Pas trop méchant.

— Qu'est-ce que vous voulez dire ?

— Les coupures. Vous avez eu de la chance. Si la bombe avait été au rez-de-chaussée, vous ne vous en seriez peut-être pas tirée.

Rune avait les yeux fixés sur le trou fumant. Les pompiers avaient accroché des gyrophares portatifs à des fils et des gaines électriques brûlés.

— Comment s'appelait-elle ? demanda-t-il.

— Shelly Lowe. C'était son nom de scène. C'était une actrice célèbre de films X.

— C'était un studio ?

— « Lame Duck Productions ».

Il hocha la tête, levant les yeux vers le trou sur le côté de l'immeuble.

— Encore une bombe contre l'industrie du porno.

— Ils s'imaginaient, dit Rune avec un signe de tête pour désigner les deux enquêteurs qui venaient de partir, que je travaillais dans le X.

— Vous avez eu droit au traitement de choc. Ils font pareil avec les jeunes toxicos, les tapineuses et les conducteurs en état d'ivresse. Il faut humilier les contrevenants, qui sont alors censés renoncer à leurs erreurs, retourner à l'école, boire de l'eau ou entrer dans les ordres. J'avais la même démarche quand je faisais le guignol.

— Le guignol ?

— Quand j'effectuais des rondes.

Elle s'approcha de l'immeuble, regardant le trou béant.

— Je ne travaillais pas avec elle. Je tourne un documentaire sur elle. Je ne joue pas dans ce genre de films.

— Je vous ai déjà vue.

— Lors de l'attentat contre le cinéma. Moi aussi je vous ai vu. Et encore hier soir.

— J'ai vu quelqu'un avec une caméra. Je ne vous ai pas reconnue.

— Je vous ai demandé quelque chose et vous ne m'avez pas répondu.

— Je n'ai pas entendu. (Il se toucha l'oreille.) Je n'entends pas très bien. Cela fait plusieurs années que je travaille dans le déminage.

— Je m'appelle Rune, dit-elle en tendant la main.

Il avait les doigts fins, mais calleux.

— Sam Healy.

Il lui fit signe de reculer au moment où démarraient plusieurs voitures de police bleu et blanc. Rune remarqua que la plupart des policiers étaient partis. Il ne restait qu'une demi-douzaine de camions de pompiers. Ainsi que le break bleu et blanc de la Brigade de déminage.

Mains sur les hanches, il regardait le mur éventré. Puis il se mit à arpenter le trottoir.

— Pourquoi n'y a-t-il plus personne ?

L'œil de Healy fixa les briques.

— Avez-vous vu un éclair ? questionna-t-il.

— Un éclair ? Oui.

— De quelle couleur ?

— Je ne me rappelle pas. Rouge ou orange, je crois.

— Avez-vous été irritée par un produit chimique ? Du gaz lacrymogène par exemple ?

— Ça sentait très mauvais, mais non, je ne crois pas.

— Personne n'a rien lancé par la fenêtre ?

— Une grenade ?

— N'importe quoi.

— Non. Shelly a crié à la fenêtre, m'a posé une question. Puis elle est allée téléphoner. Ç'a explosé une minute plus tard. Peut-être moins.

— Téléphoner ?

— Elle a reçu un message lui demandant de rappeler quelqu'un. Peut-être le vigile saura-t-il qui. Mais les enquêteurs l'ont certainement interrogé.

Healy fronçait les sourcils.

— Ils ont renvoyé le vigile chez lui, dit-il d'une voix douce. Il ne savait rien, et n'a pas parlé de message. Du moins, d'après les enquêteurs. Bon, attendez ici une minute, OK ?

Il regagna le break à grandes enjambées, parla à la radio quelques minutes. Elle le vit raccrocher le combiné sur le tableau de bord. Un jeune agent s'approcha de lui et lui tendit une pochette en plastique.

Il retourna auprès de Rune.

— Le deuxième ange ? lui demanda-t-elle.

Il rit, surpris.

— J'ai regardé par-dessus votre épaule hier soir, avoua-t-elle.

Il hocha la tête, réfléchit, puis lui montra l'enveloppe en plastique.

Le deuxième ange sonna de la trompette. Une grande montagne enflammée fut précipitée dans la mer, et un tiers de la mer se transforma en sang.

Le message émanait également de l'Epée de Jésus. Healy le glissa dans son attaché-case.

— Au fait, reprit Rune, je reviens à ma question : où est passé tout le monde ? Vous êtes le seul policier qui reste, ou quasiment...

— Ah, tout le monde doit être au courant à présent, répondit Healy avant de reporter son attention sur le trou béant.

— Au courant ?

Il désigna l'immeuble fumant d'un signe de tête.

— Si, mettons, un flic avait été tué là-dedans, ou un gosse, une religieuse, ou bien encore une femme enceinte, une centaine de flics, plus le FBI, auraient rappliqué illico.

Il la regarda, à la façon dont les parents regardent leurs enfants quand ils leur font une leçon de choses pour voir si le message passe bien.

Cela n'étant apparemment pas le cas, Healy reprit :

— Nous avons pour consigne de ne pas consacrer trop de temps à de tels clients... dans l'industrie du porno. Vous comprenez ?

— C'est ridicule ! s'exclama Rune, l'œil étincelant. Et les spectateurs du cinéma ? Vous vous en fichez ?

— Non. Mais on n'en fait pas un drame... Et vous voulez savoir la vérité sur les spectateurs du *Vénus de velours* ? Certes, quelques-uns étaient d'innocents quidams. Mais deux étaient recherchés pour trafic de drogue, un autre était un repris de justice en cavale, un autre était armé d'un couteau de boucher de vingt-cinq centimètres de long.

— Et si une bonne sœur était passée devant le cinéma au moment de l'explosion, ou sur ce trottoir là-bas, elle serait morte comme Shelly Lowe.

— Exact. Voilà pourquoi je dis que nous ne classons pas l'affaire. Mais il n'est pas question de mettre trop de monde dessus.

Rune faisait tourner son bracelet d'argent autour du poignet.

— A vous entendre, Shelly perd toute consistance réelle. Pourtant elle était bien vivante et quelqu'un l'a tuée.

— Je ne vous dis pas le contraire.

— Et saviez-vous qu'elle voulait laisser tomber le porno ? Ça vous motive, ça ?

— Rune...

— On vous tue : c'est un crime. On tue Shelly Lowe : c'est de la rénovation urbaine. C'est dégueulasse.

Un capitaine des pompiers s'approcha d'eux. Il paraissait immense dans sa tenue noire et jaune.

— Nous allons être obligés d'étayer avant de laisser monter qui que ce soit, Sam.

— Il faut que je fasse mon enquête.

— Ça devra attendre demain.

— Je veux en avoir terminé ce soir.

Rune s'éloigna.

— Bah voyons, il veut consacrer environ cinq minutes à relever des indices...

— Rune.

— ... puis retourner protéger des religieuses.

Healy la rappela.

— Attendez, lança-t-il d'une voix autoritaire.

Elle poursuivit son chemin.

— Je vous en prie.

Elle ralentit le pas.

— Je veux vous poser quelques questions.

Elle s'arrêta, se tourna vers lui, sut qu'il voyait ses grosses larmes à la lumière des gyrophares. Elle leva la main.

— D'accord, mais pas ce soir, répondit-elle avec humeur. Pas maintenant. J'ai un truc à faire, et si je n'y vais pas tout de suite, je n'irai jamais. Les enquêteurs ont mon numéro.

Peut-être Healy lui cria-t-il quelque chose. Elle n'en fut pas certaine, car pour le moment elle entendait beaucoup moins bien que Healy. Mais elle pensait surtout à la visite qu'elle partait rendre. Comment allait-elle s'y prendre ? Elle n'en avait pas la moindre idée.

Nicole D'Orleans connaissait cependant déjà la nouvelle.

Rune se tenait sur le seuil de son appartement, dans une tour vers la 50e. La femme était appuyée contre le chambranle, accablée de chagrin. Elle avait le visage bouffi. Elle s'était essuyé les yeux, mais avait par la même occasion enlevé partiellement son maquillage. Son visage en paraissait de guingois.

Nicole se redressa.

— Euh, désolée. Entrez.

Les pièces étaient fraîches et sombres. Rune sentit une odeur de cuir, de parfum, ainsi que les effluves de la vodka bue par Nicole. Elle jeta un coup d'œil aux taches colorées sur le mur que formaient quelques tableaux modernes, aux affiches théâtrales. Elle aperçut plusieurs signatures encadrées. L'une d'elles lui sembla être de George Bernard Shaw. Elle n'en reconnut pas la plupart.

Elles entrèrent dans une grande pièce. Beaucoup de cuir noir. Mais l'appartement n'avait rien de louf, comme on aurait pu s'y attendre chez une star du porno. Il ressemblait plutôt à celui d'un chirurgien esthétique milliardaire. Il y avait une énorme table basse en verre, apparemment épaisse de quinze centimètres. Le tapis blanc boucla autour des bottes de Rune. Celle-ci avisa des rayonnages bourrés à craquer, se rappela la façon dont elle et Shelly avaient feuilleté plusieurs de ses livres ce matin-là. Elle eut envie de pleurer, mais retint ses larmes, car Nicole paraissait au bord de l'hystérie.

La jeune femme avait tout son nécessaire de deuil.

Une boîte de Kleenex, une bouteille de Stoly, un verre. Une fiole de coke. Elle s'assit au milieu du canapé.

— J'ai oublié votre nom. Ruby ?

— Rune.

— Je n'arrive pas à y croire. Les salauds. Ils se croient pieux, mais de bons chrétiens, ce n'est pas ça. Qu'ils aillent se faire foutre !

— Qui vous a mise au courant ?

— La police a appelé l'un des producteurs. Qui a téléphoné à tout le monde chez nous... Oh, mon Dieu. (Nicole se moucha bien sagement.) Vous voulez un verre ? Quelque chose ?

— Non, j'étais seulement passée pour vous mettre au courant. J'ai failli téléphoner. Mais ça ne m'a pas semblé correct... Vous étiez si proches toutes les deux.

Nicole se remit à pleurer, ce qui ne l'empêcha pas de parler d'une voix posée.

— Vous étiez avec elle quand c'est arrivé ?

Rune avait refusé un verre, mais soit Nicole n'avait pas entendu, soit elle avait décidé de passer outre, car elle versait du Stoly dans un verre contenant de petits glaçons à demi fondus.

— J'étais dans la rue et je l'attendais. Nous devions aller à une réception.

— Ah oui, la réception de l'AAAF.

Cette évocation déclencha un nouveau flot de larmes. Nicole tendit le verre à Rune. Celle-ci aurait voulu partir, mais l'actrice la regarda d'un œil si humide, si implorant, qu'elle s'assit sur les coussins de cuir, qui émirent un sifflement, et accepta le verre.

— Oh, Rune... C'était l'une de mes meilleures amies. Je n'arrive pas à y croire. Elle était ici ce matin. Nous avons plaisanté, parlé de la réception... Ni l'une ni l'autre ne tenions vraiment à y aller. Et elle a préparé le petit déjeuner.

Que dire ? pensa Rune. Que ça irait mieux ? Non, ça n'irait pas mieux, bien entendu. Que le temps guérit toutes les plaies ? N'y pense pas. Ce n'est pas vrai. Certaines plaies restent ouvertes toute la vie. Elle songea à son père, reposant dans un funérarium de Shaker Heights, des années plus tôt. La mort change tout le paysage de votre vie. A jamais.

Rune but à petites gorgées l'alcool clair et amer.

— Vous savez ce qui est injuste ? dit Nicole au bout d'un moment. Shelly n'était pas comme moi. Bon, je travaille bien. Comme j'ai de gros nichons, les hommes aiment bien me voir, et je fais assez bien l'amour, je crois. En plus, j'aime ce que je fais. Je gagne bien ma vie. J'ai même des fans qui m'envoient des lettres. Par centaines. Mais Shelly, elle, n'aimait pas ce métier. Elle donnait l'impression de – comment dire ? – traîner un boulet. Elle aurait volontiers fait autre chose si elle avait pu. Ces fanatiques... Ce n'est pas juste qu'ils l'aient choisie.

L'espace d'un instant, Nicole fixa des yeux les rayonnages.

— Vous savez, une fois on est allées voir un film sur cette tapineuse qui était aussi chanteuse de blues. Elle a eu une vie terrible, elle était si triste... Shelly m'a dit que c'était elle, que sa vie était pareille. Triste. Nous l'avons vu deux fois. Bon sang ! ce qu'on a pu pleurer...

Et elle remit ça.

Rune posa la vodka et passa le bras autour des épaules de Nicole. Nous formons une belle paire, se dit-elle. Mais rien de tel qu'un drame pour susciter la solidarité.

Elles parlèrent encore une heure. Rune eut bientôt mal à la tête et ses coupures au visage l'élancèrent. Elle devait partir, annonça-t-elle. L'alcool avait rendu Nicole d'humeur sentimentale et elle pleurait toujours toutes les deux minutes. Mais elle n'allait pas tarder à s'endormir. Elle serra Rune très fort contre elle et prit son numéro chez « L & R ».

Rune attendait l'ascenseur pour redescendre jusque dans le hall d'entrée de marbre resplendissant.

Maintenant que Shelly était morte, elle ne pouvait malheureusement plus réaliser ce film qui aurait révélé au monde la vraie nature de cette femme. Quelqu'un de sérieux, malgré son métier, et qui cherchait à s'en tirer.

Puis elle se dit : pourquoi pas ?

Pourquoi ne pas faire ce film ?

Elle pouvait très bien le réaliser.

Et, se rappelant ce qu'avait dit Nicole sur cette chanteuse de blues, soudain elle eut l'idée du titre de son film. Elle y réfléchit une minute et décida que, oui, ce serait ça. *Épitaphe pour une star du porno.*

L'ascenseur arriva. Rune monta, posa la figure contre la plaque de cuivre bien fraîche qui logeait les boutons et descendit au rez-de-chaussée.

CHAPITRE 6

Prends un air décidé et il ne t'arrêtera pas. Il te laissera entrer sans la moindre objection.

Tout est dans l'attitude, se dit Rune.

Elle portait un blouson bleu. Dans le dos se lisaient, en blanc, les lettres NY. Rune les avait inscrites à la peinture acrylique ce matin-là. Elle garda la Sony Betacam sur l'épaule en passant devant le policier en uniforme posté dans le hall de « Lame Duck Productions ». Elle lui adressa un vague signe de tête, calme, très fonctionnaire, sûre qu'il la laisserait passer.

Il l'arrêta.

— Qui êtes-vous ? lui demanda-t-il.

Il ressemblait à — comment s'appelait-il ? — Eddie Haskell dans *Leave It to Beaver*.

— Unité Vidéo.

Il regarda le pantalon noir extensible et les Keds montantes de la jeune femme.

— Jamais entendu parler. Quelle circonscription ?

— Police de l'*État*, corrigea-t-elle. Maintenant, si ça ne vous dérange pas... J'ai encore cinq lieux de crime à visiter aujourd'hui.

Eddie ne bougea pas.

— Cinq lieux de crime, répéta-t-il, hochant la tête. Votre plaque ?

Rune glissa la main dans son sac à main. Ouvrit d'une chiquenaude un porte-cartes. D'un côté un badge doré, tout brillant, de l'autre une carte d'identité arborant une photo d'elle, l'air maussade. Portant le nom de Serjent Randolf. (Le type qui lui avait vendu la carte d'identité une heure plus tôt, dans une galerie de Times Square, lui avait dit : « Votre prénom, c'est Serjent ? A ma génération aussi, on donnait aux mômes des noms pas possibles. Du genre Sunshine ou Moonbeam. »)

Eddie jeta un coup d'œil dessus, haussa les épaules.

— Faut prendre l'escalier. L'ascenseur est bousillé.

Rune monta au deuxième. L'odeur de roussi lui parvint de nouveau aux narines, écœurante. Elle pénétra dans ce qui avait été un bureau. Elle souleva la lourde caméra et commença de filmer. Ce n'était pas le spectacle auquel elle s'attendait. Pas comme dans les films, où l'on voit quelques dégâts dus à la fumée, des chaises renversées, du verre brisé.

Là, c'était la destruction totale.

Les meubles de la pièce n'étaient plus que des bouts de bois, de métal et de plastique. Rien n'était reconnaissable à l'exception d'un classeur boursouflé, donnant l'impression d'avoir été crevé par un coup de poing géant. Les panneaux d'isolation phonique au plafond avaient disparu, des fils électriques pendaient, le sol était une mer noire et figée de papiers, de détritus, de débris. Les murs n'étaient plus que cloques proéminentes de peinture noircie. De la chaleur émanait encore de tas noirs de linges et de papiers humides.

Elle fit un lent panoramique.

Voilà où la vie de Shelly Lowe s'est achevée. Voilà comment elle s'est terminée. Dans les flammes, et...

Une voix derrière elle :

— Qu'en pensez-vous ?

La caméra piqua du nez. Rune la coupa.

Elle se retourna et aperçut Sam Healy, debout dans l'embrasure d'une autre porte, en train de siroter du café dans un gobelet bleu. Elle apprécia sa question. Plutôt que : « Qu'est-ce que vous foutez là ? » Question qu'il aurait probablement dû poser.

78

— On dirait le royaume d'Hadès, observa-t-elle. Vous savez, les Enfers.

— L'enfer.

— Oui.

Healy fit un signe de tête vers le couloir.

— Pourquoi vous a-t-il laissée monter ici ?

— Je l'ai raisonné.

Healy s'approcha de Rune et la fit pivoter lentement. Il regarda les lettres inscrites dans son dos.

— Joli. Vous voulez vous faire passer pour quoi, un chauffeur de bus ?

— Non. Je filme, c'est tout.

— Ah. Votre documentaire.

Elle avisa une petite valise par terre à côté de lui.

— Que faites-vous ici ? Vous étiez censé ne pas consacrer trop de temps à l'affaire. Vous vous rappelez ? Les consignes.

— Je ne suis qu'un sous-fifre. Je récolte les indices. Le District Attorney en fait ce qu'il veut, c'est son affaire.

Elle avisa aussi plusieurs sacs en plastique posés à côté de l'attaché-case.

— Quel genre d'indices avez-vous...

Une autre voix résonna dans la salle.

— C'est *elle* !

Eddie le flic.

Ce mot « elle » accentué, Rune l'avait déjà entendu. Dans la bouche de ses parents, de profs, de patrons.

Rune et Healy levèrent les yeux. Eddie était accompagné d'un autre gars, costaud. Rune eut vaguement l'impression de le reconnaître. Oui, c'était ça. Le premier attentat. Le cinéma. « Complet Brun ».

— Sam. (Il gratifia Healy d'un signe de tête, puis s'adressa à Rune :) Je suis l'inspecteur Begley. J'ai cru comprendre que vous travaillez pour la police de l'Etat de New York. Pourrions-nous revoir votre plaque, s'il vous plaît ?

Rune fronça les sourcils.

— Je n'ai jamais dit ça. J'ai dit que je voulais filmer la police de l'Etat. Pour les actualités.

Eddie secoua la tête.

— Elle m'a montré une plaque.

— Mademoiselle, vous savez que c'est un délit d'avoir une plaque.

— Cela ne s'applique qu'à certaines personnes.

— Artie, intervint Healy, elle est avec moi. Pas de problème.

— Sam, on ne peut pas la laisser exhiber une plaque à tout bout de champ. (Begley se tourna vers elle.) Soit vous ouvrez votre sac, soit nous vous emmenons au poste.

— C'est que...

Eddie saisit le sac peau de léopard et le tendit à Begley. Qui fourgonna dans le fatras tintinnabulant. Il fouilla une ou deux minutes, puis grimaça avant de vider le contenu par terre. Pas de plaque.

Rune retourna toutes ses poches. Vides.

Begley regarda Eddie.

— Je l'ai vu, dit ce dernier. J'en suis sûr.

— Je vais la surveiller, Artie, assura Healy.

Begley grogna, tendit le sac à Eddie et lui ordonna de tout remettre dedans.

— Elle avait une plaque, protesta-t-il.

— On a réussi à identifier le corps grâce aux empreintes dentaires, dit Begley à Healy. Il s'agit bien de cette femme, Lowe. Pas d'autre victime. Et hier soir tu m'as bien demandé de vérifier cette histoire de coup de téléphone ?

Healy hocha la tête.

— Le vigile ne sait plus de qui était le message. Quant à la compagnie du téléphone, elle tient encore des registres écrits à la main. Et ils essaient de trouver qui a appelé qui. Dès que nous aurons du nouveau, nous te préviendrons.

— Merci.

Begley s'en fut. Une fois qu'il eut fini de regarnir le sac de Rune, Eddie la gratifia d'un regard glacial et s'en alla lui aussi.

Rune, se retournant, vit Healy en train d'examiner sa carte d'identité.

— Vous avez mal orthographié Sergent.

Elle tendit la main, mais il escamota le porte-cartes.

— Begley a raison. Si on vous prend avec ça, c'est un délit. Et entourlouper un flic, ça va vous coûter le maximum.

— Vous avez fouillé dans mon sac.

Il glissa le porte-cartes en simili-cuir dans sa poche.

— Chez les démineurs, on n'a pas les mains qui tremblent.

Il termina son café.

— Vous leur avez demandé, reprit-elle avec un signe de tête vers la sortie, de vérifier pour le coup de téléphone. Entre autres. Vous me donnez l'impression d'être plus qu'un simple sous-fifre.

Haussement d'épaules nonchalant.

— Si vous n'allumez pas votre caméra, je vous montre ce que j'ai trouvé.

— OK.

Ils se dirigèrent vers un « entonnoir » dans le sol en béton. Rune ralentit le pas en approchant. Des traînées blanches et grises en sortaient. Au-dessus d'eux, elle avisa un enchevêtrement noir en forme de dôme. C'était là que l'explosion avait détruit le plafond couvert de panneaux d'isolation phonique. Devant Rune se trouvait le trou béant qui marquait l'emplacement du mur extérieur pulvérisé.

Healy tendit le doigt vers l'entonnoir.

— Je l'ai mesuré. Grâce à la taille, nous pouvons déduire la quantité d'explosif utilisée. (Il brandit une petite fiole en verre contenant du coton.) Ceci a absorbé les résidus chimiques dans l'air tout autour du lieu de l'explosion. Je vais l'envoyer au laboratoire de l'Ecole de police près de la 2ᵉ Avenue. Ils me diront exactement de quel genre d'explosif il s'agissait.

Rune avait les mains moites et l'estomac noué. C'était là que Shelly s'était tenue au moment de sa mort. Peut-être à cet endroit précis. Rune sentit ses jambes flageoler et recula lentement.

— Mais je suis certain, continua-t-il, qu'il s'agissait de C4, comme on dit couramment.

— On en entend parler à Beyrouth.

— C'est l'explosif numéro un des terroristes. A usage militaire. Ça ne s'achète pas chez les fournisseurs en matériel de démolition. Ça ressemble à du mastic blanc, sale et vaguement huileux. On peut le façonner très facilement.

— Était-il relié à un réveil, ou à autre chose ?

Healy se dirigea vers son attaché-case et prit l'un des sacs en plastique qui contenait des bouts de métal et de fils électriques brûlés.

— Des débris, commenta Rune.

— Mais des débris *révélateurs*. Ça m'apprend exactement le mode de fonctionnement de la bombe et la façon dont Shelly Lowe a été tuée. La bombe était dans le téléphone d'où elle a appelé. Celui-ci était posé sur un bureau en bois, quelque part par là. (Il désigna un espace sur le sol près de l'entonnoir.) Le téléphone était un nouveau modèle taïwanais d'importation. C'est important, parce que, dans les vieux appareils de la Western Electric, la plus grande partie de l'espace est occupée par le mécanisme. Au contraire il y a plein d'espace libre dans les nouveaux appareils. Ce qui a permis à l'assassin d'utiliser environ une demi-livre de C4.

— Ce n'est pas beaucoup.

Healy eut un sourire sinistre.

— Oh, si... Le C4 est composé d'environ 91 % de RDX, probablement l'explosif non nucléaire le plus puissant qu'on puisse trouver. C'est une trinitramine.

Rune hocha la tête, bien que ce fût de l'hébreu.

— Ils mélangent ça avec un sébacate, un isobuty-
lène, et, oh, un peu d'huile de moteur – tout ça pour
obtenir une certaine stabilité, empêcher que ça ne saute
quand vous éternuez. Il en faut vraiment très peu pour
une grosse, très grosse, explosion. Le facteur de détonation est d'environ 27 000 pieds par seconde. Celui
de la dynamite n'est que de 4 000.

— Si vous ne l'avez pas encore envoyé au labo,
comment savez-vous que c'est du C4 ?

— Je m'en suis douté quand je suis entré. Je l'ai
senti. C'était soit ça, soit du Semtex, un explosif
tchèque. J'ai également retrouvé un bout d'emballage
plastique – sur lequel était inscrit un code de l'Armée
américaine. C'était donc du C4, et pas du récent, parce
qu'il n'a pas totalement explosé.

— Qu'est-ce qui a déclenché l'explosion ?

L'air distrait, il examinait dans le sac des bouts de
métal et de plastique brûlés, les malaxait, les déplaçait.

— Le C4 entourait une capsule de détonation électrique reliée à une petite boîte qui contenait une batterie et un poste de radio. Le fil était également connecté
à l'interrupteur qui coupe le circuit sur le téléphone :
il fallait donc que quelqu'un décroche pour armer le
dispositif. C'est le problème avec la détonation par
radio. On court toujours le risque que quelqu'un – la
police, les pompiers ou un cibiste – tombe sur votre
fréquence par erreur et fasse tout sauter pendant que
vous posez la bombe. Ou quand il y a dans la pièce
une personne qui n'est pas visée.

— Donc, dit Rune, Shelly a décroché, composé le
numéro, et son mystérieux correspondant a utilisé, euh
par exemple, un talkie-walkie pour déclencher la
bombe ?

— Quelque chose comme ça, répondit Healy en
regardant attentivement par la fenêtre.

— Et c'est le numéro de téléphone que votre ami
essaie de découvrir.

— Mais sans trop se décarcasser...

— Oui, j'ai remarqué ! Dites donc, il y a des cabines téléphoniques au coin de la rue, observa Rune en jetant un coup d'œil dehors avec un hochement de tête. Le type était peut-être dans les parages. Afin de voir Shelly entrer dans l'immeuble.

— Vous êtes née flic.

— J'aimerais être née réalisatrice.

— J'ai donc déjà appelé quelqu'un dans votre service ce matin.

— Mon service ?

Il jeta un coup d'œil à la veste de la jeune femme.

— Oui. Ils ont l'intention de relever les empreintes sur tous les téléphones d'où l'on aperçoit l'immeuble distinctement.

Pas un sous-fifre, décidément. Ni un technicien. Un authentique enquêteur, voilà ce qu'il était apparemment.

— Donc, reprit Rune, quelqu'un nous a suivies jusqu'ici... Vous savez, quelqu'un nous espionnait, Shelly et moi, près de l'endroit où j'habite. Je suis allée voir de plus près et j'ai été victime d'une agression.

Healy se tourna vers elle, fronçant les sourcils.

— Vous avez fait une déclaration ?

— Oui. Mais je n'ai pas bien vu la tête qu'il avait.

— Qu'avez-vous vu, alors ?

— Un chapeau marron à large bord. Le type était de taille moyenne. Portait une veste rouge. Je l'avais déjà aperçu, me semble-t-il. Aux alentours du cinéma le soir où je vous ai vu. Une semaine après le premier attentat.

— Jeune ? Vieux ?

— Je n'en sais rien.

Veste rouge...

Healy écrivit quelques lignes dans son calepin.

Rune toucha les bouts de métal à travers le sac en plastique.

— Vous savez ce que je trouve bizarre ?

Healy se tourna vers elle.

— C'est le genre de dispositif utilisé quand on veut

tuer quelqu'un de bien précis ? C'est ça que vous pensez ?

— Ma foi, oui. Exactement.

Healy opina.

— C'est ainsi que procèdent le Mossad, l'OLP et les tueurs à gages. Si vous voulez faire passer un message, comme les Forces armées de libération nationale portoricaines ou l'Epée de Jésus, vous déposez une bombe à retardement devant le bureau. Ou dans un cinéma.

— Cette bombe, était-elle différente de celle du cinéma ?

— Un peu. Celle-ci était commandée à distance, l'autre était à retardement. Et la charge était différente également. Cette fois-ci, c'était du C4, l'autre fois du C3, lequel est à peu près aussi puissant, mais émet des fumées dangereuses et s'avère moins propre à utiliser.

— N'est-ce pas suspect ? Deux explosifs différents ?

— Pas forcément. Aux Etats-Unis, les bons explosifs sont durs à trouver. La dynamite est facile – merde, dans les Etats du Sud, on peut l'acheter dans les quincailleries –, mais, comme je vous l'ai dit, le C3 et le C4 sont strictement à usage militaire. Les civils n'ont pas le droit d'en acheter. Ça ne se trouve qu'au marché noir. Les criminels sont donc forcés de prendre ce qu'ils trouvent. Beaucoup de tueurs en série utilisent différents explosifs. Les éléments communs sont la cible et le message. J'en saurai plus quand je parlerai au témoin...

— Quel témoin ?

— Un type qui a été blessé lors du premier attentat. C'était l'un des spectateurs.

— Redites-moi son nom.

— Non, vous ne m'aurez pas. Je ne vais pas communiquer le nom d'un témoin. Je ne devrais même pas vous adresser la parole.

— Alors pourquoi le faites-vous ?

Healy regarda par le trou béant. Les véhicules se

traînaient dans la rue. Les conducteurs klaxonnaient, braillaient, gesticulaient, tout le monde était pressé. Une demi-douzaine de badauds, bouche bée, levaient le nez vers le trou. Healy considéra un moment Rune d'un œil inquisiteur, qui la mit mal à l'aise.

— Ça, dit Healy en désignant l'entonnoir, c'est du travail soigné. Un vrai boulot de professionnel. Si j'étais vous, je chercherais un nouveau sujet de film. Du moins jusqu'à ce que nous retrouvions cette Epée de Jésus.

Rune, les yeux baissés, tripotait les boutons en plastique de sa Sony.

— Je dois tourner ce film.

— Cela fait quinze ans que je désamorce des bombes. Les explosifs, ce n'est pas comme les armes à feu. Pas besoin de regarder les gens droit dans les yeux quand on les tue. Pas la peine d'être dans les parages. Et blesser des innocents n'a aucune importance... Au contraire, blesser des innocents fait partie du message.

— J'ai dit à Shelly que j'allais tourner ce film. Et je vais le faire. Rien ne m'en empêchera.

Healy haussa les épaules.

— Je vous fais simplement part de ce que je demanderais à, disons, ma compagne.

— Puis-je récupérer mon porte-cartes ?

— Non. Je veux détruire la pièce à conviction.

— Ça m'a coûté cinquante dollars.

— Cinquante ? Pour une fausse plaque ? s'esclaffa Healy. Non seulement vous violez la loi, mais vous vous faites arnaquer par la même occasion ! Maintenant, filez. Et pensez à ce que je vous ai dit.

— Sur le Mossad, les bombes, le C4 ?

— Pensez à tourner un autre film.

Salaud.
Ce soir-là, Rune, rentrée de son travail, regardait l'étendue des dégâts depuis l'entrée de sa péniche.

Tous les tiroirs étaient ouverts. Le voleur n'avait guère pris de précautions, se contentant de jeter les vêtements n'importe où, d'ouvrir des calepins, des coiffeuses, des tiroirs de coquerie, de regarder sous les futons. Vêtements, papiers, livres, cassettes, produits alimentaires, ustensiles, animaux empaillés... Tout, partout.

Salaud.

Rune prit une nouvelle bombe lacrymogène dans un placard près de la porte et visita tout l'appartement.

Le cambrioleur n'était plus là.

Au milieu du capharnaüm, elle ramassa quelques affaires – une paire de chaussettes, le recueil de contes des Grimm. Ses épaules s'affaissèrent, elle reposa les objets par terre. Il y avait trop à faire et elle ne pourrait en venir à bout ce soir.

Merde.

Rune remit une chaise d'aplomb et s'assit dessus. Elle se sentait nauséeuse. Quelqu'un avait touché cette chaussette, ce livre, ses sous-vêtements, peut-être son dentifrice... Jette tout ça, pensa-t-elle. Cette violation la fit frissonner.

Pourquoi ?

Elle avait des objets de valeur, cinquante-huit pièces de cinq *cents* à tête d'Indien – selon elle les plus belles pièces jamais fabriquées, et valant sans doute quelque chose. Une liasse d'environ trois cents dollars en espèces fourrée dans une vieille boîte de corn-flakes. Certains de ses vieux livres devaient avoir une certaine valeur. Le magnétoscope.

Soudain, elle pensa : merde, la Sony.

La caméra de « L & R » !

Elle coûtait quarante-sept mille dollars, nom d'un chien ! Merde, Larry allait lui coller un procès au cul.

Avec ça on peut vivre au Guatemala pour le restant de ses jours.

Merde.

Mais la Betacam cabossée était exactement à l'endroit où elle l'avait laissée.

Elle resta assise dix minutes, recouvrant son calme, puis se mit à nettoyer. Une heure plus tard, un certain ordre avait été rétabli. Le cambrioleur n'avait pas fait preuve de beaucoup de subtilité. Pour déverrouiller la porte, il avait jeté une pierre à travers l'une des petites fenêtres donnant du côté New Jersey. Elle balaya les éclats de verre et cloua un morceau de contre-plaqué sur l'ouverture.

Elle avait pensé appeler les flics encore une fois, mais qu'auraient-ils fait ?

A quoi bon ? Ils devaient être trop occupés à protéger les religieuses, le frère du maire et autres célébrités.

Elle finissait tout juste de mettre de l'ordre quand elle jeta de nouveau un coup d'œil sur la Betacam.

La trappe du logement cassette était ouverte. La cassette de Shelly avait disparu.

L'homme au blouson rouge l'avait volée.

Un instant de panique... Puis elle courut à sa chambre et trouva la copie qu'elle avait faite. Elle la repassa pour être sûre. Vit brièvement le visage de Shelly et éjecta la cassette. Elle la glissa dans un sac isotherme et cacha le tout dans la boîte de corn-flakes avec son argent.

Rune ferma les portes et les fenêtres à clef, éteignit les lumières extérieures. Puis elle se prépara un bol de céréales et s'assit sur son lit. Elle déposa la bombe lacrymogène sous un oreiller et s'allongea contre la pile de coussins. Elle regarda fixement le plafond tout en mangeant.

Dehors, un remorqueur fit retentir sa sirène, aux vibrations caverneuses. Rune se tourna, entrevit l'embarcadère. Son agression lui revint en mémoire, l'homme au blouson rouge.

Elle se rappela l'épouvantable explosion, l'onde de choc lui enveloppant le visage.

Elle se rappela la tête blonde de Shelly à la fenêtre, juste avant qu'elle ne se détourne pour mourir.

Rune, l'appétit coupé, posa le bol. Elle sortit du lit, se dirigea vers la cuisine. Elle ouvrit l'annuaire téléphonique et trouva la rubrique des universités. Elle se plongea dans la lecture.

CHAPITRE 7

Le problème, c'est que sa voix ne cessait de diminuer de volume quand il répondait à ses questions.

Comme si tout ce qu'il disait lui eût suggéré d'autres idées.

— Professeur ? l'encourageait Rune.

— Oui, oui...

Et il continuait quelques minutes. Puis, de nouveau, les mots se perdaient.

Le bureau devait contenir quelque deux mille livres. La fenêtre donnait sur une pelouse rectangulaire et, au-delà, sur l'étendue peu élevée de Harlem. Des étudiants se baladaient nonchalamment. Tous avaient les yeux dans le vague et une mine concentrée. Le professeur V.C.V. Miller se cala dans son fauteuil en bois, qui gémit.

La caméra ne le dérangeait pas le moins du monde. « Je suis déjà passé à la télé, lui avait-il expliqué lorsqu'elle avait appelé. J'ai déjà été interviewé pour *Soixante Minutes*. » Il enseignait la religion comparée et avait écrit un traité sur le sujet des sectes. Quand Rune lui avait dit qu'elle faisait un documentaire sur les récents attentats à la bombe, il lui avait répondu : « Je serais heureux de vous parler. On m'a dit que mon travail faisait autorité. » Lui donnant à entendre par là que c'était elle qui pouvait s'estimer heureuse de lui parler.

Miller avait une soixantaine d'années, des cheveux

blancs, fins et clairsemés. Il se tenait toujours de trois quarts par rapport à la caméra, mais ses yeux restaient braqués sur l'objectif – jusqu'à ce que sa voix devienne de plus en plus douce. Il regardait alors par la fenêtre, perdu dans des pensées insaisissables. Il portait un antique costume brun constellé de cendres de cigarette. Il avait les dents aussi jaunes que de petits bouddhas en ivoire, de même que le pouce et l'index, là où il tenait sa cigarette. Mais il ne fumait pas quand tournait la caméra.

Le monologue s'était à présent égaré vers Haïti. Rune apprenait beaucoup de choses sur le vaudou et la religion dahoméenne.

— Avez-vous entendu parler des zombies ?

— Bien sûr, j'ai vu des films, répondit Rune. Un type va sur une île des Caraïbes, se fait mordre par une espèce de mort-vivant répugnant, berk, avec des vers de terre qui grouillent partout, puis revient chez lui, mord tous ses amis et...

— Je parle des vrais zombies.

— Les vrais zombies...

Son doigt relâcha le bouton de la caméra.

— Cela existe, voyez-vous. Dans la culture haïtienne, les morts-vivants sont plus qu'un simple mythe. On a découvert que les *houngans* ou *mambos* – les prêtres et les prêtresses – pouvaient plonger quelqu'un dans un état de mort apparente en lui administrant des dépresseurs cardiopulmonaires. Les victimes donnent l'impression d'être mortes. Mais, en fait, c'est seulement qu'elles ne manifestent plus aucun signe de vie.

(« Rune, lui disait Larry, l'interviewer mène toujours le jeu. Rappelle-toi ça. »)

— Revenons-en à l'Epée de Jésus.

— Oui, oui, bien sûr. Les responsables de ces attentats à cible pornographique.

— Qu'est-ce que vous savez sur eux ?

— Rien, mademoiselle.

— Ah bon ?

Les yeux de Rune parcoururent la bibliothèque. Ne lui avait-il pas dit que son travail « faisait autorité » ?

— Non. Je n'ai jamais entendu parler d'eux.

— Mais vous connaissez, m'avez-vous dit, la plupart des sectes.

— Effectivement. Toutefois cela ne signifie pas nécessairement que cette secte n'existe pas. Il y en a des milliers dans ce pays. L'Epée de Jésus a peut-être une centaine de membres – qui lisent la Bible et ne parlent que des tourments de l'enfer, sans négliger, bien sûr, de déduire leur dîme de leur impôt sur le revenu.

Il déposa juste à temps des cendres dans le cendrier rond en céramique sur son bureau.

— Mettons qu'ils existent pour de vrai. Qu'est-ce que vous pourriez m'en dire ?

— Ma foi, je crois...

La voix s'éteignit, les yeux s'égarèrent du côté de la fenêtre.

— Professeur ?

— Désolé. C'est surprenant.

— Quoi donc ?

— Ces meurtres. Cette violence.

— Pourquoi ça ?

— En Amérique, voyez-vous, nous ne pouvons échapper à l'héritage de la tolérance religieuse. Fichtre, nous en sommes tellement fiers ! Certes, on lynchera un type parce qu'il est noir, on le persécutera parce qu'il est communiste, on le méprisera parce qu'il est pauvre, irlandais ou italien. Mais à cause de sa religion ? Non. Ce préjugé n'a pas cours aux États-Unis, comme en Europe. Et vous savez pourquoi ? Personne ne se soucie tellement des religions ici.

— Et Jim Jones ? Il était américain.

— Les gens peuvent éventuellement tuer pour *protéger* leur religion. Or les membres de cette Epée de Jésus, si tant est qu'ils existent, viennent indiscutablement de milieux conservateurs, militaristes, avec un fort penchant pour les armes à feu et la chasse. Ils seraient prêts à tuer des partisans de l'avortement. Mais, voyez-vous, c'est pour sauver des vies. Tuer à seule fin de soutenir un ensemble de valeurs morales... Ma foi, je verrais bien des fanatiques islamistes, ou bien encore des sectes primitives, agir ainsi. Mais pas en Amérique, pas un mouvement chrétien. Les chrétiens, rappelez-vous, ont été responsables des Croisades, ce qui ne leur a pas fait une bonne publicité. Cela nous a servi de leçon.

— A votre avis, où pourrais-je me renseigner sur leur éventuelle existence ?

— Vous ne pouviez pas frapper à meilleure porte en venant ici, mademoiselle. Malheureusement, je ne peux guère vous aider. Cela va-t-il passer sur une chaîne télé ?

— Peut-être même au cinéma.

Une véritable chenille de cendres tomba sur son pantalon luisant. D'un geste de la main, le professeur l'envoya rejoindre les autres amas gris jonchant le sol à ses pieds.

— Maintenant, s'il vous reste de la bande, souhaitez-vous que je vous parle de la cérémonie de la Danse du Soleil chez les Sioux ?

Avec son accent australien le plus jovial, Larry lui disait :

— Nous allons t'accorder une augmentation.

Rune débranchait les lampes au tungstène. Ils venaient d'interviewer des gens pour un documentaire sur les crèches. Rune était épuisée. Elle ne s'était pas couchée avant trois heures du matin, après avoir potassé des bouquins sur les sectes – elle n'avait rien trouvé sur l'Epée de Jésus – et revu la bande sans grande utilité du professeur Miller. Elle fit une pause, étouffant un bâillement, regarda son patron.

C'était bien Larry, oui ?

De temps à autre, quand elle avait la gueule de bois, un coup de pompe ou qu'il était tôt le matin, elle avait du mal à les distinguer. Elle faisait un effort de mémoire : Bob était un peu plus petit, avait la barbe mieux taillée, un goût pour les beiges et les bruns, alors que Larry ne portait que du noir.

— Une augmentation ?

— Il est temps que t'aies davantage de responsabilités, répondit-il.

Montée d'adrénaline.

— Une promotion ? Je vais tenir la caméra ?

— Quelque chose dans ce goût-là.

— « Dans ce goût-là ? » Mais encore ?

— Secrétaire administrative, voilà ce que nous avions en tête.

Rune se mit à enrouler les fils électriques.

— J'ai travaillé, dit-elle après un instant de silence, pour une secrétaire administrative. Elle portait un petit chignon, avait des lunettes au bout d'une chaîne métallique et ses chemisiers arboraient de petits chiens brodés. Je me suis fait virer au bout d'environ trois heures. C'est ce genre de secrétaire administrative que vous voulez ?

— C'est à du travail sérieux que je pense, poulette.

— Vous virez Cathy et vous voulez me voir devenir secrétaire. Alors là, ça défie l'entendement, Larry !

— Rune...

— Pas question.

Il arborait un grand sourire, aurait rougi s'il en avait été capable.

— Cathy s'en va, exact. Jusqu'ici, OK.

— Larry, je veux faire des films. Je ne sais pas taper à la machine. Pas plus que classer des dossiers. Je ne veux pas être secrétaire administrative.

— Trente dolluches de plus par semaine.

— Quelle économie faites-vous en virant Cathy ?

— Je l'ai pas virée, nom d'un chien ! Elle a trouvé quelque chose de mieux.

— Le chômage ?

— Ha, ha ! J'vais te dire, on te propose quarante de plus par semaine. T'auras qu'à nous aider un brin au bureau. Quand ça te chantera. Empiler les dossiers, si t'en as envie.

— Larry...

— Ecoute. On vient de signer un gros contrat pour ce film publicitaire. La fameuse boîte avec laquelle on voulait bosser : « La Maison du cuir ». Faut que tu nous dépannes. Tu seras première assistante de production. On te laissera filmer quelques scènes.

— De la publicité ? Vous ne devriez pas tourner ces conneries, Larry. Et vos documentaires ? Ça, c'est du sérieux.

— D'accord, poulette, mais cette agence nous verse un cachet de deux cent mille, plus quinze pour cent sur la production. Je t'en prie... Dépanne-nous quelque temps.

Elle attendit, s'efforçant de prendre un air faussement timide.

— Larry, dit-elle, vous savez que je travaille sur un documentaire. Avec l'attentat comme sujet prétexte.

— Ouais, ouais... fit-il avec l'ombre d'une moue.

— Quand il sera terminé, peut-être pourriez-vous en parler aux gens que vous connaissez à la télé. Glisser un mot en ma faveur.

— Bon sang ! Rune, tu t'imagines que tu vas envoyer une bande à PBS et qu'ils vont la passer pour tes beaux yeux ?

— Oui, en gros.

— Faut que je voie ça d'abord. Et s'il y a de bons passages, peut-être qu'on pourrait travailler dessus.

— Pas travailler « dessus ». Travailler *avec moi*.

— Oui, c'est ce que je voulais dire.

— Vous pourriez me présenter à des distributeurs ?

— Ouais. Ça pourrait se faire.

— D'accord, le marché est honnête. Je veux bien jouer les secrétaires.

Larry la serra dans ses bras.

— Ah, voilà qui est parler.

Rune finit d'enrouler les fils électriques. Elle veilla à ce que les rouleaux soient impeccables sans être trop serrés. A sa grande satisfaction, elle avait au moins appris ceci chez « L & R » : comment prendre soin de son matériel.

— Dis-moi, reprit Larry, qu'as-tu trouvé comme thème pour ce film sur l'attentat ? Une bio de la fille qui s'est fait tuer ?

— C'était le sujet initial, mais plus maintenant.

— Quel est le sujet à présent ?

— La recherche du meurtrier.

Rune s'assit sur le canapé de Nicole D'Orleans, s'enfonçant si profondément dans les coussins en cuir luxueux que ses pieds ne touchaient plus le sol.

— Dites donc, on se retrouve fœtus en s'asseyant là-dedans ! Ils devraient vendre ça aux psy. C'est carrément un retour à l'utérus, comme qui dirait.

Nicole portait une minirobe mauve au décolleté plongeant sur sa généreuse poitrine rebondie, des bas étincelants, des chaussures blanches à hauts talons. Elle marchait avec difficulté en pratiquant de petits bonds en avant. Un énorme nœud noir dans ses cheveux était la seule concession à son deuil. Elle revenait des obsèques de Shelly, cérémonie sans protocole qu'avait organisée l'équipe de « Lame Duck ».

— Je n'ai jamais vu autant de gens pleurer à la fois. Tout le monde l'aimait.

Nouveau flot de larmes, mais cette fois-ci Nicole réussit à éviter les sanglots. Rune la suivit des yeux dans la salle de séjour. Nicole avait commencé – idée fixe, apparemment – à emballer les affaires de Shelly. Mais comme l'actrice n'avait pas de famille proche, Nicole ne savait qu'en faire. Des cartons de déménagement à demi remplis gisaient dans la chambre à coucher.

Le soleil filtrait à travers les rideaux ajourés, formant des motifs colorés sur le tapis. Rune clignait des yeux, attendant que Nicole eût terminé d'aligner les cartons et de replier les rabats. Nicole finit par s'asseoir avec un soupir.

Rune décida alors de lui annoncer la nouvelle.

— Je crois que Shelly a été assassinée.

Nicole afficha quelques instants un regard vide.

— Ah, oui... L'Epée du Christ.

— L'Epée de Jésus.

— Oui, enfin peu importe.

— Seulement, c'est bidon, reprit Rune. Ils n'existent pas.

— Pourtant ils ont laissé ces messages parlant d'anges qui détruisent la terre, etc.

— C'est une couverture.

— Mais je l'ai lu dans *Newsweek*. C'est forcément vrai.

Rune regarda la coupe au centre de la table. Elle avait faim et se demanda si les pommes étaient trop mûres ; elle détestait les pommes blettes. Mais si elle en entamait une, elle ne pouvait décemment pas la remettre en place.

— Personne n'a jamais entendu parler d'eux, expliqua-t-elle. D'autre part, je ne trouve nulle part la moindre référence à ce groupuscule. Et puis réfléchissez. Vous voulez assassiner quelqu'un ? Faites croire à un attentat terroriste. C'est une assez bonne couverture.

— Mais pourquoi s'en prendre à Shelly ?

— C'est ce que j'ai l'intention de découvrir. Ce sera le sujet de mon film. Je veux retrouver l'assassin.

— Qu'en pense la police ? demanda Nicole.

— Elle ne pense pas. Pour commencer, les flics se moquent de sa disparition. Ils m'ont dit... Ma foi, ils n'ont pas une haute opinion des gens dans votre métier. Secundo, je ne leur ai pas fait part de ma théorie. Et je n'en ai pas l'intention. Si je la révèle, et qu'elle soit vraie, tout le monde en profitera. Je la garde donc pour moi. Exclusivité.

— C'est un assassinat ?

— Qu'en pensez-vous, Nicole ? Quelqu'un aurait-il pu souhaiter la mort de Shelly ?

Rune devina les rouages en mouvement sous les cheveux crêpés et laqués, où scintillaient de minuscules paillettes argentées. Nicole ressemblait à une décoration vivante.

Celle-ci secoua la tête.

— Avait-elle quelqu'un dans sa vie ? enchaîna Rune.

— Rien de sérieux. Dans ce métier, voyez-vous, on a carrément des rapports – comment dire ? – incestueux. On ne peut pas simplement rencontrer un type à une soirée, comme tout le monde. Tôt ou tard il va vous demander ce que vous faites dans la vie. Aujourd'hui avec le sida, l'hépatite B, etc., c'est le meilleur moyen pour une fille de se faire larguer illico. Du coup, on a tendance à fréquenter en circuit fermé des gens qui font le même métier. On sort avec beaucoup de gars. Eventuellement on s'installe avec un type et on finit par se marier. Mais Shelly était différente. Elle sortait avec un type ces derniers temps. Andy... quelque chose. Un drôle de nom. Je ne m'en souviens pas. Il n'est jamais venu à l'appartement. Ça ne me paraissait pas très sérieux.

— Vous pourriez retrouver son nom ?

Nicole alla dans la cuisine et consulta l'agenda mural. Elle suivit tristement du doigt un mot écrit au crayon par Shelly.

— Andy Llewellyn. Il y a quatre *l* dans son nom. Voilà pourquoi je trouvais qu'il avait un drôle de nom.

Rune nota le nom, puis examina l'agenda.

— Qui est-ce ? demanda-t-elle en pointant le doigt. (Un certain Tucker était inscrit tous les mercredis depuis des mois.) Un médecin ?

Nicole moucha son nez rouge dans une serviette en papier.

— C'était son prof de théâtre.

— Son prof de théâtre ?

— Les films, c'était pour payer le loyer. Mais ce qu'elle aimait par-dessus tout, c'était le vrai théâtre. C'était son passe-temps. Elle allait à des auditions. Elle décrochait des petits rôles. Mais elle n'a jamais obtenu de grand rôle. Dès qu'on apprenait comment elle gagnait sa vie, on lui disait : « Ne téléphonez pas, c'est nous qui vous rappellerons. » Venez ici...

Nicole fit signe à Rune de retourner dans la salle de séjour. Elle la conduisit à la bibliothèque. La tête penchée de côté, Rune parcourut plusieurs titres. Tous les livres traitaient de théâtre. Le théâtre balinais, Stanislavski, Shakespeare, les dialectes, l'écriture dramatique, l'histoire du théâtre. La main de Nicole glissa jusqu'à un livre. Ses incroyables ongles rouges en tapotèrent le dos.

— C'était le seul moment où Shelly était heureuse, reprit-elle. Quand elle répétait ou lisait des bouquins sur le théâtre.

— Oui, renchérit Rune, se rappelant ce que lui avait confié Shelly. Elle m'avait dit qu'elle décrochait de vrais rôles et qu'elle gagnait un peu d'argent.

Rune prit un livre dans la bibliothèque. Il était écrit par quelqu'un du nom d'Antonin Artaud. *Le Théâtre et son double*. Le livre était abîmé. Les pages en étaient cornées, de nombreux passages soulignés. Un chapitre était marqué d'un astérisque. « Le théâtre de la cruauté ».

— Parfois elle prenait le temps de faire des tournées d'été dans le pays. Selon elle, c'était dans le théâtre régional que s'exprimaient la plupart des dramaturges créatifs. Tout ça était très intello. J'ai essayé de lire plusieurs scénarios. Merde ! je suis capable de comprendre des passages comme : « Puis ils se déshabillent et se mettent à baiser. » (Nicole éclata de rire.) Mais les trucs auxquels s'intéressait Nicole, ça me dépassait totalement.

Rune rangea le livre sur l'étagère. Elle nota le nom de Tucker à côté de celui d'Andy Llewellyn.

— D'après Shelly, ce qui l'avait décidée à tourner le film, c'était une dispute avec l'un de ses collègues. Vous savez de qui il s'agit ?

— Non, répondit Nicole après un moment de réflexion.

Rune avait vu Nicole dans *Cousines lubriques*. Elle jouait mal dans le film ; elle joua mal aussi cette fois-ci.

— Allons, Nicole...

— Bah, n'en tirez pas de conclusions hâtives.

— D'accord.

— C'est simplement que je ne veux attirer d'ennuis à personne.

— Dites-moi. Qui ?

— Le type qui dirige le studio.

— « Lame Duck » ?

— Oui. Danny Traub. Mais lui et Shelly se disputaient à longueur de temps. Depuis qu'elle travaillait avec eux. Cela remontait à quelques années.

— A quel sujet se disputaient-ils ?

— A propos de tout. Danny, c'est le patron cauchemardesque, comme dirait l'autre.

Consigné dans le carnet.

— OK. Quelqu'un d'autre ?

— Dans son travail, non.

— Et en dehors de son travail ?

— Ma foi, il y a bien un type... Tommy Savorne. C'était son ex.

— Mari ?

— Copain. Ils ont vécu ensemble en Californie quelques années.

— Il vit toujours là-bas ?

— Oui. Mais il est à New York depuis ces dernières semaines. Remarquez, je sais qu'il n'a rien à voir avec cet attentat. C'est le type le plus charmant que je connaisse. Il ressemble un peu à John Denver.

— Qu'est-ce qui leur est arrivé ? Ils ont rompu à cause du travail de Shelly ?

— Elle ne parlait pas beaucoup de Tommy. Avant, il faisait du porno. Et il était complètement camé. Comme tout le monde, pas vrai ? Puis, un beau jour, il a changé du tout au tout. Il a arrêté le porno, a fait

100

une cure de désintoxication dans je ne sais plus quelle clinique chic comme Betty Ford, plus une thérapie ou je ne sais quoi. Ensuite, il a fait des vidéos de gym, quelque chose comme ça. A mon avis, Shelly n'a pas apprécié qu'il trouve un boulot normal. Elle a ressenti ça comme un camouflet. Je crois qu'il ne cessait de la tarabuster pour la forcer à laisser tomber le porno, mais elle n'en avait pas les moyens. Elle a fini par le quitter. J'ignore pourquoi elle n'a pas voulu se remettre avec lui. Il est sympa. Et il gagne bien sa vie.

— Et ils se disputaient ?

— Oh, pas ces derniers temps. Ils n'avaient pas beaucoup de contacts. Mais avant ils se disputaient beaucoup. Une fois j'ai entendu Shelly au téléphone. Il voulait qu'ils se remettent ensemble, et elle répétait qu'elle ne pouvait pas. Bref, une dispute classique d'ex-amants. Vous devez connaître par cœur.

Rune, dont la vie sentimentale était désertique depuis le départ de Richard – et avait été assez stérile avant lui également –, hocha la tête avec une connivence féminine affectée.

— Par cœur, oui.

— Mais ça remonte à plusieurs mois, ajouta Nicole. Il ne lui aurait pas fait le moindre mal, j'en suis sûre. Je le vois de temps à autre. Il est vraiment adorable. Et ils étaient bons amis. Je les revois ensemble... Il n'aurait pas touché à un seul de ses cheveux.

— Donnez-moi quand même ses coordonnées.

Entendant dans sa tête la voix de Sam Healy : *Cela fait quinze ans que je désamorce des bombes. Les explosifs, ce n'est pas comme les armes à feu. Pas besoin de regarder la victime droit dans les yeux quand on la tue. Pas la peine d'être dans les parages.*

CHAPITRE 8

L'hôtel donnait sur Gramercy Park, ce jardin privé bien tenu, entouré d'une grille en fer forgé au bout de Lexington Avenue.

Le vestibule était dans les rouges et or, le papier mural arborait des fleurs de lys. Des couches de peinture, par dizaines, recouvraient les panneaux en bois, et du tapis se dégageait une odeur aigre-douce. L'un des deux ascenseurs était hors service – définitivement, semblait-il.

Dans le silence, Rune attendit l'arrivée de l'ascenseur au rez-de-chaussée. Une femme d'une cinquantaine d'années, portant une robe verte et or, au visage lisse et rond couvert de fond de teint, observa Rune sous ses cils brillants hérissés. Un musicien entre deux âges, aux cheveux bruns sales, assis le pied posé sur un étui à guitare Ovation cabossé, lisait le *Post*.

La chambre de Tommy Savorne était au douzième étage – en réalité le treizième. Mais Rune n'ignorait pas que dans les années trente et quarante on excluait le treizième étage. Elle aimait assez cette tradition. Pour elle, les gens qui n'étaient pas terre à terre avaient tendance à être superstitieux. Et être terre à terre, c'était un péché mortel sur son échelle de valeurs.

Elle trouva la porte et frappa.

Elle entendit un cliquetis de chaînes et de verrous. Puis la lourde porte s'ouvrit toute grande. Un type se tenait dans l'encadrement. Bronzé, bien physiquement.

En effet il ressemblait un peu à John Denver. Il avait davantage l'air d'un Cow-Boy dans un ranch de fantaisie. Visage sombre. Il portait un jean et une chemise de sport. Il venait d'enfiler une seule chaussette et tenait l'autre à la main. Il avait des cheveux blonds en bataille. Il était svelte.

— Bonjour, que puis-je pour vous ?

— Vous êtes Tommy Savorne ?

Il opina.

— Je m'appelle Rune. Je connaissais Shelly. Nicole m'a dit que vous étiez à New York. Je voulais simplement passer pour vous assurer de toute ma sympathie.

Elle ne savait trop qu'ajouter. Mais Tommy, hochant la tête, lui fit signe d'entrer.

C'était une petite chambre aux murs d'un blanc douteux et au tapis doré. Elle sentit une odeur rance. Des produits alimentaires périmés ? Du plâtre défraîchi ? Sans doute rien que l'odeur d'un hôtel d'avant-guerre qui allait sur le déclin. Heureusement Tommy brûlait de l'encens – du bois de santal. Deux lampes de chevet diffusaient une lueur orangée. Il était en train de lire un livre de cuisine. Rune en avisa une douzaine sur le bureau marron en laminé ébréché.

— Asseyez-vous. Vous prenez quelque chose ? (Il regarda autour de lui.) Je n'ai pas d'alcool. Juste du soda. De l'eau minérale. Ah, j'ai du babagounash.

— Qu'est-ce que c'est ? Comme du sassafras ? Un jour j'ai pris un cola au ginseng. Berk !

— C'est du jus d'aubergine. Recette personnelle.

Il brandit un récipient en plastique contenant une mixture brun-vert.

Rune secoua la tête.

— Je viens de manger. Merci quand même. Rien pour moi.

Savorne s'assit sur le lit et Rune s'affala dans le fauteuil Naugahyde aux flancs fendus. S'en échappait de la bourre d'un blanc sale.

— Vous étiez le petit ami de Shelly ? questionna Rune.

Il hocha la tête, plissant légèrement les yeux.

— Shelly et moi avions rompu voici plus d'un an. Mais nous étions restés bons amis. J'habite toujours la Californie, où elle et moi avions vécu ensemble. Je suis en ce moment à New York pour un travail.

— La Californie, rêva tout haut Rune. Je ne connais pas. J'aimerais bien y aller un de ces jours. Rester assise sous les palmiers et regarder les stars de cinéma à longueur de journée.

— Je suis du Nord. De Monterey. C'est à environ cent soixante kilomètres au sud de San Francisco. Difficile de reluquer les stars là-bas. A l'exception de Clint Eastwood.

— Exception notable...

Tommy enfilait soigneusement une chaussette sur son grand pied. Même ses pieds paraissaient bronzés et soignés. Elle regarda attentivement. Incroyable ! Il avait les ongles des orteils manucurés. Elle aperçut des bottes de Cow-Boy et plusieurs chapeaux de Cow-Boy dans le placard.

Il soupira.

— Je n'arrive pas à y croire. Je ne peux pas croire qu'elle soit morte. (Il tendit un bras léthargique sous le lit, puis en retira un mocassin noir. Le chaussa. Dénicha l'autre. Qui resta suspendu dans sa main.) Comment avez-vous fait sa connaissance ?

— Je tournais un film sur elle.

— Un film ?

— Un documentaire.

— Elle ne m'en avait pas parlé.

— Nous avions commencé le jour où elle a été tuée. J'étais avec elle quand c'est arrivé.

Savorne examina le visage de Rune.

— C'est à cause de ça que vous avez ces éraflures ?

— J'étais dans la rue quand la bombe a explosé. Rien de bien méchant.

— Vous savez, même si nous ne sortions plus ensemble, nous parlions encore beaucoup. Je pensais...

Voilà quelque chose que je ne pourrai plus faire. Plus jamais.

— Depuis quand la connaissiez-vous ?

— Cinq, six ans. Je travaillais... (Il détourna les yeux.) Eh bien, je travaillais dans sa partie. Les films, je veux dire.

— Acteur ?

Il eut un petit rire.

— Pas vraiment bâti pour ça. (Il rit de nouveau, et son visage rouge s'empourpra encore plus.) Je parle du physique, pas des attributs.

Rune sourit.

— Non, poursuivit-il. J'étais caméraman et réalisateur. Je m'occupais aussi un peu de montage. J'ai fait des études de cinéma à l'UCLA quelques années, mais ce n'était pas pour moi. Je savais tenir une caméra. Je n'avais pas besoin de suivre des cours avec tous ces abrutis. Du coup j'ai emprunté de l'argent, acheté une vieille Bolex et ouvert ma propre boîte de production. Je me voyais déjà le nouveau George Lucas ou Spielberg. Cela n'a pas marché. J'ai coulé au bout d'environ trois mois. Là-dessus, un type que je connaissais m'a appelé et proposé de tourner des films X. Je me suis dit : reluquer des filles canon tout en me faisant du fric, pourquoi pas ? J'avoue que j'espérais pouvoir participer un peu à l'action. Tout le monde l'espère dans l'équipe, mais ça ne débouche jamais sur rien. On me payait cent dollars en espèces pour deux heures de travail et j'ai décidé d'en faire mon métier.

— Comment avez-vous rencontré Shelly ?

— Je me suis installé à San Francisco et j'ai commencé à tourner mes propres films. Shelly passait des auditions dans les théâtres de North Beach – pour décrocher de vrais rôles. A vrai dire, je l'ai draguée dans un bar, voilà comment je l'ai rencontrée. Nous sommes sortis ensemble. Quand je lui ai dit ce que je faisais, Shelly s'est montrée intéressée, contrairement à la plupart des filles, qui laissaient aussitôt tomber. Ça l'excitait, d'une certaine façon. Une impression de puissance... Elle hésitait, bien sûr, mais comme sa carrière théâtrale ne décollait pas, je l'ai convaincue de travailler avec moi.

Ou bien elle t'a laissé croire que tu la convainquais, se dit Rune. Dans quelle mesure connaissais-tu vraiment ta petite amie ? Shelly était-elle du genre à se laisser dicter sa conduite ? Rune en doutait.

— J'ai vu l'un de ses films, dit Rune. J'ai été surprise. Elle jouait bien.

— Bien ? Vous n'y êtes pas ! Elle jouait vrai, je veux dire : authentique. Quand elle interprétait une pom-pom girl de dix-huit ans, eh bien, c'était ça. Si elle incarnait une femme d'affaires de trente-cinq, on y croyait.

— Oui, mais dans ce genre de films est-ce que les spectateurs y attachent de l'importance ?

— C'est une bonne question. Moi, je pensais que non. Mais Shelly était d'un avis contraire. Et seul ça comptait. Nous nous engueulions méchamment à ce sujet. Elle voulait des répétitions. Bon sang ! on tournait un film par jour. Il n'y a pas de dialogues. Le scénario tient en quelques pages. Cette histoire de répétitions, c'est des conneries ! Et puis elle insistait pour régler impeccablement les éclairages. Je perdais de l'argent avec elle. Dépassement des coûts, livraisons en retard auprès des distributeurs... Mais elle avait raison, j'imagine, d'un point de vue – comment dire ? – artistique. Certains de ses films sont fabuleux. Et vachement plus érotiques que n'importe quoi d'autre.

« Sa théorie, voyez-vous, c'était qu'un artiste doit savoir ce que veut le public et le lui offrir, même si ce dernier ignore ce qu'il veut. "On fait des films pour le public, pas pour soi-même." Shelly m'a répété ça des millions de fois.

— Vous ne travaillez plus dans le X ?

Tommy secoua la tête.

— Non. Avant, le milieu du porno était plus reluisant, plus chic. C'étaient des gens vrais. On s'amusait bien. A présent, il y a trop de drogue. J'ai commencé à perdre des amis à cause d'overdoses ou du sida. Je me suis dit : il est temps pour moi de décrocher. J'aurais voulu entraîner Shelly, mais... (De nouveau un pâle sourire.) Je ne la voyais pas vraiment travailler pour ma nouvelle société.

— Qui fait quoi ?

— Des vidéos sur la cuisine diététique. (D'un mouvement de tête, il désigna le babagounash.) Vous avez déjà entendu parler d'infopubs ?

— Non.

— Vous achetez une demi-heure – généralement sur le câble – et vous faites une pseudo-émission informative. Mais vous en profitez pour vendre le produit par la même occasion. C'est amusant.

— Et ça marche bien ?

— Oh, rien de mirobolant en comparaison du porno, mais au moins je n'ai pas honte de dire ce que je fais. (Sa voix s'éteignit. Il se leva, gagna la fenêtre et écarta un rideau orange taché.) Shelly... chuchota-t-il. Elle serait toujours en vie si elle avait arrêté elle aussi. Mais elle ne m'a pas écouté. Si têtue.

Rune revit en pensée les yeux bleus flamboyants de l'actrice.

Les lèvres de Tommy tremblaient. Il porta au visage ses doigts brunis. Il faillit dire quelque chose, mais sa voix s'étrangla et il baissa la tête un instant, pleurant en silence. Rune détourna les yeux.

Il finit par se calmer, secouant la tête.

— C'était vraiment quelqu'un, dit Rune. Elle manquera à beaucoup de gens. Je venais de faire sa connaissance, et elle me manque.

C'était dur de voir un homme bien bâti, bien portant, d'humeur enjouée, pareillement accablé par le chagrin.

Mais cela répondait à la première des deux questions de Rune : Tommy Savorne n'était sans doute pas l'assassin de Shelly. Ses talents d'acteur ne paraissaient pas aller jusque-là.

Aussi Rune posa-t-elle la seconde :

— Connaissez-vous quelqu'un qui aurait pu vouloir la tuer ?

Savorne releva les yeux, étonné.

— Cette secte...

— A supposer que l'Epée de Jésus n'existe pas.

— Vous croyez ?

— Je n'en sais rien. Mais réfléchissez.

Au début il secoua la tête devant l'énormité de la question, cette idée folle : qu'on ait voulu faire du mal à Shelly. Soudain il s'immobilisa.

— Ma foi, je ne sais trop qu'en penser... mais il y aurait quelqu'un. Un type pour lequel elle travaillait.

— Danny Traub ?

— Comment le savez-vous ?

— Je vous le dis en toute sincérité : j'aimais beaucoup Shelly Lowe. Je l'aimais comme artiste et je l'aimais comme être humain.

Danny Traub était trapu, mince, mais tout en muscles et en nerfs. Il avait un visage rond, surmonté d'une calotte de boucles brunes serrées. Les rides de ses bajoues encadraient sa bouche telles des parenthèses. Il portait un ample pantalon noir, un sweatshirt blanc avec un motif représentant des sémaphores. Quincaillerie lourde, dorée : deux chaînes, un bracelet, une bague ornée d'un saphir, une Rolex Oyster Perpetual.

La montre vaut plus cher que la première maison de mes parents, se dit Rune.

Traub regardait constamment autour de lui, comme s'il eût été entouré d'une foule de gens, d'un public. Son visage affichait en permanence un sourire faux. Il ne cessait de gesticuler et d'arquer les sourcils. Un vrai pitre.

Ils se trouvaient dans la maison particulière de Traub, à Greenwich Village, un duplex. Bois blonds, murs blanc écru, une ribambelle de petits arbres et plantes. « Une vraie jungle », avait observé Rune en

108

arrivant. Il lui avait fait déposer Betacam et recharge dans le vestibule avant de l'emmener visiter la maison. Il lui montra sa collection de sculptures indonésiennes de divinités vouées à la fertilité. L'une d'elles plut à Rune : un lapin d'un mètre vingt au sourire énigmatique. « Hé, tu es magnifique ! » lui avait-elle lancé en approchant.

« Et voilà, elle pourrait avoir bites et nichons à volonté, mais elle veut parler au lapin », avait confié Traub à l'adresse de son auditoire invisible, regardant par-dessus son épaule.

Ils étaient passés devant des peintures aux taches colorées, des sculptures de verre et de métal, d'énormes jarres en pierre, des paniers indiens, des bouddhas en bronze, encore des plantes (on se serait cru dans une serre). A l'étage, une porte était entrouverte. Une fois devant, Traub l'avait fermée prestement, mais Rune avait pu quand même entrevoir un écheveau de corps endormis. Au moins trois bras. Il lui avait semblé apercevoir deux chevelures blondes.

L'arrière de l'appartement donnait sur une cour, au centre de laquelle se dressait une fontaine de bronze. Ils étaient assis là quand Rune lui avait expliqué qu'elle tournait un film sur Shelly Lowe.

Et Danny Traub, coulant un regard de biais vers son auditoire imaginaire, avait débité le couplet sur son amour sincère pour Shelly Lowe.

Il était resté immobile en disant cela, mais il se remit vite à bouger. Tout en parlant de Shelly, il se leva d'un bond, électrisé. Il se balança sur place, lançant les bras en avant et en arrière. Il s'affala à nouveau dans le fauteuil, changea continuellement de position, s'étira jusqu'à se retrouver à l'horizontale, puis jeta les jambes par-dessus l'accoudoir.

— J'ai été – comment dire ? – bouleversé, merde, *bouleversé* par ce qui est arrivé. Elle et moi étions les meilleurs copains sur le plateau. On se disputait, c'est vrai – nous avions tous deux de fortes personnalités. Mais nous formions une équipe, vrai. Un exemple, toujours mieux d'avoir des exemples. Vous savez que le plus économique et le plus efficace, c'est de tourner directement en vidéo.

— Une Betacam ou une Ikegami avec une bande d'un pouce passant par une Ampex.

Grand sourire de Traub qui désigna Rune à son auditoire imaginaire.

— Serions-nous en présence d'une jeunette à super-QI ? Oui, mesdames et messieurs. (S'adressant à Rune :) Bref, Shelly voulait tourner en trente-cinq millimètres, putain ! Inimaginable ! On a un budget total de dix mille pour notre film. Pas question de dépenser huit mille rien que pour la pellicule plus le développement – et encore en tirant sur les prix dans un labo... Quant à la postproduction, inutile d'y penser... Bon, finalement, j'arrive à convaincre Shelly de renoncer au 35 mm. Mais aussitôt elle attaque sur le 16 mm. La qualité est meilleure, alors comment pourrais-je discuter ?... Bref, voilà un cas typique. Des discussions créatives, quoi. Mais nous avions du respect l'un pour l'autre.

— Qui l'emportait ? Pour les films, je veux dire ?

— C'est toujours moi qui gagne. Enfin, la plupart du temps. On a tourné quelques films en 16 mm. Bien entendu c'est grâce à cela qu'on a décroché le Prix AAAF du Film de l'année.

Il tendit le doigt vers une statue ressemblant à un Oscar sur le manteau de la cheminée.

— Que fait un producteur exactement ?

— Hé, cette petite, c'est carrément Mike Wallace. Questions, questions, questions... OK, un producteur dans ce métier ? Il essaie les actrices. Bon, je plaisante. Je fais ce que font tous les producteurs. Je finance les films, engage les acteurs et l'équipe de tournage, passe les contrats avec la maison de postproduction. Tout le côté business, quoi. Parfois, je dirige un peu également. Je suis assez bon dans ce domaine.

— Pourrais-je vous filmer tout en vous interviewant sur Shelly ?

Brève éclipse du sourire.

— Me filmer ? Moi ? Je ne sais pas trop...

— Ou peut-être pourriez-vous m'indiquer quelqu'un d'autre. J'ai seulement besoin de parler à quelqu'un au top niveau dans le métier. Quelqu'un qui ait réussi. Alors si vous voyez quelqu'un...

Rune trouvait l'appât vraiment énorme, mais Traub mordit goulûment à l'hameçon.

— Ah oui ? Elle se demande si j'ai réussi... J'ai atteint la stratosphère, nom de Dieu ! J'ai une Ferrari à dix mètres d'ici. Dans mon propre garage. A New York. Mon *propre garage*, putain !

— Waouh !

— « Waouh ! », qu'elle fait. Parfaitement : *waouh !* Je suis propriétaire de cette maison particulière et je pourrais dîner dans n'importe quel restaurant de Manhattan tous les soirs de l'année si je voulais. Je suis propriétaire d'une maison à Killington – et je ne l'ai pas achetée en multipropriété. Vous aimez skier ? Non ? Je pourrais vous apprendre.

— Vous êtes propriétaire de « Lame Duck » ?

— Je suis l'actionnaire majoritaire. Il y a d'autres personnes intéressées.

— La Mafia ? questionna Rune.

Pas d'éclipse du sourire.

— Ne parlez pas de ça, énonça-t-il lentement. Disons seulement que ce sont des bailleurs de fonds.

— Vous pensez qu'ils pourraient être impliqués dans l'attentat ?

De nouveau le sourire faux.

— Des coups de téléphone ont été passés, des questions posées. Personne... de l'autre côté de l'Hudson, disons, n'est impliqué. L'information vaut de l'or.

Allusion à Brooklyn ou au New Jersey, QG du crime organisé, se dit Rune.

— Bon, d'accord, je veux bien vous parler. Je vais vous raconter toute ma vie. Je fais ce métier depuis environ huit, neuf ans. J'ai débuté comme caméraman, et j'ai joué également. Vous voulez voir des cassettes ?

— Je vous en prie. Je...

— Je vais vous donner une cassette à visionner chez vous.

Une blonde – peut-être la distraction de la nuit précédente – fit son apparition, groggy, reniflant. Elle était vêtue d'un tailleur-pantalon de soie rouge, dont la fermeture Eclair était défaite jusqu'au nombril. Traub leva les doigts comme s'il faisait signe à une serveuse. La femme hésita, puis se dirigea vers eux, peignant de ses doigts ses longs cheveux tombant dans le dos. Fascinée, Rune regarda ces cheveux, d'une couleur d'or platiné. Ni Dieu ni la Nature n'étaient pour quelque chose dans une teinte pareille.

— Bon, qu'est-ce que vous désirez ? De la coke ? De la vraie de vraie, bien sûr.

Il brandit une salière. Rune secoua la tête.

— C'est une puritaine, entendit le public. Oh, mon Dieu. (Traub jeta un coup d'œil à Rune.) Scotch ?

La jeune femme fit une grimace.

— Ç'a un goût de savon.

— Hé, je parle d'un pur malt de vingt et un ans d'âge.

— Le vieux savon n'a pas meilleur goût que le neuf.

— Eh bien, choisissez votre poison. Bourbon ? Bière ?

Rune reporta les yeux sur les cheveux de la femme.

— Un Martini, dit-elle, sortant la première chose qui lui vint à l'esprit.

— Deux Martini, ordonna Traub. Plouf plouf.

La blonde tordit son minuscule bout de nez.

— Hé, je suis pas serveuse.

— C'est exact, dit Traub à Rune, à présent membre de son public. En effet, elle n'est pas serveuse. Les serveuses, c'est malin, efficace, et ça ne dort pas jusqu'à midi. (Il se tourna vers la femme.) Tu sais ce que tu es ? Une traîne-savates.

La fille se crispa.

— Hé...

— Va nous chercher à boire, merde ! aboya-t-il.

Rune s'agita dans son fauteuil.

— Peu importe. Je ne...

Traub lui adressa un sourire glacial, le visage fendu de grosses rides.

— Vous êtes mon invitée. Pas de problème.

La blonde fit une grimace anémique en guise de protestation et partit pour la cuisine, traînant les pieds. Elle marmonna quelques mots qui échappèrent à Rune.

Le sourire de Traub disparut.

— Tu as dit quelque chose ? lui lança-t-il.

Mais la femme n'était plus là.

Il se tourna vers Rune.

— On les invite à dîner, on leur fait des cadeaux, on les ramène à la maison. Et malgré tout ça elles ne savent pas se tenir.

— Les gens ne lisent plus Emily Post, répliqua Rune froidement.

La pique lui échappa complètement.

— Vous voulez parler de l'aviatrice ? N'est-ce pas elle qui a essayé de faire le tour du monde en avion ? Un jour j'ai fait un film qui parlait d'un avion. Cela s'appelait *L'Avion de l'amour*. Plus ou moins calqué sur *Le Bateau de l'amour* – j'ai adoré ce film, vous l'avez vu ? Non ? Nous avons loué un 737 pour la journée. Exorbitant, putain ! Et hyperchiant de tourner là-dedans ! On était tous là, en mars, à geler dans un hangar, vous voyez un peu ? Et vous comprendrez à quel point un avion c'est riquiqui quand vous verrez trois ou quatre couples étalés sur les sièges. Faut dire qu'on utilisait des grands-angles, quasiment des fish-eyes. Le résultat n'a pas été fameux. On aurait cru que tous les mecs avaient des bites de trois centimètres de long et de quinze de large.

La blonde refit son apparition.

— Mon film, dit Rune à Traub. Vous voulez bien m'aider ? S'il vous plaît. Juste quelques minutes au sujet de Shelly.

Il hésitait. La blonde lui tendit les verres et posa sur

l'épaisse table basse en verre un bocal d'olives, non ouvert. Traub grimaça. Elle se tourna vers lui, prête à pleurer.

— Je n'ai pas pu l'ouvrir !

L'expression de Traub s'adoucit. Il ribota des yeux.

— Allons, allons, chérie. Fais-moi un câlin. Allez, viens.

Elle hésita, puis se pencha. Il l'embrassa sur la joue.

— T'en as ? geignit-elle.

— Dis « s'il te plaît ».

— Allez, Danny...

— « S'il te plaît », lui souffla-t-il.

— S'il te plaît.

Il glissa la main dans la poche de son pantalon, puis lui tendit la salière – remplie de coke, présuma Rune. La femme s'en empara, avant de s'éloigner, l'air maussade.

Elle n'avait pas adressé la parole à Rune, qui demanda à Traub :

— C'est une actrice ?

— Ouais, ouais. Elle veut être mannequin. Comme toutes les autres à New York. Elle va tourner des films pour nous. Elle se mariera, divorcera, fera une dépression, se remariera, ça tiendra, et dans dix ans elle travaillera dans le New Jersey pour At & T ou Ciba-Geigy.

Rune sentit sur elle les yeux de Traub. La sensation lui rappela le jour où son premier petit ami, âgé de dix ans, lui avait mis un gros escargot dans le dos sous son chemisier.

— Vous avez, reprit-il, quelque chose – comment dire ? – de *rafraîchissant*, vous savez. Je vois toutes ces femmes à longueur de temps – des blondes et des rousses à se damner. Belles à couper le souffle, grandes...

Oh, attention aux grandes, m'sieur.

— ... avec de gros nibards. Mais vous, vous êtes différente, quoi.

Elle soupira.

— Je suis sincère. Vous voulez m'accompagner à Atlantic City ? Rencontrer des gens complètement allumés ?

— Je ne pense pas.

— Je ne manque pas de talents. Au pieu, vous voyez.

— Je n'en doute pas.

— Et puis j'ai des tas de pilules qui font voir la vie en rose.

— Merci quand même.

Il regarda sa montre.

— OK, écoutez. Tonton Danny va vous dépanner. Vous voulez me filmer ? Allez-y. Mais dépêchons. J'ai beaucoup à faire.

En dix minutes, Rune avait installé le matériel. Elle glissa une nouvelle cassette dans la caméra. Traub se laissa aller en arrière, fit craquer ses articulations, arbora un grand sourire. Il avait l'air complètement détendu.

— Je vous parle de quoi ?

— De ce qui vous viendra à l'esprit. Parlez-moi de Shelly.

Il jeta un coup d'œil de biais, regarda droit vers la caméra et sourit tristement.

— D'abord je dois dire – et je suis sincère – que j'ai été absolument bouleversé par la mort de Shelly Lowe. (Le sourire s'estompa, les yeux s'éteignirent.) Quand elle est morte, j'ai perdu plus que mon actrice vedette. J'ai perdu l'une de mes plus chères amies.

De quelque part – mais d'où ? se demanda Rune –, Danny Traub réussit à extraire ce qui ressemblait à une larme.

CHAPITRE 9

L'homme était bourru. La soixantaine. Abondants cheveux blancs, regard froid. Il toisa Rune.

— Alors comme ça, vous vous imaginez savoir jouer ? lui lança-t-il sévèrement.

Avant qu'elle ne pût répondre, il se détourna et rentra dans son bureau, laissant la porte à demi ouverte. C'était une porte de bureau à l'ancienne, avec une grande vitre diaprée. Sur le panneau on pouvait lire, en lettres d'or : ARTHUR TUCKER, ART DRAMATIQUE ET POSE DE VOIX.

Rune franchit le seuil, mais fit halte. Avait-elle été congédiée ou invitée à entrer ? Quand elle vit Tucker s'asseoir à son bureau, elle entra franchement et referma la porte derrière elle. Il portait un pantalon sombre, une chemise blanche, une cravate, des chaussures de soirée usées. Tucker était de corpulence moyenne, ce qui lui donnait un air plus jeune. Il avait les jambes minces, un beau visage buriné. Des sourcils blancs broussailleux. Et ces yeux verts perçants... Il n'était pas facile de soutenir son regard. Si Tucker avait été un acteur de genre, il aurait joué les présidents ou les rois. Voire Dieu.

— J'ignore si je sais jouer, riposta Rune en s'approchant du bureau derrière lequel il était assis. Voilà pourquoi je suis ici.

Le bureau, au coin de Broadway et de la 47ᵉ, était un musée du théâtre. Les murs étaient couverts de photos, aux cadres bon marché, d'acteurs et d'actrices. Rune en avait vu plusieurs dans des films ou en avait entendu parler, mais personne n'était très connu. Vraisemblablement des seconds rôles qui jouent le meilleur ami du jeune premier ou bien la vieille cinglée qui fait trois ou quatre apparitions dans le film pour assurer une diversion comique. Des acteurs qui font des pubs et du cabaret.

Etaient également accrochés aux murs des accessoires, des bouts de rideaux de fer encadrés provenant de théâtres célèbres à présent disparus, des couvertures de *Stagebill* collées sur des panneaux. Des centaines de livres. Rune reconnut certains titres, les mêmes que ceux de la bibliothèque de Shelly Lowe. Elle vit le nom d'Artaud, qui lui rappela l'expression de « théâtre de la cruauté ». Elle en fut toute retournée.

Sacrifiant à un rituel compliqué, Tucker alluma une pipe, et l'instant d'après un nuage de fumée, dégageant une odeur de cerise, se répandit dans la pièce.

Il fit un geste vers la chaise, haussa un sourcil pour engager Rune à parler.

— Je veux être une actrice célèbre.

— Comme la moitié de New York. L'autre moitié, ce sont les hommes qui veulent être des acteurs célèbres. Où avez-vous étudié ?

— A Shaker Heights.

— Où ça ?

— Dans l'Ohio. Dans la banlieue de Cleveland.

— Je ne connais ni studio ni cours d'art dramatique dans ce coin-là.

— C'était au collège. Je participais au défilé de *Thanksgiving*.

Il la dévisagea, attendant la suite.

Aucun sens de l'humour, nota-t-elle.

— Je plaisante, reprit-elle.

— Ah bon.

— Une fois, j'ai également interprété un flocon de neige. Et au lycée j'ai peint des toiles de fond pour

South Pacific... Je plaisante encore. Ecoutez, monsieur, je veux jouer, voilà tout.

— Je suis professeur d'art dramatique, repartit Tucker. Rien d'autre. J'aide à progresser, je ne crée pas *ex nihilo*. Si vous voulez suivre des cours, étudier l'art dramatique, revenez me voir ultérieurement. Je pourrai peut-être vous aider. En revanche, pour le moment...

Il fit un geste vers la porte.

— Mais mon amie m'a dit que vous étiez le meilleur professeur de la ville.

— Vous connaissez une de mes étudiantes ?

— Shelly Lowe, répondit Rune en appuyant sur le bouton du petit caméscope JVC dans son sac. L'objectif était braqué vers le haut, sur Tucker. Elle savait qu'elle n'obtiendrait pas le champ en totalité, mais elle en verrait suffisamment. Du reste, la petite bordure noire serait peut-être du meilleur effet.

Tucker regarda par la fenêtre. Sur un chantier avoisinant, un « mouton » enfonça une poutrelle dans le rocher sur lequel repose Manhattan. Rune compta sept coups avant que Tucker ne reprît la parole.

— J'ai appris ce qui lui était arrivé.

Au milieu de son visage rubicond, les yeux de Tucker fixaient Rune. Mettait-il en bataille ses sourcils blancs broussailleux à l'aide d'une brosse ? Rune changea d'avis. Il aurait beaucoup mieux incarné les sorciers que les présidents. Un Gandalf ou un Merlin.

— On pourra dire tout ce qu'on voudra sur elle par ailleurs, mais c'était une bonne actrice, déclara Rune.

— Shelly Lowe était ma meilleure étudiante, dit Tucker au bout d'un long silence. (Petit sourire sans humour.) Et c'était aussi une traînée.

La méchanceté du ton fit ciller Rune.

— C'est pour ça qu'elle est morte, poursuivit-il. Parce qu'elle se vendait.

— Suivait-elle vos cours depuis longtemps ?

Tucker répondit à sa question de mauvaise grâce. Shelly avait étudié deux ans avec lui. Elle n'avait pas eu d'autre formation, ce qui est très rare de nos jours, alors que des écoles comme Yale, Northwestern ou l'UCLA fournissent le gros des acteurs et des actrices professionnels. Shelly avait une mémoire extraordinaire. C'était un vrai caméléon, capable de se glisser dans un rôle comme si elle eût été possédée par l'esprit du personnage. Elle avait le don des dialectes et des accents.

— Elle pouvait jouer une barmaid du nord-est de Londres, puis incarner une maîtresse d'école des Cotswolds. Comme Meryl Streep.

Tucker avait prononcé ces paroles admiratives les yeux dans le vague.

— Quand avez-vous eu vent de sa carrière au cinéma ?

Il reprit son ton amer pour répondre :

— Il y a un mois. Elle n'en avait jamais parlé. J'ai été abasourdi. (Puis avec dérision :) Et le plus fort c'est que, lors des auditions, elle ne voulait pas accepter n'importe quel travail ! Elle refusait les pubs et les comédies musicales. Elle ne faisait pas de cabaret. Elle ne voulait pas aller à Hollywood. Elle n'acceptait que les pièces sérieuses. Je lui disais : « Shelly, pourquoi es-tu si têtue ? Tu pourrais travailler à plein temps comme actrice si tu voulais. » Elle disait non, pas question de se *prostituer*... Et pendant ce temps-là elle faisait ces... films. (Il ferma les yeux et secoua sa grosse tête pour chasser ce souvenir déplaisant.) Je l'ai appris il y a un mois. Quelqu'un rendait une cassette au club vidéo dont je suis client. J'ai jeté un coup d'œil dessus. Et je l'ai vue sur le boîtier ! Et sous son vrai nom pardessus le marché, Shelly Lowe ! Elle ne se servait même pas d'un nom de scène ! Quand j'ai découvert ça, je ne saurais vous dire à quel point je me suis senti trahi. C'est le seul mot qui me vienne à l'esprit : *trahi*. Lorsqu'elle s'est présentée à son cours la fois suivante, nous avons eu une terrible dispute. Je lui ai dit de sortir, que je ne voulais plus jamais la revoir.

Il pivota de nouveau vers la fenêtre.

— Chaque génération possède ses candidats au

119

génie. Shelly aurait pu être sur la liste. Tous mes autres étudiants... (Il fit un large geste, comme s'ils avaient été assis derrière Rune.) Ils ont du talent, et j'aime à penser que je les ai aidés à faire des progrès. Mais ils n'arrivent pas à la cheville de Shelly. Quand elle jouait, on y *croyait*.

Les termes mêmes utilisés par Tommy Savorne, se rappela Rune.

— Ce n'était plus Shelly Lowe sur scène, c'était le personnage, enchaîna-t-il. Tennessee Williams, Arthur Miller, les classiques grecs, Ionesco, Ibsen... Ecoutez, elle a raté de justesse le premier rôle dans la nouvelle pièce de Michael Schmidt.

Il montra deux doigts séparés d'un millimètre.

Rune fronça les sourcils.

— Le grand producteur ? Le type dont on parle dans les journaux ?

Il hocha la tête.

— Elle est allée à une audition. Elle a rencontré Schmidt en personne à deux reprises.

— Et elle n'a pas décroché le rôle ?

— Non, je ne crois pas. C'était juste avant notre dispute. Puis j'ai coupé les ponts avec elle. (Tucker fit glisser le tuyau de sa pipe sur les dents du devant de sa mâchoire inférieure. Il poursuivit, sans s'adresser à Rune :) Ma propre carrière d'acteur n'est pas allée très loin. J'avais du talent pour la formation d'acteurs. Je pensais qu'avec Shelly je laisserais derrière moi quelqu'un de vraiment brillant. Que cela serait ma contribution au théâtre...

Il braqua les yeux vers une photo sur le mur opposé. Rune se demanda laquelle.

— Trahison, chuchota-t-il, amer. (Puis il se tourna vers Rune, qui se sentit nue sous ce regard profond, dissimulé par les sourcils broussailleux.) Vous paraissez très jeune. Vous faites ce genre de films, vous aussi ? Comme Shelly ?

— Non, répondit Rune.

Elle faillit s'inventer l'emploi qu'une jeune fille de

son âge est censée exercer, mais sous l'étrange regard que dardaient les yeux de Tucker – version verte des rayons laser bleus de Shelly –, elle se contenta de chuchoter une nouvelle dénégation.

Tucker la considéra un long moment.

— Je ne vous vois pas actrice. Pardonnez ma franchise, mais vous devriez vous tourner vers un autre métier.

— C'est seulement que...

Il agitait déjà la main.

— Je ne vous rendrais pas service en me montrant indulgent. Maintenant, si vous voulez bien m'excuser...

Il attira un scénario à lui.

La liste n'était pas longue.

Rune était assise à son bureau – le vieux bureau gris défoncé de Cathy, fourni par l'Etat. Elle l'avait poussé contre le panneau avant, fendu, du climatiseur de « L & R, », qui fonctionnait au dixième de ses capacités d'autrefois. Elle referma l'annuaire téléphonique de Manhattan.

Il n'y avait que deux A. Llewellyn et aucun des deux n'avait pour prénom Andy. Il ne restait à passer en revue que quelque vingt millions de citoyens dans les autres *boroughs*, le West Chester, le New Jersey et le Connecticut.

Le dernier en date des petits amis de Shelly attendrait pour l'instant.

Larry entra dans le bureau et jeta un coup d'œil à Rune.

— Qu'est-ce que tu fais, poulette ?

— Je vérifie des trucs.

— Quels trucs ?

— Des trucs importants.

— Eh ben, si tes recherches peuvent attendre un peu, j'ai quelque chose d'*important* à te confier.

— Des lettres à taper ?

— Justement, j'voulais pas aborder le sujet, mais les dernières étaient pas parfaites...

— Je vous avais dit que je ne savais pas taper.

— Bon sang ! t'as orthographié le nom du type de trois façons différentes dans la même lettre !

— L'Indien ? Il avait un drôle de nom. Je...

— Mais son prénom, c'était James, et c'est ça que tu as mal orthographié.

— Je tâcherai de faire mieux... Vous m'avez trouvé un distributeur ?

— Pas encore, poulette. Mais tu te souviens de nos clients pour la pub, hein ? Ils sont juste à côté. T'as sorti le devis ?

— Je l'ai tapé.

— Mais l'as-tu tiré ?

— Il va sortir incessamment.

— Donc il est pas encore tiré ?

— Remarquez, il est terminé.

— Rune, ils sont là. Et on va parler concepts aujourd'hui. Ce devis, ils auraient dû l'avoir *avant* cette réunion !

— Désolée. Je vous l'apporte.

Il soupira.

— D'accord, allons les retrouver. S'ils posent des questions, on leur dira qu'on gardait le devis pour la réunion d'aujourd'hui. Exprès.

— Larry, vous ne devriez pas faire de pubs. C'est...

— Oh, un de tes petits copains a bigophoné.

— Oui ? Qui ?

— Healy, quelque chose comme ça. Il veut que tu rappelles.

— Sam a appelé ? Formidable. Je vais juste...

— Plus tard.

— Mais...

Tenant la porte ouverte, il sourit, l'air menaçant.

— Après toi, poulette.

Rune entendit le nom, mais l'oublia aussitôt.

Larry, l'air impressionné, récitait d'une voix monocorde :

— ... le second fabricant de portefeuilles des Etats-Unis.

— Comme c'est intéressant, commenta Rune.

L'homme à l'entreprise et au nom impossible à se rappeler – Rune le baptisa M. Portefeuille – avait une cinquantaine d'années, la taille rondouillarde et l'œil vif. Il portait un costume en crépon de coton et transpirait abondamment. Debout les bras croisés, il tournait autour d'une femme pâlichonne avoisinant la trentaine, bras croisés également. Les yeux papillotant, elle regardait les lumières, les caméras et les chariots. C'était la fille du gars et elle devait, comme l'apprit Rune, jouer dans le spot publicitaire.

Larry feignit de ne pas voir Rune lever les yeux au plafond.

Une autre jeune femme, chevaline, à la coupe de page bien sage, s'adressa à Rune d'une voix acerbe :

— Je suis Mary Jane Collins. Je suis directrice de la publicité à « La Maison du cuir ». C'est moi qui vais superviser le tournage.

— Rune.

Mary Jane tendit une main osseuse, faisant cliqueter ses bracelets fantaisie. Rune la serra brièvement.

— J'ai un peu le trac, déclara la fille. J'ai déjà fait des voix *off*, mais je n'ai jamais joué devant une caméra.

— Ça va très bien se passer, chérie, la rassura M. Portefeuille. Oublie que... (Il regarda Mary Jane.) Combien de gens vont la voir ?

— D'après l'achat d'espace publicitaire, ça devrait nous faire environ quinze millions de téléspectateurs.

— *Quinze millions* de téléspectateurs, poursuivit-il, vont voir tes moindres moues... euh, pardon, tes moindres mouvements.

Il se mit à rire.

— Papa... l'implora-t-elle avec un sourire crispé.

Mary Jane consulta quelques documents.

— Les budgets, dit-elle à Larry. Je n'ai pas vu les budgets révisés.

Larry regarda Rune.

— Ils sont quasiment prêts, annonça celle-ci.

Quasiment ? lut-elle sur les lèvres de Larry.

Les cheveux bruns de Mary Jane virevoltèrent. Elle regarda Rune d'un air supérieur :

— Quasiment ?

— Un problème avec la machine à écrire.

— Oh. (Mary Jane se mit à rire, surprise.) Bien sûr. Je comprends. C'est seulement que... Ma foi, j'aurais cru que vous nous les auriez remis plus tôt. Enfin, c'est ce qui se fait. Même aujourd'hui, c'est déjà un peu tard.

— Donnez-moi quelques heures. J'ai recollé la touche.

— Rune, tu pourrais peut-être t'y mettre immédiatement.

— Je croyais que nous allions « parler concepts ».

— Oh, fit Mary Jane, la considérant de haut. Je n'avais pas compris que vous occupiez un poste créatif au studio.

— Je...

— Que faites-vous exactement ?

— Rune est notre assistante de production, intervint Larry.

— Oh, fit Mary Jane, la toisant et souriant comme un prof de collège.

M. Portefeuille examinait un énorme rouleau de toile de fond, large de six mètres, moucheté comme un pastel de Jackson Pollock.

— Maintenant, autre chose. Vous croyez qu'on peut utiliser ça pour le tournage ? Mary Jane, qu'en penses-tu ?

Elle jeta un coup d'œil dessus, puis articula lentement :

— Eventuellement, ça pourrait coller. Nous allons y réfléchir. (Elle se tourna vers le bureau et ouvrit son porte-documents.) J'ai rédigé un mémo avec toutes les dates butoirs. (Elle tendit le papier à Rune.) Courez en faire une copie, d'accord ?

Larry prit le papier et le tendit à Rune.

— Elle y court, dit-il, plissant les yeux.

Rune prit la feuille.

— Je reviens dans un instant. Je cours comme un lapin.

— Papa, y aura-t-il une maquilleuse ? Je ne serai pas obligée de me maquiller toute seule, n'est-ce pas ?

Rune disparut dans le bureau d'à côté. Larry la suivit.

— Tu m'avais dit que c'était fini, nom de Dieu !

— La touche du *e* est cassée sur votre machine à la manque. C'est la lettre la plus utilisée de la langue anglaise.

— Eh bien, va acheter une autre machine à écrire, bordel ! Mais je veux ces devis d'ici une demi-heure.

— Vous êtes un vendu.

— Épargne-moi tes sermons à la noix, Rune. Tu travailles pour moi. Maintenant fais ces photocopies et apporte les devis.

— Vous allez vous laisser marcher dessus. Je cherche à sauvegarder votre fierté, Larry. Personne d'autre ne le fera à ma place.

— Faut bien payer le loyer, chérie. Règle numéro un dans le business : faire rentrer le pognon. Si t'as pas d'argent, tu fais pas ce que tu veux.

— Ils sont odieux.

— Exact.

— Il sent mauvais.

— Faux.

— Il y a quelqu'un qui sent mauvais. Et cette bonne femme, cette Mary Jane, c'est une polarde.

— Une polarde ? Qu'est-ce que c'est, bon sang ?

— Exactement ce qu'elle est. Elle...

La porte s'ouvrit et le visage souriant de Mary Jane apparut, les yeux braqués sur Rune.

— C'est vous qui vous occupez du déjeuner ?

— Bien sûr...

— Autant prendre de l'avance... On pensait à des salades. Oh, et ces copies, ça vient ?

Rune la gratifia d'un sourire.

— Ça roule.

Le lendemain, à onze heures trente, Sam Healy vint la chercher devant « L & R ». Cap au nord.

— Ce n'est qu'un break...

Rune, inspectant l'intérieur, était vaguement déçue.

— Mais il est quand même bleu et blanc, riposta Sam Healy.

Et puis il y avait BRIGADE DE DÉMINAGE inscrit en grosses lettres blanches sur le côté. Ainsi qu'une cage – pour les chiens qui reniflent les explosifs, expliqua-t-il.

— Vous vous attendiez à...

— Je n'en sais rien. A un bazar hypersophistiqué, comme au cinéma.

— D'ordinaire, la vie est moins sophistiquée qu'à Hollywood.

— Exact.

Ils quittèrent Manhattan et gagnèrent le centre de déminage de la police de New York, à Rodman's Neck dans le Bronx.

— Fichtre, quel endroit ! Incroyable !

Grosso modo, cela ressemblait à un entrepôt de ferrailleur, sans la ferraille.

Les pieds de Rune tressautèrent sur le plancher lorsqu'ils franchirent le portail. De chaque côté, le grillage était couronné de spirales de fil barbelé.

Sur la gauche se trouvait le pas de tir. Rune entendit de brèves détonations. Sur leur droite, elle avisa plusieurs petits hangars rouges.

— C'est là que nous entreposons nos propres explosifs, expliqua Healy.

— Vos propres explosifs ?

— La plupart du temps nous ne démontons pas les engins. Nous les apportons ici pour les faire sauter.

Rune prit sa caméra et sa recharge sur le siège arrière. Elle repéra une combinaison qu'elle n'avait pas remarquée précédemment. Elle essaya de la soulever, mais celle-ci était très lourde. Le sommet du casque était muni d'un tube vert – sans doute pour assurer une bonne ventilation –, qui pendait dans le dos. On aurait dit la tête d'un extra-terrestre.

— Mais qu'est-ce que c'est ?

— Une combinaison de déminage. Des panneaux de kevlar dans un tissu ignifugé.

— C'est ce que vous portez quand vous désamorcez une bombe ?

— On ne dit pas « bombe ».

— Ah bon ?

— On dit « engin explosif improvisé ».

Ils pénétrèrent dans un bâtiment de parpaings peu élevé, digne d'un budget municipal. Un unique climatiseur à bout de souffle gémissait dans un coin. Healy adressa un signe de tête à deux agents en uniforme. Il tenait à la main un sac bleu à fermeture Eclair.

Rune jeta un coup d'œil à une affiche : RÈGLES POUR FAIRE BOUILLIR LA DYNAMITE.

Il y en avait des dizaines d'autres, couvertes de consignes. Les termes utilisés étaient d'une froideur clinique.

Si l'on n'a pas perdu connaissance après une explosion, tenter de récupérer tout élément corporel sectionné.

Seigneur...

Healy vit ce que lisait Rune et, peut-être pour détourner son attention des détails macabres, lui demanda :

— Alors, vous voulez connaître les principes élémentaires du déminage ?

Elle interrompit sa lecture concernant la fabrication de garots de fortune.

— Oui, pourquoi pas ? répondit-elle.

— Il y a seulement deux objectifs quand on touche à des explosifs. Premièrement, éviter de blesser des êtres humains. Détruire ou désamorcer à distance si possible. La seconde règle, c'est d'éviter d'endommager les biens. Le plus gros de notre travail consiste ainsi à inspecter les paquets suspects et à fouiller les consulats, les aéroports, les cliniques où l'on pratique des IVG...

— A vous entendre, ça paraît de la routine.

— C'est cela la plupart du temps. Mais parfois on a des cas qui sortent de l'ordinaire. Par exemple, il y a quelques semaines, un gosse achète un obus de mortier de soixante millimètres dans un magasin de surplus militaires à Brooklyn et le rapporte chez lui. Lui et son frère jouent à la balle avec dans le jardin. L'obus était censément inoffensif, vidé de toute la poudre. Mais le père du môme, qui avait fait le Vietnam, lui a trouvé un air bizarre. Il l'a porté au commissariat du coin. C'était un obus non explosé.

— Diable...

— On s'en est occupés... Et puis nous avons beaucoup de fausses alertes, comme les pompiers. Mais, de temps à autre, bingo ! On tombe sur une valise dans un aéroport, un paquet de dynamite, une bombe artisanale... et il faut intervenir.

— Alors quelqu'un s'approche en rampant et sectionne les fils ?

— Quel est le premier objectif ? questionna Healy.

Rune sourit.

— Ne tuer personne.

— Dont moi. D'abord nous évacuons la zone et instaurons un périmètre de sécurité. D'environ mille mètres de large. Puis nous plaçons un poste de commandement derrière un blindage ou des sacs de sable à l'intérieur de ce périmètre. Nous disposons de robots télécommandés, dotés de caméras vidéo, de rayons X et de stéthoscopes. C'est l'un de ces engins qui examine l'objet suspect.

— Pour localiser le tic-tac.

— Exactement, acquiesça-t-il. Vous imaginez peut-être que tout le monde utilise des détonateurs à retardement numériques fonctionnant sur batteries ? Ça, c'est toujours l'imagerie Hollywood. Mais quatre-vingt-dix pour cent des bombes que nous désamorçons sont plutôt rudimentaires. Ce sont des bombes artisanales, avec de la poudre noire ou sans fumée, de la dynamite, des têtes d'allumettes dans le manchon. Et la plupart de ces bombes utilisent de bons vieux réveils de quincaillerie. Il suffit de deux pièces métalliques qui se touchent pour fermer le circuit et déclencher la bombe. Quoi de mieux qu'un réveil à remontoir, avec cloche et bélière sur le dessus ? Donc nous examinons, nous écoutons. Puis, s'il s'agit vraiment d'un engin explosif et que nous pouvons le désamorcer sans risque, nous le faisons. S'il s'agit d'un circuit complexe ou que nous estimons qu'il y a danger d'explosion, nous l'introduisons dans un véhicule de désamorçage. (Il désigna d'un signe de tête le champ à côté du hangar.) Nous le conduisons alors ici et le faisons exploser nous-mêmes.

Ils sortirent. Deux hommes, jeunes, se trouvaient à cent mètres d'eux dans l'une des trois profondes fosses creusées dans le champ. Ils enroulaient ce qui ressemblait à une corde à linge en plastique autour d'une boîte carrée vert olive.

Rune regarda autour d'elle.

— On dirait le royaume d'Hadès.

Il fronça les sourcils.

— Les enfers, vous savez ? expliqua-t-elle.

— Ah oui. C'est déjà comme ça que vous aviez décrit le lieu du crime l'autre jour. (Healy reporta les yeux sur les hommes dans la fosse.) Il faut que vous sachiez quelque chose sur les explosifs. Pour être efficaces, ils doivent exploser dans certaines conditions. Il ne faut pas qu'ils explosent pour un rien, ce qui ne serait guère utile, n'est-ce pas ? Merde ! on peut détruire la plupart des explosifs en les faisant brûler. Ils n'explosent pas, ils brûlent tout simplement. Pour les faire sauter, il faut un détonateur. C'est un bout d'explosif puissant qui fait sauter la charge principale. Vous vous rappelez le C4 utilisé dans le second attentat ? Si le détonateur n'est pas entouré d'au moins un centimètre de C4, il risque de ne pas y avoir d'explosion.

Elle perçut une note d'enthousiasme dans sa voix. C'est formidable, se dit-elle, d'avoir trouvé dans la vie la chose où l'on excelle et dont on fait son métier avec plaisir.

— C'est ce que nous recherchons, poursuivit Healy. C'est le point faible des bombes. La plupart des détonateurs sont activés électriquement. Bon, nous coupons les fils, et voilà tout. Si quelqu'un veut raffiner, il peut se servir d'un détonateur à retardement et d'un commutateur à bascule, si bien que, même si l'on coupe la minuterie, le moindre mouvement déclenchera la bombe. Certains utilisent un shunt – un galvanomètre relié au circuit –, de sorte que, si l'on coupe le fil, l'aiguille retombe à zéro puisque le courant a été coupé, et c'est précisément cela qui déclenche la bombe... La bombe la plus complexe que j'aie jamais vue était dotée d'un commutateur à pression. L'engin était placé à l'intérieur d'une boîte en fer-blanc hermétique, remplie d'air pressurisé. Nous avons percé un trou minuscule pour détecter la présence de molécules de nitrate. C'est ainsi que fonctionnent les détecteurs de bombes dans les aéroports. Eh bien, celle-ci était en effet bourrée d'explosifs. Il y avait un commutateur à bascule à l'intérieur. Par conséquent, si nous avions ouvert la boîte, l'air se serait échappé et aurait tout fait sauter.

— Bon sang... Qu'avez-vous fait ?

— Nous l'avons apportée ici et nous étions sur le point de la faire exploser quand le Central nous a dit qu'ils voulaient relever les empreintes sur les composants. Nous avons alors placé la boîte dans un caisson hyperbare, égalisé la pression à l'intérieur et à l'extérieur, l'avons ouverte, puis désamorcée. Elle contenait deux livres de Semtex. Avec de la grenaille d'acier. Comme du shrapnel. Antipersonnel à cent pour cent. Une vraie saloperie de bombe.

— Vous avez envoyé le robot dans la chambre ?

— Eh bien, non. En fait, j'ai démonté la bombe moi-même.

— Vous-même ?

Il haussa les épaules, fit un signe de tête en direction de la fosse. Les deux hommes avaient fini de ficeler la boîte. Ils se mirent alors à l'abri derrière un bunker de béton et de sacs de sable.

— Ils s'entraînent à faire sauter des charges militaires. Il s'agit d'un bloc de démolition M118. Environ deux livres de C4. Pour faire sauter ponts, bâtiments et arbres. Ils l'ont ficelé à l'aide d'un cordon de détonation et vont le faire sauter à distance.

Ils entendirent un haut-parleur annoncer : « Fosse n° 1, feu dans le trou ! Feu dans le trou ! »

— Qu'est-ce que ça veut dire ? demanda Rune.

— C'est ce que l'on criait autrefois dans les mines de charbon quand on allumait le fusible de la dynamite. Les démolisseurs utilisent à présent l'expression pour annoncer une explosion.

Soudain, un énorme éclair orange zébra le ciel. Un nuage de fumée apparut. L'instant d'après, un coup de tonnerre résonna à leurs oreilles.

— Les gens qui font du bateau nous détestent, expliqua Healy. La ville enregistre bon nombre de plaintes pour bris de vitres.

Rune se mit à rire.

Healy la regarda.

— Qu'y a-t-il ?

— C'est marrant. Vous m'emmenez ici pour me faire un cours sur les engins explosifs...

— Pas vraiment, dit-il, pensif.

— Alors pourquoi m'avez-vous invitée ?

Healy détourna les yeux un moment, s'éclaircit la

voix. Certes il avait le teint rubicond, mais apparemment il piqua un fard. Il ouvrit son attaché-case et en sortit deux canettes de Diet Coke, deux sandwiches de qualité, un sac de Fritos.

— C'est un rendez-vous galant, en quelque sorte.

CHAPITRE 10

Il ressemblait à un cow-boy, certes, mais ce n'était pas le genre taciturne.

L'inspecteur Sam Healy avait trente-huit ans. Près de la moitié de ses collègues de la Brigade de déminage s'étaient tournés vers la démolition dans l'armée, mais lui avait suivi un parcours différent. Il avait d'abord fait des rondes à pied, puis des patrouilles motorisées.

Au bout de quelques années, Healy était entré dans les services d'urgence. L'équipe du SWAT de New York. Puis il s'était inscrit à la Brigade de déminage. Il avait suivi un stage d'un mois à l'Ecole des engins dangereux du FBI, à Huntsville, dans l'Alabama, avant d'être affecté à la Brigade. Healy avait un diplôme universitaire en électrotechnique et étudiait le droit criminel à John Jay.

Il parla avec enthousiasme de son atelier à la maison, des inventions qu'il avait faites dans son enfance, de son abonnement ininterrompu de vingt ans à *Scientific American*. Une fois, il avait trouvé la formule d'une solution chimique pour neutraliser un explosif très puissant et failli décrocher un brevet. Mais il s'était fait court-circuiter par un gros fournisseur de l'armée.

Il ne s'était jamais servi de son arme, sauf au champ de tir, et n'avait procédé qu'à quatre arrestations. Il avait sur lui la carte d'une armurerie de Brooklyn, au dos de laquelle était imprimée la liste Miranda des droits constitutionnels. Il craignait de ne pas se souvenir des termes exacts au cours d'une véritable arrestation. Il avait comparu à plusieurs reprises devant le prétoire, faute d'avoir porté son arme réglementaire.

Lorsque la conversation devint personnelle, il fut moins prolixe, mais Rune sentit qu'il avait envie de parler. Sa femme l'avait quitté huit mois plus tôt et c'était elle qui avait la garde officieuse de leur fils.

— Je voudrais contester, mais je n'en ai pas le courage. Je préfère épargner ça à Adam. De toute façon, quel juge va m'accorder la garde d'un enfant de dix ans ? Je manie des engins explosifs à longueur de temps...

— C'est à cause de cela qu'elle vous a quitté ?

Healy tendit le doigt vers le champ. Rune entendit de nouveau le grésillement annonçant l'explosion. Autre énorme éclair, suivi d'une colonne de fumée de quinze mètres de haut. L'onde de choc au visage lui fit l'effet d'un brusque coup de vent estival. Les flics qui regardaient portèrent les doigts à la bouche en sifflant. Rune se leva d'un bond et applaudit.

— Charge à excavation au nitramon, commenta Healy, observant la fumée.

— Fantastique !

Healy la regarda, hochant la tête. Elle l'agrippa. Il détourna les yeux.

— Le boulot, vous voulez dire ? lui demanda-t-il.

Rune avait oublié sa question. Puis elle se rappela.

— Pourquoi votre femme vous a-t-elle quitté ?

— Je ne sais pas. Sans doute parce que je n'étais jamais à la maison. Mentalement, je veux dire. J'habite à Queens. J'ai une maison avec un laboratoire au sous-sol. Un soir, j'étais complètement perdu dans mes expériences, et ma femme est descendue me prévenir que le dîner était prêt. Je n'écoutais absolument rien et je lui ai parlé de mon expérience. Ajoutant : « J'ai l'impression d'être chez moi ici. » Ce à quoi elle a répliqué : « Tu es chez toi... »

134

— Ne soyez pas trop dur avec vous-même, dit Rune. Faut être deux pour réussir.

Il hocha la tête.

— Vous êtes toujours amoureux d'elle ? reprit-elle.

— Pas du tout, s'empressa-t-il de répondre.

— Mmm...

— Non, je vous assure.

Le vent se mit à souffler. Healy sombra dans le mutisme, ce qui avait dû être l'un des reproches de sa femme. La difficulté de communication.

Au bout d'un moment, Healy reprit :

— Tout d'un coup, du jour au lendemain, elle me dit qu'elle ne peut plus me supporter : je suis une source permanente d'irritation, je ne la comprends pas, je ne suis jamais là pour elle. J'ai été accablé. D'une certaine façon, je l'ai cherché... Je l'ai harcelée, ne cessant de lui répéter à quel point je l'aimais, à quel point j'étais désolé, que j'étais prêt à faire n'importe quoi... Je ne faisais que la torturer, à l'écouter. Je suis devenu à moitié dingue.

— C'est le lot des amoureux, assura Rune.

— Un exemple, continua Healy. Quand elle est partie, Cheryl a emporté la télé. Dès le lendemain, je n'avais plus qu'une idée en tête : la remplacer. Je suis allé acheter *Consumer Reports* et me suis documenté sur toutes les catégories de téléviseurs. Je voulais acheter ce qu'il y avait de mieux. C'était devenu une obsession. Finalement je suis allé à SaveMart et j'ai dépensé – bon sang ! je n'arrive pas à y croire – onze cents dollars pour une télé...

— Fichtre ! ce doit être une super-télé.

— Oui, mais l'ennui, c'est que je ne regarde jamais la télévision. Je n'aime pas ça. Voilà où j'en étais arrivé. J'étais plutôt déprimé. Et puis un jour nous recevons un appel à cause d'une bombe artisanale. Elles sont très dangereuses, voyez-vous, parce qu'elles sont généralement bourrées de poudre, ce qui est horriblement instable. Celle-ci pesait environ quinze kilos. Et elle était déposée devant une grande banque en centre-ville. Dans un escalier. Impossible d'utiliser le robot. J'enfile une combinaison antibombes et je l'examine. Je pouvais me contenter de la placer à portée du robot, puis de l'introduire dans le véhicule de désamorçage. Mais je me suis rendu compte que je me fichais de mourir... Et j'ai décidé de la désamorcer moi-même.

« J'ai commencé à tortiller le bout du tuyau. Or un peu de poudre s'est glissée entre les fils du détonateur et la friction a déclenché la charge.

— Mon Dieu, Sam...

— C'était en fait de la poudre noire – pas de la poudre sans fumée. C'est l'explosif le moins puissant qui existe. La plus grosse partie en était mouillée et n'a pas explosé. Je me suis tout bonnement retrouvé sur le cul, avec des cloques sur les paumes. Mais je me suis dit : « Healy, il est temps de cesser de faire le con. » Cela m'a aidé à passer le cap. Voilà où j'en suis aujourd'hui.

— Vous avez passé le cap ?

— C'est ça.

— Le mariage, reprit Rune après un temps, c'est une drôle d'affaire. Je me demande si c'est bien sain. Ma mère m'asticote continuellement pour que je me marie. Elle a une liste de candidats pour moi. Des gars sympa. Les fils de ses amies. Elle n'est pas sectaire. Juifs, protestants... tout lui est égal. Evidemment, ils sont classés par profession. Un médecin, c'est ce qu'il y a de mieux, oui. Mais au fond elle s'en moque, pourvu que je finisse riche, enceinte, et, oh, heureuse. Elle veut sincèrement mon bonheur. Il faut que je sois une mère riche et heureuse. Seulement voilà, j'ai beaucoup d'imagination, mais je me vois mal en femme mariée.

— Cheryl était vraiment jeune quand nous nous sommes mariés. Vingt-deux ans. Moi, j'en avais vingt-six. Nous pensions qu'il était temps de nous ranger... On change, je suppose.

Silence. La conversation avait dû prendre un tour trop personnel au goût de Healy, pensa Rune. Il haussa les épaules pour clore le sujet, puis reconnut un flic en uniforme. Il lui demanda où était passée la grenade non explosée trouvée par un quidam dans le Bronx...

— Elle est dans le bureau du capitaine. Sur sa chaise.

— Sur sa chaise ? répéta Healy.

— Oui, mais on en a retiré le TNT !

Healy se tourna de nouveau vers Rune. Pour rompre le silence, elle le questionna :

— Avez-vous fini par interroger le témoin ?

Healy but la quasi-totalité de son soda, mais laissa la moitié de son sandwich.

— Quel témoin ?

— Le type qui a été blessé dans le premier attentat. Le premier « ange ».

Le vent se leva, chassant vers eux le nuage de fumée qui sortait d'une fosse en feu.

— Oui.

— Ah, fit Rune. Il vous a été utile ?

Healy passa les pouces sous sa grosse ceinture, ce qui lui donna, pour le coup, l'air d'un cow-boy.

— Vous ne voulez pas me confier ce qu'il vous a dit ? insista-t-elle.

— Non.

— Pourquoi ?

— Cela ne vous concerne pas.

— Vous avez classé sa déposition, et voilà tout ?

— Non. (Healy réfléchit un instant.) Le témoin n'a pas été très utile.

— Donc il y a des pistes.

— Il y a des pistes.

— Mais personne n'a l'intention de poursuivre les investigations, assena-t-elle cyniquement. A cause des « consignes » venues d'en haut ? C'est ça ?

— Moi, j'ai décidé de poursuivre l'enquête.

— Quoi ? lança-t-elle. Dites-moi !

Avait-il bien fait d'inviter Rune, après tout ? Voilà ce qu'il devait se demander, pensa-t-elle...

— J'ai relevé les empreintes sur le téléphone d'où le meurtrier a appelé le soir de l'attentat.

— Et...

— Rien. J'essaie aussi de retrouver l'origine des explosifs. L'emballage dont je vous ai parlé. On pourra sans doute identifier le stock.

— Et vous risquez de ce fait de vous faire virer ? A cause de ces fameuses consignes ?

— Le coordinateur des opérations et le chef du secteur ont mon numéro de téléphone : s'ils veulent que je laisse tomber, ils peuvent toujours me passer un coup de fil.

La main de Rune se referma sur l'épaule de Healy. Elle sentit un élan vers lui. Elle lui était en partie reconnaissante de le voir prendre des risques pour découvrir l'assassin de Shelly. Mais il y avait autre chose.

Pour le moment primait l'aspect policier.

— Ecoutez, Sam. Et si je vous aidais ?

— A quoi ?

— A découvrir le meurtrier.

— Non.

— Allez ! Nous pourrions former une équipe !

— Rune...

— Je peux me permettre des choses qu'il vous est impossible de faire. Car enfin vous êtes obligé d'agir légalement, n'est-ce pas ?

— Rune, ce n'est pas un jeu.

— Je ne joue pas. C'est un assassin que vous voulez arrêter. (Elle insista sur le mot.) Et je veux tourner un film, poursuivit-elle en pinçant les lèvres. Ce n'est pas un jeu non plus.

Il vit le feu dans ses yeux. Il n'ajouta rien.

— Dites-moi seulement quelque chose, reprit-elle au bout d'un moment.

— Quoi ?

— Promettez-moi de répondre.

— Non.

— Je vous en prie.

— Peut-être.

— Les empreintes ?

— Je vous l'ai dit : ça n'a rien donné.

— Pas celles sur le téléphone, précisa Rune. Sur les lettres ? Les messages de l'Epée de Jésus, à propos des anges ?

Il hésita.

— L'auteur des messages a utilisé des gants.

— D'où venait le papier ?

— J'avais dit que je répondrais à une seule question.

— Vous aviez dit « peut-être ». Donc vous n'aviez pas éliminé la possibilité de répondre à *deux* questions.

— Les règles, c'est moi qui en décide. Je vous ai répondu. Promettez-moi maintenant de faire uniquement votre film et rester en dehors de l'enquête.

Elle écarta les mèches devant ses yeux, puis tendit la main.

— OK. Mais à condition que vous me donniez l'exclusivité.

— Marché conclu.

Sa grosse main robuste se referma sur celle de Rune. Sans la lâcher. Durant un moment, seul le vent se fit entendre. Elle savait qu'il avait envie de l'embrasser. Elle aussi, sans s'engager trop. Mais l'instant passa et il lui lâcha la main. Ils se regardèrent intensément quelque temps. Puis il se tourna vers la fosse.

— Venez, dit-il. Je vais vous laisser lancer une grenade, si vous voulez.

— C'est vrai ? fit-elle avec enthousiasme.

— Enfin, une grenade d'entraînement.

— Bon, j'apprendrai peu à peu.

Par l'énorme porte des coulisses, Rune aperçut un chantier. Pas un théâtre.

Il y avait une odeur de sciure de bois, ainsi que le parfum doux et piquant de la peinture et du vernis. Des hommes robustes, vêtus de tee-shirts arborant les titres d'anciennes pièces de Broadway, transportaient du bois de charpente en un ballet incessant. Des câbles serpentaient sur la scène poussiéreuse et en piteux état.

Des cris ; le « boum boum » des marteaux ; les stridences des scies électriques, des échoppeuses, des perceuses.

Rune pénétra dans les coulisses. Certes, elle avait peint des toiles de fond pour une pièce au lycée, comme elle l'avait expliqué à Arthur Tucker. Et elle avait participé à plusieurs reconstitutions historiques. Mais elle n'avait jamais visité les coulisses d'un vrai théâtre. Et elle ne se doutait pas qu'il y eût tant d'espace derrière le rideau.

Ni à quel point tout cela était moche, vétuste, abîmé.

Une énorme caverne, une gigantesque fosse en enfer. Elle gagna le devant de la scène sans se faire remarquer. Trois personnes étaient assises au premier rang, penchées sur un scénario. Deux hommes et une femme. Leur discussion animée laissait supposer un désaccord.

— Excusez-moi... les interrompit Rune. Vous êtes Michael Schmidt ?

Un homme d'environ quarante-cinq ans leva les yeux. Son premier geste fut d'ôter ses lunettes de lecture, des demi-lunes.

— Oui ?

Les autres – un homme corpulent vêtu d'une grosse chemise et une femme tirant goulûment sur une cigarette, l'air sinistre – n'avaient pas levé les yeux. A les voir lire ainsi leur scénario, on eût dit qu'ils identifiaient un cadavre à la morgue.

— A votre bureau on m'a dit que je pourrais vous trouver ici.

— Ah bon ? Il faudra que je leur en touche un mot.

Schmidt était trapu et en bonne condition physique. Ses biceps tendaient les manches courtes de sa chemise moulante. Malgré son apparence musclée, son visage ne respirait pas la santé. Schmidt avait les yeux rouges et larmoyants. Peut-être une allergie.

Peut-être, pensa-t-elle, du gaz lacrymogène.

Elle regarda les sièges à côté du producteur. Ne vit ni blouson rouge, ni chapeau.

Et il ne parut pas la reconnaître – si c'était lui qui l'avait agressée sur l'appontement. Mais évidemment son métier consistait à créer l'illusion...

— Que voulez-vous ? demanda-t-il sèchement.

— Puis-je avoir un autographe ?

Schmidt cligna des yeux.

— Comment avez-vous franchi le contrôle, bordel ? !

— Je suis entrée, voilà tout. Je vous en prie, j'ai toujours voulu avoir votre autographe.

Il soupira.

— *Je vous en prie*, insista-t-elle.

Il jeta un coup d'œil aux autres, qui avaient toujours les yeux rivés sur le scénario et chuchotaient, l'air sombre. Il se leva. Schmidt boitait. Il tressaillit en gravissant un escalier de contre-plaqué taché pour monter sur scène.

Rune tendit la main. Il lui lança un regard vide de toute expression et passa devant elle. Se dirigea vers la machine à café, se servit une grande tasse. Il revint vers elle, jeta encore un coup d'œil aux rédacteurs en désaccord. (Etaient-ce du reste des rédacteurs ?)

— OK, fit-il.

— Formidable ! Merci.

Elle lui tendit un bout de papier et un Crayola.

— A qui ?

— Maman.

Il griffonna quelques mots illisibles. Tendit le papier à Rune. Elle le prit, leva les yeux vers lui. Il renifla, se moucha dans un mouchoir en lin.

— Autre chose, Miss Rune ?

Il la regardait, déhanché. Attendant.

— Bon, d'accord, admit-elle en rangeant l'autographe. J'ai menti.

— Je m'en doutais.

— Ma foi, je voulais quand même votre autographe. Mais je souhaitais aussi vous poser quelques questions.

— Je ne fais pas de casting. Remettez votre CV à...

— Je ne veux pas non plus être actrice.

Il plissa les yeux, se mit à rire.

— Eh bien, en ce cas, vous êtes bien la seule New-Yorkaise de moins de vingt-cinq ans à ne pas vouloir être actrice.

— Je tourne un film sur une actrice qui a passé une audition pour vous. Shelly Lowe ?

Vit-elle ses yeux papilloter comme ceux d'un écureuil effarouché ? Peut-être l'avait-il reconnue, à présent ?

— Shelly Lowe ? Ça ne me dit rien.

— Ça devrait. Vous avez failli lui confier un rôle dans cette pièce.

Il se mit à rire, surpris.

— Ah bon ? Eh bien, mademoiselle, ça ne me dit rien du tout.

— Elle devait avoir le rôle principal.

— Il y avait des centaines d'actrices qui voulaient obtenir le rôle principal dans cette pièce. Nous en avons finalement retenu une. Ce n'est pas une Mlle Lowe. Maintenant, si vous voulez bien...

— Elle a été tuée.

Son attention vacilla. Il examina un décor.

— Je suis désolé.

Mais il s'en fichait éperdument. Elle garda le silence, le dévisageant.

— Et vous tournez un film sur sa vie ? finit par demander Schmidt.

— Plus ou moins. Voici sa photo.

Rune lui tendit une photo de film, que lui avait donnée Nicole. Il l'examina avec l'indifférence d'un motard, accablé d'ennui, lisant un permis de conduire, puis la lui rendit.

— Je ne me souviens pas d'elle. Et vous pensez qu'elle a passé une audition pour nous ?

— Je l'ai entendu dire.

— Ah, fit Schmidt, avec un sourire. Les ragots de théâtre... Il ne faut jamais y croire.

— Alors peut-être pourrez-vous remettre les pendules à l'heure. Vous ne vous souvenez vraiment pas d'elle ?

— Miss Rune, comprenez-moi. D'abord, je ne fais jamais les présélections. Nous avons un directeur du casting pour cela...

— Quel est son...

— ... qui ne travaille plus pour nous, et j'ignore où il est. Deuxièmement, la plupart des candidats prétendant passer un entretien ou une audition avec Michael Schmidt se contentent de demander à leur agent d'envoyer un portrait et une copie de leur CV. Ou bien ils font la queue pour passer une audition ou un entretien qui dure dix secondes. Cette Mlle Lowe a-t-elle vraiment passé une audition pour nous ? J'en doute. A-t-elle vraiment passé une audition pour *moi* ? Je ne veux pas dire de mal des morts... Mais si votre amie a prétendu qu'elle avait failli décrocher le rôle... (il tourna les paumes vers le plafond)... elle a menti.

Bruit fracassant juste à côté d'eux. Un machiniste venait de renverser une énorme pile de planches. Schmidt se tourna vers lui, le visage déformé par la fureur.

— Qu'est-ce que vous fabriquez ?

— Désolé, monsieur Schmidt, je...

— Nous sommes en retard parce que des crétins comme vous ne savent pas ce qu'ils font. Encore une connerie et vous êtes viré.

— Je suis désolé, je vous répète, répliqua le gars costaud. C'est un accident.

Schmidt se tourna de nouveau vers Rune.

— Je suis entouré d'abrutis... La prochaine fois que vous voudrez me parler, appelez à mon bureau. Prenez rendez-vous. Cela dit (il se retourna et se dirigea vers l'escalier), j'espère sincèrement qu'il n'y aura pas de prochaine fois.

Rune l'observa un moment. Elle avait cessé d'exister aux yeux du producteur. Elle regagna les coulisses, puis s'arrêta, regardant le jeune machiniste rempiler de mauvaise grâce les planches qui étaient tombées par terre.

Elle bâilla à s'en décrocher la mâchoire. De grosses larmes jaillirent de ses yeux.

Il était vingt-deux heures. Rune, assise dans le studio de « L & R », devant la Moviola – vieille table de montage à plateau –, rembobinait les séquences tournées pour la pub de « La Maison du cuir ». Larry avait filmé la fille moche sur toile de fond pustuleuse. Il y avait environ une heure de prises successives. Rune était en train de monter le film, se conformant aux indications de Bob.

Mary Jane – qui aurait fait une merveilleuse administratrice, se dit Rune – avait laissé ses propres notes, longue liste de corrections apportées au devis. Le mot se terminait par : *Essayez d'être là pour 8 h 30. Et rappelez-vous : grand jour demain. Faudra être en forme ! Ciao, M.J.C.*

La porte s'ouvrit. Entra Bob, qui se dirigea aussitôt vers la machine grise, l'œil rivé sur l'écran. Il garda le silence un instant.

— Ça avance, poulette ?

— Ça sera prêt demain matin.

Il écarta la main de Rune de la manivelle, qu'il se mit à tourner lui-même, examinant les images saccadées sur le petit écran. Rune regarda son bracelet en or de dix-huit carats.

— Je ne savais pas que vous faisiez des rushes tous les jours pour une vulgaire pub.

— Nous sommes un peu plus – comment dire ? – attentifs cette fois-ci. Vu le budget, etc., tu vois.

— Et le dîner avec le client, ça s'est bien passé ?

— Le type est un vieux schnock et sa fille... Bon sang ! elle s'amusait avec son pied, si tu vois ce que je veux dire. Elle l'avait carrément posé sur ma cuisse.

144

Elle voulait prendre un verre en tête à tête avec moi par la suite. J'ai dû prétendre être crevé pour me débarrasser de cette excitée. Quant à cette Mary Jane de malheur... Un vrai glaçon, celle-là. (Il tourna le bouton.) Ajoute deux secondes sur elle avant le fondu. Pour son vieux, c'est, comme qui dirait, la princesse Diana.

— J'ai déjà fini sa séquence.

— Eh bien, refais-la.

— Vous avez pensé à moi qui étais toute seule ici pendant que vous gueuletonniez ?

— Ah, je t'ai apporté un cadeau.

Il lui tendit un sac en papier taché de graisse.

— Oui ?

Elle l'ouvrit. A l'intérieur : une papillote en papier d'aluminium.

— Ah, vous m'avez apporté quelque chose pour tenir.

— Bah, oui.

Elle défit le papier, examina ce qu'il contenait.

— C'est un sac de restes, Bob, hein ?

— J'ai pensé que t'aurais envie de quelque chose.

Armée d'un crayon, Rune fouillait dans le sac.

— Il y a des haricots verts et des patates. C'est tout ce qu'il reste... Qu'y avait-il avec ?

— J'en sais rien. P't-être un steak. (Il s'étira, ressemblant, l'espace d'un instant, au gentil garçon innocent qu'il n'avait jamais été. Puis il passa la porte.) Demain matin huit heures trente, poulette. Il aime les croissants, alors pense à en acheter, hein ?

La porte se referma derrière lui.

Elle fit une boule des pommes de terre froides, s'apprêtant à les balancer, mais son estomac la tirailla. Sa main hésita.

— Et merde !

Rune déplia le papier d'aluminium. Après avoir jeté un coup d'œil par la fenêtre pour être sûre que Bob fût bien parti, elle rembobina sa propre cassette sur la table de montage Sony à côté de la Moviola et fit démarrer la bande. Elle la visionna tout en mangeant les pommes de terre et les haricots, se servant de deux crayons comme de baguettes.

La séquence sur Danny Traub ne lui en apprit guère plus : le producteur de films porno n'était qu'un con, imbu de lui-même et obsédé. La séquence sur Michael Schmidt – filmée avec la caméra vidéo cachée – lui apprit que c'était un petit malin, faux jeton et imbu de lui-même, peut-être obsédé, mais sans que son travail s'en ressente.

Rune repàssa l'instant où Schmidt avait cillé lorsqu'elle avait mentionné le nom de Shelly Lowe. Un mouvement à peine perceptible. Que pensait-il ? Que *se rappelait-il ?*

Impossible à deviner. Comme lui avait dit Larry : « Les caméras ne mentent pas, poulette, mais ça ne signifie pas qu'elles révèlent toute la vérité. »

Non, la séquence sur Schmidt ne lui apprenait pas grand-chose. Mais celle sur Arthur Tucker... Là, c'était différent.

La première chose qu'elle remarqua : le professeur de Shelly Lowe avait passé quelques minutes à recouvrir négligemment quelque chose sur son bureau, tout en lui parlant. Peut-être une pile de papiers ou un manuscrit. Il avait procédé avec beaucoup de subtilité, car elle ne s'en était même pas aperçue dans son bureau. Que voulait-il cacher ? Rune rembobina la bande et fit un arrêt sur image. Elle ne put rien distinguer.

Puis elle avisa un panneau sur le mur derrière lui. Exposant une série de médailles. Mais pas le genre de médailles que l'on commande par correspondance et qui commémorent des événements stupides comme les Grands Moments de la Révolution Industrielle... Non, il s'agissait de médailles militaires, ayant l'air authentiques. Il y avait d'autres souvenirs, dont une croix en or.

Plissant les yeux, elle les examina. Elle se remémora l'un de ses films préférés. Un film en noir et blanc des

Metropolitan Studios dans les années cinquante. *The Fighting Rangers*. Un film sur la Seconde Guerre mondiale. L'un des personnages principaux – le gentil môme d'une ville du Midwest, joué par quelqu'un comme Audie Murphy – est paniqué au combat. Il craint toujours de manquer de courage. Mais à la fin il s'approche subrepticement d'un pont ennemi et, tout seul, le fait sauter pour empêcher l'ennemi d'envoyer des renforts.

Elle se rappela le petit insigne en forme de croissant – le simple mot *RANGERS* sur l'épaule du héros – alors qu'il agonise dans la dernière scène du film. Il ressemblait exactement à l'insigne qu'Arthur Tucker avait exposé à côté de ses médailles. Lui aussi avait été *ranger*.

L'autre chose dont elle se souvenait, c'était une scène précédente du film, dans laquelle un soldat demande au héros s'il saura placer les explosifs sur le pont.

Et il répond : « Bien sûr, sergent. Tous les *rangers* savent manier les explosifs. C'est ce qu'on nous apprend à l'entraînement. »

CHAPITRE 11

Arthur Tucker se sentait vieux.

Assis dans son bureau poussiéreux de Times Square, il déposa une résistance d'un blanc terne dans une tasse ébréchée contenant de l'eau qui se mit à crachoter furieusement. Lorsqu'elle bouillonna, il retira la résistance et laissa choir dans la tasse un sachet de thé Lipton, couvert d'une croûte, déjà utilisé deux fois. Le soleil filtrait entre les rideaux défraîchis par le soleil ici et là. Dehors, les bruits d'un chantier ressemblaient au fracas d'une bataille.

Il se sentait vieux.

Parfois, quand il regardait l'un de ses jeunes protégés sur scène, il ne sentait plus le poids des ans. Il se retrouvait quasiment dans la peau du garçon de vingt-cinq ans, vêtu du costume moisi de Rosencrantz, de Benvolio ou du Prince Hal, attendant sa réplique pour entrer sur scène côté cour.

Mais pas aujourd'hui. Quelque chose avait provoqué ce sentiment morbide quand il était descendu du train à la 50ᵉ Rue, avant de gagner son bureau d'un pas lent et zigzaguant. Il avait regardé les marquises des théâtres. Beaucoup de ceux-ci se trouvaient maintenant au pied de tours. Ce n'étaient plus des bâtiments indépendants, tels le vieux et prestigieux *Helen Hayes*, le *Martin Beck*, le *Majestic*. Cela en disait long : voir ces théâtres faire partie intégrante d'immeubles de bureaux... Quand il pensait à ces vieilles marquises –

ces gigantesques trapèzes en saillie, constellés de lumières –, il se rappelait surtout les logos de comédies musicales, genre théâtral qu'il boudait. Pourquoi cela plutôt que les marquises affichant les pièces de Miller, O'Neill, Ibsen, Strindberg ou Mamet, qu'il tenait tous pour des génies ?

Probablement parce qu'il prenait de l'âge, se dit-il.

Il pensa à ses étudiants. Où étaient-ils, tous ? Une douzaine à Broadway ou dans des théâtres d'avant-garde. Six ou sept dans des sitcoms ou des séries à la télé. Deux douzaines à Hollywood.

Et des centaines qui s'étaient tournés vers la comptabilité, le droit, la menuiserie, la publicité ou la plomberie.

Des centaines et des centaines qui étaient bons, mais pas assez pour le système. Le *star system*, cette foutue pyramide où il y a si peu de place au sommet.

Arthur Tucker sirota son thé, se demandant s'il avait raté sa vie.

Et maintenant... L'accident de Shelly Lowe. Il n'était pas certain que...

Stridence métallique. Son téléphone sonnait. Il décrocha.

— Allô ?

Et il entendit une jeune femme essoufflée parler à toute allure. Des chèques ? Elle évoquait un problème de courrier. Elle était au premier étage de l'immeuble, avait reçu des chèques adressés à Arthur Tucker. Il n'attendait pas de chèques, lui sembla-t-il. La plupart de ses étudiants le réglaient en liquide à la fin de leur cours, lui remettant les précieux billets neufs de vingt dollars, sortis tout droit du distributeur de la Chase.

— Ma foi, ça ressemble à des chèques. Je suis toute seule ici. Je ne peux pas vous les monter. Si vous voulez, je vous les laisserai ce soir devant ma porte.

Auquel cas ils disparaîtraient dans les cinq minutes.

— Je vais descendre. Quel bureau ?

— 103. Si je ne réponds pas tout de suite, c'est que

je serai au téléphone. Je n'en aurai que pour une minute.

Tucker ôta sa veste en tweed garnie de protections en cuir aux coudes et d'une doublure de satin déchirée. Il dédaigna son chapeau. Il sortit dans le couloir sombre, fermant la porte à clef derrière lui. Il appuya sur le gros bouton noir pour appeler l'ascenseur, attendit trois minutes qu'il arrive. Il monta dedans et entama la descente jusqu'au premier étage, accompagné des grincements de la cabine.

Rune essaya la sonde de dentiste.

Elle l'avait achetée à un pharmacien qui n'avait pas eu l'air spécialement étonné de voir quelqu'un portant des Keds et une minijupe ornée de ptérodactyles imprimés demander ce genre d'instrument. Puis elle était retournée à la péniche. Elle s'était entraînée sur les serrures de quelques portes intérieures, réussissant à les ouvrir assez vite. Elle n'avait toutefois pas crocheté la porte d'entrée, munie d'une serrure de sécurité, parce qu'elle avait perdu patience. De toute façon, s'était-elle dit, en théorie c'était sans doute pareil.

Non, ce n'était pas pareil.

Transpirant, paniquée, elle s'escrima cinq minutes sur la porte d'Arthur Tucker. Rien à faire. Elle introduisait l'instrument, le tortillait dans tous les sens, entendait cliquetis et autres claquements prometteurs.

Mais rien ne se produisait. La porte restait hermétiquement fermée.

Rune se releva, reculant. Plus le temps. Arthur Tucker allait sans doute revenir d'une minute à l'autre.

Elle inspecta le couloir. Il n'y avait que deux autres locataires à cet étage. Un cabinet d'avocat, avec des plaques en anglais et en coréen, ainsi qu'une société d'import. Pas de lumière sous aucune des deux portes.

— Et puis merde !

Rune donna un coup de coude dans la vitre. Un

grand éclat de verre triangulaire tomba derrière la porte. Elle passa la main à l'intérieur, tourna le loquet.

Quatre minutes... Il ne te reste que quatre minutes.

Mais en définitive elle n'eut même pas besoin de tout ce temps.

Car, au beau milieu du bureau de Tucker, elle avisa ce qu'elle cherchait : la liasse de papiers qu'il s'était donné tant de mal à cacher. Ce n'était pas une vulgaire liasse de papiers. C'était une pièce de théâtre. Le titre en était *Fleurs à domicile*. Apparemment, Tucker avait porté des notes en marge – ajouts, biffages, indications scéniques. Quelques mots ici et là. Toutefois, il y avait une modification plutôt radicale... Pas dans la pièce même, mais sur la page de garde. Tucker avait barré *Par Shelly Lowe* et inscrit son propre nom.

La ligne du copyright avait également été modifiée, le nom de Tucker remplaçant celui de Shelly.

Sur la page de garde était ajoutée la mention : *Théâtre Haymarket, Chicago – Intéressés.*

Shelly est morte depuis quelques jours à peine, pensa Rune, furieuse, et ce salaud lui a déjà volé son manuscrit pour le vendre.

Prends-le, se dit-elle. C'est une pièce à conviction.

Seulement voilà : Tucker s'apercevrait de la disparition. Elle regarda derrière le bureau. Il y avait d'autres pièces de théâtre, non reliées, en pile sur son buffet. Elle fouilla dans le tas et en trouva une autre, sur laquelle Tucker avait rayé le nom de Shelly pour le remplacer par le sien.

Elle fourra le manuscrit dans son sac peau de léopard et quitta le bureau. Elle entendit un cliquetis sonore derrière elle, au bout du couloir.

Elle s'était trompée. Tucker n'avait pas attendu devant la porte en bas aussi longtemps qu'elle l'avait espéré. Ou peut-être quelqu'un lui avait-il appris que la société avait déménagé depuis plusieurs mois. Quoi qu'il en fût, l'ascenseur s'ouvrit juste au moment où elle s'engouffrait dans l'escalier. Elle entendit les pas de Tucker, l'entendit s'arrêter, puis marmonner « Oh, non ! » lorsqu'il vit la vitre brisée. Elle franchit discrètement la porte coupe-feu et descendit l'escalier quatre à quatre jusqu'au rez-de-chaussée.

Une fois dehors, elle aperçut un flic plus loin dans la rue. Son premier mouvement fut de prendre ses jambes à son cou. Mais elle comprit qu'Arthur Tucker ne risquait pas d'appeler la police. Au mieux, c'était un voleur. Au pis, un assassin.

Les projecteurs étaient de vraies taches de soleil.

Rune, debout derrière des piliers graisseux à dix mètres de distance, sentait la chaleur des lumières. Elle se posa deux questions. Pourquoi l'éclairagiste avait-il décidé d'utiliser quatre lampes Redhead de huit cents watts, trop puissantes pour la taille du plateau ?

Ça, c'était la première question. La seconde : à quoi pensait Nicole D'Orleans, qui s'activait, nue sur un drap de satin rose, avec un grand type mince, aux cheveux bruns, ses longues jambes parfaites serrant de toutes leurs forces la taille de l'homme ?

— Vas-y, chéri, oui, voilà, oooh, tu sais ce que j'aime, tu sais ce que je veux, vas-y fort, baise-moi, baise-moi...

Quand elle se lassait de sortir semblables monologues, Nicole se bornait à gémir et miauler. L'homme sur elle poussait principalement des grognements.

Suant furieusement, ils changeaient souvent de position – la missionnaire était complètement démodée. Certaines poses étaient pleines d'imagination, mais paraissaient épuisantes rien qu'à les regarder. Heureusement, Nicole et son partenaire étaient sportifs.

Bon sang ! se dit Rune, je serais incapable de lever les jambes aussi haut, même si l'on me payait.

Le bruit de leurs ébats pénétrait dans les moindres recoins obscurs des « Lame Duck Studios ».

Le caméraman en tee-shirt s'approcha. L'objectif inquisiteur de la caméra vidéo Ikegami donnait l'impression d'être le troisième élément d'un ménage à trois. Les autres membres de l'équipe s'ennuyaient, appuyés contre les montants des projecteurs ou des trépieds, sirotant du café. A l'extérieur de la flaque surchauffée de lumière cernant le matelas, Danny Traub – aujourd'hui réalisateur – adressait des gestes impatients au caméraman.

— Si tu rates l'éjac, je te botte le cul.

— Je ne la raterai pas, répondit le caméraman en se rapprochant de l'action.

— Hier, la jambe de Sharon était dans le champ. Tu ne voyais que dalle.

Rune reprit le cours de ses méditations. A quoi pouvait penser Nicole ? Ils faisaient ça depuis une demi-heure. Elle paraissait excitée. Mais était-ce bidon ? Se concentrait-elle sur...

Contretemps.

L'acteur avait cessé ses va-et-vient et s'était relevé. Hébété, le regard trouble, le souffle court. Nicole jeta un coup d'œil au bas-ventre du type et comprit le problème. Elle se pencha en avant et fit jouer sa bouche. Elle paraissait assez habile, mais il n'y eut aucune réaction de la part de son partenaire. Celui-ci sortit soudain de la lumière. Nicole s'assit et prit le peignoir qu'une jeune assistante lui tendait. L'acteur chercha une serviette, en trouva une, se l'enroula autour de la taille.

— Bon, bah voilà, lança l'acteur, avec un geste d'impuissance et un haussement d'épaules.

Danny Traub soupira, puis aboya des ordres. Les lumières s'éteignirent. La caméra fut coupée. Les machinistes et électriciens quittèrent le plateau.

— C'est la troisième fois cette semaine, Johnny, chuchota Traub.

L'acteur inhalait une grande bouffée de Camel.

— Il fait une putain de chaleur là-dedans ! Y a un problème avec la climatisation ?

— La climatisation ? (Traub tourna la tête vers sa galerie imaginaire.) Il lui faut quoi, zéro degré, pour bander ?

Johnny regardait ses pieds.

— Je suis fatigué.

— Je te paie mille dollars pour bander dur. Le film aurait dû être en boîte il y a une semaine.

— Eh bien, filme autre chose que moi, fais du remplissage.

— Johnny, reprit Traub comme s'il eût parlé à un môme de six ans, les gens économisent pour louer des cassettes de toi et de tes trente centimètres. Ils veulent voir la baguette magique faire des merveilles. Tu piges ?

— Je suis *fatigué*.

— Tu es défoncé, voilà ton problème. Tu connais l'effet de la coke sur le yin-yang. Tu peux être avocat, médecin, musicien, même sans doute pilote de ligne, et te schnouffer autant que ça te chante : ça ne foutra pas en l'air ta carrière. Mais un type qui fait du porno ne peut pas se permettre de sniffer autant que toi.

— Donne-moi seulement quelques heures.

— Non, je te donne congé, bordel ! Dégage.

Assise sur le bord du lit, Nicole avait suivi la scène. Elle se dirigea vers eux.

— Danny...

Traub ne lui prêta pas la moindre attention.

Johnny marmonna quelque chose. Il gagna un angle du plateau. D'un sac à bandoulière en cuir il sortit une fiole bleue. Traub s'approcha et, d'une claque, la fit sauter de la main de Johnny. La fiole heurta le mur, tomba en vrille.

— Putain, Danny, pourquoi...

Il plaqua Johnny contre le mur. Lui adressa un sourire mauvais, regardant autour de lui.

— Il croit que je plaisante ? Parfaitement ! Ce type croit que je blague... Je n'ai plus les moyens de te traîner comme un boulet.

— Arrête...

— Ta gueule ! lança Traub d'une voix suraiguë, discordante, frénétique.

Tout le monde avait dû entendre. Mais tous se plongèrent dans la lecture de plannings, factures, scénarios... Ou bien contemplèrent leur tasse de café ou de thé, qu'ils tournaient machinalement.

Johnny s'éloigna. Il s'assit sur le lit, cherchant ses vêtements d'un air distrait.

Nicole se dirigea vers la fiole tombée par terre, la ramassa et la tendit à Johnny d'une main hésitante. Traub s'avança et la lui arracha de la main.

— Pauvre conne ! Tu n'as pas entendu ce que je viens de dire ?

— C'était seulement...

Traub regardait de nouveau Johnny.

— Je t'ai payé d'avance cette semaine. Je veux que tu m'en rendes la moitié.

— Danny, intervint Nicole, laisse-le tranquille, allez...

Traub se tourna vers elle.

— Une bonne actrice saurait le faire triquer ! lui jeta-t-il méchamment. Tu es nulle, bordel !

Nicole avait manifestement peur de lui. Elle déglutit, évitant ses petits yeux perçants.

— Ne le vire pas, Danny. Allez. Il a eu du mal à trouver du boulot ces temps derniers, tu sais.

Un sourire simiesque déforma la figure de Traub.

— Une star du porno impuissante, qui a du mal à trouver du boulot ? Tu m'étonnes, putain !

— Il traverse une mauvaise passe, voilà tout.

— Garde l'argent, merde ! lança Traub à Johnny. Fiche le camp, c'est tout ce que je te demande.

Johnny tourna brusquement les talons et quitta le plateau.

— Trou du cul, chuchota Nicole.

Traub fit volte-face, la saisit par les cheveux et la tira par la tête.

— Ne... me... dis... jamais... ça.

— Pardon, geignit Nicole, pardon, pardon...

La colère s'empara de Traub. Il replia le bras, serrant le poing. Mais il regarda autour de lui. Un assistant costaud en tee-shirt esquissa un mouvement. Le caméraman fit un pas vers eux. Traub hésita un instant, lâcha les cheveux de Nicole.

Cette dernière porta la main à sa tête et se massa le cuir chevelu. Traub lui adressa de nouveau un sourire faux et lui tapota la joue. Elle tressaillit, attendant une gifle. Il se mit à rire et lui glissa la fiole de coke entre les seins.

— Voilà ce que j'appelle...

Nicole fit un brusque mouvement de la tête, puis s'éloigna.

— ... une fille bien sage, lui jeta Traub.

— A des chaussures, expliqua Nicole à Rune. Très souvent je pense à des chaussures.

— Des *chaussures* ? Comme celles que nous portons ? ?

Rune et Nicole étaient assises dans l'un des vestiaires de « Lame Duck ». Ce n'était pas une pièce à proprement parler, mais un simple espace séparé du reste du studio à l'aide de carton-plâtre fendillé et rongé par les souris. Elles se trouvaient au quatrième, au-dessus de l'étage où avait eu lieu l'attentat. Le studio avait décidé de ne pas déménager, ce que Nicole trouvait de mauvais goût, Shelly ayant perdu la vie juste en dessous. « Danny dit que nous avons un bail en or avec le propriétaire. Je me demande bien ce que ça signifie au juste. »

Rune s'était rendue aux vestiaires après l'incident avec Traub. Là, elle avait installé la caméra et fait un gros plan sur le visage de Nicole. Elle avait baissé la voix, parlant comme Faye Dunaway dans *Network* :

— Quand vous faites ça avec un homme sur le plateau et que la caméra tourne, à quoi pensez-vous ?

— Avec un seul homme ?

— Avec n'importe qui.

— Danny aime bien tourner avec deux hommes à la fois.

— Bon alors, avec deux hommes.

Nicole avait hoché la tête pour montrer qu'elle

comprenait la question et c'est là qu'elle s'était mise à parler de chaussures.

— Je fantasme beaucoup sur les Ferragamo. Aujourd'hui, avant cet incident avec Johnny, je voyais une paire magnifique. Avec un chouette petit ruban sur le côté.

Nicole avait endossé une combinaison-pantalon argentée, avec une large ceinture blanche. Elle portait des bottes de cow-boy flanquées de rivets métalliques. Ses cheveux crêpés étaient coiffés en hauteur. Rune remarqua qu'elle avait le cuir chevelu un peu rouge, là où Traub l'avait saisie par les cheveux.

— J'adore les chaussures. J'en ai environ soixante paires. Ça me calme, je ne sais pas trop pourquoi.

— *Soixante ?* répéta Rune, étonnée.

— Nous étions différentes sur ce plan-là, Shelly et moi. Je dépense presque tout ce que je gagne. Elle, elle plaçait tout en SICAV, en actions, etc. Mais, quoi, j'aime les fringues, je n'y peux rien !

— J'ai vu plusieurs de vos films. On a l'impression que vous êtes vraiment excitée, que vous vous donnez à fond. C'est du pipeau ?

Nicole haussa les épaules.

— Je suis une femme. J'ai largement eu l'occasion de faire semblant.

— Vous devez quand même penser à autre chose qu'à des chaussures ?

— Bah, faut penser aux impératifs techniques. Suis-je sous le bon angle ? Est-ce que je regarde la caméra ? Suis-je rasée sous les bras ? Est-ce que je répète tout le temps la même chose ?

— Qui écrit les dialogues ?

Nicole jeta un coup d'œil nerveux à la caméra. Elle se racla la gorge.

— La plupart du temps, on improvise. Mais n'allez pas croire que ce soit facile ! Que l'on se contente de regarder la caméra et de parler. Non. En fait, on n'est pas à l'aise du tout. On sait ce qu'on doit dire, on connaît les dialogues, mais moi par exemple, j'ai un mal fou à trouver le ton juste.

— Je vous ai trouvée bien. Et j'ai vu plusieurs de vos films.

— C'est vrai ? (Nicole tourna vers Rune son visage maquillé rouge et beige.) Lesquels ?

— *Haut les culs. Guerre des sexes.* Ah, et *Cousines lubriques.*

— Il est vieux, celui-là, *Cousines lubriques.* Un classique du genre. J'ai obtenu une mention dans *Hustler.* Je dois dire que j'étais assez satisfaite du résultat. J'avais répété pendant une semaine. Shelly nous y avait obligés.

Rune jeta un coup d'œil dans le couloir vide.

— Shelly a-t-elle écrit des pièces de théâtre ?

— Des pièces ? Oui, c'était un autre de ses passe-temps. Elle les envoyait et elles revenaient avec une lettre de refus.

— Une de ses pièces a-t-elle déjà été montée ?

— Non, je ne crois pas. Mais elle en a écrit une voici quelques mois qui devait être assez bonne. Il y a un théâtre qui s'est montré intéressé.

Le *Haymarket Theater*, à Chicago, aurait parié Rune, se rappelant la note sur l'exemplaire de la pièce dans le bureau de Tucker.

— *Fleurs à domicile* ?

— Oui, je crois bien. Ça se pourrait.

— Vous en connaissez le sujet ?

— Non.

— J'ai interviewé Danny Traub, poursuivit Rune. Je lui ai parlé de Shelly.

— Ah oui...

— Et il m'a dit qu'il l'aimait vraiment bien. Qu'ils formaient une véritable équipe.

— Danny a dit ça ?

— Oui.

— Baratin...

— C'est ce que j'ai pensé moi aussi.

— Il se foutait éperdument de Shelly. Il se fout d'ailleurs de tout le monde à part lui. Il vous a parlé des propositions qu'il lui faisait, quasiment en permanence ?

— Non. Mais parlez-m'en.

Nicole regarda la caméra.

— Vous pourriez peut-être couper ça...

Rune fit jouer le bouton.

— A longueur de temps, reprit Nicole, il la...

— Harcelait ?

Nicole haussa les épaules, se demandant s'il y avait une nuance entre « draguer » et « harceler ».

— Il ne la harcelait pas à proprement parler. Mais il était assez accroché. Elle trouvait qu'il ressemblait à un petit crapaud. Elle le détestait. Il se pavane sur le plateau, débinant tout le monde. Il met en boîte, il insulte. Vous savez comment il s'y prend ? Il parle de vous sans vous adresser la parole, même quand vous êtes carrément devant lui. Et comme il paie royalement, tout le monde encaisse sans moufter.

— Mais ce n'était pas le cas de Shelly.

— Oh non. Pas Shelly. Merde, elle se moquait de lui ! Il y a quelques semaines sur le plateau, Danny tarabustait le metteur en scène, et Shelly l'a traité de connard, avant de tourner les talons. Il était furieux, fallait voir. Il avait le visage congestionné. J'ai cru qu'il allait avoir une attaque.

— Je viens d'être témoin d'une prise de bec entre vous.

— Moi et Danny ? Vous avez vu ? Ce n'était pas vraiment une prise de bec. (Elle s'empara d'une brosse et se peigna, non sans mal, vu la quantité de laque.) Johnny est adorable. Il n'est pas en grande forme ces temps-ci. Il est alcoolique et il sniffe trop de coke. Il devrait prendre sa retraite. C'était vraiment une star dans les années soixante-dix. Il en a une grosse, vous savez.

— J'ai vu.

— Mais Danny a raison. Il ne vaut plus rien. Il ne peut plus travailler que chez « Lame Duck ». Personne d'autre ne l'embauchera. Je crois que même Danny a perdu patience. Enfin quoi, s'il y a bien une seule chose obligatoire, c'est que le mec bande. (Nicole haussa les épaules.) C'est dans le contrat, comme dirait l'autre.

Rune marqua une pause. De l'eau dégouttait quelque part. Dehors, une moto fit hurler sa boîte de vitesses. La jeune femme se pencha en avant.

— Croyez-vous qu'il aurait pu tuer Shelly ?

— Danny ? (Nicole se mit à rire, secouant la tête. Puis le rire cessa, le sourire disparut, et elle fouilla dans son sac.) Vous voulez sniffer ? (La fiole bleue réapparut.) Johnny a toujours de la bonne came.

Rune secoua la tête.

Nicole inhala une ligne, renifla.

— Pourquoi aurait-il fait ça ? demanda celle-ci au bout d'un moment.

Rune examinait le carton-plâtre, les angles inégaux, les clous tordus, les coups de scie grossiers.

— Vous savez ce qui est bizarre ? dit-elle après un silence.

— Quoi ?

— Je viens d'évoquer l'éventuel assassinat de Shelly par Danny, et vous n'avez pas paru spécialement choquée.

Nicole réfléchit un instant.

— Je n'aime pas Danny. Il est odieux, il ne pense qu'aux femmes, à la coke et à ses bagnoles. Mais je suis pareille, je ne pense qu'aux fringues et à la coke. Donc je ne peux pas vraiment – comment dire ? – lui jeter la pierre.

Coup d'œil. Elle hésitait.

— Continuez, l'encouragea Rune, parlant doucement. Je sens que vous voulez me dire quelque chose.

Elle regarda sa montre, puis se pencha tout près. Rune sentit du parfum, de la crème Ponds et du Listerine.

— N'en parlez à personne, mais je tiens à vous montrer quelque chose.

Nicole se leva, poussa le panneau gauchi qui tenait lieu de porte. Elles sortirent dans le couloir crasseux et se dirigèrent vers un ascenseur de service.

— Nous allons au sous-sol, expliqua Nicole, refermant la grille en accordéon.

Elle appuya sur le bouton du premier.

Elles émergèrent dans un vestibule dégoûtant et gagnèrent une porte. Derrière, un escalier descendait dans le noir.

— On a l'impression de descendre dans une fosse, dans un cachot.

Nicole lâcha un rire glacial.

— C'est exactement ça.

Elle scruta l'obscurité quelques secondes, puis commença de descendre.

— J'espère qu'il n'y a personne en bas. Il me semble que non.

Elles continuèrent à descendre une bonne minute, se tenant à une rampe en bois branlante. La seule lumière provenait de deux ampoules faiblardes vissées dans d'énormes cages grillagées, prévues pour des lampes beaucoup plus grandes. Les marches étaient pourries.

Du pied de l'escalier un couloir partait vers un tunnel en pierre, sombre et bas de plafond, où affleuraient des traces inégales de béton. Des flaques d'eau graisseuse stagnaient par terre. Des tiges en fer émergeaient des parois en pierre ici et là. On avait, dans un passé lointain, versé de la peinture rouge sang autour des tiges – sans doute en guise de mise en garde. Des toiles d'araignées et les cadavres duveteux d'insectes garnissaient les angles. Rune toussa à plusieurs reprises. L'air puait le mazout et le moisi.

Elles continuèrent à s'enfoncer dans le tunnel.

— Autrefois c'était la salle des chaudières ou bien une remise, expliqua Nicole en franchissant une porte et tournant un interrupteur.

Des tubes fluorescents clignotèrent au plafond, puis s'allumèrent. L'illumination fit cligner les deux femmes. Elles se trouvaient dans une pièce carrée de six mètres sur six. Les murs étaient en pierre et béton, grossiers, maculés, comme ceux du tunnel. Des chaînes munies d'anneaux pendaient du plafond. Des chevaux d'arçons tachés étaient poussés dans un coin et il y avait un espalier en bois, à la conception compliquée, contre l'un des murs.

— Une salle de gym ? s'enquit Rune. (Elle se dirigea vers un trapèze en bois et en acier chromé.) Je me dis toujours que je devrais faire de la gym, mais je manque de motivation. Pour moi, l'exercice physique, ça doit avoir un but. Par exemple, on court pour échapper à quelqu'un qui veut vous casser la gueule.

— Ce n'est pas une salle de gym, Rune, dit doucement Nicole.

— Non ?

L'actrice s'approcha d'un haut casier cabossé et l'ouvrit. Elle en sortit une longue badine fine. Un peu comme la baguette d'un maître d'école.

— Vous savez, dans mes films, de temps à autre je fais un peu de SM bidon. On prend un martinet à lanières de fil ou bien une cravache garnie de caoutchouc mousse. Certains types prennent leur pied à regarder des filles en soutien-gorge et porte-jarretelles en cuir avec bas noirs qui forcent des mecs à lécher leurs hauts talons. Mais tout ça, c'est de la rigolade. Le gars vraiment branché SM, il rapportera illico une vidéo de ce genre pour se faire rembourser ! Pour du vrai SM, on se sert de trucs comme ça.

Nicole donna un coup sec de badine sur un cheval d'arçons. Celle-ci siffla, puis rebondit avec un bruit ressemblant à une détonation. Rune tressaillit.

— De l'hickory, précisa Nicole. Ça n'a pas l'air méchant, mais ça entame la peau en laissant des zébrures. On peut tuer quelqu'un en frappant avec ça le temps nécessaire. Je l'ai entendu dire.

— Et Danny donne dans ce genre de truc ?

— Je suis descendue ici un jour. Il était en train de tourner un film un peu... spécial. Il vend ça à titre

162

privé. A mon avis, les films ordinaires de « Lame Duck » ne lui suffisent plus. Il lui faut quelque chose dans ce goût-là pour bandocher.

— Que faisait-il ?

— C'était atroce. Il battait la fille et utilisait des aiguilles – des aiguilles stériles, d'accord, mais bon sang ! Et puis elle s'est mise à le supplier d'arrêter. Ce qui n'a fait que l'exciter encore plus. Il a complètement disjoncté. J'ai cru qu'il voulait la tuer. Elle s'est évanouie et deux assistants ont saisi Danny. La fille a été hospitalisée. Elle avait l'intention de déposer plainte, mais il a acheté son silence.

Nicole regarda autour d'elle.

— Alors, reprit-elle, vous me demandez s'il aurait pu tuer Shelly ? Je n'en sais rien. Seulement je peux vous assurer qu'il prend plaisir à faire du mal.

Rune s'empara d'une fine chaîne dotée de pinces « crocodiles » à chaque extrémité. Les pinces étaient tachées de sang séché. Rune reposa la chaîne.

Nicole coupa la lumière, et toutes deux reprirent le couloir en direction de l'escalier.

C'est alors que Rune entendit le bruit.

— Qu'est-ce que c'est ? chuchota-t-elle.

Nicole s'arrêta sur la deuxième marche.

— Quoi ?

— J'ai entendu quelque chose, là-derrière. Y a-t-il d'autres salles semblables ?

— Quelques-unes. A l'arrière. Mais elles n'étaient pas éclairées, vous vous rappelez ? Nous n'avons pas vu de lumière.

Elles attendirent un moment.

— Rien.

Nicole gravit la moitié de l'escalier avant que Rune ne pose le pied sur la première marche. Elle l'entendit de nouveau.

Le bruit.

Non, décréta-t-elle, il y avait en fait *deux* bruits. L'un était similaire à ce qu'elle avait déjà entendu :

l'horrible cinglement de la badine d'hickory s'abattant sur le siège en cuir.

Le second n'était peut-être qu'un sifflement d'air ou de vapeur s'échappant d'un tuyau. Voire la circulation lointaine.

Ou bien était-ce ce que pensait Rune ? Le rire étouffé d'un homme.

CHAPITRE 12

L'arrosoir fuyait mais, à part ça, Rune trouvait son idée excellente.

Elle sonna chez Danny Traub et ne fut nullement étonnée de voir une brune resplendissante, vêtue d'un déshabillé en soie, lui ouvrir la porte. Elle avait des seins si haut plantés et si protubérants que Rune aurait pu passer dessous.

Ravissante idiote mâtinée d'Amazone... Seigneur !

Rune passa devant elle. La femme cilla, s'effaçant.

— Désolée, mais nous n'avons pas pu venir hier. J'avais une commande de rhodrodindons pour un bureau de Manhattan, et tout le personnel était occupé.

— Vous voulez dire des rhododendrons ?

— C'est ça, répondit Rune avec un hochement de tête.

Faudrait faire gaffe. La ravissante idiote avait quelques lueurs d'intelligence.

— Attention ! l'avertit la femme. Votre arrosoir fuit. Vous avez intérêt à ne pas salir les boiseries, vous savez.

— Entendu.

Rune commença d'arroser les plantes de Traub et d'en tailler les feuilles à l'aide d'une paire de ciseaux. Elle glissa soigneusement les bouts sectionnés dans sa poche. Sa veste verte, qu'elle avait achetée dans un magasin d'occasion, portait initialement l'inscription MOBIL. Mais elle l'avait coupée et remplacée par un insigne où se lisait DÉPARTEMENT AMÉRICAIN DES EAUX ET FORÊTS.

Elle avait téléphoné chez « Lame Duck ». D'après la réceptionniste, Traub serait en tournage durant quelques heures et ne voulait pas être dérangé. Pourvu que je ne tombe pas sur la fille qui nous a servi les Martini l'autre jour ! s'était inquiétée Rune.

Ma foi, elle courait un risque en venant ici. Mais la vie n'est-elle pas un risque permanent ?

La seule invitée de Traub semblait cependant être cette brune du genre joueuse de basket.

La femme n'avait pas l'air trop méfiante. Elle s'intéressait davantage à ce que faisait Rune. Elle suivait ses moindres gestes, lesquels consistaient à vrai dire à massacrer toutes les plantes qu'elle touchait. Elle n'avait pas la moindre notion de jardinage.

— Avez-vous mis longtemps à apprendre tous ces trucs ? Sur les plantes ? s'enquit l'Amazone.

— Pas trop.

— Ah.

Elle continua d'observer Rune, qui tailladait dans les racines d'une violette africaine.

— Il faut les arroser, mais pas trop, expliqua Rune. Et les exposer à la lumière. Mais...

— Pas trop non plus.

— Exact.

La femme hocha la tête, enregistrant l'information quelque part sous son casque de cheveux éclatants enrichis au henné.

— Ne jamais couper trop de feuilles, reprit Rune. Et s'assurer toujours que l'on utilise les bons ciseaux. C'est extrêmement important. Bien tranchants.

Hochement de tête. L'ordinateur mental de la femme emmagasinait tout.

— Et vous gagnez bien votre vie ?

— Vous seriez étonnée, assura Rune.

— C'est dur à apprendre ?

— Il faut un certain talent, mais en travaillant beaucoup...

166

— Je suis actrice, déclara l'Amazone, avant de se faire une ligne de coke et de s'asseoir devant la télé pour regarder un feuilleton.

Dix minutes plus tard, Rune avait effeuillé la moitié des plantes de Traub, puis était montée dans son bureau.

Celui-ci était vide. Rune inspecta le couloir, ne vit personne. Elle entra, ferma vivement la porte. Il n'y avait pas de meuble de rangement dans la pièce, mais Traub avait un grand bureau, qui n'était pas fermé à clef.

Dedans, elle trouva des factures, des catalogues de gadgets luxueux, un vibromasseur sans piles, des douzaines de photos de magazines allemands de SM, des pinces à joint, des bouts de canalisations, des boîtes d'allumettes, des stylos, des jetons de casino. Rien qui puisse l'aider...

— Vous voulez un autre Martini ? demanda la voix fraîchement.

Rune se figea sur place, puis se tourna lentement. La blonde qui les avait servis l'autre jour, la femme qu'elle espérait justement ne pas croiser, se tenait sur le seuil.

Ma foi, elle courait un risque en venant ici.

— Je...

La femme passa en silence devant elle et ouvrit un autre tiroir qui devait contenir environ mille dollars en billets froissés de dix et vingt.

— Servez-vous.

Elle tourna les talons et sortit du bureau.

Rune referma le tiroir.

— Attendez, je peux vous parler ?

La blonde ne marqua pas d'arrêt. Rune la rattrapa dans le couloir.

— Je m'appelle Crystal. Et vous... ?

— Moi, c'est Rune.

— Vous voulez faire des films ou seulement dévaliser mon copain ?

— C'est vraiment votre copain ?

Pas de réponse.

Crystal prit la direction du toit. Une fois dehors, elle ôta son peignoir et le haut de son bikini, puis s'étendit sur un transat recouvert d'épaisses serviettes roses. Elle s'enduisit la poitrine, les bras et les jambes d'écran solaire à base d'extrait d'aloès. Elle se rallongea, fermant les yeux.

Rune regarda autour d'elle.

— Sympa, cet endroit.

Crystal haussa les épaules, se demandant apparemment ce qu'avait de sympa un solarium gris.

— Lui, il ne l'est pas, trancha-t-elle. (Elle mit des lunettes de soleil aux verres bleu foncé, regarda Rune.) Mon copain, je veux dire. (Silence, puis :) De temps en temps, on voit ces gros bateaux de croisière sur l'Hudson. Je me demande où ils vont. Vous avez déjà fait une croisière ?

— Un jour j'ai fait le tour de la ville en croisière. La *Circle Line*. C'était chouette. Je me suis prise pour une Viking.

— Viking ? Avec le casque ?

— C'est ça.

— Je veux parler d'une vraie croisière.

— Non.

— Moi non plus. Ça me tenterait.

— Vous êtes bien fichue, observa Rune.

— Merci, dit la fille comme si elle eût entendu ça pour la première fois. Vous voulez sniffer ?

— Non merci.

La tête de Crystal se tourna nonchalamment vers le soleil. Ses bras tombèrent de part et d'autre du transat. Même sa respiration était léthargique.

— J'aimerais vivre aux Caraïbes, je crois. Je suis allée une fois à Saint-Barth'. Et j'ai été plusieurs fois au Club Med, à Paradise Island. J'ai rencontré un type, seulement il était marié et séparé. Une fois rentré à New York, il s'est remis avec sa femme. C'est marrant, il avait un môme et ne m'en avait même pas parlé. Je l'ai vu dans la rue. Je ne vous conseille pas de faire des films.

— Ce n'est pas mon intention.

— Je pourrais faire de la danse exotique... Les films, je pourrais m'en passer. Mais le problème avec la danse... On se retrouve dans une petite salle avec des types qui vous reluquent et, bon, on sait ce qu'ils font. Ce n'est pas franchement dégoûtant, c'est plus... comment dire ?... (Elle chercha le mot, puis y renonça. Remit de l'huile solaire.) Qu'est-ce que vous cherchiez là-haut ?

— Vous connaissiez Shelly Lowe ?

La tête se tourna, sans que Rune pût dire où regardaient les yeux cachés par les verres bleu métal. Elle ne vit que deux images identiques d'elle-même, déformées comme par un grand-angle.

— Je l'avais rencontrée une fois ou deux, répondit Crystal. Je n'ai jamais travaillé avec elle.

— S'entendait-elle avec Danny ?

Crystal se mit sur le ventre.

— Ni bien ni mal. C'est un salaud, vous savez. Personne ne s'entend vraiment avec lui. Vous êtes quoi, au juste ? Détective privé ?

— Vous garderez ça pour vous ?

— Bien sûr, répondit Crystal, si paresseusement que Rune la crut.

— Je tourne un film sur Shelly Lowe. C'était une véritable actrice, vous savez.

— Nous sommes toutes de vraies actrices, repartit Crystal aussitôt, comme par réflexe conditionné, mais ni sur la défensive, ni en colère.

— Je veux faire un film sur sa carrière. Elle n'était pas heureuse. Elle n'aimait pas ce métier.

— Quel métier ?

— Les films X.

Crystal parut surprise.

— Ah bon ? Pourquoi ça ? Elle pouvait avoir tout ce qu'elle voulait. Je gagne cinquante mille net chaque année en travaillant deux fois par semaine. Et Shelly pouvait se faire le double. Seulement...

— Quoi ?

— Seulement, les gens ont la trouille aujourd'hui. Avec cette histoire de sida. Je fais des tests à longueur de temps. On fait tous pareil. Mais on ne sait jamais... John Holmes est mort du sida. Il disait qu'il avait couché avec dix mille femmes.

Elle roula sur le dos, lunettes braquées vers le disque solaire brûlant.

— Elle était vraiment bonne, poursuivit Crystal. On reçoit beaucoup de lettres de fans. Certaines sont plutôt spéciales – par exemple des types nous envoient leurs sous-vêtements –, mais la plupart du temps, c'est simplement « je t'aime, je pense à toi, je loue tous tes films ». On me propose des tas de rendez-vous. Danny m'a dit que Shelly recevait des billets d'avion et des chèques de la part de fans qui voulaient la voir. C'était l'une des stars du studio.

Rune regarda le bateau de croisière de la *Circle Line* descendre l'Hudson.

— Hé, voilà mon bateau de Vikings. Il faut que vous fassiez un tour un de ces jours.

Crystal jeta un rapide coup d'œil.

— Danny ne me parle pas beaucoup boutique. Il ne me prend pas pour, euh..., une lumière. (Les lunettes se soulevèrent.) Je suis allée en fac.

— Ah bon ?

— J'ai fait un premier cycle universitaire. J'avais l'intention d'être mécanicien dentiste. Et regardez où j'en suis à présent... J'ai tout ce que je peux souhaiter.

— Vous ne direz pas que j'étais... commença Rune.

Crystal ôta les lunettes de soleil, secouant la tête.

— Vous ne m'avez toujours pas dit ce que vous cherchiez.

Bizarrement, Rune sentit qu'elle pouvait faire confiance à cette femme.

— Danny aurait-il pu faire du mal à Shelly ?

— La tuer, vous voulez dire ?

Rune hésita.

— Oui.

D'une voix toujours ensommeillée, elle répondit :

— Je n'en sais rien. Même si j'avais une certitude, je ne serais pas prête à déposer contre lui, de toute façon. Vous avez une idée de ce qu'il me ferait ?

Elle savait quelque chose.

Long silence. Crystal s'enduisit encore de crème solaire, puis lâcha le tube, qui tomba sur le plancher.

— Vous ne cherchiez pas au bon endroit, reprit-elle.

— Que voulez-vous dire ?

— Il n'est pas idiot.

— Traub ?

— Oui. Il ne range pas les choses importantes dans son bureau. Pas ses papiers importants, par exemple.

— Pourquoi ses papiers devraient-ils m'intéresser ?

— Il les range là où il planque ses doses de came. Il a un coffre-fort dans la cuisine, sous l'évier. Il croit que je ne connais pas la combinaison. Mais je l'ai trouvée. Vous voulez la connaître ?

— Oui ?

— Quarante à droite. Vingt-neuf à gauche. Retour à trente-quatre. La femme idéale à son gré : ses mensurations. C'est ce qu'il nous répète à longueur de temps. La femme idéale.

— Qu'y a-t-il dans le coffre ?

— Bon, je dois me bronzer le dos à présent. Et, là, généralement je m'endors. Au revoir.

— Merci, dit Rune.

Mais la femme ne répondit pas.

Elle s'empressa de redescendre. Trouva le coffre. La combinaison était la bonne. A l'intérieur elle trouva des douzaines de sachets de coke. Du crack également. Mais cela n'intéressa guère Rune. Elle connaissait déjà les goûts de Traub.

Ce qui l'intéressa, ce fut la police d'assurance.

Un classeur peu épais de la *New York Accident & Indemnity*. Rune l'ouvrit. Il y avait des tas de mots peu familiers, en capitales, du genre *double indemnité, employé essentiel, nom de l'assuré* ou bien encore *détenteur de la police.* Rune ne saisit pas tout. Mais il ne lui fallut guère de temps pour comprendre que Shelly avait une assurance-vie et que, par suite de son décès, Danny Traub allait être plus riche de cinq cent mille dollars.

Rune avait appelé Sam Healy pour lui demander de la retrouver. Elle avait l'intention de lui parler de Tucker et de Traub. Mais avant qu'ils ne puissent se voir, elle reçut un coup de fil chez « L & R ». Voilà pourquoi elle se trouvait dans un *coffee shop* de la 46e Rue Ouest – la rue des restaurants, au cœur du quartier des théâtres.

— J'appartiens à un ramassis de gens obscurs, dit l'homme : tous les théâtreux qui ont été trahis, virés ou agressés par Michael Schmidt. Je ne comprends pas pourquoi vous voulez tourner un film sur lui. Il y a tant de gens comme il faut dans le métier.

— Ce n'est pas vraiment sur lui.

— Parfait.

Franklin Becker mit un autre sucre dans son café, avant de le tourner. C'était un ancien directeur du casting de Michael Schmidt. Après avoir parlé à ce dernier, elle avait offert un café au malheureux machiniste engueulé par Schmidt. Elle avait subtilement réussi à lui soustraire les noms de plusieurs personnes éventuellement disposées à parler de Schmidt. Becker avait été le premier à la rappeler.

— Le film est sur Shelly Lowe.

— L'actrice qui a été tuée dans cet attentat ? Et vous connaissez ses relations avec Schmidt ?

— Exact.

Becker lui rappelait un peu Sam Healy. Grand, les cheveux clairsemés. Mais son visage, contrairement au faciès impassible du policier, manifestait toutes ses émotions. Rune eut l'impression qu'il ne devait pas y avoir d'épouses dans son passé, seulement des compagnons.

— Que pouvez-vous me dire de Shelly et de Schmidt ?

Il se mit à rire.

— Ah, j'ai une sacrée histoire à vous raconter. Shelly a fait quelque chose... de stupéfiant. Je fais du casting à Broadway depuis vingt ans, mais je n'ai jamais vu un truc pareil.

« Nous avons fait passer pas mal d'entretiens – Michael préférait ça aux auditions. C'est un drôle de type. Si vous lui avez déjà parlé, vous savez qu'il a des idées bien arrêtées. D'ordinaire, un producteur se fiche éperdument du personnel engagé – je veux parler des acteurs. Il confie ce soin au metteur en scène. Tant que les premiers rôles ont de bonnes critiques et attirent du monde, ça lui suffit. Mais Michael n'est pas comme ça. Il surveille tout le monde : metteur en scène, premiers rôles, figurants, arrangeurs, musiciens, tout le monde.

Rune s'étonnait du tour que prenait la conversation, mais elle laissa l'ex-directeur du casting poursuivre à son rythme.

— Arrive alors le jour du casting. Michael surveillait par-dessus mon épaule de ses petits yeux de fouine. On lisait des CV, visionnait des bandes, parlait à des découvreurs de talents. (Il secoua la tête.) Tout le monde a eu droit à l'entretien standard... Tout le monde sauf Shelly. Incroyable.

« Elle avait réussi, Dieu sait comment, à mettre les mains sur un exemplaire du manuscrit de la nouvelle pièce. Alors que Michael veille dessus comme sur des lingots d'or ! Il ne laisse jamais traîner un manuscrit... Mais elle en avait obtenu un et appris par cœur le rôle principal. Vient le moment de son entretien. Elle entre dans le bureau de Michael, n'ouvre pas la bouche. Elle se met à arpenter la pièce, c'est tout. Que fait-elle ? Je n'en sais rien. Pas plus que lui.

« Et puis je pige. J'avais suffisamment lu la pièce au cours des auditions... Elle joue l'une des scènes clefs, en suivant les indications scéniques de l'acte III. Là-dessus, elle nous sort le début du dialogue et me regarde – comme une prima donna regarde un chef d'orchestre qui a raté la mesure. Je commence donc à lui donner la réplique. J'ai cru que Michael allait se foutre en rogne. Il n'aime pas qu'on joue les malins. Mais au bout d'une minute il est impressionné. Bon sang ! il était sur le cul. Et moi aussi. Shelly était géniale. On lui dit : parfait, merci, on vous contactera, ce que nous disons toujours. Et Michael, selon son habitude, ne s'est pas mouillé. Cela dit, Shelly, ça se lisait dans ses yeux, savait qu'elle avait pulvérisé toutes les autres candidates.

« Après son départ, nous avons relu son CV. C'était bizarre. Elle n'avait pas de formation sérieuse. Quelques productions respectables d'avant-garde, du théâtre régional, des pièces du répertoire estival, des représentations à l'Académie de Brooklyn et pour des troupes locales. Soit elle n'aurait pas dû être aussi bonne, soit nous aurions dû entendre parler d'elle. Il y avait quelque chose de bizarre.

— Et il s'est renseigné ? questionna Rune.

— Tout juste. Michael a découvert dans quel genre de films tournait Shelly. La question a vite été réglée.

— Il a quelque chose contre les films porno ?

— Oh, ça oui. Il est très religieux, voyez-vous.

— Quoi ?

Elle se mit à rire.

— Je ne plaisante pas. La pornographie... C'est pour lui une question de morale. Le plus drôle, c'est qu'il était furieux. Parce qu'elle était idéale pour le rôle. Mais il s'est refusé à l'engager. Il, euh..., n'a pas mâché ses mots quand il a appris ça.

— Pourtant, la façon dont il s'est comporté... avec ce pauvre machiniste, celui qui m'a donné votre nom... J'ai cru qu'il allait tuer ce type.

— Oui, mais il n'a pas prononcé un seul mot grossier, n'est-ce pas ?

— Je ne me rappelle pas.

— Il est très actif dans son église. Il prie avant chaque représentation.

— Et alors ? s'exclama Rune. La Bible ne parle pas que de fornication, peut-être ?

— Bon sang ! il y a des actrices à Broadway qui ont couché avec autant d'hommes et de femmes que Shelly Lowe dans ses films. Mais Michael est diacre de son église. Vous imaginez un journal – oh, ça réjouirait le *Post* – révélant que l'actrice tenant le rôle principal est une star du porno ? (Les yeux de Becker brillèrent.) Même si cette idée enchante ceux d'entre nous qui auraient envie de causer la perte de ce salaud... Vous comprenez pourquoi il a tout fait pour éviter ça.

— Cela a dû être un coup pour elle.

Becker haussa les épaules.

— C'était une adulte et elle avait choisi de tourner dans ces films. Personne ne l'y avait forcée. Mais elle n'y a pas renoncé sans gueuler. Et ç'a été une sacrée gueulante.

— Que s'est-il passé ?

— J'ai appelé Shelly pour lui annoncer la mauvaise nouvelle – j'estimais lui devoir ça –, et elle a pris rendez-vous avec lui. Nous avions déjà retenu quelqu'un d'autre, mais je me suis demandé si elle n'allait pas essayer de le *séduire* – j'utilise un euphémisme –, afin d'obtenir le rôle.

— Shelly n'aurait jamais fait ça.

Becker la regarda, arquant les sourcils.

— Pas pour obtenir un rôle, reprit Rune. Ce n'était pas son genre. Ça peut paraître absurde, mais je sais cela sur elle à présent. Il y avait certaines bornes qu'elle n'aurait pas franchies.

— Quoi qu'il en soit, cette idée m'avait traversé l'esprit. Mais cela ne s'est pas produit... (Sa voix s'éteignit.) Je ne devrais pas vous raconter la suite.

Rune plissa les yeux.

— Mettons qu'il s'agisse de commérages. J'adore les commérages.

— Une engueulade épouvantable. Vraiment terrible.

— Qu'avez-vous entendu ?

— Pas grand-chose. Vous lisez de la poésie ? Robert Frost ?

Rune réfléchit.

— Une histoire de chevaux piétinant dans la neige alors qu'ils devraient aller quelque part...

— Ah, fit Becker, est-ce que les gens lisent encore ?... Bref, il y a une expression chez Frost : « le sens des sons ». Cela évoque la façon dont nous saisissons le sens des mots même sans les comprendre distincte- ment. Comme à travers une porte fermée. J'ai *deviné* leur conversation. Je n'ai jamais entendu Michael aussi furieux. Et il ne m'a jamais paru avoir aussi peur.

— Peur ?

— Peur. Après l'entrevue, il s'est mis à faire les cent pas.

Quelques minutes plus tard, il se calme. Puis il me demande si le contrat avec l'actrice tenant le premier rôle a été signé. Je lui réponds que oui. J'ai alors compris qu'il envisageait, contre son gré, de la rempla- cer par Shelly Lowe.

— Que s'est-il passé, à votre avis ?

— J'avais remarqué quelque chose d'intéressant sur Shelly, répondit Becker. Elle travaillait très sérieuse- ment. Par exemple, elle avait commencé par se procu- rer ce scénario. Nous voyons bon nombre de jeunes acteurs enthousiastes, pleins d'espoir, vous savez. Ils connaissent Tchekhov, Ibsen ou Mamet sur le bout du doigt. Mais ils n'ont pas la moindre idée des aspects commerciaux du théâtre. Ils tiennent les producteurs pour des dieux. Or, quelqu'un d'aussi talentueux que Shelly avait aussi les pieds sur terre. C'était une experte en stratégie. Pour le premier entretien, elle

176

avait tout appris sur Michael. Des éléments personnels ainsi que professionnels. (Becker adressa à Rune un sourire entendu. Devant son absence de réaction, il fronça les sourcils.) Vous ne pigez pas ?

— Euh, pas vraiment.

— Chantage.

— Chantage ? Shelly le faisait chanter ?

— Personne n'en est certain ici, mais il y a des bruits qui courent sur Michael. Voilà quelques années il traversait une petite ville du Colorado ou du Nevada, et l'on pense qu'il a été arrêté. Pour avoir séduit un lycéen. D'après les rumeurs, celui-ci n'avait que dix-sept ans.

— Fichtre...

— Eh oui. Vers cette époque également on a dit que Michael aurait versé 200 000 dollars pour les droits d'une pièce. Personne ne paie autant pour une simple pièce de théâtre sans musique. Il s'agissait forcément d'une transaction bidon. Je suis sûr qu'il a utilisé l'argent de sa boîte pour acheter le silence des gens du coin et éviter la prison.

— Je croyais qu'il était diacre ?

— C'était avant qu'il n'ait la révélation.

— Vous pensez que Shelly avait appris ça ?

— Comme je vous l'ai dit, elle savait dégoter les informations.

— Il vous a viré, objecta Rune. Vous êtes un brin braqué contre lui.

Becker se mit à rire.

— Je respecte la force de Médée. Mais puis-je lui pardonner d'avoir tué ses enfants ? Je respecte Michael pour ce qu'il a fait en faveur du théâtre à New York. Cela dit, personnellement, je le considère comme un crétin pontifiant. Tirez vous-même la conclusion de ce que je vous confie.

— Une dernière question. A-t-il fait le Vietnam ? Ou bien a-t-il été dans l'armée ?

— Michael ? (Becker se remit à rire.) J'aurais aimé

voir ça. Quand on est dans l'armée, il me semble que l'on doit obéir. Ce n'est guère dans les habitudes du Michael Schmidt que nous connaissons et aimons, n'est-ce pas ?

CHAPITRE 13

Il plisse les yeux, captant la lumière dorée du soleil,
contemplant les champs d'armoise et les canyons pour
y repérer des Indiens, des buffles ou du bétail égaré.
Il porte toujours son .45 à la ceinture.

Rune utilisait les doigts comme viseur improvisé
pour cadrer Sam Healy. Elle lui fit signe et il se dirigea
lentement vers elle.

Il serait formidable dans son film.

Il avait quelque chose de différent aujourd'hui. Deux
choses, en fait. Primo, il n'était plus d'humeur sombre.

Deuxièmement, émanait de lui comme une force
tranquille. Rune n'avait jamais vu pareille expression
sur son visage.

Puis Rune regarda derrière lui et comprit la raison
de cette métamorphose. Le garçonnet de dix ans
qu'elle avait pris pour un petit passant à côté de Sam
était sans aucun doute son fils, Adam. Le visage de
Healy arborait l'air protecteur, autoritaire, responsable,
d'un père.

Ce dernier faillit la prendre dans ses bras et l'embrasser. Il se contenta d'un hochement de tête.

— Merci d'être venue me voir. Enfin, *nous* voir.

— Je vous en prie, répondit-elle, se demandant
pourquoi il n'avait pas parlé d'amener son fils. Peut-
être avait-il craint qu'elle ne vienne pas.

Healy les présenta. Ils se serrèrent la main.

— Ravie de te rencontrer, Adam, dit Rune.

Le garçon ne pipa mot, se bornant à considérer Rune d'un œil critique.

— Allons, fiston, qu'est-ce qu'on dit ? lui souffla Healy.

Le garçon haussa les épaules.

— Elles sont de plus en plus jeunes.

Rune se mit à rire, ainsi que Healy, qui piqua un léger fard. Rune devina que la plaisanterie bien rodée avait dû déjà servir.

Ils se dirigèrent vers le bas de Manhattan.

— Tu aimes U2 ? demanda Adam à Rune en passant devant le Federal Building sur Broadway. Ça déménage !

— J'adore la guitare ! Tchou-tchou-tchou...

— Oh, oui.

— Mais je m'intéresse surtout à la musique plus ancienne. Comme Bowie, Adam Ant, les Sex Pistols, les Talking Heads.

— David Byrne, oui. Il est génial. Même s'il est vieux.

— J'écoute toujours beaucoup Police, dit Rune. J'ai grandi avec eux, en quelque sorte.

Adam hocha la tête.

— J'en ai entendu parler. Ma mère les écoutait. Sting est toujours en activité.

— Mmm... Crosby, Stills et Nash ? hasarda Healy.

Rune et Adam tournèrent vers lui un regard dénué d'expression.

— Jimi Hendrix, The Jefferson Airplane ?

Quand il n'eut pas plus de succès avec « Les Doors ? », Healy s'empressa de suggérer :

— Et si l'on déjeunait ?

Rune et Healy s'assirent en face du Woolworth Building, à la décoration chargée. Adam, rassasié de deux hot dogs et d'un soda au chocolat, chassait des écureuils, des ombres, des bouts de papier emportés par le vent.

— Sam, commença-t-elle, supposons que vous ayez plusieurs suspects, que vous sachiez que l'un d'eux est coupable, mais sans pouvoir dire qui.

— Dans un attentat ?

— Pour un crime quelconque, mettons. Comme si vous étiez un simple flic menant une enquête.

— Il ne s'agirait pas d'un simple flic, mais d'un inspecteur.

— OK : un inspecteur avec trois suspects. Comment vous y prendriez-vous pour savoir qui est l'auteur du crime ?

— Je disais bien que vous étiez née flic.

— J'ai apppris anglais en voyant rrredifffusions de *Kojak*, dit-elle avec un accent slave à couper au couteau. (Redevenue sérieuse :) Allons, Sam, que feriez-vous ?

— Pour procéder à une arrestation, il faut de fortes présomptions.

— A savoir ?

— Quelque chose qui prouve que votre suspect a toutes les chances d'avoir commis le crime. Un témoin, des alibis qui se contredisent, des preuves sur le lieu du crime établissant un lien entre le suspect et le crime, des empreintes digitales, un test génétique... Une confession, c'est du nanan.

— Comment obtient-on une confession ?

— On place le suspect dans une pièce, on allume la caméra et on pose des questions. On ne procède pas à une arrestation, sinon l'avocat se ramène et dit au suspect de ne pas ouvrir la bouche. Celui-ci peut partir quand il veut, mais nous... l'encourageons à rester.

— Vous avez déjà obtenu une confession par ruse ?

— Bien sûr. Cela fait partie du jeu. Mais plus de questions tant que vous ne m'aurez pas dit pourquoi les procédures policières vous intéressent tant.

— OK. J'ai trois suspects.

— Quels suspects ?

— Dans l'attentat contre Shelly Lowe.

— Trois suspects ? Vous voulez dire que vous

connaissez trois personnes appartenant à l'Epée de Jésus ? Pourquoi ne l'avez-vous pas dit à Begley ou à quelqu'un d'autre à la Brigade criminelle ?

— Oh, il n'y a pas d'Epée de Jésus. C'est une couverture. Quelqu'un essaie de faire croire qu'il s'agit d'une histoire religieuse, mais c'est faux.

— Mais...

Elle enchaîna avant qu'il ne pose des questions qui auraient suscité des réponses gênées ou des mensonges purs et simples.

— Ecoutez, Shelly ne faisait pas seulement ces films. Un certain Arthur Tucker était son professeur d'art dramatique. Mais vous savez ce qui est intéressant ? (Elle s'interrompit, le regarda.) Qu'y a-t-il ?

— Rune, vous ne deviez pas faire ça.

— En interviewant des gens au sujet de Shelly, pour mon film, j'ai appris de drôles de choses.

Elle se tut, levant les yeux vers les gargouilles, aux deux tiers du gratte-ciel. Allait-elle avoir sa première dispute avec Healy ? C'était vraiment mauvais signe : se disputer avec quelqu'un avant de l'avoir embrassé pour de bon.

Healy jeta un coup d'œil à Adam, qui poursuivait un pigeon galeux à quelques mètres d'eux, puis posa avec hésitation sa grosse main sur le genou de Rune.

Cette dernière avait toujours les yeux fixés sur les gargouilles. Elles souriaient sans malveillance. C'était là un bon présage, lui sembla-t-il, mais elle n'aurait su dire pourquoi.

Healy ne parla pas tout de suite. Il fit claquer sa langue.

— De drôles de choses. OK. Allez-y, dites-moi.

— Shelly était une véritable actrice, et écrivait des pièces de théâtre, d'accord ? Elle et son prof, cet Arthur Tucker, ont eu une terrible dispute lorsqu'il a découvert sa carrière au cinéma. Oh, et puis il a fait partie d'un commando pendant la guerre. Donc, les bombes, il connaît.

— Mais il faut un mobile pour...

— J'en ai un. Il a volé une pièce écrite par Shelly. Il l'a prise et signée de son propre nom. Il estime qu'il n'a pas réussi sur le plan professionnel. Je pense qu'il aurait pu tuer Shelly et lui voler sa pièce.

— Ça fait beaucoup d'hypothèses. Quel est le suspect suivant ?

— Michael Schmidt.

Healy fronça les sourcils.

— Le nom me dit quelque chose. Qui est-ce ?

— Le célèbre producteur de Broadway.

— *Lui* ?

— Tout juste. Il a prétendu ne pas se souvenir de Shelly, mais c'est faux. En fait il a failli lui offrir un rôle dans l'une de ses pièces. Là-dessus il a découvert qu'elle faisait du porno et s'est récusé. Elle avait l'intention de le faire chanter pour obtenir le rôle.

— On ne tue pas quelqu'un...

— Il est diacre de son église. Elle aurait pu ruiner toute sa carrière. Par-dessus le marché, c'est un odieux salaud.

— Ça ne constitue pas une violation du Code pénal de l'Etat de New York. Qui d'autre sur la liste ?

— Un autre saligaud. Danny Traub. Il est copropriétaire de « Lame Duck ». Le studio de production de Shelly.

— Et vous avez appris que le bâtiment était assuré ?

— Non. C'est elle qui avait une assurance-vie.

Healy dressa l'oreille.

— Continuez.

— Shelly m'a dit qu'elle avait eu une terrible dispute avec l'un de ses collègues. Il pourrait s'agir de lui. Il flirtait toujours avec elle, mais elle le repoussait. En plus, il est branché SM. Il prend son pied à battre les femmes. Je suis entrée chez lui par effraction...

Healy se prit le visage entre les mains.

— Rune, non, non, non. Vous ne pouvez pas faire des choses pareilles !

— Aucun problème. Une de ses copines m'a dit

qu'il n'y avait pas de mal. Elle m'a également permis de fouiller dans son coffre-fort.

Healy soupira.

— Vous n'avez rien volé, c'est déjà ça. (Il la regarda.) Dites-moi que vous n'avez rien volé...

— Ai-je l'air d'une voleuse ? Bref, j'ai trouvé une police d'assurance au nom de Shelly. Pour environ un demi-million de dollars.

— Pas de clause suspensive en cas de meurtre ?

— Non. Sa copine m'en a fait une copie.

— Vous avez trois suspects. L'un d'entre eux aurait-il pu être votre agresseur ?

— Ils ont tous les trois la même corpulence. Au fait, Schmidt avait les yeux tout rouges. Comme s'il avait reçu du gaz lacrymogène ces derniers jours.

— Du gaz lacrymogène ? Qu'est-ce que ça vient faire là-dedans ?

— L'homme au blouson, riposta-t-elle, penaude. Je lui ai plus ou moins balancé du gaz lacrymogène.

— Plus ou moins ?

— Etat de légitime défense, hasarda-t-elle sur un ton pitoyable.

Mais Healy s'abstint de la chapitrer quant à l'utilisation d'armes interdites dans la ville de New York. Il se contenta de hausser les épaules.

— Je ne sais pas. Les brûlures dues au gaz lacrymogène disparaissent au bout d'environ douze heures. Et les deux autres ?

— Ils sont tous à peu près du même gabarit. Ce ne sont pas des accros de la gonflette.

— L'un d'eux a-t-il eu l'air particulièrement secoué de vous voir ? Car enfin, s'il a essayé de vous tuer, son visage a bien dû trahir quelque chose.

— Je ne crois pas, dit-elle en fronçant les sourcils, déçue.

— Bien sûr, ajouta Healy, il aurait été plus malin d'engager un tueur.

— Un tueur à gages ?

Healy hocha la tête, l'air distrait.

— Parfait... Les présomptions ne sont peut-être pas suffisantes, mais... (Il se mit à rire et secoua la tête, comme émergeant d'une rêverie.) Hé, oubliez toute cette histoire. (Il leva la main – pas celle qui était toujours posée sur le genou de Rune.) Je ne travaille même pas à la Brigade criminelle... Je ne veux plus rien savoir de tout ça.

— Parlez-moi seulement des explosifs. Dans le second attentat.

— Non.

— Je croyais que vous tentiez d'en identifier l'origine.

— C'est vrai.

— Eh bien ?

— Pas encore de résultats, et quand je les aurai, je les consignerai dans mon rapport et les communiquerai à qui de droit. Voilà tout.

— Eh bien moi, je vais continuer mes investigations, lança-t-elle d'un air de défi.

— Rune. (Healy réfléchissait.) Ecoutez-moi. Je vais demander à deux gars de la Brigade criminelle d'aller enquêter sur – comment s'appelle-t-il déjà ? – le prof d'art dramatique. C'est le seul qui me paraisse y connaître quelque chose en explosifs.

— Vraiment ? Promettez-moi seulement de l'arrêter en ma présence. Je tiens à filmer ça.

— Vous vous doutez bien que nous ne pouvons pas faire de promesses pareilles.

— Eh bien, essayez, je vous en prie ! (Rune écrivit le nom de Tucker sur une serviette couverte de taches de moutarde, puis la tendit à Healy.) Et les deux autres ?

— Vous voulez mon opinion ? L'histoire de l'assurance avec – qui déjà ? – Traub. C'est trop évident. Et Michael Schmidt ? Guère probable qu'une célébrité comme lui coure le risque d'être inculpé de meurtre à cause d'une menace de chantage.

— Mais il a un ego comme le Grand Canyon !

Healy regarda la serviette.

— Un à la fois. Pas de précipitation. Il n'y a pas de prescription en matière de meurtre.

— Vous voyez, je vous avais bien dit que nous ferions une bonne équipe.

— Equipe... répéta-t-il, mais d'une voix adoucie.

Il se pencha vers elle, la tête légèrement de biais. Il jeta un coup d'œil en direction d'Adam. Le garçon n'était plus là. Aussitôt, Healy se pencha encore plus près.

— Vous êtes très jolie, vous le savez ?

Non, elle ne savait pas. Mais c'était sans importance. Elle était parfaitement heureuse de savoir qu'il le pensait. Rune sentit ses yeux se fermer et sa tête basculer en arrière à la rencontre des lèvres de Sam. Il lui prit la main. Elle constata avec surprise que celle-ci tremblait légèrement.

— Arrêtez ! lança Adam, leur flanquant une trouille bleue. (Il était monté, par-derrière, sur le haut du banc.) Vous allez me marquer à vie !

Healy s'écarta brusquement.

Le garçon, avec un grand sourire, fit signe à Rune de l'aider à pourchasser les pigeons. Elle serra le genou de Healy, puis s'élança vers le parc.

— Où dois-je m'adresser ?

Quatrième étage des studios de « Lame Duck ». La réceptionniste leva les yeux vers Rune, l'examina de la tête aux pieds et reprit la lecture de son roman d'horreur.

— Nous n'avons pas besoin de secrétaire.

— Je veux tourner dans des films, répliqua Rune.

— Vous savez quel genre de films nous faisons ici ?

— Je me doute que *Les Aventures érotiques de Bunny Blue*, ce n'est pas un film d'instruction militaire.

Ce jour-là – après un autre coup de fil –, Rune avait appris que Traub « recevait » chez lui des actrices en herbe, pour autant que ce soit le terme approprié. La femme qui avait permis à Rune de dénicher la police d'assurance lui avait affirmé que le producteur serait occupé pendant des heures.

La réceptionniste – maquillage d'un brun luisant – marqua sa page et regarda Rune.

Celle-ci n'avait pas l'intention de renoncer à ses investigations sur les deux autres suspects. Il lui fallait des preuves supplémentaires – pour ou contre Danny Traub et Michael Schmidt.

— Oui, mais les filles qu'ils engagent, poursuivit la réceptionniste, ont un physique particulier.

— Particulier ?

— Un peu... euh...

— Quoi ?

Rune fronçait les sourcils. La fille jeta un coup d'œil à sa poitrine.

— Plus...

— Vous essayez de me dire quelque chose ?

— Plus... voluptueux, quoi...

Rune écarquilla les yeux.

— Vons ne connaissez pas la Constitution ?

La fille abandonna son roman d'horreur, le referma sans marquer sa page.

— Vous voulez dire : le bateau ? Le bateau pendant la guerre de Sécession ? Quel est le rapport avec...

— On n'a pas le droit d'éliminer une fille sous prétexte qu'elle ne ressemble pas à Dolly Parton.

— Dolly Parton ?

— Je tiens seulement à passer une audition. Si l'on ne veut pas de moi parce que je ne sais pas jouer, OK. Mais on ne peut pas me refuser ma chance parce que je n'ai pas de gros nichons. Ça peut se solder par un procès au niveau fédéral !

— Fédéral ?

Silence. La femme gambergeait, feuilletant son bouquin.

— Puis-je avoir un dossier de candidature ? insista Rune.

— Il n'y a pas de dossier de candidature. Ils se contentent de visionner une cassette apportée par la fille. Ou bien vous allez dans le studio, là, et... vous vous exécutez, quoi. Ils filment et, si ça leur plaît, ils vous rappellent. Je vais voir s'il y a quelqu'un.

La fille se leva et gagna l'arrière du bureau, ondulant de chaque hanche alternativement.

— Attendez ici.

Elle revint une minute plus tard.

— Au fond, deuxième bureau sur la droite.

Elle avisa son roman, dépitée d'avoir à retrouver la bonne page.

Les bureaux étaient séparés par les mêmes rectangles mal coupés de carton-plâtre que dans le prétendu vestiaire de Nicole. Les murs, repeints récemment, étaient déjà sales et éraflés. Les posters et abat-jour provenaient de magasins d'importation à bas prix, là où jeunes mariés et étudiants achètent des meubles en rotin ou en plastique pour meubler un premier appart'. Pas de tapis.

Le deuxième bureau sur la droite abritait plus ou moins ce qu'elle attendait : un gros bonhomme barbu, vêtu d'un tee-shirt et d'un pantalon flottant.

Il leva les yeux, souriant curieusement. Ce n'était pas un sourire lubrique, ni provocateur, ni amical non plus. Mais, bizarrement, le visage arborant ce sourire ne semblait pas comprendre qu'il regardait un autre être humain.

— Je m'appelle Gutman. Ralph Gutman. Et vous ?

— Euh, Dawn.

— Ouais. Dawn comment ?

— Dawn Felicidad.

— Ça me plaît, ça. Vous êtes quoi ? Hispano-Américaine, hein ? Vous n'en avez pas le type. Bon, aucune importance. Alors, vous voulez du boulot. Je ne suis pas un gars facile. Je suis un bourreau de travail. Mais vous êtes devant le meilleur producteur dans le métier.

— Il me semble avoir entendu parler de vous.

Bah, bien sûr, assura le coup d'œil qu'il lui décocha.

— Vous êtes d'où ? s'enquit Gutman. Du New Jersey, hein ?

— De l'Ohio.

— De l'Ohio ? Je ne crois pas qu'on ait déjà eu une star porno originaire de l'Ohio. Ça me plaît, l'Ohio. Ecoute, laisse tomber *Dawn*. Je préfère *Akron*. Akron Felicidad.

— Mais je...

— Ouais. Les filles qui travaillent pour moi se font quatre cents par jour. En plus, elles ont une remise chez mon fournisseur. Nous tournons en extérieur deux mois par an. Avant, c'était l'Europe, mais maintenant, à cause des frais et le reste, c'est généralement la Floride. C'est moi qui ai tourné *Piège triangulaire*.

— Sans blague ? C'est vous ?

— Oui, c'est moi. J'ai été nominé pour un « Étalon d'Or ». Alors, tu veux du boulot, hein ? (Il la reluqua de la tête aux pieds.) Pas de nichons, mais le visage n'est pas trop mal.

Quand il crèvera, ils ne retrouveront jamais tous les morceaux...

— Joli cul, enchaîna-t-il. Qu'est-ce que tu attends pour te faire refaire les nibards ?

— Ils me plaisent comme ça.

Il haussa les épaules.

— Comme tu veux. Tu fais jeune. Tu pourrais peut-être jouer les nièces adolescentes. Tu t'enverrais en l'air avec ton oncle et ta tante. Le plan inceste, quoi.

— Oui, ça, je pourrais.

— Tu as une bobine ?

— Une bobine ? Je suis nulle en couture.

— Couture, ha, ha, ricana-t-il. Non, un aperçu de ton travail.

— Je n'ai encore jamais tourné dans un film. Mais j'ai un petit numéro. Un genre de strip. Je peux me changer quelque part ?

— Te changer ? Tu vas te déshabiller devant vingt personnes tous les jours de tournage, et tu veux aller te changer quelque part ?

— Non, je veux vous faire le grand jeu. (D'un signe de tête elle désigna son sac.) J'ai une tenue spéciale.

Je crois que ça vous plaira. Un bureau, n'importe quoi. J'en ai pour cinq minutes.

Gutman n'était que moyennement intéressé. Il la reluqua encore, puis agita la main.

— Trouve un bureau pour te changer. Je reste ici.

Le bureau de Danny Traub était au bout du couloir. Elle entra, referma la porte, jeta un coup d'œil autour d'elle. Panneaux de bois sur les murs, gros bureau en simili-ébène, encore des plantes, canapé en cuir.

Et deux classeurs.

Rune s'attaqua au premier.

Elle cherchait des pièces à conviction. Un bout de fil de fer ; un livre sur les explosifs ; une lettre de Shelly le traitant de salaud ; une Bible où Traub aurait pu dénicher la citation sur les anges détruisant la terre... Bref, le moindre lien entre Traub et l'attentat.

Des preuves tangibles. Voilà, d'après Healy, ce dont elle avait besoin pour incriminer Traub.

Elle ne trouva rien. Rien que des contrats et du courrier. Comme dans le bureau de n'importe quel autre homme d'affaires.

Elle s'attaqua au second classeur. Celui-ci contenait encore contrats et documents juridiques. Rien de passionnant avant de parvenir à la lettre L et au dossier « Shelly LOWE ».

Mais elle n'eut pas le temps de le lire parce qu'à l'instant même la porte s'ouvrit brusquement. Danny Traub entra.

Il resta figé sur place. Puis se reprit. Il referma vivement la porte et, s'adressant comme d'habitude à son auditoire invisible, dit :

— Eh bien, voilà la petite qui fouille dans mes tiroirs. A-t-elle trouvé quelque chose d'intéressant ?

CHAPITRE 14

Rune referma le classeur, évaluant les distances, cherchant une issue. Ils étaient au troisième étage. Il y avait douze mètres. Se tuerait-elle en sautant par la fenêtre ? Possible.

Traub s'avança vers elle, secouant la tête.

— Bon sang ! nous sommes à New York, capitale mondiale du crime... Rendez-vous compte, il y a des gens originaires de l'Iowa qui s'agrippent à leur portefeuille quand ils *survolent* New York en avion. La ville a une réputation tellement lamentable... Je n'arrive pas à y croire.

— Je faisais seulement...

— Et qu'est-ce que je trouve ici ? Une demoiselle qui vole des *dossiers* ! Nom de Dieu ! Mais sait-elle que ces chemises en carton ne coûtent que quelques *cents* pièce ? Si elle en volait cent mille...

— Je...

— ... elle pourrait s'acheter un service Tupperware. Ou bien payer un festin à ses copains au McDo. Mais essayer de les fourguer serait assez délicat... (Le sourire s'évanouit. Le public avait disparu.) Bon, qu'est-ce que vous foutez là ?

Il s'approcha d'elle et lui prit le dossier. Jeta un coup d'œil à la chemise.

Il hocha la tête d'un air entendu. Rangea prestement le dossier dans le classeur.

Au moment où il se tournait vers elle, Rune tomba

à genoux et sortit la bombe lacrymogène de son sac à main.

Mais Traub fut plus rapide. Il s'empara de la bombe, la lui arracha de la main et poussa Rune sur le canapé. Il examina de près la bombe lacrymogène, apparemment amusé. Rune se redressa.

— Qu'est-ce que vous cherchez ? Et ne jouez pas les connes avec moi. Ma vedette a été victime d'un attentat et un étage de ma boîte détruit par une bombe, bordel ! Je ne suis pas d'humeur !

Rune garda le silence. Traub pointa la bombe vers son visage.

Se souvenant de la terrible piqûre, elle eut un mouvement de recul, détourna les yeux.

— Répondez-moi.

— Vous ne m'aviez pas parlé de l'assurance, lança-t-elle, pantelante.

Il fronça les sourcils.

— De l'assurance ?

— Vous ne m'aviez pas dit que Shelly était assurée sur la vie.

— Exact. Mais vous ne m'aviez pas posé de question à ce sujet, n'est-ce pas ?

— Il aurait été normal de m'en parler, vu que je tourne un film sur l'une de vos stars.

Traub jeta de nouveau un coup d'œil à la bombe lacrymogène, la soupesa.

— Vous me demandez toutes ces conneries pour votre film ? C'est ça ?

Il s'appuya contre la porte. Rune vit ses muscles saillir, pâles et bien dessinés. Il lui rappela l'un des singes volants dans *Le Magicien d'Oz* – les personnages qui l'effrayaient le plus, encore plus que la Méchante Sorcière.

— La police sait que je suis là.

Traub se mit à rire.

— On se croirait pendant le Débarquement, comme si vous hurliez aux Allemands : « Ike sait que je suis là. »

- Tired / sluggish
- No appetite (but is eating)
- coumadin too high
- Thurs: cardiologist appt & lab
- Aware of heart beating

Il la regarda de la tête aux pieds. Elle eut l'impression que la langue de Traub lui léchait tout le corps. Elle s'écarta, croisa les bras, inspecta le bureau en quête d'un presse-papiers. Elle avisa un coupe-papier qui pouvait éventuellement lui servir.

— Donc vous croyez que j'ai tué Shelly, c'est ça ? Que je l'ai fait sauter à la bombe pour toucher l'argent de l'assurance ?

— Je n'ai pas dit cela.

Traub arpentait la pièce. L'entracte était terminé. Il regarda de nouveau autour de lui.

— Elle a bien travaillé, la mignonne, n'est-ce pas ? Elle est douée, c'est Sherlock Holmes en personne. Eh bien, tu m'as eu, ma jolie. Ouais, la compagnie d'assurance m'a payé. J'ai reçu un chèque de cinq cent mille dollars.

Rune ne pipa mot.

Traub posa la bombe lacrymogène. Il regarda la jeune femme, puis sortit une clef de sa poche et passa derrière son bureau. Rune se pencha en avant, faisant reposer tout son poids sur la plante des pieds. Il allait prendre un pistolet. Il était capable de l'abattre comme une cambrioleuse et la police n'aurait rien à redire.

Traub lui décocha un coup d'œil.

— A vos marques, prêts... Je ne crois pas qu'elle aura le temps.

Avec un grand sourire, il sortit le pistolet noir.

Prit plaisir à voir les yeux écarquillés de Rune.

— Voici un cadeau pour notre petite enquêtrice.

Rune tressaillit. Juste avant qu'il ne tire, elle plongerait en avant, saisirait la bombe lacrymogène, et... s'en remettrait à la Providence.

Dans l'autre main de Traub apparut alors une feuille de papier.

Tous deux restèrent immobiles.

— Quel suspense ! Va-t-elle lire ? Va-t-elle faire un avion en papier ?

Rune prit la feuille. Lut.

« Cher monsieur Traub,

C'est avec une profonde et sincère reconnaissance que nous accusons réception de votre chèque d'un montant de quatre cent mille dollars. Votre générosité contribuera grandement à financer les recherches pour trouver le traitement de cette terrible maladie et à venir en aide à ceux qui en sont atteints. »

La lettre était signée par le directeur de la Coalition de New York contre le sida.

— Oh.

Traub remit le pistolet dans le tiroir.

— « Oh ». Elle dit « oh »... Remarquez, où sont passés les cent mille dollars restants de la prime d'assurance ? Mais vu que je gagne cent cinquante mille net chaque année, entre nous, vous vous doutez bien que je ne vais pas zigouiller ma grande vedette pour récolter trois fois rien. Oh, à propos, comme mon assurance immobilière personnelle s'élève à cent mille déductibles, avec les réparations pour l'étage du dessous, tout ça ne m'a rien coûté.

— Excusez-moi.

Il lui lança la bombe lacrymogène.

— Il est temps que notre petite enquêtrice prenne congé, me semble-t-il. Applaudissons-la bien fort.

Tout au long de l'interrogatoire, Arthur Tucker ne parvint pas à digérer le choc : deux officiers de police étaient en train de l'interroger comme suspect dans une affaire de meurtre.

Ils lui posaient très poliment des questions sur Shelly Lowe. Ils affectaient un ton neutre, tout en essayant de lui faire dire quelque chose. Quelque chose qu'ils savaient.

Quoi donc ? se demandait-il désespérément. Il se sentait vulnérable, comme s'ils avaient pu lire en lui à livre ouvert. Mais que pensaient-ils ? Il n'en avait pas la moindre idée.

L'un des policiers jeta un coup d'œil aux médailles de Tucker.

— Vous avez été dans l'armée, monsieur ?

— J'ai été dans les *rangers*.

— Vous avez fait de la démolition ?

Il haussa les épaules.

— Nous savions tous utiliser des torpilles Bangalore ou des grenades. Mais cela remonte à quarante ans. Voulez-vous insinuer que je suis pour quelque chose dans ces attentats ?

— Non, monsieur. Nous enquêtons seulement sur les circonstances entourant l'attentat dont a été victime Mlle Lowe.

Tucker, perplexe, les questionna sur l'Epée de Jésus.

Ils restèrent de nouveau évasifs.

Mais ce n'était pas seulement ça. Ils cherchaient à savoir quelque chose, sans grand résultat. Comment diable s'étaient-ils collé dans la tête qu'il pût être l'assassin ? Peut-être Shelly avait-elle écrit son nom dans un agenda ou sur un calendrier mural ? Peut-être avait-elle tenu un journal – il le conseillait à tous ses étudiants –, et parlé d'un de leurs cours ? Voire d'une de leurs disputes ?

Voilà peut-être pourquoi ils étaient là.

Mais, tandis qu'il pensait à Shelly, son esprit se mit à vagabonder. Il parvint, grâce à sa forte volonté et son pouvoir de concentration, à reporter son attention sur les deux enquêteurs.

— C'était quelqu'un de formidable, inspecteur, expliqua Tucker sur un ton exprimant le chagrin et la vénération que l'on éprouve pour quelqu'un d'exceptionnel qui vient de mourir. J'espère que vous arrêterez vite les coupables. Je ne peux approuver sa carrière – vous savez comment elle gagnait sa vie, je présume –, mais un acte aussi violent... (Il ferma les yeux, frissonnant.) C'est inexcusable. Cela fait de nous tous des barbares.

Tucker était bon acteur, mais ils ne se laissèrent pas impressionner. Ils le regardèrent, impassibles, comme s'il n'avait pas parlé.

— Je crois savoir, monsieur, dit alors l'un d'eux, que vous écrivez également des pièces. Est-ce exact ?

Son cœur cessa de battre, lui sembla-t-il.

— J'ai pratiquement tout fait dans le domaine théâtral. J'ai débuté comme...

— Revenons-en à l'écriture. Vous écrivez bien des pièces ?

— Oui.

— Et Mlle Lowe en écrivait, elle aussi ? Est-ce exact ?

— Peut-être.

— Mais c'était votre étudiante. C'est là un sujet que vous avez dû évoquer avec elle ?

— Je crois qu'elle en écrivait, oui. Nous nous occupions davantage d'art dramatique que d'écriture dans nos...

— Mais tenons-nous-en à l'écriture pour le moment. Avez-vous en votre possession une ou plusieurs de ses pièces ?

— Non, réussit à répondre Tucker d'une voix très ferme.

— Pouvez-vous nous dire où vous étiez le soir où Mlle Lowe a été tuée ? Vers vingt heures ?

— J'assistais à une pièce.

— Il y aurait donc des témoins ?

— Environ mille cinq cents. Voulez-vous que je vous donne quelques noms ?

— Ce ne sera pas nécessaire.

— Pas à ce stade, ajouta l'autre flic.

— Cela vous dérange que nous jetions un coup d'œil dans votre bureau ?

— Oui. Il vous faudra un mandat pour ça.

— Vous ne voulez pas coopérer ?

— J'ai fait preuve de coopération. Mais, si vous tenez à fouiller mon bureau, il vous faut un mandat. C'est aussi simple que ça.

Les deux enquêteurs restèrent de marbre.

— Bien. Merci de nous avoir consacré un moment.

Après leur départ, Tucker regarda par la fenêtre cinq

196

minutes, pour être sûr qu'ils avaient bien quitté l'immeuble. Puis il se tourna vers son bureau et, d'une main tremblante, prit le manuscrit de *Fleurs à domicile*. Il le glissa dans son porte-documents abîmé. Il examina alors les manuscrits sur son buffet. Il glissa également dans son porte-documents ceux qu'avait écrits Shelly.

Mais attends !

Il en manquait un. Il fouilla de nouveau. Non, il n'était pas là. Or, il l'avait rangé là, il en était certain. Bon sang... Qu'était-il devenu ?

Il leva les yeux, aperçut la porte vitrée de son bureau. Celle qui remplaçait la porte brisée au cours du cambriolage avorté de l'autre jour. Rien n'avait été volé, avait-il *cru*.

Tucker s'assit lentement dans son fauteuil.

Le tournage pour « La Maison du cuir » n'avait pas été de tout repos.

Larry avait dispensé Rune de se charger du déjeuner cette fois-là, et lui avait même permis de manier la caméra au cours d'une des séances.

Le tournage avait duré longtemps. La fille à papa avait eu besoin de dix-huit prises avant de pouvoir enregistrer deux lignes de texte. Mais cela n'avait pas dérangé Rune.

La caméra était une authentique Arriflex 35, splendide appareil de précision, et sentir le mécanisme ronronner sous ses doigts compensait bien des désagréments chez « L & R ».

M. Portefeuille – elle ne pouvait décidément pas se rappeler son nom – n'était pas si épouvantable, en définitive. Il remerciait Rune chaque fois qu'elle lui apportait quelque chose à manger ou à boire et, lors d'une pause, ils avaient échangé quelques mots à propos de films récents. Il avait assez bon goût.

La directrice de la publicité, Mary Jane, c'était une autre paire de manches. Elle rôdait autour du plateau, affublée d'un tailleur bleu et rouge troublant, aux épaulettes dignes d'un arrière. Voulant corriger la lumière, ou bien regarder dans le viseur de l'Arri... Et quand Rune n'était pas derrière la caméra, la femme lui demandait de faire des copies ou de retaper des mémos. Elle se posait beaucoup de questions. (Son expression préférée semblait être : « Je me demande s'il ne serait pas mieux de... ». La seconde, c'était : « J'aurais pensé que vous... »). Par chance, contrairement à M. Portefeuille, elle ne demandait pas à Rune d'aller lui chercher du café. Elle avait dû être, auparavant, une secrétaire exploitée. Rune n'ignorait pas que le ressentiment causé par la servitude demeure profondément ancré.

Le tournage était terminé. Il était tard et Rune était au bureau, vérifiant les accessoires pour la spectaculaire scène du logo, qui devait être tournée dans un jour ou deux. C'était l'idée de Bob. On ferait un coup de zoom avant sur des dominos se renversant, suivi d'un coup de zoom arrière sur les dominos formant alors le nom et le logo de la société. Rune avait été chargée de dénicher et de louer des milliers de dominos blancs, sans points.

Rune entendit un bruit. Elle leva les yeux et aperçut Healy sur le seuil.

— Si tu es là à titre officiel, je fiche le camp tout de suite, déclara-t-elle.

— Alors comme ça, tu as vraiment un travail.

— Si on peut appeler ça un travail, Sam.

Il entra. Elle ouvrit l'énorme réfrigérateur et lui offrit une bière.

— Il nous reste une séance de tournage pour cette pub idiote, et puis mes patrons ramasseront deux cent mille de bénéfices.

— Pfff, siffla Healy. Pas mal, ton boulot. Mieux qu'un salaire de fonctionnaire.

— Oui, mais toi tu n'as pas avalé tout amourpropre, Sam.

Elle lui fit visiter le studio, puis visionner quelques rushes du tournage de la pub.

— Je peux t'arranger le coup avec la fille.

— Non merci. Je passe.

Ils retournèrent dans le bureau et s'assirent.

— Deux copains de la sixième circonscription sont allés interroger Tucker, reprit Healy. Il leur a paru coupable. Mais on a toujours l'air coupable quand on est interrogé par deux flics. Cela dit, voici le topo en gros. Ils ont passé au peigne fin son dossier militaire. Tucker a participé à peine à quelques combats et, une fois libéré de ses obligations militaires, n'a plus eu le moindre rapport avec l'armée. Toute sa vie, il a été dans le milieu théâtral. Pas de casier judiciaire, apparemment aucun contact avec des criminels. Il est pratiquant. Il...

— Mais il sait toujours comment...

— Attends, laisse-moi terminer. Ils se sont également renseignés pour savoir ce que pouvait rapporter une pièce originale écrite par un auteur dramatique inconnu. Ça va chercher dans les milliers de dollars, pas plus, à moins d'un miracle. Alors là, ça monte en flèche, comme pour *Cats* par exemple. Mais il y a une chance sur un million. Crois-moi, personne n'irait risquer d'être inculpé de meurtre pour quelques milliers de dollars.

— Mais la pièce... J'ai bel et bien constaté qu'il avait changé le nom.

— Oui. Shelly a été tuée et il a eu l'idée de voler ces pièces pour se faire un peu d'argent. Personne n'en aurait rien su lors de l'inventaire des biens de Shelly. C'est du vol. Mais tout le monde s'en fiche. (Healy regarda dans l'une des centaines de boîtes de dominos qui entouraient Rune.) Alors ?

— Alors quoi ?

— Tu as renoncé à l'enquête policière ?

— Tout à fait.

— Je suis ravi de l'apprendre.

— Je sais des choses, annonça la voix de la jeune femme.

Assis devant son bureau en chêne, Michael Schmidt tenait le téléphone d'une main et de l'autre tapotait le couvercle fermé du carton de soupe de palourdes.

La voix, déguisée, poursuivit :

— D'après mes informations, vous êtes pour quelque chose dans la mort de Shelly Lowe.

Apathique, il écrasa du doigt le sachet en cellophane de biscuits salés. Chaque cracker fut réduit en miettes.

— Qui est à l'appareil ?

— Je crois que mes informations vous intéresseraient.

— Dites-moi qui vous êtes.

— Vous me rencontrerez bien assez tôt. Si vous en avez le cran...

— Que voulez-vous ? De l'argent ? Vous essayez de me faire chanter ?

— Vous faire chanter ? C'est drôle que vous utilisiez ce mot. Oui, peut-être. Mais je veux vous rencontrer en personne. Face à face.

— Venez à mon bureau.

— Pas question. Dans un endroit où il y aura plein de monde.

— D'accord. Où ça ?

— Retrouvez-moi au *Lincoln Center*. Vous voyez les tables installées là-haut ?

— Le restaurant à l'extérieur ?

— Oui, c'est ça. Je vous donne rendez-vous là-bas. Et venez seul. Compris ?

— Je...

Elle avait raccroché.

Schmidt resta quelques minutes les yeux fixés sur le téléphone brillant noir et gris, avant de s'apercevoir qu'il tenait toujours le combiné. Agacé, il raccrocha.

Il eut envie de jurer, mais il savait qu'en ce cas il regretterait aussitôt son juron. Il était fier d'être à la fois un homme d'affaires âpre au gain et un homme profondément religieux, qui détestait proférer des insanités. A l'aide de son pouce, il continua d'écraser les biscuits salés.

Il n'avait plus d'appétit pour la soupe. Il jeta le carton dans la corbeille. Le couvercle sauta et la soupe se répandit dans le sac-poubelle tapissant la corbeille. L'odeur de poisson et d'oignons monta jusqu'à ses narines, ce qui l'irrita encore plus.

Mais il resta totalement immobile, joignant les mains, et se mit à prier jusqu'à ce qu'il recouvrât son calme. Il avait contracté cette habitude : jamais il ne prenait de décision lorsqu'il était dans un « état séculier », comme il disait.

Au bout de cinq minutes, l'esprit de Dieu l'avait apaisé. Il était résolu à faire exactement ce qu'il avait décidé après avoir raccroché. Il décrocha et composa tranquillement un numéro.

CHAPITRE 15

— Tu peux utiliser la caméra de « L & R ». Elle est munie d'un téléobjectif.

— Pourquoi veux-tu filmer ce type ? demanda Stu, le cuisinier-monteur de « Belvedere Production ».

— Je veux obtenir une confession, et je vais le piéger.

— N'est-ce pas illégal de filmer les gens à leur insu ?

— Non. Pas dans un domaine public.

— Dans un *lieu* public. Le domaine public, c'est en rapport avec les droits d'auteur.

— Ah bon, fit Rune, fronçant les sourcils. Ma foi, j'ai confondu. Mais je suis sûre qu'il n'y a pas de problème et je suis décidée à le faire.

— C'est quel type de caméra ?

— Une Betacam. Tu as...

— Je sais m'en servir. Avec console Ampex ?

— Oui, répondit Rune. Tu seras sur le balcon du Lincoln Center, et tu filmeras en plongée. Tu n'auras qu'à me filmer en train de parler à ce gars.

— Tu ne m'as toujours pas dit pourquoi. Quel genre de confession ?

— J'aurai un magnétophone, s'empressa-t-elle de dire. Tu n'auras même pas besoin de t'occuper du son.

— Je refuse, si tu ne me dis pas ce que tu manigances.

— Fais-moi confiance, Stu.

— Je déteste cette expression.

— Tu n'aimes pas l'aventure ?

— Non. J'aime la cuisine. J'aime manger. J'aimerais l'argent si j'en avais. Mais s'il y a bien quelque chose que je n'aime pas, c'est l'aventure.

— Je te mentionnerai au générique.

— Merveilleux. N'oublie pas de mettre mon matricule après mon nom.

— Ce n'est pas illégal. Ce n'est pas le problème.

— Il y a donc un problème... Je vais me faire casser la figure ? Ou me faire tuer ? Tu dédieras le film à ma mémoire ?

— Tu ne vas pas te faire tuer.

— Je vais me faire casser la figure, alors ? Tu n'as pas éliminé cette éventualité.

— Tu ne te feras pas casser la figure.

— Tu n'as pas l'air très sûre, hein ?

— Ecoute, je te promets que tu ne te feras pas casser la figure. Tu te sens mieux ?

— Non... Le Lincoln Center ? Pourquoi là-bas ?

Rune prit la recharge en bandoulière.

— Comme ça, si tu te fais amocher, il y aura plein de témoins.

Rune avait rapidement exhibé une plaque devant le vigile de l'Avery Fischer Hall. Il écarquilla les yeux une seconde, avant de la laisser pénétrer dans le hall tranquille.

— Nous faisons de la surveillance, lui confia-t-elle.

— Oui, madame, dit-il avant de retourner à son poste. Si vous avez besoin d'aide, appelez-moi.

— Qu'est-ce que tu lui as montré ? s'enquit Stu.

— Une plaque d'identité.

— Ça, je sais. Mais quoi, plus précisément ?

— Du genre FBI.

— Quoi ? Comment t'es-tu procuré ça ?

— C'est moi qui l'ai plus ou moins fabriquée. Avec

le traitement de texte de « L & R ». Ensuite, je l'ai fait plastifier.

— Mais pourquoi me dis-tu ça ? Je ne veux pas savoir ce genre de truc ! Oublie que je t'ai posé la question.

Ils continuèrent à monter l'escalier. Sur les murs étaient collées des affiches d'opéras et de pièces donnés au Lincoln Center. Rune en montra une à Stu.

— Génial. Regarde. C'est *Orphée aux Enfers* d'Offenbach.

Stu jeta un coup d'œil.

— Je préfère la musique légère. Explique-moi.

Rune garda le silence un moment. Elle eut envie de pleurer.

— C'est Eurydice, cette femme. Elle me rappelle quelqu'un que je connaissais.

Une fois au dernier étage, ils sortirent sur le toit. Rune installa la caméra.

— Bon, pas de panoramique. Je crains un effet stroboscopique. Pas de fantaisies. Un plan sur moi et sur le type à qui je vais parler. Deux plans la plupart du temps, mais tu peux faire un gros plan sur son visage si je t'en donne le signal. Je me gratterai la tête. D'accord ? Pour utiliser le zoom, tu...

— Je me suis déjà servi d'une Betacam.

— Bien. Tu disposes d'une heure de bande, de deux heures d'autonomie. Et ce sera probablement terminé en un quart d'heure.

— En gros, le temps d'une exécution. Tes dernières paroles ?

Rune sourit nerveusement.

— Mon premier grand rôle.

— Bonne chance, lui dit Stu.

Elle s'était dit qu'il ne viendrait peut-être pas. Et, même s'il venait, il choisirait une place assise sur le côté, ce qui lui permettrait de sortir un pistolet muni d'un silencieux, de lui tirer une balle dans le cœur et de filer. Il s'écoulerait bien une heure avant qu'on ne s'avise de sa présence. On la croirait endormie au soleil. Elle avait vu ça dans un vieux film – un film avec Peter Lorre, lui semblait-il.

Mais Michael Schmidt se montra obligeant. Il était assis au milieu du restaurant en terrasse qui entoure l'énorme fontaine au cœur du Lincoln Center.

Il scrutait la foule nerveusement. Quand il aperçut Rune, il braqua les yeux sur elle. Il la reconnut et, une milliseconde plus tard, la fureur s'empara de lui. Elle fit halte, glissa la main sous sa veste et mit en marche le magnétophone. Il remarqua le geste et se pencha en arrière, pensant sans doute qu'elle était armée. Il avait manifestement peur. Rune s'avança vers la table.

— Vous ! chuchota-t-il. C'est vous que j'ai vue au théâtre.

Rune s'assit.

— Vous m'avez menti. Vous ne m'avez pas dit que vous aviez proposé le rôle à Shelly, puis que vous aviez changé d'avis.

— Et alors ? Pourquoi vous aurais-je dit quoi que ce soit ? Vous m'avez interrompu durant une réunion des plus importantes. Mon esprit ne fonctionne pas comme celui des autres gens. Je ne me souviens pas des petits détails banals à la demande.

— Je sais que vous vous êtes disputé avec elle.

— Je me dispute avec beaucoup de gens. Je suis un perfectionniste... Qu'est-ce que vous voulez ? De l'argent ?

Ses yeux scrutèrent de nouveau la foule. Il était toujours d'une extrême nervosité.

— Répondez seulement... commença-t-elle.

— Combien ? Dites-moi, c'est tout ce que je vous demande. S'il vous plaît.

— Qu'est-ce qui vous a forcé à la tuer ? lui lança Rune avec hargne.

Schmidt se pencha en avant.

— Pourquoi pensez-vous que je l'ai tuée ?

— Elle a essayé de vous faire chanter pour obtenir le rôle.

— Et qu'allez-vous faire ? marmonna-t-il, furieux. Raconter ça à la police ?

C'est le mouvement de ses yeux inquiets qui la mit en garde. A deux reprises déjà il avait jeté un coup d'œil vers une table avoisinante. Rune suivit son regard et vit deux hommes attablés devant des assiettes de sandwiches fantaisie auxquels ils n'avaient pas touché.

Bon Dieu, des tueurs !

Les tueurs à gages de Schmidt. Peut-être le plus maigre des deux était-il l'homme au blouson rouge. Ils se foutaient éperdument d'être en public. Ils allaient carrément l'éliminer ici. Ou bien la suivre et la tuer dans une ruelle. Ils lui tireraient dessus comme si elle était Marlon Brando dans *Le Parrain*.

Schmidt tourna de nouveau les yeux vers elle. Les deux hommes remuèrent à peine.

— Allons, dites-moi combien vous voulez.

Oh, merde. Fini de jouer. Il est temps de filer.

Rune se leva.

Schmidt jeta un coup d'œil vers la poche de la jeune femme. Le magnétophone. Ses yeux s'arrondirent.

Les têtes des deux tueurs pivotèrent vers elle.

Alors Schmidt recula, se jeta par terre, hurla :

— Attrapez-la, attrapez-la !

Les clients, saisis, s'écartèrent des tables. Certains plongèrent vers le trottoir.

Les tueurs se levèrent aussitôt, envoyant valdinguer les chaises métalliques. Ils tenaient des pistolets.

Des cris. Les gens se jetaient à terre, renversant verres et salades. Laitues, tomates, croissants, tout valsait.

Rune fonça au nord vers la Columbus Avenue. Un coup d'œil derrière elle. Les tueurs se rapprochaient. Ils étaient en excellente condition physique.

Vous êtes entourés de témoins, espèces de cons ! Qu'est-ce que vous foutez ?

206

Sa poitrine était prête à exploser, ses pieds la brûlaient. Rune baissa la tête, forçant l'allure.

A la 72ᵉ Rue, elle regarda derrière elle, ne les vit plus. Elle cessa de courir, s'appuya contre une clôture entourant un terrain vague, tenta de reprendre souffle, les doigts agrippés au grillage.

Un bus stoppa à l'arrêt. Elle s'en approcha.

Et les tueurs, attendant derrière un camion, coururent vers elle.

Elle hurla, roula par terre, puis se faufila par une ouverture dans le grillage. Elle se releva, chancelante, et courut vers la bâtisse à l'autre bout du terrain vague. Une école.

Une école déserte.

Elle se rua vers la porte.

Fermée à clef.

Elle se retourna. Ils venaient vers elle, d'un pas modéré, l'air nonchalant à présent, essayant de passer inaperçus. Ils tenaient leur arme le long du corps.

La seule issue : une longue venelle. Il y aurait forcément une sortie sur la rue. Une porte, une fenêtre, *quelque chose*.

Rune l'enfila jusqu'au bout. Cul-de-sac. Mais il y avait une porte branlante. Elle se jeta dessus. Le bois paraissait bien plus solide qu'elle n'aurait cru. Elle rebondit contre le chêne épais, tomba par terre.

Elle savait que c'était fini. Les tueurs, arme bien en vue maintenant, regardèrent prudemment autour d'eux, et s'avancèrent vers elle.

Rune se mit à genoux, chercha une brique, une pierre, un bâton. Rien. Elle tomba en avant, sanglotant « Non, non, non... » Ils étaient au-dessus d'elle. Elle sentit la gueule du pistolet dans le cou.

— Non... gémit-elle en se couvrant la tête.

L'un des tueurs déclara :

— Vous êtes en état d'arrestation. Vous avez le droit de garder le silence. Vous avez le droit d'être assistée d'un avocat durant l'interrogatoire. Si vous renoncez à votre droit de garder le silence, tout ce que

vous direz peut être et sera retenu contre vous au tribunal.

Le poste de la 20ᵉ circonscription ressemblait fort à
l'agence pour l'emploi de l'Etat de New York. Sauf
qu'il n'y avait pas tellement – ou pas *autant* – de scé-
naristes et d'acteurs. Beaucoup de plastique éraflé,
beaucoup d'annonces dactylographiées, punaisées sur
des panneaux, du lino bon marché, des néons au plafond. Un va-et-vient de pékins.

Et des flics. Beaucoup de flics costauds.

Les menottes étaient plus lourdes qu'elle n'aurait
cru. Ce n'était pas du tout comme des bracelets. Elle
posa les mains sur les genoux et se demanda si elle
serait sortie de prison dans un an.

L'un des tueurs, un certain inspecteur Yalkowsky,
la déposa sur une chaise orange en fibre de verre, qui
faisait partie intégrante d'un banc de six sièges vissés
ensemble.

Le sergent de permanence (une femme qui avait une
queue-de-cheval comme Rune) demanda à Yalkowsky :

— Elle est accusée de quoi ?

— Tentative de vol qualifié, extorsion, tentative
d'agression, tentative de fuite, rébellion, violation de
domicile...

— Hé, je n'ai agressé personne ! Et je me suis seulement introduite dans une propriété privée pour échapper à cet homme ici présent ! Je l'avais pris pour un
tueur à gages.

Yalkowsky s'abstint de relever.

— Elle n'a pas fait de déposition, dit-il, ne veut pas
d'avocat. Elle demande à parler à un certain Healy.

— L'*inspecteur* Healy, précisa Rune.

— Pourquoi voulez-vous le voir ?

— C'est un ami.

— Ma mignonne, dit Yalkowsky, même si vous
étiez amie avec le maire, vous seriez malgré tout dans

la merde. Vous avez essayé d'extorquer de l'argent à Michael Schmidt. C'est grave. Les journaux vont se régaler.

— Passez-lui un coup de fil, je vous en prie...

L'inspecteur hésita.

— Mettez-la en cellule d'attente jusqu'à ce que nous l'ayons au téléphone.

— En cellule d'attente ? (Le sergent de permanence examina Rune, fronçant les sourcils.) Je ne sais pas si c'est une bonne idée.

Rune vit l'expression inquiète de la femme.

— Elle a raison. Je ne pense pas que ce soit une bonne idée.

Yalkowsky haussa les épaules.

— Moi, si.

CHAPITRE 16

Rune et Healy, arpentant Central Park West, passèrent devant le monticule où se retrouvent les promeneurs de chiens. Des caniches, des chiens d'arrêt, des Akitas et des corniauds folâtraient sur le sol poussiéreux, emmêlant leurs laisses.

Healy gardait le silence.

Rune ne cessait de lever les yeux vers lui.

Il obliqua et entra dans le parc. Ils grimpèrent au sommet d'un énorme rocher d'une dizaine de mètres de hauteur et s'assirent.

— Sam ?

— Rune, ils n'auraient pas pu retenir les charges contre toi, c'est vrai...

— Sam, je...

— Ils n'auraient pas réussi à prouver l'extorsion et, d'accord, ils n'avaient pas décliné leur qualité de flics. De plus, on a bien retrouvé une fausse plaque d'identité du FBI, mais personne n'a pu établir de lien avec toi. Seulement voilà, ils auraient pu te tirer dessus ! Criminelle en fuite... S'ils t'avaient jugée dangereuse, ils auraient pu tirer.

— Je suis désolée.

— Je fais un métier risqué, Rune. Mais il y a des procédures, toute une infrastructure, un tas de choses, qui le rendent moins dangereux. Et toi, pendant ce temps-là, tu t'inventes des histoires folles de criminels, de chantage, et tu fonces tête baissée.

Ils regardèrent une partie de base-ball sur la pelouse pendant une minute. Il faisait très chaud, les joueurs étaient léthargiques. Des nuages de poussière montaient de l'herbe jaune chaque fois que la balle tombait dans le « champ extérieur ».

— Des bruits ont couru sur Schmidt et cet adolescent dans le Colorado. J'ai pensé que Shelly était au courant et qu'elle le faisait chanter pour obtenir le rôle.

— Ce sont les faits qui t'ont conduite à cette conclusion ? Ou bien est-ce ton imagination qui t'a amenée à déformer les faits ?

— J'ai... j'ai déformé.

— OK.

— Sam, j'ai un carnet à la maison. J'écris dedans plein de trucs. C'est une espèce de journal intime. Tu sais ce que j'ai écrit sur la première page ?

— « Je ne grandirai pas » ?

— Si j'y avais pensé, d'accord, j'aurais sans doute écrit ça. Mais, en fait, j'ai écrit : « Crois à l'impossible jusqu'à ce qu'il devienne possible. »

Clac. « Coup de circuit ». Le lanceur regarda la balle filer vers les toilettes escamotables, à cent mètres de la « plaque de but ».

— Sam, ce film est important pour moi. Je n'ai pas fait d'études supérieures ; j'ai travaillé dans un magasin vidéo ; j'ai été étalagiste ; j'ai travaillé dans des restaurants ; j'ai vendu des trucs dans la rue. Je ne veux pas continuer à faire ça indéfiniment.

Il se mit à rire.

— Tu as encore quelques années de faux départs devant toi.

— Au studio, ils me traitent comme une môme. Bon, de temps en temps je me conduis comme une môme, je le reconnais. Mais ils me croient incapable de faire autre chose. Je sais que ce film sur Shelly va marcher. Je le sens.

— Ta mésaventure avec Schmidt, ce n'était pas très malin.

— C'était le dernier de mes suspects. J'ai cru que c'était le bon.

— Un suspect n'appelle pas les flics pour...

— Je sais. Je me suis trompée... C'est simplement que... eh bien, ce n'était rien de précis. J'ai seulement eu... je ne sais pas, une...

— Intuition ?

— Oui. L'intuition que quelqu'un l'avait tuée. Et que ce n'était pas cette Epée de Jésus à la manque.

— Moi aussi je crois aux intuitions. Mais, fais-moi plaisir, laisse tomber ton film. Ou bien alors raconte l'histoire d'une fille qui s'est fait tuer et restes-en là. Renonce à découvrir le meurtrier. Laisse planer un peu de mystère. Les gens adorent le mystère.

— C'est ce que signifie mon nom. En celte.

— Ton vrai nom ?

— La « vérité », répliqua-t-elle, est largement surfaite. Non, je parle de « Rune ».

Il hocha la tête. Elle ne sut dire s'il était triste ou en colère contre elle. Ou bien était-il simplement le cowboy taciturne ?

— Je ne pense pas qu'il y ait d'autres attentats, dit Healy. Dans ce genre d'affaire, ils se fatiguent au bout d'un certain temps. Trop risqué d'être un criminel en série de nos jours. La médecine légale est trop pointue. On se fait coincer.

Rune garda le silence.

— Je suis de garde dans quelques minutes, reprit Healy. Si tu veux, tu pourrais me rendre visite à la Brigade de déminage. Pour voir comment c'est.

— Vraiment ? Oh, d'accord. Mais il faut que j'aille travailler, maintenant. C'est aujourd'hui le dernier jour de tournage de cette pub idiote.

Healy hocha la tête.

— J'y serai toute la nuit.

Il lui indiqua comment se rendre au poste de la 6ᵉ circonscription.

Des dominos. Elle ne voyait que des dominos.

— Allons, poulette, l'encourageait Larry d'un ton cajoleur, c'est toi qui vas les faire tomber.

Rune était encore en train de les disposer.

— Je croyais que vous aviez l'intention d'embaucher une ou deux assistantes de plus pour le tournage.

— On n'a besoin de personne d'autre que toi, poulette. T'es tout à fait capable de faire ça.

Rune travaillait en s'aidant d'un bout de papier sur lequel il avait dessiné le motif. De mauvaise grâce, elle reconnut *in petto* que le plan serait sans doute du tonnerre.

— On en a combien ?

— Quatre mille trois cent douze, Larry. Je les ai comptés !

— Bravo.

Une fois, au beau milieu de la mise en place, après deux heures de travail, elle les fit tomber accidentellement. Les rangées de rectangles cliquetèrent les unes contre les autres, tels les jetons autour d'une roulette de Las Vegas.

Merde de merde.

— Je pensais que vous auriez débuté par l'autre côté, intervint Mary Jane. Comme ça vous ne les auriez pas bousculés aussi facilement.

— Elle se débrouille très bien, s'empressa de dire Larry.

— Est-ce de l'art ? lui demanda Rune, furieuse, en rampant sur la feuille de papier gris de six mètres pour remettre en place les dominos.

— Ne commence pas.

Enfin, au bout de plusieurs heures, la petite armée de dominos se trouva en place. Rune recula, retenant sa respiration. Elle rampa jusqu'au premier domino et adressa un signe de tête à Larry.

Rune jeta un coup d'œil au caméraman, barbu à l'air minable, juché sur le siège de la grue Luma. On aurait dit du matériel de terrassement.

— Vérifie si tu as de la pellicule, lui dit Rune. Je ne tiens pas à recommencer.

— Lumières.

Larry aimait jouer au réalisateur. L'éclairagiste alluma les lampes. Le plateau fut soudain illuminé d'une lumière blanche, brûlante.

— Moteur.

— Ça tourne.

Larry fit signe à Rune. Qui tendit la main vers le premier domino.

Les dominos se renversèrent en cliquetant sur la feuille de papier, la caméra parcourut le plateau comme un wagonnet de fête foraine et Larry émit un murmure, l'air préoccupé d'un homme qui touche deux cent mille dollars pour cinq jours de travail.

Clic. Le dernier tomba.

La caméra prit du recul pour un plan plus large sur la totalité du logo : une vache coiffée d'un haut-de-forme.

— Coupez ! cria Larry sévèrement. Eteignez !

Les lumières s'éteignirent.

Rune ferma les yeux. Il lui restait encore à empaqueter tous ces petits rectangles pour les rendre au magasin de location d'accessoires avant six heures. Larry et Bob n'auraient aucune envie de payer un jour de location supplémentaire.

C'est alors que la voix s'entendit, quelque part au-dessus d'eux.

— Une chose...

C'était Mary Jane, qui avait suivi le tournage de la scène, juchée sur une grande échelle au bord du plateau.

— Qu'y a-t-il ? demanda M. Portefeuille.

— Je me demande... Vous ne trouvez pas que le logo est un peu de guingois ?

Elle descendit de l'échelle.

M. Portefeuille y monta, inspecta le plateau.

— Effectivement, il me paraît un peu de travers, renchérit-il.

— Les cornes de la vache ne sont pas de la même longueur, déclara Mary Jane. La gauche et la droite.

M. Portefeuille considéra les dominos renversés.

— Nous ne pouvons pas nous permettre que le logo soit de travers...

Mary Jane s'avança, rectifia le motif. Puis recula.

— Vous voyez ? Il doit être comme ça. Je pensais que vous auriez d'abord fait un bout d'essai.

A l'instant où Rune inspirait pour lâcher un commentaire propre à l'envoyer tout droit à l'agence pour l'emploi, Larry lui serra le bras.

— Hé, Rune, tu pourrais sortir une minute, s'il te plaît ?

Une fois dans le couloir, elle se tourna vers lui.

— *De travers* ? C'est elle qui est de travers. Elle croit qu'on fait de la peinture à l'huile, ou quoi ? On ne peint pas la chapelle Sixtine, Larry. C'est une vache avec un haut-de-forme à la con ! Le logo sera toujours de traviole ! Elle a la folie des grandeurs...

— Rune...

— La fois d'après, les cornes, ça ira, mais il y aura un problème avec le chapeau. J'ai envie de lui casser...

— J'ai trouvé un distributeur pour ton film.

— ... ses dents de lapin. Je...

— Un distributeur, répéta Larry patiemment.

Elle s'interrompit.

— Vous avez *quoi* ?

— J'ai trouvé quelqu'un qui pourrait éventuellement s'occuper de ton film. Qui s'intéresse à des trucs glauques, noirs. Ce n'est pas une grosse boîte, mais ils sont introduits dans les télés publiques et sur certaines chaînes locales importantes. Il n'est pas question des chaînes nationales. Mais il arrive que les bons films, vois-tu, soient distribués sous licence.

— Oh, Larry. (Elle le serra dans ses bras.) Je n'arrive pas à y croire.

— Bon. Eh bien maintenant, nous allons retourner là-bas et tu vas être bien gentille avec la dame de glace, OK ?

— Cette bonne femme est une vraie garce.

— Mais ce sont nos clients, Rune, et dans ce métier le client est toujours quoi ? questionna-t-il, arquant le sourcil.

Elle se dirigea vers la porte.

— Ne me posez pas ce genre de question si vous ne voulez pas connaître la réponse.

Ce que préférait Rune, c'étaient les chiens.

Le reste n'était pas mal – les obus, les grenades, les bâtons de dynamite attachés à des réveils, les cylindres argentés des détonateurs factices. Mais le mieux de tout, c'étaient vraiment les trois labradors. Ils se glissaient jusqu'à elle et posaient leur gros museau sur ses genoux quand elle s'accroupissait pour les caresser. Elle leur grattait la tête et ils se mettaient à souffler comme des phoques.

Healy et Rune se trouvaient au quartier général de la Brigade de déminage, au poste de la 6e circonscription, 10e Rue. Impossible de rater le bureau. Dans le couloir, au-dessus de la porte, était accrochée une bombe factice rouge vif, portant la mention BRIGADE DE DÉMINAGE en lettres gothiques.

Dans la salle principale étaient disposés huit bureaux délabrés. Murs vert pâle, linoléum au sol. Une jolie femme, vêtue d'un chandail foncé, était assise à un bureau, plongée dans la lecture d'un manuel technique. Elle avait de longs cheveux bruns et un regard calme. C'était la seule femme de l'équipe. Tous les autres occupants de la salle étaient des hommes, pour la plupart entre la trentaine et la quarantaine, portant chemises blanches, cravates, ainsi que des pistolets nickel dans un étui à la taille. Ils lisaient, bavardaient entre eux, s'étiraient, parlaient doucement au téléphone. Quelques-uns saluèrent Healy d'un geste de la main ou d'un haussement des sourcils.

Personne ne regarda Rune.

— Nous avons le plus grand centre de déminage

civil du monde. Trente-deux officiers. Principalement des enquêteurs. Quelques-uns attendant de monter en grade.

Sur le mur était accroché un vieux panneau de bois exposant des portraits officiels de policiers. Rune aperçut les mots « En mémoire de... »

Ce panneau était le plus grand objet décorant la salle.

Rune se pencha et flatta la tête d'un chien.

— Un CDE, précisa Healy.

— Drôle de nom, commenta Rune en se relevant.

— « Canin Détecteur d'Explosifs ».

— Ah, les sigles...

— Ça gagne du temps, expliqua Healy. Imagine un peu : tu as couru, tu es essoufflé ; tu ne vas pas dire : « J'emmène en balade mon Canin Détecteur d'Explosifs !

— Vous pourriez tout bêtement essayer « chien ». (L'un de ceux-ci roula sur le dos. Rune lui gratta le ventre.) Ils repèrent les explosifs en les reniflant ?

— Ce sont les labradors qui ont l'odorat le plus développé pour ça. Nous avons utilisé des détecteurs informatisés à la vapeur de nitrate. Mais les chiens travaillent plus vite. Ils détectent le plastic, la dynamite, le TNT, le Tovex, le Semtex...

— Remarquez, les ordinateurs, ça ne pisse pas, observa un flic.

— Ça ne se lèche pas non plus les couilles en public, renchérit un autre.

Healy s'assit à un minuscule bureau.

— Ça t'a manqué, l'intervention au centre IVG ?

— Pas vraiment. (Healy se tourna vers Rune.) Tu veux du café ?

— Volontiers.

Healy entra dans le vestiaire. Trois officiers, assis autour d'une table en fibre de verre, mangeaient de la cuisine chinoise. Il rinça un gobelet en porcelaine et versa du café.

Rune, debout devant un panneau d'affichage, regardait des photos en couleurs représentant des explosions. Elle montra la photo d'un camion rouge qui ressemblait à un énorme panier.

— Qu'est-ce que c'est ?

— Le camion Pike-La Guardia. Nous ne l'utilisons plus beaucoup. Il a été fabriqué dans les années quarante, à l'époque où un certain Pike commandait la Brigade de déminage et où La Guardia était maire. Tu vois ce grillage là-bas ? C'est du câble qui reste du Triborough Bridge. On plaçait les engins explosifs là-dedans pour les emporter jusqu'au centre de déminage. Si ça explosait, le grillage retenait les éclats. Mais ça laissait passer les flammes. A présent nous utilisons un véhicule de désamorçage.

Rune s'empara d'un épais tube en plastique, long d'environ trente centimètres, rempli d'une gélatine bleue, et portant l'inscription DuPont. Elle appuya dessus. Sourit.

— C'est curieux, ce truc, Sam.

Il y jeta un coup d'œil.

— Tu tiens entre les mains suffisamment de Tovex pour réduire en gravillons un gros rocher.

Elle reposa le tube avec précaution.

— Si c'était du vrai ! reprit-il. On se sert de ça pour s'entraîner. C'est pareil pour tout ce qu'il y a ici.

— Ça aussi ?

Elle tendit le doigt vers un obus d'artillerie d'environ quatre-vingts centimètres de long.

— Ma foi, il est désamorcé. Nous l'avons trouvé il y a environ un an. Une femme compose le 911. Elle dit qu'elle a été blessée par une arme de guerre. Les services d'urgence rappliquent et pénètrent dans l'appartement. Ils découvrent la femme par terre, lui demandent : « Où est votre agresseur ? Où est l'arme ? » Elle leur répond : « Il n'y a pas d'arme. Il n'y a que ça. » Et elle tend le doigt vers l'obus. Puis elle ajoute : « J'ai ouvert la porte du placard et il est tombé. » Elle s'était cassé un orteil. Son mari collectionnait les obus d'artillerie et...

— Sam ! cria une voix.

Il repassa dans la salle principale. Un type costaud, aux mâchoires carrées et aux cheveux blonds bien peignés, se tenait sur le seuil du bureau du commandant. Il jeta un coup d'œil à Rune, puis regarda Healy.

— Sam, reprit-il, le service d'urgence vient de recevoir un appel concernant un ciné porno à Times Square. Quelqu'un a trouvé une boîte. A l'intérieur il y a une minuterie et peut-être un pain de plastic. 7e Avenue, près de la 49e. Rubin, accompagne-le.

Plus d'attentats, avait-il dit ? Rune n'eut pas le temps de faire de commentaires. Healy et un autre flic, d'environ quarante-cinq ans, ressemblant davantage à un courtier d'assurances des années cinquante qu'à un démineur, se précipitèrent vers le vestiaire. Ils ouvrirent leurs placards, en sortirent des sacs de toile usagés, puis coururent vers la porte. Healy saisit son attaché-case et s'engouffra dans le couloir.

— Hé... lança Rune, mais Healy ne se retourna même pas.

Où file-t-il ? se demanda Rune, fonçant dans le sombre couloir vert. En bas, les hommes pénétrèrent en trombe dans le poste. Un officier, portant un col roulé bleu, l'arrêta, lui interdisant de les suivre. Lorsqu'elle sortit, le break bleu et blanc s'éloignait dans la 11e Rue, gyrophare allumé. Le véhicule lâcha un coup de sirène puis prit Hudson Street, au nord.

Elle courut jusqu'au coin de la rue, hélant des taxis imaginaires.

Sam Healy connaissait par cœur la marche à suivre. Il possédait le talent de tout mémoriser. Il lui suffisait de regarder une liste ou un schéma une ou deux fois, et le tour était joué : tout se retrouvait dans sa chambre forte mentale.

Et c'était un atout, parce qu'il y a beaucoup de choses à retenir quand on est flic à la Brigade de déminage. Etait-ce pour cela qu'il avait initialement choisi de travailler au déminage ? Faire des rondes ou travailler aux services d'urgence de la police, c'est très différent. Aux services d'urgence par exemple, il faut prendre des décisions rapides, improviser.

Healy, lui, préférait tout planifier dans les moindres détails, puis travailler étape par étape. Lentement.

Le break filait vers le nord. Après Hudson, la 8ᵉ Avenue. Puis ils dépassèrent la 14ᵉ Rue.

La marche à suivre : établir un périmètre de sécurité de trente mètres autour du cinéma et évacuer tout le monde dans la mesure du possible (facile dans un centre commercial tout en longueur de Long Island, impossible dans Manhattan avec une telle densité de population) ; puis on envoie le robot, muni de ses pinces et de ses yeux caméras, examiner de près l'engin de malheur ; puis on le saisit à l'aide des pinces...

Le break stoppa brusquement dans le parc d'exposition des véhicules de secours dans la 7ᵉ Avenue. Les deux hommes descendirent d'un bond.

... et on le sort tout doucement parce que le câble du robot n'a que quinze mètres de long et qu'on peut se faire tuer aussi vite par des bouts de robot que par les éclats d'un engin explosif. Puis on monte la rampe et pénètre dans le véhicule de désamorçage.

Et l'on prie pour que cette fichue bombe explose dans le véhicule afin de ne pas être obligé d'aller la récupérer à l'intérieur.

Mais on prie aussi pour que, si elle explose à l'intérieur, elle ne soit pas assez puissante pour transformer le véhicule en grenade géante.

Finalement, on prie tout court.

Et encore, *si* on peut utiliser le robot, bien entendu. Et si la bombe ne se trouve pas dans un endroit inaccessible au robot, du genre capsule lunaire.

Sous un siège de cinéma, par exemple.

C'était bien sûr là que se trouvait la bombe, comme ils l'apprirent en arrivant sur place.

Healy regarda son collègue, Jim Rubin, hocha la tête.

— J'y vais. Je prends la combinaison.

— J'y vais à ta place, si tu veux, proposa Rubin.

Et il l'aurait fait. Car ils étaient tous pareils. Si Healy avait dit « Entendu, vas-y ce coup-ci », Rubin y serait allé. Mais Healy s'en garda bien. Ce n'étaient pas là les règles du jeu. S'y collait le premier qui prenait l'appel, qui disait « J'y vais » avant tout le monde. Tous étaient prêts à y aller, à vrai dire. Mais Healy s'était réservé ce coup-ci. Sans savoir pourquoi, il sentait que c'était à lui de le faire. Cela arrivait de temps en temps. Inversement, en d'autres occasions, on ne disait pas « J'y vais » aussi vite que les autres.

Ce soir-là, Healy se sentait à peu près aussi invincible que quelqu'un s'apprêtant à s'emparer d'une boîte capable de faire sauter toute une maison...

— Sam ! cria Rune en descendant du taxi.

Il lui jeta un coup d'œil. Elle entrevit ses yeux et n'ajouta rien. Elle regardait un parfait inconnu. Il comprit ce qu'elle ressentait.

— Qu'elle n'approche pas, nom de Dieu ! chuchota-t-il à Rubin. Passe-lui les menottes s'il le faut, mais je ne la veux pas dans les parages.

— Sam...

Il lui jeta de nouveau un coup d'œil. Elle posa la caméra par terre. Il y vit un message : elle n'était pas là pour son film ni à cause de Shelly Lowe, mais seulement parce qu'elle s'inquiétait pour lui. Il garda malgré tout le dos tourné.

Tandis que Rubin faisait sortir le robot de la fourgonnette – ils l'approcheraient le plus possible –, Healy enfila la lourde combinaison verte, renforcée de panneaux en kevlar et de plaques d'acier. Il mit le casque et actionna la pompe admettant l'air dans le casque.

Une fois entré dans le cinéma, Rubin s'arrêta et dirigea le robot dans la travée que le chef d'équipe avait balisée à l'aide de bandes de plastique jaunes. Il portait des écouteurs munis d'un micro au bout d'une fine armature qui finissait devant sa bouche. Il avait les yeux déformés par d'épaisses lunettes. Healy passa à côté de lui, puis du robot.

— Tu me reçois ? dit-il dans le micro.

— Parfaitement, Sam. Heureusement que tu as le casque. Ça pue ici, merde !

Healy s'enfonça dans la salle, traînant les pieds, écartant des fioles de crack vides, des Kleenex roulés en boule et des bouteilles d'alcool.

— Parle-moi, Sam, parle-moi.

Mais Healy comptait sur ses doigts. D'après le gérant, la bombe se trouvait dans l'allée M. Etait-ce la quinzième lettre de l'alphabet ? Pourvu que non ! se dit Healy. Le chiffre 15 ne lui réussissait pas. Cheryl l'avait quitté le 15 mars. Le 15 correspondait aux ides de mars, non ? Et son seul accident de voiture avait eu lieu sur la Merritt Parkway – la Route 15.

J,K,L,M... Bien. Le *M* était la *treizième* lettre de l'alphabet. Il en éprouva un soulagement irrationnel.

— OK, je la vois, annonça-t-il, sentant l'odeur de renfermé, suant déjà terriblement, essoufflé. Une boîte, un carton à chaussures, sans couvercle.

Il s'agenouilla pour assurer son équilibre, la combinaison étant très lourde. Quand on tombe à la renverse, on a parfois du mal à se relever tout seul. Il se pencha sur la boîte.

— Il s'agit de C3 ou de C4, dit-il dans le micro, environ cent soixante-dix grammes, minuterie orientée vers le haut. Théoriquement, il nous reste dix bonnes minutes. Je ne vois pas d'interrupteur à bascule.

Les interrupteurs à bascule, ça, c'est un problème. De petits interrupteurs qui déclenchent la bombe si on la déplace.

Il n'en voyait pas, d'accord. Mais ça ne voulait pas dire qu'il n'y en avait pas...

Il introduisit avec précaution un crayon dans la boîte.

— Tu vas la désamorcer ? s'enquit Rubin.

— Non, la minuterie m'a l'air plutôt fantaisiste. Je parie qu'il y a un shunt, mais je vois le circuit. Je n'ai pas l'intention de couper quoi que ce soit. Je sors la boîte.

— OK, ça marche.

Il tendit la main. Les gants étaient blindés, mais Healy savait qu'il y avait suffisamment de plastic pour briser une poutre d'acier. De toute façon, on ne peut pas grand-chose pour les mains. En cas de problème, on reste en vie, c'est déjà ça. Et l'on touche une pension d'invalidité, même si c'est quelqu'un d'autre qui endosse les chèques à votre place.

Healy plissa les yeux – pour rien – et souleva la boîte. Il faut être prudent : on a tendance à croire que les explosifs sont aussi lourds que des poids en fer. C'est faux. Tout cela ne pèse guère plus d'une livre.

— Pas d'interrupteur à bascule, dit-il dans le micro. (Il sentait l'odeur âcre de sa propre sueur. Il respira lentement.) Ou bien mes mains ne tremblent pas.

— Tu es super, Sam.

Sept minutes avant l'explosion, d'après la minuterie.

Healy recula dans l'allée, faisant doucement glisser les pieds pour tâter le terrain derrière lui. Il déposa la boîte entre les bras du robot.

— Débectant, ce ciné, lâcha-t-il.

— OK, nous prenons la relève, annonça Rubin.

Healy n'émit pas d'objection. Il baissa les bras et continua de marcher à reculons jusqu'à ce que Rubin lui donne une tape sur l'épaule.

Rubin fit sortir le robot du cinéma, puis lui fit gravir la rampe menant au véhicule de désamorçage, que des collègues de la Brigade de déminage avait amené depuis le garage de la 6e circonscription. Il ressemblait à une petite cloche à plongeur posée sur une plate-forme. Rubin manipula avec précaution les commandes à distance pour introduire la boîte à l'intérieur. Le robot recula et Healy approcha de la porte ouverte sur le côté. Il tira sur un fil pour refermer la porte presque entièrement, puis monta rapidement à l'avant et actionna le levier. Il recula.

Rubin l'aida à ôter la combinaison.

— Combien de temps reste-t-il ? demanda ce dernier.

— Environ une minute, à mon avis.

Rune franchit le cordon policier et courut jusqu'à Healy. Elle lui serra le bras.

Il la fit passer derrière lui.

— Sam, ça va ?

— Chut... Ecoute.

— Je...

— Chut... insista Healy.

Soudain un *boum* sonore : on aurait dit un coup de marteau sur une cloche dont le son est étouffé. De la fumée s'échappa en sifflant du flanc du caisson. Une odeur âcre, de gaz lacrymogène, se répandit dans l'air.

— C3, diagnostiqua Healy. Je reconnaîtrais cette odeur n'importe où.

— Que s'est-il passé ? demanda Rune.

— Ça vient d'exploser.

— Tu veux parler du truc que tu as sorti à l'instant ? Ça vient d'exploser ? Oh, Sam, tu aurais pu te faire tuer.

Pour Dieu sait quelle raison, cela fit rire Rubin. Healy lui-même réprimait un sourire.

— Je vais devoir rester ici un certain temps, dit-il en la regardant.

— Bien sûr, je comprends.

Elle n'aimait pas l'expression figée, démente, du visage de Healy. Elle en fut effrayée.

— Je t'appellerai demain, dit-il.

Il se détourna et adressa la parole à un homme en costume sombre.

Elle retourna sur le trottoir, puis jeta un coup d'œil au hayon arrière de la fourgonnette de la Brigade de déminage. Le porte-documents de Sam Healy était posé dessus.

Elle n'aurait su dire ce qui la poussa. C'était peut-être parce qu'elle avait eu peur en voyant l'expression de Sam. Ou bien parce qu'elle avait passé sa journée à

224

disposer de petits rectangles de plastique en se coltinant des minus.

C'était peut-être seulement son tempérament : elle ne renonçait jamais à trouver ce qu'elle cherchait. Tout comme Sam, qui allait récupérer des bombes dans des immeubles semblables à celui-ci.

Bref, Rune ouvrit rapidement le porte-documents de Healy et en inspecta le contenu. Elle trouva son petit carnet. Le feuilleta. Tomba sur ce qu'elle cherchait. Mémorisa un nom et une adresse.

Elle jeta un coup d'œil vers Healy, debout au milieu d'un groupe d'officiers de police. Personne ne faisait attention à elle. Ils examinaient une enveloppe de plastique transparent, tenue par Healy. L'instant d'après, la voix de Rune, théâtrale, pas très forte, résonna dans le cinéma : « *Le troisième ange sonna de la trompette. Une grande étoile tomba du ciel, brillant comme une torche. Elle tomba sur un tiers des fleuves et sur les fontaines d'eau.* »

CHAPITRE 17

— Ecoutez, je veux bien vous parler. Mais vous ne pouvez pas utiliser mon nom.

C'était le soir. Ils étaient assis sur le pont de la péniche de Rune, et buvaient de la Michelob Light. Le jeune homme maigrelet poursuivit :

— A vrai dire, ma mère croit que j'ai eu un accident de voiture. Si jamais elle apprenait...

Warren Hathaway était le témoin dont elle avait dégoté le nom dans le carnet de Healy. C'était l'un des spectateurs du *Vénus de velours* lors du premier attentat. Rune lui avait téléphoné pour lui demander si elle pouvait l'interviewer.

— Il n'y a que moi pour être victime d'un attentat à la bombe la première fois que je vais dans un ciné porno... (Il capta l'expression amusée de Rune.) Bon, d'accord, peut-être pas la première fois. Mais je n'y vais pas si souvent.

Hathaway avait environ un mètre soixante-cinq, entre trente et trente-cinq ans. Il était un brin grassouillet. Il avait des pansements au cou et le bras en écharpe. Il parlait fort – tout comme Rune juste après le second attentat. L'explosion dans le cinéma avait dû altérer provisoirement ses capacités auditives.

— Comment avez-vous eu mes coordonnées ? reprit-il.

— Le policier qui vous a interrogé. L'inspecteur Healy. C'est par lui que j'ai eu votre nom.

La caméra était en place. Hathaway la regarda, mal à l'aise.

— Vous pouvez masquer mon visage, n'est-ce pas ? Pour qu'on ne me reconnaisse pas ?

— Bien entendu. Ne vous inquiétez pas.

Elle mit en marche la caméra.

— Racontez-moi donc ce dont vous vous souvenez, reprit-elle.

— D'accord. Je faisais un audit pour une maison d'édition dans la 47e. Je suis comptable et conseiller financier. J'avais quelques heures de liberté et j'ai poussé jusqu'à la 8e Avenue. J'avais repéré des coupes de fruits magnifiques chez un traiteur. Elles me paraissaient fraîches, avec plein de pastèque, vous voyez ? Puis j'ai vu ce cinéma juste en face de moi et je me suis dit merde, pourquoi pas ? (Il but une gorgée de bière.) Alors je suis entré.

— Quelle a été votre impression ?

— Ça m'a paru répugnant, tout d'abord. Ça sentait, eh bien, l'urine et le désinfectant. Et il y avait des types à mine patibulaire. Ils étaient... euh, presque tous noirs, et ils m'ont regardé de la tête aux pieds comme si j'avais été – comment dire ? – leur dessert. Je me suis dépêché d'aller m'asseoir. Il y avait une dizaine de personnes dans la salle, pas plus, et certaines étaient endormies. J'ai pris place. L'image était atroce. Ce n'était pas un film, mais une vidéo. On ne voyait presque rien, tellement c'était flou. Au bout d'un moment, j'ai décidé de partir. Je me suis levé. C'est alors qu'il y a eu un énorme éclair, un fracas incroyable. Je me suis réveillé à l'hôpital et je n'entendais plus rien.

— Combien de temps êtes-vous resté dans le cinéma ?

— En tout ? Peut-être une demi-heure.

— Avez-vous bien vu les spectateurs dans la salle ?

— Oui. Je regardais autour de moi. Pour éviter une éventuelle agression. Il y avait des dockers, des travestis aussi... des prostitués, quoi, expliqua-t-il en détournant les yeux.

Rune hocha la tête d'un air compréhensif, se disant que Warren Hathaway en savait peut-être davantage sur les travestis prostitués qu'il ne voulait bien l'admettre.

— Auriez-vous vu quelqu'un portant un blouson rouge ?

— Ma foi, il y avait quelqu'un portant un blouson rouge, je crois bien. Avec un chapeau.

— A large bord ?

— Oui. Un drôle de chapeau. Le type marchait lentement. J'ai eu l'impression qu'il était plus vieux.

Plus vieux ? s'étonna Rune.

— Il quittait le cinéma ? questionna-t-elle.

— Peut-être. Je n'en mettrais pas ma main au feu.

— De quel âge, à votre avis ?

— Je ne sais pas, désolé.

— Vous pourriez le décrire ?

Hathaway secoua la tête.

— Désolé. Je n'ai pas fait attention. Vous êtes quoi au juste ? Journaliste ?

— Je tourne un film sur la fille qui s'est fait tuer dans le second attentat. Shelly Lowe.

Ils suivirent des yeux un canot à moteur qui passait.

— Mais elle ne se trouvait pas dans un cinéma, n'est-ce pas ? demanda Hathaway.

— Non. Dans un studio qui produit des films X.

— C'est effrayant, ce dont sont capables les gens pour prouver quelque chose, hein ? Juger la vie humaine moins importante que la politique ou l'affirmation d'une idée...

Sa voix s'éteignit et il se mit à sourire.

— Je deviens trop sérieux. Ma mère me reproche tout le temps d'être trop sérieux. Je devrais « me décontracter ». Vous imaginez un peu votre mère vous dire ça ?

— Ma mère ne me le dit pas, c'est certain !

Il regarda la caméra.

— Alors comme ça, vous allez devenir réalisatrice ? (Il plissa les yeux, l'esprit en éveil.) Vous avez une idée du retour sur investissement dans ce secteur d'activité ?

— Moi, je m'occupe de la partie créative. Je laisse à d'autres l'aspect financier.

— Quel est le marché pour un film comme le vôtre ?

Elle lui parla alors du circuit indépendant, des salles d'art et d'essai, des chaînes publiques et du marché nouveau, mais en expansion, de la télévision par câble.

— Il ne s'agirait pas d'un gros investissement, réfléchit Hathaway, pour des films semblables. Vous pouvez sans doute maîtriser les coûts assez facilement. Les frais généraux indirects ne devraient pas être très élevés. Prenez l'actif immobilisé : presque rien dans votre cas. Vous pouvez louer le matériel. Il n'y aurait pas grand-chose à amortir, rien que le matériel onéreux. Avec un peu d'astuce, le gain net pourrait être du tonnerre. (Hathaway tourna les yeux vers le ciel vespéral, contemplant un énorme bilan dans les étoiles.) Si vous avez du succès, il y a de quoi ramasser un beau paquet.

Ils finirent leurs bières. Rune se leva pour aller en chercher d'autres. Elle coupa la caméra.

— Je ne vous ai guère été utile, n'est-ce pas ? dit-il.

Un homme plus âgé, vêtu d'un blouson rouge.

— Mais si, vous m'avez été très utile, assura Rune.

Lorsqu'elle revint avec les bières, elle sentit l'insistance de son regard. Et elle comprit que la Question se profilait à l'horizon. Quelle forme allait-elle prendre ? Elle n'aurait su dire, mais, en tant que femme célibataire à New York, elle aurait parié mille dollars qu'Hathaway était sur le point de lui poser la Question.

Il but une gorgée de bière.

— Dites donc, vous auriez envie de manger une pizza ou quelque chose ? s'enquit-il.

Version Pizza de la Question. Pas très original.

— Je suis vraiment crevée ce soir.

Ce qui est l'une des Réponses Classiques. Toutefois Rune ajouta :

— Je suis vraiment épuisée. Mais c'est partie remise, d'accord ?

Il eut un sourire un peu timide, qui plut à Rune.

— Bon, j'ai compris. Vous sortez avec quelqu'un ? Elle réfléchit un instant.

— Je n'en ai absolument pas la moindre idée, répondit-elle.

Il se leva, lui serra la main comme le gentleman que sa mère lui avait sans doute appris à devenir.

— Je vais vérifier quelques données chiffrées sur les films documentaires, dit-il. (Il eut un air pensif, puis sourit.) Vous savez, même si c'est un bide, vous avez droit à une sacrée déduction fiscale.

— Je ne vous suis guère utile, dit Nicole D'Orleans à Rune le lendemain matin.

— Quelqu'un portant un blouson ou une veste rouge. N'importe qui. Avec un chapeau. Genre chapeau de cow-boy. Un type qui aurait traîné autour du plateau. Peut-être un fan de Shelly. Ou bien quelqu'un qu'elle connaissait.

Nicole secoua la tête.

— Il m'a agressée près de chez moi, reprit Rune, juste après mon interview de Shelly. Puis je l'ai aperçu juste après l'attentat contre Shelly, devant les studios de « Lame Duck ». Et j'ai parlé à un témoin du premier attentat. Il pense l'avoir vu quitter le cinéma juste avant l'explosion. Peut-être jeune, peut-être vieux. Ça vous dit quelque chose ?

— Désolée, je...

Coup de sonnette. Nicole alla ouvrir.

Elle revint avec Tommy Savorne, l'ex-copain de Shelly.

La première chose que remarqua Rune, ce fut la boucle de ceinture, qui avait la forme du Texas.

Elle pensa à Sam Healy.

Qui n'avait toujours pas appelé.

Non, ne pense pas à lui pour le moment.

Tommy, d'un geste distrait, lissa la boucle avec son pouce. L'ardillon métallique passait juste à travers Dallas.

— Salut.

Il sourit, plissant les yeux comme pour dire : « Désolé, j'ai oublié votre nom. »

Ils se serraient la main. Rune le lui rappela :

— Rune.

— Oui, bien sûr. Et votre film, ça avance ?

— Doucement, mais sûrement.

— Tu m'as l'air en forme aujourd'hui, dit-il à Nicole.

Il y eut un silence.

Une femme de trop. Rune se leva.

— Je vais partir. Je suis en retard pour mon travail.

— Non, restez, restez, insista Tommy. Je ne fais que passer. Je voulais demander quelque chose à Nicole. Mais ça peut vous intéresser aussi, Rune. Vous voulez un boulot ?

— Je préfère m'en tenir à un seul, répondit Rune. Je ne brille déjà pas dans celui que j'ai actuellement.

— Il s'agirait de quoi, au juste ? demanda Nicole à Tommy.

— Je tourne une vidéo sur la façon de préparer des amuse-gueule végétariens. Il me faut un chef.

Rune secoua la tête.

— S'il ne s'agit pas de sous-vide, vous vous trompez d'adresse...

— Je ne sais pas trop... dit Nicole. Est-ce que j'aurais à... euh... parler ?

— Pas en direct. Tu n'aurais qu'à mélanger des ingrédients. De l'ail, des avocats, des pousses, du beurre de cacahuète... Enfin, pas tout ensemble. Ce sont des recettes vraiment formidables. Laisse-toi tenter, ma chérie, c'est du nanan. C'est pour l'une de mes infopubs.

— Tu es sûr que je n'aurais pas à... euh... mémoriser du texte ?

— Non, il n'y a qu'un commentaire en voix *off*. Tu prépares seulement le plat, et nous enregistrons la bande sonore après. Tu pourras faire autant de prises que tu voudras.

Nicole regarda Rune.

— Ça ne vous tente pas, vous êtes certaine ?

— J'ai du boulot pour deux personnes, renchérit Tommy.

— J'ai tout ce qu'il faut en ce moment.

— Et je serais payée ? s'enquit Nicole.

— Oh, bien sûr. Pas aux tarifs syndicaux. Mais le client est prêt à cracher cent dollars de l'heure pour un boulot bien fait. Ça devrait durer environ trois heures, avec le temps de préparation et d'éventuelles prises supplémentaires.

— Et mes ongles ?

Elle les exhiba, longs d'au moins deux centimètres, brillants, terre de sienne.

— Allons, la rabroua Tommy en souriant. Tu cherches des faux-fuyants.

— Foncez, Nicole, l'encouragea Rune.

Un sourire s'épanouit sur ses lèvres luisantes.

— Un film où je serais habillée... Ma mère me tanne depuis des années pour que je fasse ça !

Elle tendit à Tommy sa main aux ongles meurtriers.

— Marché conclu, reprit-elle.

Et ils se serrèrent la main comme s'ils avaient signé un contrat de plusieurs millions de dollars.

— Demain soir ? demanda-t-il. Et après-demain ?

— Eh bien, d'accord. Dans la mesure où c'est le soir. Je tourne dans la journée. Où sont vos studios ?

— Je ne loue pas de studios. Nous tournons sur place. On peut faire ça ici même. Tu as une cuisine formidable. (Il regarda Rune.) Allons, on ne peut pas vous convaincre ?

— Une autre fois.

232

— OK... A bientôt, alors, dit-il à Nicole avant de l'embrasser sur la joue.

Il adressa un signe à Rune et sortit.

— Il est mignon, commenta Rune. Il est disponible. Il fait la cuisine. Combinaison imbattable.

Mais Nicole détournait les yeux.

— Quel est le problème ? reprit Rune.

— Rien.

— Mais encore ?

Elle hésita.

— Ce boulot. Le travail de Tommy...

— Oui. Eh bien ?

— J'espère que ça va marcher, que je ne vais pas tout gâcher.

— Vous vous débrouillerez parfaitement.

— Je donnerais tout pour quitter ce métier.

— Je croyais que vous aimiez bien ça.

Nicole alla s'asseoir sur le canapé.

— Avez-vous regardé *Current Events* hier soir ? L'émission de télé ? On y voyait des femmes qui manifestaient contre les cinémas porno, certaines devant les salles mêmes. Elles disaient des trucs terribles. Il y avait mon nom sur la marquise. Remarquez, elles ne disaient rien contre moi en particulier, mais on voyait mon nom. L'une d'elles disait que les films porno incitent aux viols et aux agressions contre les enfants. Une autre clamait que nous avions fait reculer le mouvement féministe de vingt ans. Etc. J'avais honte.

Elle se mit tout d'un coup à pleurer.

Rune hésita une seconde. Puis sa main se glissa jusqu'au bouton de mise en marche de la caméra vidéo. L'objectif était braqué droit sur Nicole.

— Je ne veux pas faire de mal, reprit celle-ci, le regard fuyant. Je ne veux pas faire souffrir. Mais il n'empêche, des gens sont venus me voir et se sont fait tuer dans ce cinéma. Et peut-être qu'après avoir vu un de mes films un type est allé avec une pute et a chopé le sida. C'est épouvantable.

Elle regarda Rune, pleurant sans interruption à présent.

— Seulement, poursuivit-elle, je ne sais faire que ça, ces films. Je fais bien l'amour. Mais je suis nulle pour le reste. J'ai essayé. Rien ne marche... C'est terrible, de détester la seule chose que l'on fasse bien.

Rune toucha le bras de Nicole, mais elle prit garde à ne pas laisser apparaître sa main dans le champ.

Le propriétaire du cinéma, dans la 47ᵉ Rue entre Broadway et la 8ᵉ, était un immigré indien de cinquante-deux ans, arrivé de Bombay douze ans auparavant.

Lui, sa femme et ses enfants travaillaient d'arrache-pied. Il avait d'abord été propriétaire d'un kiosque à journaux, puis d'un comptoir de restauration rapide, puis d'une boutique de chaussures à Queens. Il avait ensuite fait un placement malencontreux, un magasin d'électronique à Brooklyn, dilapidant la quasi-totalité du bas de laine familial. Une année plus tôt, un ami lui avait parlé d'un cinéma qui était à vendre. Après des présentations, des négociations fastidieuses, plus le versement de sommes faramineuses à un notaire et un comptable, il avait racheté le bail, acquis les installations et ce que le notaire avait appelé les « biens incorporels », notion qui lui avait totalement échappé.

Le tout petit bonhomme était devenu propriétaire de *La Chatte rose*, cinéma de huit cents places à Times Square. A une époque, le cinéma utilisait deux projecteurs classiques 35 mm, mais à présent il était équipé d'un projecteur vidéo, qui n'était jamais au point, nimbant les acteurs et actrices d'arcs-en-ciel flous.

Le propriétaire avait expérimenté différents prix, estimant qu'il ne pouvait pas faire payer plus de 2 dollars 99 en journée, quoique le prix s'élevât à 2 dollars 99 après vingt-deux heures. Le cinéma, ouvert vingt-quatre heures sur vingt-quatre, servant d'hôtel improvisé pour les SDF, le bonhomme avait constaté que les clients étaient prêts à débourser 2 dollars supplémentaires pour pouvoir dormir, bercés par les sons évocateurs de *Chattes sexy* ou de *Morsures d'amour*.

Il n'y avait pas de billets. Les clients payaient, refusaient la menue monnaie et franchissaient un tourniquet. Ils entraient dans la salle proprement dite en passant devant un distributeur de boissons, en panne depuis 1978.

Il y avait de la retape, malgré les pancartes d'interdiction et mettant en garde contre le sida. Mais les rencontres étaient discrètes. Quant aux travestis et aux prostituées (pour la plupart noires ou hispano-américaines), qui tarifaient vingt dollars des faveurs prodiguées sans enthousiasme, ils emmenaient leurs clients au balcon, où même la Brigade des mœurs n'aimait guère s'aventurer.

Malgré ces conditions défavorables, le cinéma gagnait de l'argent. Le loyer était la plus lourde dépense. Le propriétaire et sa femme (plus, à l'occasion, un cousin issu de l'énorme ribambelle de parents d'outremer) se relayaient à la caisse, ce qui limitait les dépenses salariales. Et grâce au système vidéo, ils n'avaient pas besoin d'un projectionniste syndiqué.

Le propriétaire évitait également les plus grosses dépenses des cinémas. D'après la loi sur les droits d'auteur, il était censé payer des droits à chaque projection d'un film – oui, même porno. Cependant, il n'en faisait rien. Il achetait trois cassettes VHS à 14 dollars 95 pièce auprès d'un sex-shop de la 8e Avenue, passait les films durant une semaine, puis les rendait. Le propriétaire du sex-shop, qui se trouvait être un immigré pakistanais, lui faisait grâce de 5 dollars sur chaque film, puis les revendait 14 dollars 95 chacune.

C'était, bien entendu, une violation de la loi fédérale, à la fois civile et pénale, mais ni le FBI ni les producteurs des films n'étaient vraiment disposés à poursuivre une petite entreprise comme celle-ci.

Le bonhomme n'était pas spécialement fier du genre

de films qu'il projetait, mais n'en éprouvait pas non plus de honte excessive. Le Kama-sutra, après tout, avait été écrit dans son pays d'origine. En outre, le sexe ne lui était pas étranger : il venait d'une famille de douze enfants ; quant à lui et sa femme, ils en avait sept. Non, ce qui le souciait le plus, c'étaient les maigres bénéfices du cinéma. Il aurait nettement préféré que son retour sur investissement fût majoré de cinq ou six pour cent.

Ce jour-là, le propriétaire était assis à la caisse. Il fumait et pensait au *kurma* d'agneau que sa femme allait préparer pour leur dîner, chez eux à Queens. Il entendit une altercation dans la salle. S'il y avait bien une chose qui lui flanquait la trouille, c'étaient ses clients. Il y avait pas mal de fumeurs de crack, bon nombre de types qui en étaient à leur troisième ou quatrième Foster's. C'étaient des gars costauds qui auraient pu lui rompre le cou sans même faire ouf. Il appelait les flics de temps en temps, mais il avait compris le message : pas la peine de nous déranger si le type n'a pas de couteau ou d'arme à feu.

Comme la querelle ne paraissait pas s'apaiser, il fouilla sous son comptoir pour y prendre un tuyau long de trente centimètres, muni d'un capuchon à chaque extrémité et rempli de petits plombs. Une matraque artisanale. Il pénétra dans la salle.

La blonde à l'écran disait qu'elle n'avait pas encore essayé Dieu sait quelle spécialité érotique et implorait l'acteur de la satisfaire. Celui-ci semblait d'accord, mais personne n'entendait distinctement ce qu'il répondait à la femme. Les voix venant du premier rang couvraient tout.

— Qu'est-ce que tu fous, putain ? C't à moi.

— Tu déconnes ? C'est moi qui l'ai laissé là.

— Arrête tes conneries ! Comment ça, tu l'as laissé là ? T'étais assis quatre rangs derrière, mec. J'l'ai vu.

— Cessez de faire du bruit, intervint le propriétaire. Que se passe-t-il ? J'appelle la police si vous ne vous asseyez pas.

Les deux hommes étaient noirs. L'un était SDF. Il était couvert de plusieurs épaisseurs de vêtements déchirés et collés par la crasse. L'autre portait une tenue marron de livreur. Il tenait une boîte enveloppée d'un papier, à peu près de la taille d'un carton à chaussures. Ils regardèrent l'Indien – tous deux le dépassaient d'une tête – et plaidèrent leur cause comme devant un juge.

— Il est en train de voler mon paquet, déclara le SDF. J'l'avais laissé là pour aller pisser, et...

— Putain, il a pas laissé de paquet ! J'ai vu un type entrer, r'garder le film dix minutes et s'tirer. Le paquet était là quand il est sorti, mec. J'l'ai vu. Il s'est barré et c'est à moi. C'est la loi.

Le SDF essaya d'attraper la boîte. Un carton à chaussures.

Les longs bras du livreur l'en empêchèrent.

— Va te faire foutre !

— Quelqu'un a laissé cette boîte ? questionna le propriétaire. Il va revenir. Donnez-la-moi. Qui a laissé ça ?

— Comment que j'saurais, putain ? rétorqua le livreur. Un Blanc. C'est moi qui l'ai trouvée. J'ai l'droit d'la garder, c'est la loi.

— Non, non, insista le propriétaire en tendant la main. Donnez-la-moi.

— C'est moi qui l'ai laissée, j'vous dis ! Donnez-la-...

Ils en étaient là, gesticulant furieusement, quand explosèrent les quatorze onces de C3 à l'intérieur de la boîte. A la vitesse d'environ cinq mille kilomètres/heure, la bombe transforma aussitôt les hommes en fragments de quelques livres. L'écran disparut, les quatre premiers rangs se désintégrèrent, le sol fut ébranlé par une secousse qui se ressentit à plus d'un kilomètre de distance.

Au vacarme de la déflagration s'ajouta le sifflement des éclats de bois et de métal qui fendirent l'air comme des balles.

Puis, presque aussi vite, le silence revint. Obscurité. Fumée.

Il ne restait plus une seule ampoule intacte dans la salle. Mais du plafond provenait une minuscule lumière verte, qui se balançait d'avant en arrière. C'était une lampe témoin sur le projecteur vidéo, grosse boîte noire pendouillant au bout d'un épais câble électrique, à l'emplacement de la cabine de projection pulvérisée. La lampe s'éteignit et une seconde lumière, jaune, s'alluma en vacillant : *Prise par-derrière, Partie III*, était terminé ; on allait maintenant assister à la projection de *Collégiennes en chaleur*.

CHAPITRE 18

L'inspecteur Sam Healy, étendu sur son canapé, songeait aux femmes qu'il avait eues dans sa vie.

Il n'y en avait guère eu.

Quelques idylles estudiantines classiques.

Puis il avait vécu avec une femme avant de rencontrer Cheryl et avait eu une liaison avant leurs fiançailles.

Quelques flirts après son mariage – un verre ou deux, rien de plus – et encore parce que Cheryl avait répété au moins cent fois quel homme sympathique et sensible était l'entrepreneur qui avait agrandi la chambre à coucher.

Pourtant Cheryl n'avait pas été infidèle. De cela il était sûr. D'une certaine façon, il aurait préféré. Cela lui aurait donné un prétexte pour faire un numéro à la John Wayne : enfoncer la porte d'un coup de pied, puis gifler Cheryl, ce qui leur aurait ensuite permis de mettre leur cœur à nu et d'exprimer leur fougueux amour réciproque.

Aujourd'hui, cela ne marcherait plus. Prenez *L'Homme tranquille* : Maureen O'Hara appellerait les flics dès que John Wayne la toucherait ; quant à lui, il serait inculpé pour voies de fait et menaces.

L'époque actuelle était différente.

Ah, Cheryl...

Il arrêta le magnétoscope : cela faisait dix minutes qu'il ne regardait plus la bande.

Le problème, c'était que *Cousines lubriques* était sans intérêt et tout simplement ennuyeux.

Il trouva l'autre télécommande – celle pour la télé – et mit le match. C'était l'heure du déjeuner. Il alla dans la cuisine et ouvrit le réfrigérateur. Il sortit l'une des trente-six Rolling Rocks, décapsula une bouteille. Sur un morceau de pain complet Arnold's, il déposa quatre tranches de fromage Kraft American (quatre sur les cent vingt-huit) et ajouta de la mayonnaise en pot. Puis posa sur le tout une autre tranche de pain.

Sam Healy avait fait les courses ce matin-là.

Il regagna la salle de séjour. Contempla par la fenêtre le quartier de Queens, silencieux. Des silhouettes se profilaient derrière les rideaux dans les maisons d'en face. Cette vision le déprima. Il n'arrivait pas non plus à se concentrer sur le match. Les Mets réussissaient moins bien que les deux cousines lubriques.

Il examina le boîtier de la cassette et comprit qu'il n'aimait pas les films X, de toute façon. C'était aussi peu intéressant que de regarder quelqu'un en train de manger. Il n'aimait pas non plus ces maquillages de pute extravagants ni les accessoires factices de lingerie dont étaient affublées les actrices : les gants de dentelles sans doigts, les jarretelles, les soutiens-gorge de cuir noir, les bas résille orange. On aurait dit des prothèses.

Et il n'aimait pas les nichons siliconés.

Il aimait les femmes comme Cheryl.

Il aimait les femmes comme Rune.

Se ressemblaient-elles ? Il ne trouvait pas. Pourquoi s'intéressait-il à elles deux ?

Il aimait l'innocence, il aimait les jolies... (Mais Rune était-elle si innocente que ça ? C'était elle qui lui avait prêté *Cousines lubriques*. Quel était donc le message implicite ?)

Goûts mis à part, Sam Healy se disait qu'il avait intérêt à ne pas se lancer dans une aventure avec une fille comme Rune. Quand il l'avait vue l'autre soir, il avait promis de l'appeler. Il avait eu l'intention de le faire une douzaine de fois, mais avait résisté à la tentation. Cela lui paraissait préférable. Stoïque. Et plus prudent pour lui. C'était ridicule. Les tenues farfelues de Rune. Les trois montres-bracelets. Elle n'avait qu'un seul nom, et de surcroît il était faux, bien entendu, comme un nom de scène. Pour couronner le tout, elle avait sans doute quinze ans de moins que lui.

Oh non... Encore ce nombre de malheur.

Non, vraiment aucun intérêt.

En plus, elle jouait les apprentis détectives, ce qui le tracassait énormément. Les bons citoyens, qu'excite le travail de la police vu à travers l'écran protecteur de la télé, essaient souvent de jouer aux flics. Et finissent par se faire tuer ou par provoquer la mort de quelque membre de leur entourage.

Alors pourquoi pensait-il tant à Rune ? Pourquoi continuait-il à la voir ?

Parce qu'il voulait rendre jalouse Cheryl, sa future ex-femme volage ?

Parce qu'elle était sexy ?

Parce qu'il aimait les femmes plus jeunes ?

Parce qu'il...

Le téléphone sonna.

Il décrocha.

— Allô ?

— Sam.

C'était le coordinateur des opérations, le sous-chef du poste.

— Que se passe-t-il, Brad ?

— Encore un.

— L'Epée de Jésus ?

— Oui. 47e, près de la 8e. Ça vient de sauter.

Bon Dieu. Ça se rapprochait de plus en plus. Un jour d'écart avec le dernier.

— Quelle est l'étendue des dégâts ?

— Personne à l'extérieur du cinéma. Mais à l'intérieur un bordel effroyable.

— Même *modus operandi* ?

— Apparemment. Tu t'en occupes. Et sérieusement.

Healy hésita. Il n'avait pas envie de mâcher ses mots.

— Je croyais que vous vouliez adopter un profil bas.

Une seconde de silence. Le coordinateur des opérations ne s'attendait pas à cette question.

— Ça devient... euh... Ça devient embarrassant.

— Embarrassant ?

— Il nous faut un coupable sous les verrous, vois-tu... Consigne du maire.

— OK. Des témoins ?

Brad partit d'un rire amer.

— Des morceaux de témoins, oui. Ces salauds ont dû utiliser une livre de plastic cette fois-ci.

Sam raccrocha et enfila sa veste en jean. Juste avant d'arriver à l'ascenseur, il pensa à son pistolet. Il retourna le chercher et dut attendre l'ascenseur trois longues minutes. La porte s'ouvrit. Il monta. Regarda sa montre. Au moins, ç'avait eu lieu au bon moment. Rune devait être au travail et n'apprendrait la nouvelle que plus tard. Il aurait le temps de terminer ses relevés et boucler le site avant qu'elle n'entende parler de l'attentat.

C'était un problème qu'il n'avait encore jamais connu avec ses petites amies : risquer de les voir débarquer sur le lieu d'un crime.

Rune était assise dans le métro. Ses pensées roulaient sur les hommes.

Les hommes plus âgés, les hommes plus jeunes.

Son dernier ex-copain, Richard, n'avait que quelques années de plus qu'elle. Grand, maigre, avec ce visage français, étroit, au teint sombre, que l'on rencontre couramment à New York, chez les hétéros comme chez les homos. (Dans les bars, quand elle revenait des toilettes, elle trouvait des barmaids en pâmoison en train de servir Richard à l'œil.)

Ils étaient restés ensemble environ six mois. Elle y avait pris plaisir, mais, vers la fin, avait compris que ça ne collerait pas. Il s'était lassé des idées de Rune pour leurs rendez-vous : pique-niquer près des énormes bouches d'aération sur le toit d'un immeuble de bureaux de Manhattan, jouer avec les dobermans dans sa décharge préférée de Queens, se balader dans la ville à la recherche des lieux de rixes de gangs célèbres. Ils avaient parlé mariage. Mais ni l'un ni l'autre ne l'avait envisagé sérieusement.

— En fait, avait dit Richard, je suis en train de changer. Les trucs saugrenus, ça ne me branche plus. Et toi...

— Je deviens de plus en plus bizarre ?

— Non, ce n'est pas ça. Je dirais que tu deviens toi-même.

Ce qu'elle avait pris comme un compliment. Ils n'en avaient pas moins rompu quelque temps après. Ils se téléphonaient toujours, prenaient quelquefois une bière ensemble. Elle souhaitait son bonheur. Mais elle avait décidé que s'il épousait la grande blonde, comptable dans une boîte de pub, avec laquelle il sortait, leur cadeau d'anniversaire serait l'iguane empaillé d'un mètre vingt qu'elle avait repéré dans un dépôt-vente de Bleecker Street.

Jeunes, vieux...

Mais, non, ce n'est pas une question d'âge. C'est l'état d'esprit qui compte.

Sa mère lui avait dit – au cours d'une de ses élucu-brations sur la vie dont elle avait assommé Rune de douze à dix-huit ans – que les hommes plus âgés n'attendraient jamais d'elle qu'une seule chose. L'ex-périence de Rune lui avait appris que c'étaient prati-quement tous les hommes qui voulaient la chose en question. Seulement, il y a beaucoup moins de risques avec les hommes plus âgés parce que l'on peut d'ordi-naire rester debout plus longtemps qu'eux. En dernier ressort, vous pouvez les faire tenir tranquilles en leur parlant de votre récent amant de vingt ans dont les acrobaties sexuelles vous ont tenue éveillée toute la nuit.

Toutefois, elle n'avait aucune envie de faire fuir Healy. Merde ! Elle le trouvait terriblement sexy. Elle aurait voulu seulement qu'il précipite un peu le mouvement, mette un terme aux travaux d'approche, et passe aux choses sérieuses. Elle n'aurait peut-être pas dû lui prêter *Cousines lubriques*. Mais il était très gentleman, et elle avait envie de voir ce qui se cachait là-dessous.

Seulement voilà : que fait-on avec un gentleman sexy qui ne vous appelle pas ?

La rame de métro fit halte en gare. Rune descendit, gravit l'escalier raide, obliqua vers l'ouest.

Y avait-il quelque chose de malsain, de freudien, dans ses sentiments pour lui ? se demanda-t-elle. Une image paternelle, quelque chose dans ce goût-là. Le truc d'Œdipe.

D'accord, il était plus âgé.

D'accord, c'était un flic.

D'accord, sa mère en chierait une pendule quand elle apprendrait.

Et pourtant...

Dans une épicerie, elle acheta un lait chocolaté et un paquet d'Oreo – son déjeuner –, puis remonta un peu la rue et s'assit sur une bouche d'incendie. Elle sirota le lait à l'aide d'une paille recourbée.

La femme de Healy, se dit-elle. Voilà sans doute le problème. La raison pour laquelle il n'avait pas appelé.

Il était attiré par Rune – oh, elle en était sûre –, mais il était toujours amoureux de sa femme.

Il y a un truc étonnant chez les hommes : l'amour s'assimile pour eux à une transaction. Ils s'imaginent qu'ils consacrent tant de temps à quelqu'un, et que c'est une perte irréparable de ne pas amortir l'investissement. Cette bonne femme. Comment s'appelait-elle ? Cheryl. Ce devait être une garce, bien sûr. Elle allait le dévorer tout cru. Oh, les avocats chafouins s'employaient déjà à le mettre sur la paille pour lui faire cracher une pension alimentaire béton, pendant qu'elle s'affublait de robes orientales en soie et prenait des amants. Elle négligeait Adam, l'enfermait au sous-sol, et, pendant ce temps-là, s'envoyait en l'air à l'étage de la salle de jeux !

Vampire, vampire !

Il fallait qu'il la largue en vitesse.

Rune aspirait bruyamment la fin de son lait quand elle vit le break négocier le coin de la rue. Il passa devant elle, ralentissant. S'arrêta brusquement, fit machine arrière dans un crissement de pneus et stoppa aussitôt devant elle.

Le moteur tourna un instant, avant d'être coupé. Sam Healy mit pied à terre. Il regarda Rune, puis la façade en cendres de *La Chatte rose*, reporta les yeux sur Rune. Elle saisit sa caméra vidéo et se dirigea vers lui.

— Comment... commença-t-il.

Rune brandit un petit boîtier noir.

— Ces gars sont formidables. C'est un récepteur radio de la police. Les reporters utilisent ça pour obtenir un scoop. J'ai capté l'appel. Code 133.

Le sourire apparut, s'épanouit.

— Tu ne devrais pas être ici. Mais je commence à me lasser de te répéter la même chose, alors j'arrête.

— Désolée pour le problème chez toi.

Il fronça les sourcils, secouant la tête.

— Quel problème ?

— Ton téléphone qui ne marche plus. Et qui t'empêche de passer des coups de fil.

Peut-être piqua-t-il un fard, mais il ne parut nullement gêné.

— Désolé. J'aurais dû.

Pas de justifications. Elle apprécia.

— Je devrais être furieuse, mais j'ai l'impression que tu es content de me voir.

— Ça se pourrait bien.

Une voix, non loin de la caisse pulvérisée du cinéma, lança :

— Hé, Sam !

Ils tournèrent la tête. Rune constata avec satisfaction qu'il ne s'agissait pas de Complet Brun. Un flic en uniforme agita paresseusement la main.

— Le chef dit que tu peux aller jeter un œil, cria-t-il. On t'a installé des lumières. Remarque, il n'y a pas grand-chose à voir.

— Et moi, je peux ? demanda Rune.

Healy avait toujours les yeux rivés sur la façade du bâtiment.

— Je t'en prie... insista-t-elle.

— Si tu te blessais là-dedans, je perdrais mon boulot.

— Rien à craindre, je suis coriace, je rebondis.

Il contracta légèrement les lèvres, ce qui pouvait passer pour un soupir. Et il eut un hochement de tête que Rune sut aussitôt interpréter : « Boucle-la et ramène-toi. »

— Tu ne filmes pas.

— Mmm...

— Non.

— OK, tu as gagné.

Pendant une heure, ils passèrent ensemble les débris au peigne fin. Toutes les deux minutes, Rune ne cessait de rapporter à Healy des bouts de métal et de fil de fer ou des vis. Il expliquait alors que c'étaient des fragments de fauteuil, des fils électriques ou bien encore des morceaux de plomberie.

— Mais c'est brûlé. Je croyais...

— Tout est brûlé.

— C'est vrai, admit-elle avant de se remettre à trier.

La moisson d' « indices révélateurs » (selon Rune), récoltée par Healy grossissait, constituant une pile de sacs en plastique sous le panneau de sortie.

— Je n'ai que dalle. Peau de balle.

— Pas de message ce coup-ci, observa Rune.

— Même *modus operandi* que les autres fois. La bombe était du C3. Détonateur à retardement. Ces deux derniers attentats, vois-tu, ne viennent pas étayer ta théorie selon laquelle quelqu'un essaie de maquiller le meurtre de Shelly. Personne ne continuerait cette vague d'attentats à seule fin de maquiller un crime.

— Mais si. Pour peu que le gars soit un malin.

Tous deux toussaient à présent. La fumée était épaisse. Healy fit signe à Rune de le suivre dehors.

Ils sortirent à l'air libre, inspirèrent profondément. Rune parcourut la foule du regard.

Elle entrevit un éclair coloré.

Rouge. On aurait dit une veste rouge.

— Regarde ! C'est lui !

Elle ne distingua pas son visage, mais le type parut apercevoir Rune. Il tourna les talons et décampa dans la 47e.

— Je pars à sa poursuite !

— Rune ! lança Healy, mais elle passa sous le ruban jaune de sécurité et fendit la foule des badauds qui s'agglutinaient pour essayer de voir l'étendue des dégâts.

Une fois qu'elle se fut extraite de la cohue, le type était deux rues plus loin. Elle apercevait toujours son fameux chapeau. Elle s'apprêta à traverser Broadway, mais le feu était au vert et elle ne put franchir le flot de circulation. Bien qu'il y eût de petits espaces entre les voitures, les conducteurs accéléraient, et elle ne put s'infiltrer. Personne ne la laissait passer. Aussi rageant qu'un mal de dents.

L'homme au blouson rouge s'arrêta, regarda derrière lui, s'appuya contre un mur. Il semblait hors d'haleine. Puis il traversa la rue et disparut parmi une foule de piétons. Rune remarqua qu'il avait une démarche raide. Elle se rappela ce que lui avait dit Warren Hathaway : le type qui avait déposé la bombe lui avait paru plus âgé.

Elle retourna auprès de Healy, haletante.

— C'était lui.

— Le type à la veste ?

Elle hocha la tête. Healy eut l'air vaguement sceptique. Elle faillit lui confier ce qu'avait confirmé Hathaway – à savoir la présence du type au *Vénus de velours*. Mais cela eût impliqué une confession (sa fouille de l'attaché-case de Healy) dont elle n'était pas prête à assumer les éventuelles conséquences...

Il réfléchissait. Il se dirigea vers un flic en uniforme et lui chuchota quelque chose. Le flic partit au trot vers sa voiture, alluma le gyrophare et démarra.

Healy revint vers Rune.

— Retourne chez toi.

— Sam...

— Chez toi.

Lèvres serrées, elle le regarda, lui faisant comprendre – essayant de lui faire comprendre – que, bon sang, ce n'était vraiment pas un jeu pour elle. Pas du tout.

Il dut plus ou moins comprendre. Il poussa un soupir, cherchant autour de lui un auditoire invisible, à la manière de Danny Traub.

— D'accord, viens, lâcha-t-il.

Il se détourna et rentra dans le cinéma d'un pas vif, Rune trottinant à ses côtés.

Soudain il s'arrêta et se retourna. Il se mit à parler comme s'il eût récité un rôle, avec un talent digne de Nicole :

— Je n'ai pas téléphoné comme promis, je sais. Et tu n'es pas obligée d'accepter si tu ne veux pas. Mais je pensais... Demain soir – c'est mon jour de congé –, on pourrait peut-être sortir ensemble.

Le lieu idéal pour l'inviter à sortir ! Un ciné porno saccagé par un attentat !

Elle ne lui laissa pas le temps d'éprouver de la gêne après ce speech. Avec un sourire, elle répondit :

— J'accepte avec grand plaisir votre charmante invitation, gracieux seigneur. A la brune, à neuf heures ?

Il la dévisagea, complètement perdu.

— A vingt et une heures ? reprit Rune.

— Oh, d'accord. Parfait.

Réprimant difficilement un sourire, il s'enfonça dans le cinéma et buta contre l'un de ses sacs en plastique.

CHAPITRE 19

Rune passa la journée à mettre bout à bout les bobines exposées de la pub pour « La Maison du cuir ». Elle glissa le tout, accompagné des instructions de montage, dans une grande enveloppe blanche.

Sam vint la chercher chez « L & R » et la conduisit à une société de postproduction, où les techniciens allaient effectuer un premier montage de la bande. Rune y déposa celle-ci, avec pour consigne de livrer des cassettes chez « L & R » ainsi que chez le client dès que possible, même si cela demandait des heures supplémentaires.

— OK... dit-elle, mission accomplie. Maintenant, c'est l'heure de faire la fête. Allons en boîte.

Elle lui indiqua la direction des appontements du West Side.

— Où ça ? demanda Healy, dubitatif. Il n'y a rien de ce côté-là.

— Oh, tu vas être surpris.

Il n'était pas contrariant, elle dut le reconnaître.

Healy supporta l'endroit quelques heures avant de parvenir à crier :

— Je ne me sens pas très à l'aise ici.

— Pourquoi ça ? cria-t-elle en retour.

Il n'en savait trop rien. C'était peut-être le décor : des monticules noirs de mousse qui ressemblaient à de la lave ; des lumières mauves clignotant au plafond ; un aquarium, bulle de Plexiglas d'un mètre quatre-vingts.

Ou bien alors la musique. (Il lui demanda si la sono était défectueuse et elle dut lui avouer que l'effet était voulu.)

De plus, il n'avait pas la tenue franchement adéquate. Rune avait dit « décontractée ». Elle avait mis un collant jaune, une minijupe noire et, par-dessus un pull-over mauve sans manches, un tee-shirt noir aussi troué qu'un morceau de gruyère.

Sam portait un jean et une chemise à carreaux. Le seul point commun avec la plupart des clients, c'était une paire de bottes noires. Les siennes, toutefois, étaient des bottes de cow-boy.

— J'ai l'impression de ne pas être dans la note, lâcha-t-il.

— Eh bien, tu vas peut-être lancer une mode.

Peut-être pas, mais on ne le zyeutait pas non plus comme un plouc, remarqua Rune. Deux blondinets levèrent leur jolie frimousse, dardant vers lui des regards concupiscents. Rune le prit par le bras.

— Tu as vu leurs joues creuses ? C'est un signe d'instabilité mentale.

Elle sourit.

— Dansons encore.

Et elle se mit à tourner en rythme.

— Je danse, dit Healy en l'imitant. (Dix minutes après :) J'ai une idée.

— Je connais ce ton. Tu ne t'amuses pas.

Healy s'essuya le front et le cuir chevelu à l'aide de serviettes en papier roulées en boule.

— Personne n'est mort de déshydratation ici ?

— Ça fait partie du jeu.

— Tu aimes vraiment danser.

— Danser, c'est le super-pied ! Je suis libre comme un oiseau !

— Eh bien, si la danse, ça te branche à ce point, on peut essayer un endroit que je connais.

— Tu ne te débrouilles pas mal.

Rune éclusa la moitié de sa troisième Amstel tout en continuant à s'agiter en rythme.

— Oh, si tu trouves ça bon, attends de voir ma boîte.

— Je connais toutes les boîtes. Comment s'appelle-t-elle, la tienne ?

— Tu n'en as jamais entendu parler. C'est très fermé.

— Ah oui ? Il faut un laisser-passer spécial pour entrer ?

— Il faut connaître le mot de passe.

— D'accord ! Allons-y !

Le mot de passe, c'était « Salut » et la fille à l'entrée, tout en vérifiant les identités et tamponnant sur les mains une minuscule carte du Texas, répondit par « Comment va, ce soir ? »

Ils entrèrent dans le club. Incroyable, il ne semblait pas y avoir de bruit, malgré l'orchestre swing de quatre musiciens. Peut-être était-ce une impression après le vacarme assourdissant de la boîte de Rune. Ils s'assirent à une petite table couverte d'une nappe en plastique.

— Deux *Lone Stars*, commanda Healy.

Rune regarda une fille assise à côté d'eux. Chandail blanc moulant, jupe bleue en jean, bas et bottes de cow-boy blanches.

— Très, très spécial, commenta-t-elle.

— Tu as faim ?

— Ah bon ? C'est aussi un restaurant ? Tu peux choisir ta vache dans l'enclos à l'arrière, c'est ça ?

— Les côtelettes sont fantastiques.

— Très spécial.

— J'ai bien aimé ta boîte, dit-il. Mais je dois me méfier du bruit, ajouta-t-il en montrant ses oreilles.

Elle se rappela que les explosions de bombes avaient altéré ses capacités auditives.

Ils burent leur bière. Comme ils avaient toujours soif, ils commandèrent un pichet.

— Tu viens ici souvent ? s'enquit Rune.

— Avant, je venais.

— Avec ta femme ?

Healy ne répondit pas tout de suite.

— Quelquefois. Mais ce club ne représentait rien de spécial pour nous.

— Tu la vois encore ?

— Surtout quand je vais chercher Adam.

« Surtout », releva-t-elle.

— Elle passe à la maison chercher des livres oubliés, reprit-il. Des ustensiles de cuisine, des trucs comme ça... Au fait, je ne t'ai jamais demandé si tu sortais avec quelqu'un.

— Personne en ce moment, répondit Rune.

— Ah bon ? Ça m'étonne.

— Ah oui ? Il y a plus incroyable encore, par exemple les chiens qui parlent ou les extra-terrestres.

— J'aurais pensé que tu les collectionnais.

— Les hommes se font des idées sur moi. La plupart du temps, ils ne font pas attention à moi. Et quand ils me remarquent, ils veulent seulement coucher avec moi avant de pouvoir m'oublier aussitôt après. Parfois ils veulent m'adopter. Tu vois les gens qui font leur lessive dans les laveries automatiques le samedi soir en lisant un *people* vieux de deux semaines ? C'est moi. Grâce à ce que j'ai appris pendant le cycle de rinçage, je pourrais écrire une biographie de Cher, de Vanna White ou de Tom Cruise.

— Dansons, proposa-t-il.

Rune fronça les sourcils, observant la piste de danse.

— Ça s'appelle le pas de deux, expliqua Healy. La danse la plus merveilleuse du monde.

— Ai-je bien compris ? On s'accroche l'un à l'autre et on danse en même temps ?

Healy sourit.

— C'est une toute nouvelle conception.

Tommy Savorne appuya sur la sonnette de l'appartement de Nicole D'Orleans. Il allait trouver bien étrange de la voir ouvrir la porte à la place de Shelly.

Il avait essayé à maintes reprises, récemment, de se rappeler sa première rencontre avec Shelly. Impossible. Ça aussi, c'était bizarre. Il avait une bonne mémoire et n'avait apparemment aucune raison de ne pas se souvenir de Shelly. C'était quelqu'un qu'il était facile de se représenter. Cela tenait peut-être à ses attitudes. Elle n'avait jamais rien laissé – comment dire ? – au hasard. Elle avait toujours étudié ses attitudes, sa façon de parler.

Elle avait toujours mûrement pesé ses décisions.

Lui revenaient des images récentes : Shelly sur la plage d'Asilomar à Pacific Grove ou à Point Lobos ; sur les falaises, là où les gardes vous répètent inlassablement de vous écarter du bord. Bon sang ! il la revoyait vraiment bien.

Il la revoyait au lit.

Mais leur première rencontre, non, il ne pouvait se la remémorer.

Malgré tous ses efforts récents.

Nicole ouvrit la porte.

— Bonjour, dit-elle.

— Salut, mignonne.

Il enleva son chapeau de cow-boy, l'embrassa sur la joue et la serra contre lui, sentant la merveilleuse présence d'une femme voluptueuse contre son corps. Elle avait belle allure : une robe de soie bleu pâle à encolure montante, de hauts talons, des cheveux crêpés. Elle avait un peu forcé sur le maquillage, mais il pourrait toujours l'atténuer à l'aide de gels sur les projecteurs. Il saisit les sacs contenant son matériel et entra.

Il remarqua ses boucles d'oreilles en zircon. Elles étaient jolies, mais ça ferait des reflets. Elle ne pourrait pas les garder.

— Tu es ravissante, lui déclara-t-il.

— Merci. Entre. Tu veux un verre ?

— Volontiers. Un jus de fruits. Ou de l'eau minérale.

— Alors comme ça, tu as complètement renoncé à la boisson ?

— Oui, répondit-il.

— Bravo. Ça te dérange si je...

— Oh, là, là, non ! Ne te gêne pas pour moi.

Nicole servit deux jus d'orange. Ajouta de la vodka dans le sien. La bouteille trembla légèrement dans sa main lorsqu'elle versa. Il sourit.

— Tu as le trac ?

— Un petit peu. C'est bizarre, non ? Je tourne des films de cul et ça ne me fait ni chaud ni froid. On va me filmer avec mes vêtements sur le dos et j'ai les jambes en coton.

— Allez, ça va très bien se passer. (Ils trinquèrent.) A ta nouvelle carrière.

Elle but quelques gorgées, puis reposa le verre. Ses yeux pivotèrent. Apparemment, elle avait quelque chose en tête. Elle résolut de se jeter à l'eau.

— Si ça marche, Tommy, tu crois que je pourrai faire d'autres films ?

Tommy but la moitié de son verre.

— Pourquoi pas ? (Puis :) Je ferais bien de commencer à installer le matériel. Peux-tu me montrer la cuisine ?

Elle le conduisit dans la grande pièce carrelée. Du blanc et des chromes. Au centre du plafond était suspendu à des chaînes un grand râtelier en acier. Des dizaines de casseroles et de pots en cuivre y étaient accrochés.

— C'est idéal.

— Nous l'avons fait refaire l'année dernière.

Il inspecta la pièce.

— On pourra utiliser ces casseroles. Le cuivre, ça rend très bien en vidéo.

Ensemble, ils commencèrent à installer la caméra et les lumières.

— Est-ce que ç'a été dur pour toi de... euh, d'arrêter le métier ?

— D'arrêter le porno ? Oui, financièrement, ç'a été un problème. Durant un certain temps, j'ai été assistant dans des studios.

— Comme Rune ?

— Rune ? Ah oui, cette fille. C'est ça, comme elle. Puis j'ai fini par décrocher des boulots comme caméraman. Ensuite, j'ai réalisé des documentaires.

— J'aimerais jouer. Je me dis que je pourrais prendre des leçons. Est-ce si difficile que ça ? Shelly avait un bon prof, Arthur Tucker. Elle m'expliquait qu'il l'avait beaucoup aidée. J'ignore pourquoi on ne l'a pas vu. Il n'est pas allé à la cérémonie. Je pensais qu'il serait venu.

— Le prof ?

— Oui.

— Je ne sais pas, dit Tommy. La mort de quelqu'un, ça rend les gens tout chose. Ils ne parviennent pas à s'y faire. (Il se tourna vers elle, l'observant attentivement.) Tu devrais vraiment jouer. Tu es faite pour être devant les caméras. Tu es très belle.

Leurs regards se croisèrent un instant. Un bol en cuivre s'immobilisa dans la main de Nicole, qui détourna les yeux.

Tommy acheva l'installation de la caméra et des lumières. Nicole le suivait des yeux, remarquant la façon efficace et naturelle dont il manipulait le matériel. Elle s'appuya contre le plan de travail, faisant tourner distraitement le bol en cuivre à fond sphérique. Elle se laissa hypnotiser par le mouvement.

— Je sais, reprit-elle, que, d'une certaine façon, ça excitait Shelly de tourner dans ces films X, mais, il n'empêche, je n'arrive pas à comprendre pourquoi elle n'a pas arrêté.

— Parce que, répondit Tommy en s'approchant d'elle, c'était une pute. Exactement comme toi.

Et il asséna sur la nuque de Nicole un coup de son long tuyau de plomb.

CHAPITRE 20

Ils finirent sur sa péniche.

D'abord, après la boîte country-western ils transpiraient tellement qu'ils avaient décidé d'aller se promener. Puis une fraîche brise s'était levée comme ils se baladaient dans le West Village et Healy avait alors proposé de prendre un café. Ils étaient entrés dans une cafétéria de Hudson Street. Il y avait une fontaine qui crachait de l'eau par une tête de chèvre dans une auge remplie de pièces de monnaie.

L'une des pièces était un *nickel* à tête d'Indien et Rune avait passé quelques minutes à repêcher patiemment la pièce pendant que Healy essayait de détourner l'attention de la serveuse.

— Mmm, avait marmonné Healy. Larcin. Et je suis complice...

Rune avait récupéré la pièce, puis essoré sa manche imbibée d'eau boueuse.

— La pièce était plus profonde que je ne croyais.

Ensuite ils avaient remonté cinq ou six pâtés de maisons et s'étaient retrouvés non loin de la péniche de Rune.

— J'habite à quelques rues d'ici.

— Où ça ? lui avait-il demandé.

— Sur l'Hudson.

Il la regarda pendant les cinq secondes habituelles avant de poser la question usuelle :

— Sur l'Hudson ?

— J'ai une péniche.

— Je ne te crois pas. Personne ne vit sur une péniche à New York. Il faut que je voie ça.

Phrase qu'on lui avait déjà servie.

Mais c'était sans importance. De toute façon, elle avait l'intention de l'inviter chez elle.

Après la visite de la péniche, Rune chercha quelque chose à lui offrir. La bière semblait exclue après le café et sa seule bouteille de brandy avait été bouchée avec du papier d'aluminium un ou deux ans plus tôt. Un résidu sombre stagnait au fond.

— Désolée, fit-elle, brandissant la bouteille.

— Une Bud m'ira très bien.

Debout sur le pont, ils avaient les yeux tournés vers le New Jersey. Ils sentaient leurs jambes les picoter après la danse. Ils étaient à la fois fatigués et pleins d'énergie.

Elle n'aurait su dire comment cela démarra. Elle se souvint d'avoir dit quelque chose sur les étoiles, que l'on ne pouvait pas bien voir à cause des lumières de la ville. Mais ils levaient tous deux les yeux, et soudain le visage de Sam emplit le ciel en s'approchant d'elle. Et ils s'embrassèrent. Pour de bon.

Elle sentit le léger picotement de sa moustache, puis ses lèvres, enfin le bras de Sam autour d'elle. Elle avait escompté une éventuelle circonspection de la part de Sam, comme s'il avait tâté une bombe artisanale, prêt à reculer d'un bond à tout instant.

Mais pas du tout. Pas de réticence, pas d'hésitation. Elle était peut-être la première fille qu'il embrassait ainsi depuis le départ de Cheryl, se dit-elle. Elle savait qu'il la désirait. Elle lui passa fermement les bras autour du cou.

Elle l'entraîna vers la chambre.

Un énorme dragon empaillé était assis au centre du lit.

— Un monstre, dit-il.

— Un gentil monstre.

— Comment s'appelle-t-il ?

— Elle s'appelle Perséphone.

— Toutes mes excuses.

Rune s'empara du dragon et colla l'oreille contre sa bouche.

— Elle te pardonne. Et, en plus, elle t'aime bien.

L'espace d'un instant, tout fut immobile et ils gardèrent le silence. Puis il s'agenouilla sur le lit.

Elle lui passa les bras autour du cou, l'embrassant violemment, se frottant contre lui, les mains avides. Le dragon était toujours entre eux. Elle faillit faire une plaisanterie. A propos de quelque chose venant les séparer, ha, ha. Mais il l'embrassait fougueusement.

Rune saisit la peluche et la jeta par terre.

Lorsque Nicole D'Orleans ouvrit les yeux – haletante, bouche grande ouverte –, lorsqu'elle revint à elle, elle était nue. Elle avait les bras tendus au-dessus de la tête, les poignets attachés aux extrémités du râtelier. Ses pieds touchaient à peine le sol.

Parfait. Il avait craint de l'avoir frappée trop fort.

Il inspecta les nœuds. Impeccables. Ils ne coupaient pas la circulation, mais elle ne pouvait en aucune façon se libérer.

— Non ! Qu'est-ce que tu fais ?

Elle pleurait.

Tommy portait une cagoule de skaï noire. Il était nu jusqu'à la taille. Penché sous elle, il était en train de lui attacher les pieds de la même façon – avec précision, soin, dévotion. Il attacha une cheville à un râtelier chromé à la base du plan de travail.

— Noooon !

Un long gémissement, se terminant sur une note haut perchée. Elle tenta de lui décocher un coup de son pied libre. Qu'il évita facilement.

— Pourquoi fais-tu ça, Tommy ? Pourquoi ?

Le caméscope, en marche, était braqué sur elle. Les

projecteurs étaient brûlants. Nicole transpirait de chaleur et de peur.

Patiemment, il lui lia l'autre pied. Mais il fut agacé de ne pas savoir à quoi l'attacher. Il dut enrouler la corde autour d'un gond de placard. « C'est moche. » Il recula et orienta la caméra vers le haut pour éviter de filmer ce nœud bricolé.

— Qu'est-ce que tu vas faire ?

Il avait les mains sur les hanches. Avec sa poitrine nue, son jean moulant, son masque, il ressemblait à un bourreau du Moyen Age.

— Qu'est-ce que tu veux ? couina-t-elle. Laisse-moi tranquille.

Il était souvent stupéfié par la bêtise de certaines personnes. *Que voulait-il ?*

Cela lui semblait foutrement évident !

— Je fais un film, ma chérie, lui répondit-il. Ce que tu fais à longueur de journée. Seulement voilà, il y a une différence. D'ordinaire, tu fais semblant, pour aguicher. Ce coup-ci, c'est du réel. Ce film va révéler ton âme.

— Tu... (Sa voix était devenue toute douce, tremblante de terreur et de nausée.) C'est un film avec mise à mort, c'est ça ? Oh, mon Dieu...

Il sortit encore de la corde de son sac. Il s'arrêta un instant, l'examinant.

Nicole se mit à hurler.

Tommy prit un bâillon de SM – une lanière à laquelle était attachée une balle rouge – et le lui fourra dans la bouche. Il le lui fixa fermement derrière la tête.

— On vend tellement de cochonneries. Tu sais, des petites culottes en cuir, des masques, des slips en latex. C'est trop compliqué, tout ça, si tu veux mon avis. Moi, j'aime les choses simples. Il faut travailler dans les règles. C'est comme un rituel. Si tu te plantes, ils ne paient pas. Mon client – à propos, ce truc va me rapporter vingt-cinq mille –, il veut des nœuds impeccables. Très important, les nœuds. Une fois, j'ai eu un type qui ne voulait que des rousses. Fichtre, ce n'est pas facile ! J'ai passé deux ou trois jours à sillonner la 101. J'ai fini par trouver une étudiante. Je l'ai enfermée dans une cabane et j'ai tourné mon film. Moi, je le trouvais pas mal du tout. Mais le client était furibard. Tu sais pourquoi ? Ce n'était pas une vraie rousse. Les poils de sa chatte étaient noirs. Je n'ai touché que cinq mille. Et que faire ? Lui intenter un procès ?

Il termina ses nœuds complexes, puis fouilla dans son sac. Il en sortit un fouet, un manche en cuir doté d'une douzaine de lanières en cuir. Il but une longue goulée de vodka à la bouteille. Il prit l'heure. Le client payait pour une bande de deux heures. Tommy lui ferait une bande de deux heures. Il croyait à l'adage selon lequel le client a toujours raison.

CHAPITRE 21

Au lit, Sam Healy et Rune regardaient les lumières danser au plafond, reflets de l'Hudson.

Healy se sentait bien. Il avait envie de dire : « Pas mal pour un vieux. » Ou quelque chose dans ce goût-là. Mais il se rappelait semblables moments et savait qu'on ne doit pas parler de soi.

Pour l'instant – peut-être en ce seul instant –, ils étaient tous les deux, et c'était tout ce qui comptait. Il pouvait parler d'elle ou d'eux deux... Toutefois, il se rappela autre chose : parfois il est préférable de ne rien dire du tout.

Rune était pelotonnée contre lui, entortillant les poils de sa poitrine autour de ses doigts.

— Aïe, fit-il.

— Crois-tu qu'on puisse nager dans le bonheur ?

— Non.

Elle ne réagit pas.

— Je crois, poursuivit-il, que le bonheur est cyclique. Heureux un jour, malheureux le lendemain, tu vois...

— Moi, je crois au contraire que c'est possible, dit-elle.

Un remorqueur passa. Healy se couvrit du drap.

— On ne peut pas voir à l'intérieur... (Elle rabattit le drap et continua de lui entortiller les poils.) Pourquoi désamorces-tu des bombes ?

— Je sais bien le faire.

Elle sourit et se frotta la tête contre sa poitrine.

— Pas seulement ça. Mais le reste, tu ne le fais pas professionnellement, j'espère !

Voilà. C'était elle qui parlait de lui. Parfait.

— On est marginalisé, poursuivit-il. Il n'y a pas beaucoup de gens qui aient envie de désamorcer des bombes.

— Des engins explosifs, corrigea Rune. Pourquoi es-tu devenu flic, à l'origine ?

— Faut bien gagner sa vie d'une façon ou d'une autre.

Rune disparut un moment et revint avec deux bières. Une goutte de condensation tomba sur Healy.

— Hé !

Elle l'embrassa.

— Tu veux un cadeau ? lui demanda-t-il.

— J'aime les cristaux Herkimer, les topazes bleues. L'or est toujours le bienvenu. L'argent, s'il est épais.

— Et des informations ?

Rune se redressa.

— Tu as trouvé un suspect à blouson rouge ?

— Non.

— Tu as trouvé des empreintes digitales sur l'un des messages de L'Epée de Jésus ?

— Non. Mais j'ai appris quelque chose sur les explosifs utilisés dans le deuxième attentat.

— Et tu as l'intention de m'en parler ?

— Oui.

— Pourquoi ? demanda-t-elle en souriant.

Il n'en savait rien. En tout cas, maintenant c'était lui qui parlait d'elle. Et cela paraissait la rendre heureuse.

— Parce que.

— Qu'ont-ils de spécial ?

— Ils ont été volés dans une base militaire. Fort Ord à Monterey. Celui qui a volé ça est parti avec...

— En Californie ? l'interrompit Rune, se redressant, découvrant Healy et s'enveloppant du drap.

— Exact.

Elle fronçait les sourcils.

— Shelly et Tommy ont vécu à Monterey.

— Qui ?

— Tommy Savorne. Son ex-copain. Il vit toujours là-bas.

Healy attira à lui les couvertures.

— Et alors ?

— Ma foi, c'est une drôle de coïncidence, non ?

— Les explosifs ont été volés voici plus d'un an.

— Je suppose. (Rune se rallongea. Un instant plus tard, elle reprit :) Il est à New York, tu sais.

— Tommy ?

Elle hocha la tête.

— Il était déjà ici avant le premier attentat.

Un remorqueur corna.

Un hélicoptère passa à basse altitude, venu d'Atlantic City.

Rune et Healy se regardèrent.

Healy était dans la cabine téléphonique en face du dock. Rune le tirait par le bras.

— Il a peut-être fait le Vietnam. Il est dans ces âges-là. Il doit savoir...

— Chut... (Healy fit signe à Rune, puis parla au téléphone.) Officier 255. J'appelle d'une cabine. Passez-moi le coordinateur des opérations de la 6ᵉ circonscription.

— D'accord, 255. Il est sur le terrain. Donnez-moi votre numéro. Il va vous rappeler sur cette ligne.

— Négatif, Central. Il y a urgence. Il faut que je lui parle immédiatement.

Longue pause, grésillements. Puis une voix :

— Hé, Sam. C'est Brad. Que se passe-t-il ?

— J'ai peut-être un suspect dans l'affaire des attentats à la bombe. Consulte CATCH, la base de données nationale sur la criminalité et la Section de renseignements criminels de l'armée. Dis-moi ce que tu trouves sur un certain Thomas ou Tommy Savorne. J'attends.

— Ça s'écrit comment ?

Healy regarda Rune.

— Ça s'écrit comment ?

Elle haussa les épaules.

— Aucune idée.

Deux minutes plus tard, le coordinateur reprit la ligne :

— Sale coco, ton bonhomme. Thomas A. Savorne. Soldat de première classe, vu pour la dernière fois à Fort Ord en Californie. Domiciliation actuelle inconnue. Exclu de l'armée pour conduite déshonorante voici un an et demi après conciliation avec le bureau de l'assesseur pour lui éviter la cour martiale. Il était accusé de vol de biens appartenant à l'Etat. Un autre inculpé est passé en cour martiale, puis a fait sept mois de prison pour vol et détention d'armes. Sam, cet autre inculpé habite toujours là-bas et est suspecté de trafic d'armes. Le FBI n'a pas encore pu le coincer.

— Nom de Dieu... A quoi Savorne était-il affecté ?

— Le génie.

— Donc il connaît la démolition ?

— En partie, j'imagine.

Healy se tourna brusquement vers Rune.

— Où est-il ? lui demanda-t-il. Tu as une idée ?

— Non... (Et puis elle se rappela.) Oh, mon Dieu, Sam... Il devait aller chez l'amie de Shelly ce soir. Il va peut-être lui faire du mal aussi.

Elle lui communiqua le nom et l'adresse de Nicole.

— OK, Brad, écoute, dit Healy. On a peut-être un problème au 145 de la 57ᵉ Ouest. Appartement ?

Il regarda Rune.

— Je ne me rappelle pas, dit celle-ci. Seulement son nom de famille : D'Orleans.

Healy répéta le nom.

— L'individu est probablement armé. Eventuellement en possession de plastic. Et il détient peut-être un otage.

— Je préviens les services d'urgence.

— Autre chose... Le type est sûrement déséquilibré.

— Oh, génial, Sam, merde ! Un suspect avec du

plastic et un otage. Je te revaudrai ça un de ces jours.
Salut.

— Je raccroche.

Rune préparait ses arguments – pour le persuader
de la laisser l'accompagner. Mais il n'y eut aucune
difficulté.

— Viens, dit Healy, grouillons-nous. Je vais
prendre une voiture au poste.

La 57e Ouest était éclairée comme une fête foraine.
Gyrophares, voitures bleu et blanc, camions des services d'urgence garés dans la rue. Le gros camion de
la Brigade de déminage avec son caisson de désamorçage en remorque était garé près de l'entrée à verrière.

Mais personne ne semblait sur les dents.

Deux types des services d'urgence, armés de mitrail-
lettes noires style Vietnam, fumaient, appuyés contre le
mur à l'entrée. Casquette sur la nuque. Ils paraissaient
extrêmement jeunes. On aurait dit des joueurs de base-
ball du Bronx.

Ainsi donc, comprit Rune, ils étaient arrivés à temps.
Avaient agi sans perdre une minute et chopé Tommy.
Tout était fini. Elle chercha Nicole. Quel choc elle
avait dû avoir. Les coups frappés à la porte, celle-ci
s'ouvrant à la volée, les flics braquant leurs armes sur
Tommy.

C'était lui, le tueur, depuis le début. Comment avait-
elle pu se tromper à ce point ? Comment avait-il pu
paraître aussi innocent ? Le type au blouson rouge. Ah,
et puis le chapeau de cow-boy. Et le visage rubicond...
Ce n'était pas du bronzage, mais les effets du gaz
lacrymogène.

La jalousie. Il l'avait tuée par jalousie.

Healy l'arrêta aux abords de l'immeuble.

— Attends ici. Ce n'est pas pour toi.

— Mais...

Il se contenta d'un geste de la main. Elle fit halte. Il
disparut à l'intérieur du bâtiment. Des messages radio

266

émanaient des haut-parleurs des voitures de police. Les gyrophares décrivaient des orbites elliptiques dans la nuit.

Rune mit en marche la caméra et ouvrit le diaphragme pour filmer la sortie de Tommy en éclairage ambiant.

Du mouvement. Des hommes apparurent.

Elle tourna la caméra vers la porte.

Mais il n'avait pas les menottes aux poignets. Bon sang ! ils l'avaient abattu ! Tommy était mort, sur un lit à roulettes, recouvert d'un drap ensanglanté.

Elle sentit ses jambes flageoler. Braquant toujours la caméra sur la porte, elle tenta un plan fixe : les ambulanciers indifférents sortant de l'immeuble le corps de Tommy.

Conclusion sinistre et poignante de son film.

A vie violente, mort violente. La seule épitaphe convenant à l'assassin de Shelly Lowe – à quelqu'un capable d'inventer de toutes pièces de pseudo-fanatiques religieux pour maquiller ses crimes – serait tirée de la Bible : « Celui qui vit par l'épée mourra par l'épée. »

L'image vue à travers le viseur s'obscurcit à l'instant où une silhouette se détachait de la foule pour s'approcher de Rune.

Celle-ci leva les yeux.

— Je suis navré, dit doucement Sam Healy.

— Navré ?

— Nous ne sommes pas arrivés à temps.

Rune ne comprenait pas.

— Tu veux dire : pour obtenir des aveux ?

— Pour arrêter Tommy.

— Mais... ?

Rune désigna l'arrière de l'ambulance d'un signe de tête.

— Tommy n'était plus là quand ils sont arrivés, Rune. C'est le corps de Nicole.

CHAPITRE 22

Un autre flic était debout à côté de Healy. Il portait un costume léger, presque entièrement en polyester. Son attitude était celle du fonctionnaire las, qui ne se laisse pas bousculer. Mince, sérieux. Les paupières lourdes de fatigue et d'ennui.

Accablé par des années d'interrogatoires de témoins peu coopératifs.

Par des années passées à s'agenouiller au-dessus de corps gisant dans le caniveau, une chambre d'hôtel ou sur une banquette de voiture – leur dernière demeure.

Accablé par ce qu'il avait vu là-haut.

— Elle est morte ? chuchota Rune.

L'autre flic répondit, mais à Healy :

— Décès constaté.

Décès.

Le flic continua de parler à Healy comme si Rune n'eût pas été là. Peut-être Healy l'avait-il présentée à cet homme lugubre, se dit-elle. Elle n'en était pas trop certaine. Elle crut avoir entendu un nom, mais elle ne se rappelait que Brigade criminelle.

— Apparemment, il y a eu sévices, strangulation, puis mutilation. Démembrement partiel. (Il secoua la tête et finit par manifester quelques signes d'émotion.) Pas croyable, l'effet de cette saloperie sur certaines personnes. Le porno... C'est comme n'importe quelle autre drogue. On va toujours plus loin pour prendre son pied.

268

Puis « Brigade criminelle » se tourna vers Rune.

— Pourriez-vous nous dire ce que vous savez, mademoiselle ?

Explication décousue. Elle fit de son mieux et les doigts fins du bonhomme s'activèrent sur un petit carnet bon marché. Mais elle s'interrompait fréquemment, entrecoupant son récit de « Euh » et « Non, attendez ». Elle croyait connaître l'histoire de Nicole D'Orleans mieux que ça. Mais elle était perturbée par une image récurrente.

Une image de Nicole.

Démembrement partiel.

Elle parla de son film, de sa rencontre avec Shelly, du studio de production. Puis de la liaison de Tommy avec Shelly. Elle expliqua que celle-ci avait rompu avec lui, était venue s'installer à New York ; que Tommy était un expert en démolition, avait volé des explosifs sur une base militaire (Healy fournissant là quelques précisions) ; qu'il avait dû être fou furieux de cette rupture au point d'inventer cette histoire d'Epée de Jésus et d'attentats pour maquiller son meurtre. Il s'était sans doute imaginé que Shelly et Nicole étaient amantes, puis avait pratiqué un meurtre rituel sur cette dernière – encore une fois par jalousie.

Rune acheva son histoire et lui donna le signalement de Tommy.

Le stylo à deux sous de l'enquêteur progressait fébrilement sur le papier. Le type nota tout ça en vitesse, sans rien comprendre à son documentaire, à Nicole, à Shelly, ni aux films qu'elles faisaient. Il écrivit sans que son visage fin, gris, impassible, trahît la moindre émotion. Il consigna les réponses de Rune, puis regarda autour de lui.

« Brigade criminelle » fit signe à un Hispano-Américain maigre, d'aspect minable, coiffé d'un bandeau bleu retenant ses boucles noires.

— Répression du banditisme ? questionna Healy.

— Il était mêlé à la foule. Il ignorait que nous

avions un suspect identifié. Je vais le renvoyer avec le signalement.

« Brigade criminelle » adressa un signe de tête à Rune. Il se dirigea vers l'Hispano-Américain et tous deux se mirent à parler, tête penchée. Aucun ne regarda l'autre dans les yeux.

— C'est un flic ? demanda Rune, les yeux fixés sur lui.

— Oui. C'est une taupe. Aujourd'hui, la couleur de cette unité est le bleu. Tu vois son bandeau ? Ils portent ça pour nous permettre de les identifier. Lorsqu'un meurtre a été commis, ils se fondent dans la foule, écoutent, posent des questions. Toutefois, maintenant que nous connaissons l'identité du suspect, il va simplement sortir sa plaque pour interroger les gens.

— Hé, v'la une ambulance ! cria une voix.

L'ambulance avança. Healy s'écarta. Rune posa la Sony sur son épaule, puis filma la fourgonnette orange et bleue, qui fendait la foule, emportant le corps de Nicole à la morgue.

Healy gagna avec Rune le coin de la rue. Elle s'appuya contre une boîte aux lettres et ferma les yeux, serrant les paupières.

— Nous avons parlé ensemble, Tommy et moi. J'étais à un mètre de lui. Aussi près que de toi... Un type pareil, un assassin. Et il avait l'air si normal.

Healy garda le silence, les yeux tournés vers les gyrophares. Mais il n'était pas aussi calme que « Brigade criminelle ». Loin de là. Il avait vu Nicole, et il en était ébranlé. L'un des avantages à la Brigade de déminage, se dit Rune, c'est que l'on a affaire à des machines et des produits chimiques, plus qu'à des gens.

— J'aurais dû normalement être avec eux ce soir, dit doucement Rune. Il voulait que je vienne moi aussi.

— Toi ?

— Il nous a dit qu'il tournait un film. Pas un porno. Bon Dieu, Sam, pourquoi a-t-il fait ça ? Je ne comprends pas.

— Un type fait sauter une dizaine de personnes pour maquiller l'assassinat de sa petite amie, puis massacre quelqu'un de cette façon-là... Je n'ai pas vraiment d'explication...

— Quand est-il parti, d'après eux ?

— Il n'y avait pas encore de pâleur mortelle, pas de rigidité cadavérique. Sans doute vingt minutes, une demi-heure, avant notre arrivée.

— Il est donc toujours à New York ?

— J'en doute. Les gens le connaissent, seraient capables de faire le rapprochement avec elle. A mon avis, il va se rendre en voiture dans un petit aéroport, puis attraper un vol pour la Californie. Hartford, Albany, White Plains.

— Il faut que tu les appelles. Prends son signalement...

— Impossible de boucler tous les aéroports du Nord-Est, Rune. Ils ont un mandat contre lui à New York, mais il va sans doute quitter le secteur. Ils le choperont quand il rentrera chez lui. A Monterey, c'est ça ? La police militaire sera également à ses trousses. Et le FBI va rappliquer aussi à cause du vol de biens appartenant à l'Etat.

— Oh, Sam, fit-elle en appuyant la tête contre sa poitrine.

Il la garda contre lui. Elle se sentit bien. Mais le plus agréable, c'était de se trouver devant une demi-douzaine des collègues de Sam. Il la tenait contre lui, sans regarder autour de lui, sans la faire passer pour un témoin en état de choc. Il la serrait et elle eut l'impression d'évacuer toute cette horreur. Il prenait tout en charge, pouvait tout régler ; c'était son métier.

Ils marchèrent.

Ils mirent cap au sud, s'enfonçant dans le quartier des théâtres, puis traversèrent Times Square, zébré de néons. Ils passèrent devant une petite meute de quatre mômes noirs, portant des blousons, avec des têtes rondes et des raies tracées au rasoir dans les cheveux, l'air innocent et revêche. Devant des hommes et des femmes d'affaires en baskets. Devant des colporteurs, devant un couple de touristes allemands ou scandinaves, vêtus de survêtements en nylon, armés de Nikon, qui tournaient tous azimuts leurs têtes blondes, l'air de dire : « Quoi ? C'est ça, New York ? »

Devant des affiches sur lesquelles des mannequins de quinze mètres, dans des poses aguicheuses, vendaient de l'alcool, des jeans, des magnétoscopes, devant un cinéma porno, d'où émanait une odeur de Lysol (peut-être Shelly ou Nicole passaient-elles à l'écran en ce moment même). Impossible de connaître les titres des films, l'inscription sur la marquise se bornant à promettre trois succès torrides.

— Tu sais, commença Rune d'une voix mal assurée, parlant pour la première fois depuis le début de leur promenade. Tu sais que la 34e Rue était autrefois la grande artère des distractions ? Où se trouvaient tous les théâtres et music-halls. Je te parle du début du siècle. Ça remonte à loin.

— Je ne savais pas.

— Times Square est assez récent.

Ils passèrent devant un grand monument, la statue d'une femme avec ailes et grande tunique flottante. Elle regardait les pigeons et une douzaine de SDF.

Qui était-ce ?

Une déesse grecque ou romaine ?

Rune pensa à Eurydice, puis à Shelly. Captive des enfers. Mais il n'y avait pas d'Orphée muni de sa lyre dans les parages. La seule musique provenait d'une radiocassette au son métallique diffusant un disque de rap éraillé.

Une fois parvenus au Flatiron Building, ils firent halte.

— Je ferais bien de rentrer à la maison, déclara Rune.

— Tu veux de la compagnie ?

Elle hésita.

— Je n'ai pas besoin...

— J'ai dit *veux*.

272

— Chez toi ? s'enquit-elle.

— C'est petit et laid. Mais on s'y sent bien.

— Ce soir, j'ai envie de me sentir bien.

— Je dois donner un coup de main pour la paperasserie. Tu veux me retrouver là-bas ? Je vais te donner les clefs.

Il écrivit l'adresse. Elle prit le bout de papier et les clefs.

— Il faudrait que j'aille chercher des affaires chez moi.

— Je ne devrais pas mettre plus d'une heure environ. Tu vas bien ?

Rune essaya de trouver quelque chose de drôle et de désinvolte à dire, digne de quelque présentatrice télé aux nerfs d'acier. Mais elle se contenta de secouer la tête.

— Non, répondit-elle en lui adressant un sourire anémique.

Il se pencha rapidement et l'embrassa.

— Tu veux un taxi ?

— Je me sentirai mieux si je marche. Sam...

Il attendit. Mais elle ne sut quoi dire.

Une fois sur sa péniche, Rune empila sur l'étagère les bandes qu'elle avait tournées – les scènes non montées d'*Epitaphe pour une star du porno*. En revanche, elle glissa dans son sac le texte d'accompagnement. Elle pourrait demander à Sam son avis. Le lui lire comme s'il était spectateur.

Mais pas ce soir.

Demain matin.

Cela attendrait le lendemain.

Elle jeta un coup d'œil dans son sac à main et vit le scénario – celui qu'elle avait volé dans le bureau d'Arthur Tucker. Elle le sortit, le feuilleta. Bon sang ! elle l'avait complètement oublié. Et maintenant que Tucker n'était plus suspect, elle devait le lui rendre. Le poster anonymement. Elle le jeta sur la table et alla dans sa chambre, à sa commode. Elle prit une jupe, un tee-shirt, un chemisier, des chaussettes, des sous-vête-ments (pas la culotte avec les personnages Disney, ma cocotte, mais celle à dentelles, même si tu n'es pas bien dedans...). Elle ajouta sa brosse à dents, son maquillage. Commença d'éteindre les lumières.

Rune s'arrêta devant la fenêtre de la salle de séjour, regarda les lumières de la ville.

Nicole.

Des deux – Nicole et Shelly –, n'était-ce pas Nicole qui avait eu la mort la plus tragique ? Shelly, artiste, plus intelligente, plus talentueuse, était celle qui avait pris des risques. Elle avait su jouer avec le feu en toute conscience. Bon sang ! c'était elle qui avait *décidé* de sortir avec Tommy. Nicole n'avait pas dû aimer telle-ment prendre de risques. Elle était gentille et – malgré son métier – innocente. Elle se faisait les ongles, bai-sait et rêvait d'ouvrir une boutique de chaussures, rêvait d'épouser un cadre dans la pub. Elle...

L'odeur.

Rune la sentit soudain, mais elle se rendit compte qu'elle la percevait depuis un bon moment, depuis son retour sur la péniche. L'odeur était familière et angois-sante en même temps. Un peu comme le produit chi-mique suave et écœurant vous rappelant que vous êtes chez le dentiste.

Produit de nettoyage ? Non. Eau de Cologne ? Peut-être. Du parfum.

Les pensées de Rune commencèrent à se bousculer, et la direction qu'elles prirent ne lui plut guère.

De l'encens ! Du bois de santal.

Le parfum de l'appartement de Tommy Savorne.

Fuir ? Aller chercher le gaz lacrymogène ?

Rune se tourna aussitôt vers la porte d'entrée.

Mais Tommy y parvint le premier, et s'appuya contre. Il mit le verrou en souriant.

CHAPITRE 23

Elle se battit avec lui.

Genoux, coudes, paumes... Tout ce que se rappela Rune d'une vidéo sur le *tae kwon do*, visionnée à maintes reprises parce que le prof ceinture noire était vraiment chouette... Tout y passa.

Mais en vain.

Tommy était dans un état d'ébriété avancé. Rune comprit pourquoi Warren Hathaway l'avait cru plus âgé et pourquoi Tommy était si essoufflé quand elle l'avait pourchassé depuis *La Chatte rose*. Elle réussit donc à éviter ses mains tâtonnantes.

Elle s'empara d'un lampadaire et frappa Tommy si fort que la chair du bras de l'homme en trembla. Mais l'alcool avait beau l'empêcher de bien coordonner ses gestes, il l'anesthésiait également. Tommy poussa juste un grognement, écarta le lampadaire, puis donna à la jeune femme un coup d'avant-bras en travers du visage. Rune tomba par terre lourdement. Elle tenta d'attraper la bombe lacrymogène, mais il balança son sac d'un bout à l'autre de la pièce.

— Salope !

Il la saisit par sa queue-de-cheval, la tira jusqu'à une chaise, la fit asseoir sans ménagement, lui attacha les poignets et les chevilles à l'aide d'un cordon de sonnette.

— Non ! hurla-t-elle.

Le cordon lui entama les chairs, la meurtrissant horriblement.

Il s'assit sur les talons et l'examina, se balançant lentement. Il avait les cheveux gras ; aux doigts, de minuscules crevasses rouge sombre, comme de la porcelaine craquelée. Sa chemise était maculée de sueur, et son jean arborait des taches noires – le sang de Nicole, comprit Rune.

Il lui décocha un regard lubrique.

— Elle était bonne ?

— Qu'est-ce que vous voulez ?

— C'était un bon coup ?

— De quoi parlez-vous ?

— De l'amour que tu faisais avec Shelly. Tu étais sa petite amie, hein ? Et Nicole aussi. (Il avait le regard vague.) Elle couchait avec Nicole, j'ai vu les films. Je lisais dans ses yeux qu'elle aimait ça. Et avec toi, elle aimait aussi ? Et toi, tu aimais ça ? (Tommy plissa les yeux, puis demanda calmement :) Tu penseras à ça en mourant ?

— Je ne vous ai pas pris Shelly. Je la connaissais à peine. J'ai simplement...

Il ouvrit son sac et en sortit un long couteau. Il y avait des taches sombres sur le manche en bois. Il tenait autre chose à la main : une vidéocassette. Il regarda le téléviseur et le magnétoscope de Rune, les alluma tous deux et, après trois tentatives, glissa la bande à l'intérieur. Quelques craquements, un bourdonnement, puis l'écran afficha une image floue en noir et blanc.

Il tourna les yeux vers l'écran, presque distraitement, tout en marmonnant une litanie :

— Pour moi, la pornographie est un art. Qu'est-ce que l'art, à proprement parler ? C'est de la création. On crée quelque chose à partir de rien. Et que montre la pornographie ? De la baise. L'art de la création.

Il essaya de trouver l'avance rapide sur le magnétoscope, mais en fut incapable. Il se tourna de nouveau vers elle.

— Quand j'ai compris ça, enchaîna-t-il, ç'a été comme une révélation. Une expérience religieuse. Quand on écrit sur la baise, ce n'est pas du réel. Mais quand il s'agit de films... tu ne peux pas truquer. C'est comme si tu assistais en direct à l'acte de la création. Merde, c'est fascinant...

— Oh, mon Dieu, non.

Rune, les yeux rivés sur l'écran, se mit à pleurer.

Elle regardait.

Nicole, suspendue au râtelier.

Nicole, se tortillant en vain pour échapper aux coups de fouet.

— ... mais avec un film, poursuivait-il, c'est différent. L'artiste ne peut pas mentir. Impossible. C'est là, devant toi, quoi ! Tu as sous les yeux le commencement de la vie...

Nicole, implorant avec les yeux, hurlant peut-être à travers le bâillon.

Nicole, versant des larmes qui faisaient couler son rimmel en rigoles brunes et noires le long de son visage.

Nicole, fermant les yeux, cependant que Tommy s'approchait d'elle, armé d'un couteau.

— ... religieux également. Au commencement Dieu créa... *Créa*, vois-tu. Sacrée coïncidence, putain, tu ne crois pas ? Dieu et l'artiste. Et la pornographie rassemble tout ça...

Nicole mourant.

Rune s'abandonna à ses sanglots.

Savorne regardait la bande d'un œil triste, avide.

— J'aimais vraiment Shelly, reprit-il d'une voix pâteuse. Quand elle m'a quitté, je suis mort. Je n'arrivais pas à croire qu'elle était partie pour de bon. Je ne savais plus quoi faire. Je me réveillais avec la perspective de la journée entière sans elle, des heures et des heures sans elle. Je ne savais pas quoi faire. J'étais paralysé. Au début, je l'ai haïe. Puis j'ai compris qu'elle était malade. Elle était devenue folle. Et ce n'était pas entièrement sa faute, je le savais. Non, c'était aussi à cause d'autres gens, de gens comme Nicole. De gens comme toi. De gens qui voulaient la séduire.

— Je ne l'ai pas séduite !

Mais Tommy n'écoutait pas. Il installa son camé-scope, puis s'arrêta.

— Je suis fatigué. Si fatigué. C'est dur. Personne ne comprend à quel point. C'est comme si je travaillais dans un abattoir, tu vois ? Je suis sûr que les gars en ont marre un jour ou l'autre. Mais ils ne peuvent pas arrêter. Ils ont un boulot à faire. Voilà ce que j'éprouve.

Il alluma les lumières. La soudaine illumination fit hurler Rune.

— Lorsqu'elles meurent, dit-il doucement, il y a quelque chose en moi qui meurt aussi. Mais personne ne comprend.

Il la regarda et lui toucha le visage. Rune sentit l'odeur métallique du sang.

— Quand tu mourras, il y aura quelque chose en moi qui mourra. Un artiste est obligé de passer par là... Je me rappelle un soir...

Il parut perdre le fil de sa pensée. Il s'assit, la main sur la petite caméra, les yeux rivés au sol. Rune se tortilla. Le cordon était fin, mais tenait bon.

Il retrouva le fil.

— Je me rappelle un soir. Nous habitions Pacific Grove à l'époque. A proximité de la plage. Ç'a été une drôle de nuit. Les films marchaient bien, on avait gagné beaucoup d'argent. J'étais réalisateur en ce temps-là. On était en train de visionner un premier montage, Shelly et moi. Généralement, ça excitait Shelly de se regarder à l'écran, et on s'envoyait en l'air. Seulement, cette fois-là, il y avait quelque chose qui clochait. Je l'ai prise dans mes bras et elle n'a pas réagi. Elle n'a rien dit. Elle me regardait d'un air à flanquer la trouille. Elle donnait l'impression d'avoir vu sa propre mort en face. Elle m'a quitté peu de temps après.

278

« J'ai passé des heures entières à y repenser. A la revoir comme ça, avec cet air... (Il fixa Rune avec une expression sincère, fervente. Un homme qui parle de choses importantes.) Et j'ai fini par comprendre. Que le sexe et la mort, c'est la même chose.

Il s'abîma de nouveau dans ses pensées, puis reporta son attention sur Rune, presque surpris de la voir. Il sortit la bouteille de vodka de son sac et prit une autre goulée.

— Faisons un film, annonça-t-il en souriant.

Tommy alluma la caméra et la pointa vers Rune.

Son visage était en sueur, mais il négligea de l'essuyer.

Rune sanglotait.

Il caressa le couteau.

— J'ai envie de te faire l'amour.

Il s'avança et posa la lame sur l'avant-bras de la jeune fille.

Il l'enfonça, pratiquant une courte incision.

Elle hurla de nouveau.

Une autre incision, plus petite. Il l'examina attentivement. Il avait fait une croix.

— Ils aiment ce genre de truc, expliqua-t-il. Les clients. Ils apprécient les petits détails comme ça.

Il porta le couteau à la gorge de Rune.

— Je veux te faire l'amour. Je veux te faire...

La première balle fut tirée près du sol, loin de lui. Elle fit sauter une lampe.

Tommy pivota sur lui-même, les yeux hagards.

La deuxième balle se rapprocha de lui. Elle passa en sifflant à côté de sa tête, comme une abeille, et disparut par la fenêtre, quelque part dans les flots sombres de l'Hudson.

Les troisième et quatrième balles l'atteignirent à l'épaule et à la tête. Il s'effondra comme un énorme sac de grain jeté d'un camion.

Sam Healy, le souffle court, son Smith & Wesson de service toujours braqué vers la tête de l'homme, s'approcha lentement. La main qui tenait l'arme tremblait. Il était tout pâle.

— Oh, Sam, fit Rune, sanglotant. Sam.

— Ça va ?

Tommy s'était effondré contre Rune, la tête sur son pied. Elle essayait de se dégager.

— Enlève-le ! implora-t-elle d'une voix paniquée. Enlève-le ! Vire-le de là, je t'en supplie !

Healy le renversa d'un coup de pied, s'assura qu'il était mort, puis commença de défaire le cordon de sonnette.

— Bon sang ! je tire comme un pied.

Il s'efforçait de plaisanter, mais sa voix tremblait.

Une fois libérée, Rune s'affaissa contre sa poitrine.

— Tout va bien, tout va bien, tout va bien, ne cessait-il de répéter.

— Il allait me tuer. Il allait tout filmer ! Il allait me faire ce qu'il a fait à Nicole !

Healy parlait dans un talkie-walkie Motorola.

— 255 à Central.

— Je vous écoute, 255.

— J'ai un mort sur une péniche le long de l'Hudson à Christopher. Envoyez-moi la Brigade criminelle, une ambulance et un légiste.

— Roger, 255. Un mort, c'est tout ? Il y a des blessés ?

Healy se tourna vers Rune.

— Tu vas bien ? lui demanda-t-il. Tu as besoin d'un médecin ?

Mais elle regardait fixement le cadavre de Tommy, sans entendre un mot.

Très plan-plan.

Cela lui fit un drôle d'effet.

Rune s'était réveillée à sept heures trente. Elle avait fait un cauchemar. Pas à propos de Tommy ni de Shelly. Non, elle avait rêvé qu'elle avait oublié d'étudier. Elle faisait beaucoup de cauchemars de ce type.

Cependant, elle se détendit aussitôt en voyant Sam endormi à côté d'elle. Elle l'avait regardé respirer lentement, avait observé le léger mouvement de sa poitrine, puis était sortie du lit pour visiter la maison.

Très plan-plan.

Elle fit du café et des toasts. Vit toutes les bouteilles de bière, les tranches de fromage et les cochonneries dans le frigo. Pourquoi mettait-il des Fritos au réfrigérateur ?

Non, tout cela n'allait pas. Elle aussi mangeait des cochonneries, évidemment, mais lui était un homme. Un policier de surcroît. Il aurait dû quand même manger quelque chose de plus substantiel que des chips arrosées de bière. Dans le congélateur étaient disposés trois plateaux télé, tous différents. Il devait les prendre de droite à gauche, se dit-elle, pour ne pas manger deux fois de suite la même chose.

Elle fit le tour d'une vilaine cuisine peinte en jaune, avec d'énormes marguerites collées sur le réfrigérateur et d'horribles machins en caoutchouc rose de tous les côtés – corbeilles, séchoirs, dévidoirs de rouleau papier, égouttoirs. Partout des photos d'Adam.

Rune examina tout cela en faisant le café et préparant des toasts.

La vie de femme mariée, c'était donc ça ?

La vie d'une Cheryl, c'était sans doute ça.

Rune erra à travers la maison à un étage, tout en sirotant son café dans un gobelet blanc, orné d'une bande dessinée représentant des vaches.

L'une des pièces était un bureau. Il y avait des vides ici et là, marquant l'emplacement de meubles disparus. Apparemment, Cheryl s'était bien débrouillée. A voir ce qui restait, elle avait emporté le plus intéressant.

Une fois dans la salle de séjour à l'épais tapis, elle examina la bibliothèque. Livres brochés populaires, manuels scolaires, décoration intérieure. *Destruction des explosifs, Armes chimiques... La Mine Claymore : utilisation et tactique.*

Ce dernier bouquin était assez abîmé. Il portait également des traces d'humidité : Rune se demanda si Sam ne le lisait pas dans la baignoire.

Techniques improvisées de détonation était juste à côté de *Maîtriser l'art de la cuisine française.*

Il était facile de tomber amoureuse de Sam Healy et de passer un bon moment avec lui, se dit Rune, mais être mariée avec lui ne devait pas être de tout repos.

Elle retourna dans la cuisine et s'assit à la table couverte de formica en piteux état. Son regard se perdit dans le jardinet derrière la maison.

Nicole.

Nicole, avalée par la vie facile, le fric, les projecteurs. La coke. Bon sang ! ces cheveux crêpés, le maquillage éclatant, les ongles redoutables, les cuisses musclées... Une fille simple et gentille, qui n'aurait jamais dû faire ce métier.

Shelly et Nicole.

Les Cousines lubriques.

Eh bien, toutes deux avaient disparu à présent.

Cela paraissait épouvantable à Rune de rencontrer ainsi la mort, par hasard. Mieux vaut l'affronter en face, voire l'insulter ou la défier, plutôt que d'être emporté par surprise.

Pendant un moment, Rune regretta toute cette histoire – son film, Shelly, Nicole.

Ces films porno... Elle détestait ce petit commerce de merde. Pas une attitude positive, ça, ma vieille, si tu veux tourner des documentaires. Mais bon Dieu, voilà ce qu'elle éprouvait.

Des images de la veille au soir lui revinrent. Le visage de Tommy, celui de Nicole – pis, le drap taché de sang. L'entrelacs de sang séché sur les mains de Tommy. La chaleur des lampes, l'œil fixe et terrifiant de l'objectif du caméscope braqué sur elle. Tommy s'avançant. Le son de la balle l'atteignant à la tête. Elle sentit sa main trembler et une terrible nausée monta en elle.

Non, non, non...

La voix ensommeillée de Sam Healy l'appela de la chambre, rompant l'envoûtement.

— Rune, il est tôt. Reviens te coucher.

— Il est l'heure de se lever. J'ai préparé le petit déjeuner. (Elle fut sur le point d'ajouter : « Comme une épouse modèle ». Mais pourquoi vanter les mérites de Cheryl ?) Nous faisons aujourd'hui le montage final de la pub pour « La Maison du cuir ». Celle dont je t'ai parlé. Je dois être au travail dans une heure.

— Rune, viens ici. J'ai quelque chose à te montrer.

— Je t'ai préparé tout spécialement des toasts.

— Rune...

Elle hésita, puis alla dans la salle de bains, se brossa les cheveux et mit du parfum. Les hommes le matin, Rune connaissait.

CHAPITRE 24

Elle n'avait pas cherché à mener une vie violente. Elle n'avait certainement pas eu l'intention de mourir de mort violente. Mais Shelly Lowe était intoxiquée – par le pouvoir que lui procuraient ses films, par cette pulsion brutale qui pousse peut-être tous les artistes à s'exposer, dans tous les sens du terme, à leur public.

Et comme tous les « accros », Shelly avait pris le risque de se laisser emporter par ce pouvoir.

Elle avait mesuré ce risque et ne s'y était pas soustraite. Elle l'avait affronté, avait perdu. Prise entre l'art et la luxure, entre la beauté et le sexe, Shelly était morte.

Gravée sur sa tombe, dans un petit cimetière de Long Island, New York, se lit cette simple phrase : « Elle n'a vécu que pour son art ». Une phrase qui convient parfaitement à cette star du porno.

Fondu enchaîné sur le générique...

— Qu'en penses-tu ? demanda Rune à Sam Healy.

— C'est toi qui as écrit ça ?

Elle hocha la tête.

— Je m'y suis reprise je ne sais combien de fois ! C'est un peu... euh, ampoulé, non ?

— Je trouve ça beau, dit Healy. (Il passa le bras autour de ses épaules.) Le film est complètement terminé ?

— Pas vraiment, répondit Rune en riant. Il faut que je trouve un professionnel pour faire la voix off.

Ensuite j'en aurai pour environ trois heures à tout monter et à faire tenir dix heures d'enregistrement en vingt-huit minutes. Filmer, c'était la partie amusante. C'est maintenant que débute le travail... Hé, Sam, je me demandais : a-t-on déjà fait un documentaire sur la Brigade de déminage ?

Il l'embrassa dans le cou.

— Pourquoi ne téléphones-tu pas pour dire que tu es malade ? Comme ça on en parlera.

Elle l'embrassa rapidement, puis roula à bas du lit.

— Je suis en froid avec Larry et Bob. Je n'ai pas apporté de croissants frais l'autre matin.

— C'est pour « La Maison du cuir » ? C'est leur vrai nom ?

— Je me contente de faire les pubs. Je ne suis pas responsable du mauvais goût des clients.

Elle termina son café. Elle sentit son regard.

Non, c'était plus qu'un regard fixe.

Non, c'était pire... C'était l'un de ces regards idiots que réservent les hommes aux femmes de temps à autre – quand ils se sentent submergés par un sentiment prétendument amoureux, alors que, la plupart du temps, ils sont excités, se sentent coupables ou mal à l'aise. Il y a de quoi suffoquer sous un regard pareil.

— Faut que je file, dit Rune.

Et elle se dirigea vers la porte avec un sourire de coquetterie qui faisait parfois l'effet d'une douche froide sur les hommes bavant d'amour.

— Hé, lança-t-il d'une voix sourde de flic.

Je ne vais pas m'arrêter. Reste calme. Garde tes distances. Il n'y a pas le feu.

— Rune.

Elle s'arrêta.

Je vais lui faire un clin d'œil en sortant, du genre garce et allumeuse.

— Viens ici une minute.

Le clin d'œil, cocotte. Vas-y.

Mais elle revint vers lui lentement. Décidant qu'elle n'était pas en retard à ce point-là, après tout.

Rune eut un mauvais pressentiment en entrant dans le bureau.

Elle accrocha son manteau au portemanteau verni, qui s'écaillait, puis regarda autour d'elle.

Que se passait-il ?

Eh bien, d'abord : le courrier était toujours par terre. D'ordinaire, Larry le déposait sur le bureau de Cathy – enfin, le bureau de Rune à présent – et l'examinait.

Quant à la machine à café, que Larry mettait en marche sur-le-champ, elle était pour le moment débranchée et ne dégageait pas, comme d'habitude, son odeur aigre de café brûlé.

Et puis il y avait Bob.

Bob était déjà dans son bureau – à neuf heures quarante-cinq ! Rune le voyait à travers la cloison de verre dépoli.

Il se passait quelque chose de grave.

Deux têtes remuaient, déformées par le verre en œil de mouche. Larry était là également, mais cela, pour le coup, n'avait rien d'étonnant. Larry arrivait toujours de bonne heure : il craignait que les chèques des clients ne s'évaporent s'il ne les collectait pas de bonne heure.

— C'est elle.

Dit d'une voix douce, mais parfaitement audible malgré la cloison.

Elle. Le ton n'augurait rien de bon.

— Bien. On va avoir une petite conversation.

La porte s'ouvrit et Larry lui fit signe.

— Rune, tu peux venir un instant ?

Elle entra dans le bureau. Ils avaient l'air tous les deux fatigués, les cheveux en bataille. Elle fit *in petto* l'inventaire de ses récentes boulettes. La liste était longue, mais comprenait surtout des peccadilles.

— Rune, assieds-toi.

Elle s'assit.

Bob regarda Larry, qui prit la parole :

— Eh bien, nous avons eu un appel du client.

— Tous les deux, intervint Bob. A neuf heures ce matin.

— M. Portefeuille ?

La boîte de postproduction n'a pas fait la livraison. Le salaud.

— J'ai demandé à la postproduction d'expédier ça immédiatement, dit-elle. J'ai menacé le gars. Il m'a absolument garanti...

— La bande a été livrée au client, Rune. Le problème, c'est qu'elle leur plaît pas.

Ils veulent m'imposer une réduction de salaire. Voilà le problème. « La Maison du cuir » a discuté le prix et ils vont rogner sur mon salaire.

— Et qu'est-ce qu'il n'a pas aimé ? Les dominos, c'est ça ? Mais j'ai fait trois fois la mise en place. Je...

Larry tripotait nerveusement une pièce de monnaie.

— Non, les dominos, ça allait, je crois. Il a bien dit que le logo était pas encore absolument, euh... parfait. Mais il aurait pu s'en accommoder.

— Les transitions ? J'ai vraiment soigné les fondus enchaînés.

— Montre-lui ce qu'il a pas trop apprécié, dit Bob à Larry.

Larry mit en marche le lecteur Sony de trois quarts de pouce. Apparut une ardoise colorée pour le copyright. Commença le compte à rebours à partir de dix, chaque seconde marquée par un bip électronique. A trois, blanc à l'écran. Puis :

Ouverture en fondu – la fille à papa, tout sourire, expliquant que les portefeuilles de « La Maison du cuir » étaient fabriqués à la main à partir des peaux les plus belles, traitées et teintes selon de vieilles traditions familiales.

Scène suivante – des ouvriers fabriquant portefeuilles et porte-monnaie.

Scène suivante – la fille caressant un portefeuille (modèle HL/141).

Fondu enchaîné – le plan spectaculaire avec les dominos.

Scène suivante – deux femmes pratiquant l'amour

bucco-génital sur un matelas d'eau tandis que le générique de fin de *Cousines lubriques* passe à l'écran.

— Oh, fit Rune.

Fermeture en fondu.

— Il a rompu le contrat, Rune. Ils nous versent pas les honoraires, ils paient pas les frais.

— J'imagine qu'il y a eu comme un cafouillage, expliqua Rune.

— En quelque sorte, acquiesça Larry.

— Du coup, renchérit Bob, adieu les bénéfices et bonjour le trou de quelque soixante-quinze mille dollars.

— Oh.

— Je sais que c'est un accident, je dis pas le contraire, mais... Rune, t'es une gentille fille...

— Vous me virez, c'est ça ?

Ils ne se donnèrent même pas la peine de hocher la tête.

— Autant prendre tes affaires et partir maintenant.

— Bonne chance, dit Bob.

Ce n'était pas sincère, Rune le sentit, mais c'était quand même sympa de sa part de faire un effort.

Ça ne voulait pas dire qu'elle était nulle.

Rune marchait le long de l'Hudson, regardant fixement les ombres gris-vert qui envahissaient l'eau clapoteuse. Des mouettes étaient juchées sur une patte, recroquevillées contre la fraîche brise matinale.

Après tout, Einstein ne s'était-il pas fait expulser de l'école parce qu'il était mauvais en maths ? Churchill n'avait-il pas échoué au gouvernement ?

Mais ensuite ils avaient prouvé ce dont ils étaient capables.

Seulement voilà, ils avaient eu une seconde chance.

Or : pas de distributeur ; ni d'argent pour le montage, les voix *off*, les titres, la bande-son.

Rune disposait de trente heures de bandes non montées qui ne vaudraient plus rien dans environ six mois –

quand le public se désintéresserait de la mort de Shelly Lowe.

Elle remonta sur sa péniche et empila toutes les cassettes sur son étagère, jeta le texte d'accompagnement par-dessus et gagna la cuisine.

Elle passa l'après-midi à boire de la tisane, assise sur le pont, et à feuilleter plusieurs de ses livres. Sans trop savoir pourquoi, elle s'attarda tout particulièrement sur son vieil exemplaire de *L'Enfer* de Dante.

Elle se demanda pourquoi ce volume était le best-seller, et non celui sur le purgatoire ou le paradis.

Jusqu'à quelles profondeurs de l'enfer les hommes descendent-ils ?

Elle pensait surtout à Tommy. Mais il y en avait d'autres...

Danny Traub, qui, même s'il donnait de l'argent à une bonne cause, était un salaud qui aimait faire du mal aux femmes.

Michael Schmidt, qui se prenait pour Dieu et avait ruiné sans raison valable la carrière d'une actrice de talent.

Arthur Tucker, qui avait volé la pièce de Shelly après sa mort.

Rune se demanda pourquoi la pente descendante semble la tendance naturelle, pourquoi il est beaucoup plus difficile de s'élever, ainsi que Shelly avait tenté de le faire. Comme s'il existait un énorme pouvoir d'attraction des ténèbres.

« Pouvoir d'attraction des ténèbres » : l'expression lui plut, et elle la nota dans son carnet. Elle aurait bien aimé avoir un scénario dans lequel la placer...

Si elle n'était pas morte, Shelly serait-elle remontée des enfers, telle Eurydice ?

Rune somnola et se réveilla au coucher du soleil. Le disque orange s'enfonçait derrière les plateaux du New Jersey, ondulant dans l'air lourd. Elle s'étira, prit une douche, et mangea un sandwich au fromage en guise de dîner.

Après, elle se rendit jusqu'à une cabine téléphonique pour appeler Sam Healy.

— Je me suis fait virer.

Elle lui raconta toute l'histoire.

— Oh, non... Je suis désolé.

— Mon seul regret, c'est que nous n'ayons pas envoyé la bande aux télés, plaisanta-t-elle. Tu vois un peu ? *Cousines lubriques* dans une pub à une heure de grande écoute ? Ç'aurait été dingue !

— Tu as besoin d'argent ?

— Bah, ce n'est pas bien grave. Je passe mon temps à me faire virer. Je dois me faire virer plus souvent qu'on ne m'embauche ! Enfin, c'est mon impression...

— Alors, tu veux sortir pour oublier ça dans l'alcool ?

— Non, j'ai quelque chose à faire, dit-elle. Disons demain ?

— D'accord. C'est moi qui t'invite.

Ils raccrochèrent. Rune sortit de sa poche quelques dollars en pièces de 25 *cents*, puis appela les Renseignements.

La plupart de ses pièces y passèrent. Il lui fallut un bon moment pour dénicher une école de danse qui promit de lui faire maîtriser le pas de deux du Texas en une soirée.

L'endroit n'était peut-être pas à la hauteur de ses espérances. Rune mit un certain temps à les convaincre qu'elle ne voulait pas s'inscrire à un cours de danses latino-américaines, ni au cours spécial Fred & Ginger « Chic to Chic ».

Mais peu après le début de la séance elle avait assimilé les pas et estima qu'elle pouvait se débrouiller honorablement. Le soir suivant, elle surprit Healy en débarquant chez lui vêtue d'une jupe vichy et d'un chemisier bleu.

— Je ressemble à Raggedy Ann. Je ne peux plus

me montrer au sud de Bleecker Street... J'espère que ça te plaît.

Ils allèrent de nouveau dans sa boîte texane et dansèrent quelques heures. Il fut sacrément impressionné par ce qu'elle avait appris. Puis un client amateur monta sur scène et se lança dans un quadrille impromptu.

— Trop, c'est trop, déclara Rune.

Ils s'assirent et attaquèrent une assiette de côtelettes.

A onze heures se pointèrent quelques flics, collègues de Healy. Au bout d'une demi-heure, l'établissement était bondé, à tel point qu'ils partirent tous et allèrent dans un autre bar, boîte minable dans Greenwich Avenue. Elle s'attendait à les entendre parler d'armes, de cadavres de criminels et de taches de sang, mais ils discutèrent, comme tout un chacun, du maire, de Washington et de films.

Elle passa un très bon moment et oublia qu'elle était en présence de flics. Mais soudain un camion pétarada dans la rue et trois d'entre eux (pas Sam) esquissèrent un geste vers leur ceinture, puis, la seconde d'après, comprenant que c'était seulement un camion, laissèrent retomber la main, sans interrompre leur conversation ni sourire de leur geste.

Du coup, elle pensa à Tommy, puis à Nicole, et sa soirée fut gâchée. Elle retrouva son lit avec soulagement.

Le lendemain elle s'inscrivit au chômage au bureau de la 6e Avenue, où elle connaissait la plupart des employés par leur nom. Les queues n'étaient pas longues – baromètre, selon elle, d'une économie en bonne santé. Elle en sortit à midi.

Au cours de la semaine suivante, elle vit Healy trois fois. Elle sentit qu'il aurait voulu la voir davantage, mais sa mère l'avait mise en garde, entre autres, contre les hommes sous le coup d'une déception sentimentale. Et se lancer dans une aventure avec un homme *plus âgé* dans ce cas-là semblait relever de l'inconscience.

Pourtant Sam lui manquait. Et jeudi, quand elle lui téléphona, elle fut ravie de l'entendre dire :

— Demain, c'est mon jour de congé. Si nous allions...

— Faire tout sauter ?

— J'allais proposer un pique-nique quelque part.

— Oh, oui ! J'aimerais quitter la ville. Les rues sentent le chien mouillé et il paraît qu'il va faire trente-cinq degrés. Seulement, j'ai un entretien dans un restaurant.

— Tu fais un film sur un restaurant ?

— Sam, je postule pour une place de serveuse.

— Remets ça d'un jour. On va se balader en dehors de New York.

— Tu me forces la main.

— Je t'appellerai demain pour les dispositions.

— Je n'ai pas dit oui.

— Demain.

Il raccrocha.

— Oui, dit-elle.

CHAPITRE 25

Kent est une petite ville du Putnam County, à une centaine de kilomètres au nord de New York, non loin du Connecticut. La population est de trois mille sept cents habitants.

La ville n'a guère changé depuis son incorporation en 1798. Elle est trop loin de New York, d'Albany ou de Hartford pour les rurbains « navetteurs », mais quelques personnes vont en voiture à Poughkeepsie afin de travailler à Vassar. La plupart des résidants sont agriculteurs, ont un emploi dans le tourisme ou exercent les métiers traditionnels des petites villes : assurances, immobilier, bâtiment.

Les guides de voyage ne mentionnent généralement pas Kent. Le *Guide Mobil* donne deux étoiles au restaurant de la Travelodge près de l'autoroute. Le musée de l'Agriculture est signalé. Sans oublier une exposition de fleurs printanières.

C'est un endroit tranquille.

En périphérie du petit centre-ville, à environ un kilomètre et demi de la dernière des sept églises protestantes de Kent, se trouve une vieille carrière de pierre. L'énorme fosse a une double fonction : celle de lieu de rendez-vous le samedi soir pour les adolescents qui y amènent leur petite amie ou y apportent des packs de bière, celle de champ de tir improvisé dans la journée. Cet après-midi-là, trois hommes étaient debout à côté d'une planche de bois à moitié pourrie, banc de fortune sur lequel ils avaient posé fusils, munitions, cibles et magasins de rechange.

Tous trois étaient en position de tir réglementaire – pied droit en arrière, parallèle à la cible, pied gauche en avant, pointé vers celle-ci. Ils étaient de grande taille, les cheveux coupés court, collés par du gel. Deux des hommes, maigres, avaient les cheveux grisonnants. Le troisième, homme plus jeune aux cheveux noirs, avait du ventre, mais les jambes fines et les épaules larges. Ils portaient tous des chaussures de couleur claire, des pantalons légers (deux roses et un gris), des chemises habillées à manches courtes, des cravates maintenues en place par une épingle ou un clip. De la poche de poitrine du gros dépassait un étui en plastique contenant stylo et crayon.

Ils portaient tous des lunettes jaunes de tir, en verre antichocs, en forme de larmes. Leurs oreilles étaient garnies de protège-tympans de couleur chair.

L'un des maigres et le gros tenaient des fusils d'assaut Kalachnikov, dont ils venaient de vider les chargeurs sur des cibles en papier à quarante-cinq mètres de là. Ils posèrent les fusils sur le sol, bouches vers le haut, et commencèrent à ramasser les cartouches de cuivre vides, qu'ils rechargeraient eux-mêmes au week-end.

Le troisième homme était armé d'un vilain Uzi israélien, qui tirait par rafales de deux secondes. Celui-ci était muni d'un silencieux de dix pouces. Les détonations évoquaient une tronçonneuse au son étouffé.

Les trois fusils étaient entièrement automatiques, ce qui était donc une violation de la loi fédérale et de la loi de l'Etat. Le silencieux était une infraction supplémentaire. Pourtant, aucun de ces hommes n'avait jamais vu le FBI ni le Bureau de répression des fraudes dans ce secteur du comté, et ils ne se gênaient pas plus pour utiliser ces armes que leurs carabines de chasse .30-06 ou leurs deux-coups Remington.

L'homme à l'Uzi visa soigneusement et vida son chargeur.

Il ôta son protège-tympans.

— Cessez le feu, ordonna-t-il bien que les autres eussent déjà posé les fusils sur le banc, bouches vers la cible. Il n'y avait personne d'autre qu'eux, mais ils avaient toujours connu et suivi ce genre de règle. De même, une heure plus tôt, quand ils étaient arrivés, cet homme avait jeté un coup d'œil aux autres, avant de dire : « Parés à gauche, parés à droite, parés sur la ligne de tir... Feu. »

Rituels des armes à feu, qu'ils aimaient et respectaient.

Il posa l'Uzi et ramassa les cibles dans le champ de tir. Il revint au pas de tir et tous saisirent leurs armes, vidèrent les chargeurs, ouvrirent les culasses, mirent les crans de sûreté, puis prirent la direction du parking. Les armes disparurent dans le coffre d'une Cadillac El Dorado.

Le trajet ne dura que dix minutes. La voiture s'engagea dans l'allée de gravier noir d'une maison coloniale blanche construite avec l'argent gagné par l'homme dans sa compagnie d'assurances. Les trois hommes empruntèrent un chemin de pierre pour gagner l'entrée d'un bureau. A l'intérieur de la vaste pièce, à la moquette vert foncé et aux murs couleur d'armoise, ils déroulèrent par terre une bâche grise et posèrent les armes sur l'épaisse toile. Des nécessaires de nettoyage en métal cabossé firent leur apparition et la douce odeur du dissolvant emplit la pièce.

En trente secondes, les fusils furent démontés. Les trois hommes écouvillonnèrent avec amour l'âme de leurs armes.

L'un des hommes minces, John, regarda sa montre, se dirigea vers le bureau – il était chez lui –, et s'assit. Sept secondes après, le téléphone sonna. Il répondit. Il raccrocha et retourna à la bâche. Il commença à frotter d'huile la bretelle du kalachnikov.

— Gabriel ? demanda Harris, l'homme aux cheveux bruns, le gros.

John hocha la tête.

— A-t-il compris ce qui s'était passé ?

— Oui, répondit John.

— Qui nous a doublés ? s'enquit le troisième homme, William.

— Apparemment, il y a un type qui voulait tuer cette fille, cette actrice de films dégoûtants. C'est lui qui a déposé la deuxième bombe. Il a été tué par la police.

— La presse croit qu'il est l'auteur de tous ces attentats ? demanda William.

— Il semblerait. Pour maquiller son crime.

— Les médias... commenta Harris. A la fois bénédiction et malédiction.

John finit de remonter le kalachnikov, ferma la culasse, mit la sécurité et rangea le fusil sur un râtelier en bois de rose, à côté d'une mitraillette Thompson, d'un fusil à pompe Remington, d'un Enfield .303, d'une carabine M1 et d'un fusil .30-06.

— Qu'en pensez-vous, tous les deux ?

— Tout le travail de Gabriel se trouve anéanti si les gens croient qu'un autre est l'auteur des attentats... répondit Harris. Mais, voyez-vous, c'est un bon paravent. Maintenant, il ne se sentira plus sous pression. Heureusement que nous avons bien enchaîné avec le passage sur le troisième ange, après le deuxième attentat.

William se servit d'un minuscule périscope pour examiner l'âme de son fusil, à l'affût d'une éventuelle trace de poudre.

— Nous ne pouvons plus arrêter. Frère Harris a raison.

— Non. Nous ne pouvons pas en rester là, renchérit John lentement. (Il versa de l'eau dans une cafetière et prépara du décaféiné. Comme les autres, il tenait la caféine pour un stimulant condamnable.) Mais je ne suis pas tout à fait d'accord pour Gabe. La police ne va pas se désintéresser des autres attentats. Les experts vont conclure leurs rapports et s'apercevoir qu'il y a quelqu'un d'autre derrière tout ça.

— Gabriel va rester pour mener les choses à terme, dit Harris. Il n'hésitera pas à se sacrifier.

— Mais il ne faut pas, objecta John. Il est trop précieux.

— En ce cas, laissons tomber New York, suggéra William. Envoyez-le à Los Angeles. Hollywood. Je dis depuis le début que nous aurions dû commencer par là. Personne ne connaît Gabriel en Californie. Tous ses contacts sont à Manhattan.

— Si vous le permettez, dit John, je crois que nous devons achever ce que nous avons commencé.

Il avait parlé d'une voix douce, comme navré d'avoir un avis différent.

Cette douceur était trompeuse. Harris et William chassaient le cerf et l'oie avec une passion carnassière. Pas John. Lui avait été *marine* au Vietnam et n'avait jamais parlé de ses états de service. Or ceux qui ne parlent pas de l'acte même de tuer sont les plus intimement concernés par la chose. Harris et William le savaient.

— Nous ne pouvons pas encore renoncer à New York, déclara John en haussant les épaules. C'est mon sentiment.

William se racla la gorge et cracha dans un mouchoir en lin.

— Entendu. Quel est le sentiment de Gabriel ?

Harris fit claquer la culasse de sa mitraillette.

— Il fera ce que nous lui dirons de faire.

— Mais il faudrait qu'il agisse vite.

John versa du déca dans des gobelets et les tendit à William et Harris.

— Oh, il va agir vite.

William hocha la tête.

— Quelle va être la cible ? demanda-t-il.

John darda un coup d'œil vers un crucifix illuminé au-dessus de son bureau, puis regarda les autres hommes.

— J'éprouve parfois une grande témérité en des

moments pareils, dit Harris. Décider qui doit vivre, qui doit mourir...

— Gabriel m'a parlé de quelqu'un. Je trouve l'idée intéressante.

— Suivons son idée, alors, acquiesça Harris.

— Entendu.

— Prions pour le succès de sa mission.

Fermant les yeux, ils tombèrent à genoux. Et les trois hommes, qui formaient le conseil des anciens de la Nouvelle Eglise pentecôtiste du Christ révélé de Putnam, connue – mais seulement d'eux-mêmes – sous le nom d'Epée de Jésus, se mirent à prier. Avec une telle ferveur que leurs lèvres sévères articulèrent des paroles silencieuses et que les larmes leur vinrent aux yeux.

Dix minutes plus tard, ils se relevèrent, se sentant ragaillardis, purifiés, et John passa un coup de téléphone à Gabriel, qui attendait leur message dans la terrible cité de Sodome.

Sam Healy avait une drôle de voix.

Rune ne parvenait pas à en déterminer la raison. Il se trouvait peut-être à côté de cinq livres de C4 ou d'une mine antipersonnel.

— Alors, quel est le programme ? Soleil et sable ? Montagne ? Je veux de l'air frais et des animaux sauvages, mouffettes et blaireaux, ou même vers et serpents. Où allons-nous ?

Il était huit heures du matin. L'heure de pointe. Le flot de la circulation passait en trombe devant la cabine téléphonique.

— Euh, Rune...

Aïe... Je connais ce ton-là.

— Il y a comme un contretemps... reprit-il.

Comme un contretemps, ah oui.

— Quoi ? Tu es de service ?

Silence.

— Je tiens à être honnête avec toi... commença Healy.

Oh, merde. Elle détestait ce mot : « honnête ». Un peu comme : « Assieds-toi, chérie. » Ou bien encore : « Il faut que nous parlions de quelque chose. »

— Cheryl a téléphoné, poursuivit Healy.

Hé, ce n'est pas la fin du monde.

Pas jusqu'ici.

— Adam va bien ? Il y a un problème ?

— Non. Tout va bien.

Autre silence.

— Elle voulait me voir, continua-t-il. Pour parler de... notre situation.

Il lui a parlé de moi ? Bouffée de plaisir.

— Notre...

— Je veux dire : de Cheryl et de moi, précisa Healy.

— Oh.

Voilà donc pour le « notre ».

— Je sais que nous avions projeté de faire quelque chose ensemble, mais je me suis dit que je devais... Je voulais jouer franc jeu avec toi.

— Hé, ce n'est pas grave, repartit Rune d'un ton enjoué. (Je ne vais rien lui demander. Pas question. Où ils vont, ce qu'ils font, ce sont leurs affaires. *Je ne vais pas lui poser de questions.*) Elle va passer la nuit chez toi ? demanda-t-elle. (Oh, merde, non, non, non...) Je suis désolée, ça ne me regarde pas.

— Non. Nous n'allons même pas déjeuner ensemble ou quoi que ce soit, répondit-il en riant. Nous allons seulement parler. En terrain neutre.

Discuter de leur situation ? La garce l'a larguée. Ce n'est pas une *situation*, c'est la guerre.

— Eh bien, dit-elle aussi poliment que possible, j'espère que vous parviendrez à régler tous vos problèmes.

Je fais un grand sourire. Je suis si fière de moi.

— Je t'appellerai demain, dit-il.

— Je n'ai pas le téléphone, tu te rappelles ?

— Tu m'appelles ?

— Entendu.

— Tu n'as pas l'air en rogne...

Ah non ? Attends un peu...

— ..., mais tu l'es sans doute, acheva-t-il. Tu me plais beaucoup, Rune, vois-tu. Je ne voulais pas te mentir.

— L'honnêteté, oui, j'apprécie l'honnêteté, Sam. C'est très important.

Ils raccrochèrent.

« Je t'en foutrai, moi, de l'honnêteté ! » lâcha-t-elle à haute voix.

J'aurais préféré qu'il mente comme un arracheur de dents. L'entendre dire qu'il désamorçait une bombe. Qu'on lui enlevait la vésicule biliaire. Qu'il emmenait Adam voir les Mets.

Elle s'appuya un moment contre la cabine téléphonique, regardant les graffiti tagués sur les vitres. Une moto passa. Une voix lança : « Tu veux faire un tour ? » Mais la Honda poursuivit sur sa lancée sans ralentir.

Son visage ruisselait de sueur. Elle l'essuya, puis partit vers l'est, direction l'Hudson. Elle marcha dans une flaque de goudron. Des filaments noirs restèrent accrochés à sa chaussure quand elle la décolla.

Rune soupira, s'assit au bord du trottoir, et enleva ce qu'elle put.

Un pique-nique, repensait-elle. La plage. La montagne.

Il aurait pu me dire qu'il avait mal à la tête. Ou des maux d'estomac.

Parler de leur situation.

Largue-la, Healy. Elle n'est pas faite pour toi.

Mais elle savait comment tout cela se terminerait.

Il retournerait auprès de sa femme.

C'était évident. Il retournerait auprès de Cheryl, avec son papier à fleurs. Cheryl, avec ses chemisiers de soie blanche et ses gros nénés. Cheryl, qui devait sortir des trucs du genre : « Chéri, j'ai fait des aubergines pour les Anderson. » Cheryl, qui devait être quelqu'un de très bien, et qui avait seulement quitté Healy parce qu'il refusait ce qu'elle lui demandait avec le plus grand bon sens, pleurs à l'appui : le voir changer de métier.

Ce devait être quelqu'un de fréquentable et de gentil. Une mère parfaite.

Je la déteste...

Rune avait annulé l'entretien pour la place de serveuse, croyant qu'elle irait à la plage. Elle n'avait pas d'argent pour travailler à son film. Elle était perdue dans le désert de New York par un week-end d'août torride. Et son seul copain allait recevoir sa femme sous son toit cette nuit-là.

Oh, Sam...

C'est alors qu'en relevant les yeux elle aperçut dans une vitrine un vieux pannonceau gauchi, à l'écriture passée, qui recommandait les services d'un expert-comptable pour les déclarations d'impôt.

— Merci, mon Dieu, dit Rune en souriant.

Elle se leva et laissa des empreintes de pas noires en retournant à la cabine téléphonique.

Rune ouvrit la porte de sa péniche et fit entrer Warren Hathaway. Il portait plusieurs sacs de plage. Avec sa tenue sport – chemise Izod vert foncé et tennis –, il faisait beaucoup moins ringard qu'avec son costume.

— Hé, Warren, vous avez l'air vachement cool.

— Cool ?

— Branché. Dans le coup, quoi.

— Eh bien, merci, dit-il en riant.

— Vous aimez ? lui demanda Rune en faisant une pirouette.

Elle portait une minijupe et un pull-over rouge sans manches par-dessus son bikini.

— Vous aussi, vous avez l'air *cool*. C'est quoi, ces dessins sur votre jupe ? Des anguilles électriques ?

Elle regarda les lignes ondulées qui irradiaient à partir d'autres lignes semblables, plus grandes.

— Ça vient d'Amérique du Sud. Je crois que ce

sont des rampes d'atterrissage pour des vaisseaux spatiaux.

— Ah, des vaisseaux spatiaux, bien sûr.

Rune passa en bandoulière son sac peau de léopard et ferma à clef la porte d'entrée.

— J'ai été ravi de recevoir un coup de fil de votre part, reprit-il. J'allais vous appeler. En fait, je vous ai appelée – à votre ancien travail. Mais ils m'ont dit que vous n'aviez pas le téléphone chez vous. Je suis content que vous ayez appelé. Je ne savais vraiment pas si j'aurais de vos nouvelles.

Elle n'allait certainement pas lui dire qu'on lui avait posé un lapin ou qu'elle avait besoin d'un financement pour son film – du moins pas avant qu'il n'ait bu quelques verres. Et elle n'allait pas lui demander s'il avait repensé à son histoire d'investissement.

— J'ai eu envie de prendre l'air, se borna-t-elle à dire. Je n'avais pas l'intention de me faire inviter à Fire Island ! Vous avez une maison là-bas ?

Ils suivaient le quai en direction de sa voiture.

— J'aimerais bien. Je suis en multipropriété. Beaucoup de gens de la boîte y vont ensemble. Quand vous m'avez dit que vous vouliez sortir de New York, j'ai pensé à Fire Island.

— Je n'y suis jamais allée. Pourquoi ce nom, Fire Island ?

Hathaway haussa les épaules.

— Je n'en sais trop rien. Je me renseignerai et je vous rappellerai.

Rune le vit froncer les sourcils, comme il tentait de mémoriser sa mission. Apparemment, il avait encore quelques efforts à faire pour apprendre à se détendre, comme le lui avait conseillé sa maman.

Ils mirent leurs sacs dans le coffre et montèrent dans la voiture.

— Mettez votre ceinture de sécurité, ordonna-t-il.

— Oui, monsieur !

Il démarra et ils prirent la direction du sud.

Rune n'eut même pas besoin d'amener le sujet sur

le tapis. A peine avaient-ils fait un kilomètre que Hathaway attaqua :

— Je me suis pas mal renseigné sur les films documentaires. C'est assez encourageant. Ce n'est pas une mine d'or, mais il y a de l'argent à gagner, semble-t-il. On verra ça en détail si vous voulez.

— Oui, bien sûr.

Il mit son clignotant, vérifia l'angle mort et changea prudemment de file.

Au bout de deux heures, ils débarquèrent du ferry et suivirent les trottoirs sablonneux jusqu'à la maison de vacances, à mi-chemin entre Kismet et Ocean Beach, sur Fire Island. Ce n'était qu'une baraque en bois gris aux angles aigus, en verre et en pin jaune recouvert de polyuréthane si épais que le grain du bois en apparaissait grossi. Quand Warren finit par ouvrir la porte – il avait des problèmes avec les clefs –, Rune fut déçue. Les fenêtres étaient dégoûtantes. Il y avait des grains de sable et de sel partout. La puanteur du Lysol rivalisait avec l'odeur âcre du moisi.

Une bicoque minable, une plage romantique... Et un comptable...

Merci, Sam.

Mais enfin, il y a pire dans la vie. Le comptable était riche, et il était quasiment prêt à investir dans son documentaire.

D'autre part, ils avaient un soleil éclatant, un carton de Budweiser, des chips, du Cheez Whiz, des Twinkies et l'océan Atlantique aux vagues dansantes.

Que demander d'autre ?

Arthur Tucker, qui avait troqué son costume de ville contre une vieille chemise, un pantalon léger et des chaussures à semelles caoutchouc, était assis sur la banquette arrière d'un taxi. Penché en avant, il ordonna au chauffeur de ralentir.

Ils roulaient sur la West Side Highway.

— Qu'est-ce qu'on cherche ? questionna le bonhomme avec un accent prononcé.

— Une péniche.

— Ha. Vous plaisantez.

— Plus lentement... Ici. Arrêtez-vous ici.

— Ici ? s'étonna le chauffeur. Vous êtes sûr ?

Tucker ne répondit pas. La Chevy stoppa. Il descendit du taxi, s'empara du lourd sac de toile à côté de lui
et régla la course. Il se garda bien de demander un
reçu. Moins il y a de traces, mieux ça vaut, il le savait
bien.

CHAPITRE 26

Harry disait :

— « Ceux qui ont connu de grandes épreuves ont lavé et blanchi leurs robes dans le sang de l'Agneau. »

John suivait du doigt sur sa Bible abîmée.

— « Dieu essuiera toutes les larmes de leurs yeux, et il n'y aura plus ni mort, ni chagrin, ni pleurs, ni douleur... »

Les deux hommes, ainsi que William, prononcèrent machinalement « Amen ».

John but sa limonade à petites gorgées et marqua le passage. Il n'y avait pas de prêtres dans leur église. Vu que toutes les âmes (enfin, toutes les âmes croyantes, pieuses et blanches) étaient touchées par la volonté terrible et juste de Dieu, l'ordination de prêtres était inutile. Des laïcs pouvaient faire des sermons ou officier. John était un orateur apprécié.

Il consulta sa montre et jeta un coup d'œil aux deux autres, qui hochèrent la tête. Il passa alors un coup de téléphone interurbain.

On décrocha à la quatrième sonnerie.

— Gabriel ? Comment ça marche ?... Bien, je suis heureux de l'apprendre. Les frères Harris et William sont ici avec moi. Nos pensées t'accompagnent... Nous sommes prêts à faire ce que tu as demandé.

John écouta, hochant la tête. Ses sourcils grisonnants se dressèrent, le sang afflua à son visage.

— Quel est le numéro ? demanda-t-il avec animation.

Il nota un numéro de téléphone à New York.

Il raccrocha et se tourna vers Harris.

— Il a eu une idée brillante. Vu que personne ne croit à notre existence, il a décidé de laisser un testament vivant de la volonté de Dieu.

Il regarda le numéro de téléphone et se mit à le composer.

La présence de sa femme rapetissait la pièce.

Healy avait l'impression que Cheryl avait grandi. Mais peut-être les pièces paraissent-elles toujours plus petites lorsque votre ex-femme est là.

— Comment va ? s'enquit-il.

— Pas mal, répondit Cheryl. Et toi ? Tu as grossi.

— Je fais moins d'exercice physique qu'avant.

— Tu ne vas plus trois soirs par semaine au club de gym ?

Il ne répondit pas et elle s'abstint de tout autre commentaire.

— Adam m'a dit que tu avais une petite amie.

— Pas vraiment une petite amie.

— Elle est jeune, d'après lui.

— C'est toi qui as...

Aïe, fais attention.

— Je ne dis rien. Je ne comptais pas que tu restes célibataire.

— Nous sommes amis, c'est tout.

— Amis...

Cheryl portait une robe rose. Elle aurait pu tourner une pub pour cuisinière modèle. Enjouée et efficace, tapotant un tamis pour en déloger des bouts de farine.

Healy estimait qu'elle aurait dû avoir l'air plus, ma foi, accablée par la rupture.

Ils étaient assis l'un à côté de l'autre sur le canapé. Healy jugea qu'il n'avait pas assez de meubles.

— Tu veux boire quelque chose ? lui demanda-t-il.

— Non.

— Je n'ai pas encore reçu les papiers pour le divorce.

— Je n'ai pas demandé à mon avocat de me les remettre.

— Je croyais que tu étais pressée, objecta-t-il.

— Je ne suis plus trop sûre d'être si pressée...

— Oh.

Le soleil dessinait un motif familier sur le tapis blanc. Il se rappelait le jour où ils l'avaient acheté. Ils avaient choisi un tapis à longues mèches parce que ça faisait plus chic, même si c'était moins cher que du velours. Il se souvenait du vendeur. Un jeune homme aux cheveux bruns coupés au rasoir, avec des sourcils qui formaient une ligne unique lui barrant le front. Puis Cheryl et lui s'étaient rendus au rayon alimentation du centre commercial Paramus. Avaient fait l'amour de retour à la maison. Sur le vieux tapis.

Aujourd'hui ils parlèrent pendant une heure.

Healy ne savait trop où menait la conversation. Il lui semblait être en terrain familier, bien que le ton fût différent cette fois-ci. Il ne se sentait pas sur la défensive. Il n'était ni désespéré, ni déboussolé. C'était peut-être parce qu'il sortait avec Rune, peut-être parce qu'un nouvel équilibre régnait dans la maison : c'était maintenant sa maison à *lui* plus que la *leur*. Il leur arrivait bien de retomber dans leurs rôles d'adversaires. Ça, c'était du balisé : *Hé, c'est toi, pas moi... Si tu avais dit un seul mot, j'aurais pu... Ce n'était pas ma faute... Evidemment, tu pourras dire tout ce que tu voudras, mais tu sais que ce n'est pas vrai...*

Les vieux arguments... J'aime encore mieux désamorcer une bombe artisanale.

Pourtant, ni l'un ni l'autre n'avait envie de se prendre à la gorge. Et maintenant que ces joutes innocentes étaient terminées, ils passaient un bon moment. Healy alla chercher des bières et ils se mirent à évoquer des souvenirs. Cheryl parlait du jour où un vieil ami avait appelé pour dire qu'il ne pourrait pas venir dîner avec sa femme parce que celle-ci venait de le quitter. Mais pouvait-il venir le lendemain, à condition de ne pas apporter le plat en cocotte, qu'il ne savait pas cuisiner ?

Et Healy évoqua le jour où, une fois de retour à la maison, ils avaient trouvé le chien au beau milieu de la salle à manger en train de pisser sur le chandelier.

Ils rirent tous deux de la nuit qu'ils avaient passée chez les parents de Cheryl. Tu te rappelles, sur la table de billard dans la salle de jeux ?

« Comme si je pouvais oublier... »

Puis le silence retomba. Apparemment, il fallait à présent prendre une décision. Mais Healy ne savait que décider et il essayait de gagner du temps. Il laissait l'initiative à Cheryl, mais celle-ci n'était pas non plus d'un grand secours. Elle restait assise les mains jointes, regardant par la vitre, qu'elle avait nettoyée mille fois, la pelouse qu'il avait tondue cent fois.

— Chérie, tu sais, finit par dire Healy, je pensais...

Le téléphone sonna.

Il se demanda si c'était Rune. Quelle attitude allait-il adopter ?

Ce n'était pas elle.

— Sam ? fit le coordinateur des opérations. On a un colis.

— Vas-y.

— Un coup de fil de ces salauds. L'Epée de Jésus. L'engin est dans un sac à bord d'une péniche sur l'Hudson...

— Une péniche ? Où ça ? questionna-t-il, le cœur battant.

— Vers Christopher. Peut-être la 11e.

— C'est chez mon amie, chuchota-t-il.

— Quoi ? La fille qui est venue ici ?

— Oui.

— Bon, ne panique pas. On a bouclé le périmètre et il n'y a personne à bord. Elle n'est pas là.

— Où est-elle ?

— Je n'en sais rien, mais nous avons fouillé la péniche.

— L'engin, c'est quoi ?

— Différent cette fois-ci. L'agent l'a examiné avant de nous appeler. Vraisemblablement du C3 ou du C4, enfoui sous des petits plombs. La charge n'est pas importante. Seulement quelques dizaines de grammes.

— Donc, antipersonnel.

(On ajoute des plombs ou des pièces de monnaie à l'explosif quand on veut causer le plus de dégâts au corps humain.)

— Exact.

— Le robot peut-il l'attraper ?

— Non. L'engin est sur le pont. Trop étroit.

Healy visualisa la péniche de Rune. Il savait qu'il faudrait désamorcer la bombe manuellement.

— Bon sang ! jetez dessus une couverture anti-bombes et faites-le exploser !

— Seulement voilà, il y a un problème. Ton amie ne s'en est sans doute pas rendu compte, mais la péniche est amarrée juste à côté d'une barge remplie de cinq mille mètres cubes de propane. Si la bombe et la barge explosent, ça va fiche le feu à trois pâtés de maisons du West End...

— Prenez-la en remorque et éloignez-la, nom de Dieu !

— J'ai téléphoné : il faudrait deux heures pour faire venir un remorqueur et préparer la barge pour l'appareillage. Elle est fixée à des pompes de déchargement à terre. Impossible de déplacer cette saleté en claquant des doigts !

— Et il reste combien de temps avant l'explosion ?

— Quarante-cinq minutes.

— J'arrive.

— Une chose, Sam. Un truc bizarre.

— Oui ?

— L'Epée de Jésus... Ils ne se sont pas contentés de passer un coup de fil de menaces. Le type a dit : « Envoyez la Brigade de déminage sur une péniche amarrée à Christopher. » Ça paraissait être leur premier souci : faire rappliquer quelqu'un de la brigade.

— Voilà pourquoi c'est une bombe antipersonnel, à ton avis ?

— Oui. J'ai l'impression que c'est dirigé contre nous.

— Noté, dit Healy.

Il raccrocha, se tourna vers Cheryl, qui avait entendu la conversation.

Allait-elle lui décocher l'un de ses regards exaspérés ? « Ça y est, il recommence... » Le rempart contre son entêtement et son égoïsme. Mais non. Cheryl se leva, faisant tomber son sac à main en cuir verni blanc, puis s'approcha de lui. Elle le prit doucement dans ses bras.

— Sois prudent.

Elle le serra si fort qu'il en fut étonné.

Le souffle court, vêtu de sa combinaison de déminage, il remontait la passerelle de la péniche de Rune, s'efforçant de ne pas repenser à la dernière fois qu'il était venu ici. A eux deux ensemble au lit. Au jouet empaillé. Perséphone, tombant par terre.

Il aperçut le sac, regarda à l'intérieur.

OK. Des problèmes.

Il avait rarement vu de bombe aussi perfectionnée. Il y avait un détecteur de proximité à infrarouge : une main s'en approchant suffirait à provoquer l'explosion. Et l'engin était doté d'un shunt multiple – vingt ou trente fils très fins allant d'une source électrique protégée jusqu'au détonateur. Avec un shunt traditionnel à deux fils, on a une chance de désamorcer la bombe en coupant simultanément les deux fils. Mais c'était impossible de couper autant de fils de dérivation. Comme le détonateur à retardement était numérique, il n'y avait pas moyen de mettre le mécanisme hors circuit.

Et, pour couronner le tout, il y avait un interrupteur à bascule au mercure au point de soudure.

Génial, une bombe munie d'un interrupteur à bascule à bord d'une péniche.

Healy communiqua ces précisions au coordinateur des opérations. Ce dernier, Rubin et plusieurs autres étaient agglutinés derrière des sacs de sable au bout de l'appontement. Ils avaient décidé de ne faire venir que quelques membres de l'équipe. Si la barge explosait, tout le monde serait tué dans un périmètre de deux pâtés de maisons. Ils ne pouvaient prendre le risque de perdre la quasi-totalité de la brigade.

— Je pourrais couper l'interrupteur, dit-il en respirant bruyamment. (Celui-ci n'était pas shunté.) Mais je ne peux pas glisser la main dans le sac. Le détecteur de proximité déclencherait tout.

— L'interrupteur est sensible ? questionna Rubin par radio.

— Plutôt, répondit Healy. Un rien suffirait à fermer le circuit.

— Est-ce que tu pourrais geler le mercure ?

— Je ne peux rien introduire dans le sac. A cause du détecteur.

— Ah oui.

— Je vais être obligé de le sortir tout doucement.

Healy pensa à ce qui l'attendait. Il allait traîner la bombe jusqu'à la trouée dans le bastingage, là où se trouvait la passerelle. Cela ne présentait pas de difficultés. Le sac resterait relativement à plat. Mais il serait ensuite obligé de le porter à la main jusqu'à la passerelle, puis jusqu'au véhicule de désamorçage, que l'on avait amené sur l'appontement, à trois mètres de la péniche.

Ce seront les trois mètres les plus longs de ma vie.

Il jeta un coup d'œil au détonateur à retardement. Plus que dix-sept minutes.

— Il me faut de l'huile.

— De quel type ? demanda Rubin.

— N'importe quoi.

— Attends...

Quinze minutes.

Il eut un choc en voyant Rubin apparaître à côté de lui avec un bidon d'huile « 3-en-1 ».

Healy le remercia d'un signe de tête – Rubin n'était plus relié par radio –, et versa l'huile sur le pont peint de la péniche, afin de réduire la friction au minimum quand il déplacerait le sac. Il jeta le bidon, puis tendit la main pour saisir un coin de la toile. Pensa à Adam, à Cheryl, à Rune. Il tira le sac vers lui.

Warren avait descendu le chemin menant à la plage, où Rune se bronzait sur une grande serviette. Elle l'avait suivi des yeux.

— Je viens d'avoir plusieurs investisseurs au téléphone. Voici ce que j'ai mis au point. Ce n'est pas mirobolant mais, vu que vous débutez comme réalisatrice, je pense que vous serez contente.

Warren Hathaway avait proposé ceci : il allait lui prêter l'argent pour finir le montage et le travail de postproduction. Ce serait un simple prêt à 8 % seulement.

— L'intérêt est normalement de 12 %, mais comme vous êtes une amie...

Elle l'avait pris dans ses bras.

— Je serais même prêt à aller plus bas, mais le fisc prélève sur les revenus si l'intérêt n'est pas au prix du marché.

Tout ce qu'il voudrait...

Puis, avait-il expliqué, ils créeraient une *entreprise mixte*, expression que Rune n'avait jamais entendue et qui lui avait provoqué un fou rire. Quand elle avait repris son souffle, il lui avait dit qu'il cautionnerait le coût pour trouver un distributeur, puis qu'ils se partageraient les bénéfices. Elle toucherait quatre-vingts pour cent, lui vingt. Etait-elle d'accord ?

— Plus que d'accord. Hé, J'ai l'impression d'être

vraiment dans les affaires. Des affaires de grande personne !

— Je vais les prévenir.

Puis il était retourné dans la maison, la laissant sur la vaste plage. Elle avait somnolé, pensant à Sam Healy, à son film, s'était assoupie, puis avait essayé de ne plus penser à Sam Healy. Elle avait entendu le ressac et les mouettes qui tournaient au-dessus d'elle en criant. Rune s'était alors endormie.

Une heure plus tard, elle se réveilla, à la première piqûre.

Rune regarda son bras.

Oh, zut.

Je suis brune, j'ai la peau brune et deux centimètres d'écran solaire sur le corps. Je ne risque pas de brûlure au troisième degré.

Mais elle sentit les cloques qui se formaient dans son dos... Sensation de quelque chose d'humide, de froid, qui lui rampait dessus.

Elle se redressa lentement, étourdie, et jeta une couverture sur ses épaules. Elle se dirigea vers la maison.

Elle pourrait peut-être demander à Warren de l'enduire de Solarcaine, mais ce serait l'engrenage... Certes, il était bien physiquement, certes elle aurait volontiers éveillé un peu la jalousie de Sam Healy. Mais comme Warren s'intéressait à son film, elle se disait qu'il valait mieux éviter le sexe. Rester sur un plan professionnel.

Son dos la piquait furieusement. Sautillant, elle quitta le sol en béton brûlant du patio pour pénétrer dans la maison.

Warren était à l'intérieur, fouillant dans son sac de gym.

— J'espère que vous avez de la Solarcaine, lui dit-elle. Je me suis transformée en écrevisse.

— Je dois avoir quelque chose pour vous soigner.

Elle regarda autour d'elle.

— Vous n'aviez pas deux sacs ?

— Si, répondit-il d'un ton neutre. J'en ai laissé un sur votre péniche.

— Oh, pas de chance.

— Non, je l'ai fait exprès.

Il continua de fouiller, plissant les yeux.

— Ah bon... Pourquoi ?

— Pour occuper la Brigade de déminage.

Et il sortit un blouson rouge du sac, le déplia soigneusement, puis posa un morceau de plastic, aussi gros que le poing, ainsi qu'un détonateur, sur la table en bois poisseuse.

CHAPITRE 27

Elle atteignit la porte vitrée.

Hathaway paraissait frêle, mais il était plus robuste que du fil de fer. Il agrippa les poignets de Rune et ne lâcha plus. Puis il l'entraîna dans l'une des chambres à coucher aux murs recouverts de bois. Exactement comme sur l'appontement. C'était lui qui l'avait suivie, lui qui l'avait attaquée !

Il la gifla violemment. Elle s'effondra. Elle ne pouvait se protéger avec les mains. Sa tête heurta le sol en premier. Elle resta étendue un moment, sonnée. La douleur irradiait de ses yeux vers l'intérieur de son crâne. Elle ressentit une bouffée de nausée.

— Warren...

— Gabriel, corrigea Hathaway aussi gaiement que s'il fût venu la chercher à une fête paroissiale. (Il sortit de la chambre, alla prendre son sac et l'explosif, puis revint en sirotant son thé glacé.) Appelle-moi Gabriel.

— L'Epée de Jésus... chuchota Rune. Il existe donc vraiment une Epée de Jésus...

— Et que l'on puisse nous croire inventés de toutes pièces par un meurtrier psychopathe, ça nous contrarie beaucoup. Or c'est à cause de toi et de ton film.

— Que voulez-vous ? Qu'allez-vous me faire ?

Hathaway commença de sortir de son sac des outils, du fil de fer et de petites boîtes.

— Je ne crois pas, vois-tu, que l'on puisse éliminer le péché et le mal. Les putains ont toujours existé, le

315

mal aussi. Mais il y a toujours eu également des gens prêts à se battre contre tout ça, jusqu'à se sacrifier. (Il la regarda attentivement. Son ton raisonnable était d'une certaine façon aussi terrifiant que la folie de Tommy Savorne.) Nous sommes une publicité vivante en quelque sorte. Nous faisons passer le message. Et c'est aux gens d'interpréter ce message.

— Vous n'étiez pas du tout « témoin » du premier attentat, déclara Rune. La bombe, c'est vous qui l'avez déposée.

— Au moment où je sortais du cinéma, un type m'a arrêté. Il m'a appelé « frère ». Il avait une tête sympathique. J'ai cru pouvoir l'aider, pouvoir l'amener à se repentir et à accepter Jésus. Même si nous mourions tous les deux dans l'explosion, il entrerait dans le Royaume de Dieu. Ç'aurait été magnifique. Malheureusement, ce qu'il cherchait, ce n'était pas le salut de son âme, mais vingt dollars pour une pipe. A l'instant où je me détournais, la bombe a explosé. Elle lui a arraché presque toute la tête, mais ce qui restait de son corps m'a sauvé la vie. Voilà qui est ironique, je trouve. Les voies du Seigneur sont impénétrables et merveilleuses.

Et les blessures sur son visage, en partie dues au gaz lacrymogène.

Rune comprit également qu'il avait menti quant à l'âge de l'homme au blouson rouge : il avait prétendu que celui-ci était plus vieux pour détourner les soupçons de lui-même. Et il avait mis ce fameux chapeau pour cacher sa calvitie.

— Je t'ai vue devant le cinéma, poursuivit Hathaway. Je t'ai vue avec ta caméra. Je t'ai prise pour une de ces pécheresses. J'étais sur le point de te tuer. Et puis je me suis dit que nous pourrions peut-être nous servir de toi. (Il hocha la tête, regardant autour de lui.) Et je crois bien que j'avais raison.

— Qu'allez-vous faire de moi ?

— Un testament vivant de la volonté de Dieu.

316

— Pourquoi moi ? Je ne tourne pas dans ce genre de films.

— Tu fais un film sur une actrice porno. Tu l'idéalises...

— Pas du tout. Je montre ce que ce métier a fait d'elle.

— Elle a eu ce qu'elle méritait. Tu devrais faire des films sur des missionnaires, à la gloire de Dieu...

— Je vais vous montrer mon film ! Je n'enjolive rien.

Hathaway la regarda en souriant.

— Rune, nous devons tous faire des sacrifices. Tu devrais être fière de ce qui va t'arriver. Les médias devraient parler de toi pendant un an. Tu vas être célèbre.

Il s'assit sur le petit lit. Etala les composants de la bombe, examinant chacun d'eux attentivement.

Elle se pencha doucement en avant, glissant légèrement les pieds sous le lit.

— Ne t'imagine pas que tu vas me sauter dessus, reprit Hathaway. (Il tenait à la main le cutter qu'elle avait déjà vu lors de la première agression.) Je peux te faire très mal. C'est pour cela que je porte un blouson rouge : je suis parfois obligé de faire mal aux gens, et ils saignent.

Rune reprit sa position normale sur le lit.

Hathaway poursuivit sur un ton apaisant, tout en glissant un cylindre blanc au milieu du bloc d'explosif.

— Voici environ trois onces de C3. (Il releva les yeux.) Normalement, je n'entre pas dans les détails, mais comme tu vas être ma partenaire dans ce projet, je pense que tu aimeras en savoir un peu plus sur ce qui t'attend. Ce ne serait pas juste de te laisser croire que tu pourrais tout bonnement arracher les fils et attendre de l'aide. (Il brandit une boîte noire en plastique, dans laquelle il inséra l'explosif.) Et ceci est un dispositif très ingénieux. Une boîte avec un interrupteur à bascule au mercure liquide. Si on la prend en main et qu'on essaie de sortir le détonateur, l'interrupteur déclenche la bombe. Comme la batterie est à l'intérieur, on ne peut pas couper le courant. (Il brancha des fils sur une autre petite boîte noire, dotée d'une horloge.) La minuterie. Elle est réglée et armée électroniquement. Il y a une dérivation. Si on débranche ou coupe le fil, le détonateur détecte la baisse de voltage et déclenche la bombe. (Il sourit.) Dieu a donné à l'homme un cerveau vraiment miraculeux, n'est-ce pas ?

— Je vous en prie ! Je ferai tout ce que vous voudrez. Vous voulez que je fasse un film sur Dieu ? Je peux !

Hathaway la regarda un moment.

— Tu vois, Rune, il y a des prêtres qui acceptent le repentir à n'importe quel moment, que le pécheur agisse de son plein gré ou qu'il soit, disons, torturé. (Il secoua la tête.) Mais je suis spécial. Il me faut un peu plus de sincérité que ne le permet la situation présente. Alors, pour répondre à ta question : non, je ne veux pas qu'une petite pute comme toi fasse un film sur Dieu.

— Ah oui ? Et vous, vous vous prenez pour quoi ? Un bon chrétien ? Foutaises ! Vous êtes un assassin !

Hathaway leva les yeux en saisissant le fil électrique.

— Jure autant que tu voudras. Dieu saura reconnaître Ses fidèles.

Il recula.

— Et voilà, conclut-il.

Il disposa l'ensemble des boîtes et des fils électriques sur la table de nuit, puis fit glisser celle-ci au centre de la chambre.

— Maintenant, poursuivit-il, je vais t'expliquer ce qui va se passer. (Avec fierté, il regarda le plafond et les murs, l'œil critique.) L'explosion va souffler la plupart des murs intérieurs – ce ne sont que des cloisons peu épaisses –, ainsi que le plancher et le plafond. Comme le mur extérieur est un mur de soutien, il devrait tenir. Mais, d'un autre côté, mieux vaudrait ne pas te trouver prise entre ce mur-là et la bombe.

Hathaway se mit à sauter sur le sol près de la bombe.

— C'est du bois, constata-t-il. Je n'avais pas pensé à ça. Les éclats de bois risquent d'être un problème. Le feu également. Il faudra t'en remettre à la Providence. Bon, il y a bien assez d'explosif pour te tuer. Je dirais que tu as vingt pour cent de chances d'être tuée sur le coup. Je te conseille donc de prendre les matelas et le sommier pour te protéger... (Il regarda autour de lui.) Dans ce coin là-bas. Tu vas être projetée dans la salle de séjour. Difficile de dire exactement ce qui va arriver, mais je te garantis que tu vas perdre définitivement la vue et l'ouïe. Quand le C3 explose, il répand des fumées toxiques. Donc, même si tu n'es pas aveuglée par l'explosion, tu le seras par la fumée. A mon avis, tu vas sans doute perdre un bras, ou une jambe, ou une main. Les fumées te causeront des brûlures aux poumons. Je ne peux rien affirmer avec certitude. Comme je te le disais, les éclats de bois vont être un problème. C'est de cette façon-là que la plupart des marins se faisaient tuer dans les combats navals au dix-neuvième siècle. Par les éclats de bois, pas par les boulets de canon. Tu savais ?

— Pourquoi me faites-vous ça ? Quel est votre but ?

— Que tu parles de nous à tout le monde. Les gens nous croiront et auront peur. Tu vivras de charité, à la grâce de Dieu. Evidemment, il se pourrait que tu meures. Du reste, tu peux toujours choisir cette possibilité. Tu n'as qu'à la prendre en main. (Il fit un geste vers la boîte.) Mais j'espère que tu t'en garderas. J'espère que tu comprendras tout le bien que tu pourras faire, le genre de message que tu pourras laisser à notre pauvre monde de pécheurs.

— Je sais qui vous êtes. Je pourrai dire...

— Tu connais Warren Hathaway, ce qui n'est pas mon vrai nom, bien entendu. Et comment me reconnaîtras-tu sans yeux lors d'une séance d'identification ?

(Il se mit à rire, puis la regarda en hochant la tête.) Tu as trente minutes. Que Dieu te pardonne.

Rune le dévisagea.

Hathaway sourit, secoua la tête et quitta la chambre. Rune entendit des coups de marteau : une demi-douzaine de clous étaient enfoncés dans le chambranle de la porte. Puis ce fut le silence. L'instant d'après, la boîte noire émit un tic-tac et une lumière rouge s'alluma. L'aiguille de l'horloge se mit en mouvement.

Elle courut à la fenêtre, lança sa main en arrière pour briser la vitre avec sa paume.

Soudain la fenêtre s'obscurcit. Rune poussa un faible gémissement quand Hathaway commença à clouer un épais panneau de contre-plaqué par-dessus la vitre.

« Non, non », pleurait-elle, craignant que les battements fous de son cœur ne déclenchent la bombe.

Dix minutes.

Le sac de toile était en haut de la passerelle.

Sam Healy inspira à fond, regarda le véhicule de désamorçage.

Les trois mètres les plus longs...

— Ça va, vieux ? demanda le chef par radio.

— Je ne me suis jamais senti aussi bien, répondit Healy.

Inspiration, expiration. Inspiration, expiration.

Il se pencha au-dessus du sac et le ferma soigneusement. Il ne pouvait le maintenir droit en le tenant par la lanière ; il allait donc devoir le soulever par en dessous à l'aide des deux mains.

Il descendit la passerelle à reculons, puis mit un genou à terre.

Respire, respire, respire.

Les mains les plus fermes de la Brigade, avait un jour dit quelqu'un de Healy. Eh bien, ce n'était pas de trop en ce moment ! Foutus interrupteurs à bascule.

Il se pencha en avant.

— Oh, nom de Dieu, fit la voix à la radio, entrecoupée de parasites.

Healy se figea sur place, jeta un coup d'œil derrière lui.

Le chef, Rubin et les autres membres de la Brigade faisaient des gestes désordonnés vers l'Hudson. Healy regarda dans cette direction. Merde ! Un hors-bord filait à trente nœuds près de la berge, traçant un énorme sillage. Le pilote et sa passagère – une blonde avec des lunettes de soleil – virent les gestes de l'équipe de déminage et agitèrent la main en retour.

Dans dix secondes, l'énorme sillage atteindrait la péniche et la ballotterait, déclenchant la bombe.

— Sam, fous le camp ! Décampe !

Mais Healy était figé sur place, les yeux rivés sur le numéro d'immatriculation du hors-bord. Les deux derniers chiffres étaient 1 et 5.

Quinze.

Oh, bon sang.

— Décampe !

Mais il savait que c'était vain. On ne peut pas courir avec une combinaison antibombes. Et d'autre part, tout le dock allait disparaître dans l'ouragan de feu du propane en flammes.

Le sillage était à six mètres.

Il se pencha, saisit le sac à deux mains, et descendit la passerelle.

Trois mètres de la péniche.

La passerelle à moitié descendue.

Un mètre cinquante.

— Sam, fous le camp !

Deux pas de plus et il serait sur l'appontement.

Mais il n'y parvint pas.

A l'instant même où il allait toucher le plancher, le sillage heurta la péniche. Et celle-ci fut secouée si violemment que la passerelle se décrocha et tomba, de soixante centimètres de haut, sur l'appontement. Healy, déséquilibré, bascula en avant, agrippé à la bombe.

— Sam !

Il se tortilla, afin de placer son corps entre le sac et la barge. Songeant : je suis mort, mais peut-être la combinaison interceptera-t-elle les éclats.

Il tomba sur l'appontement avec un bruit sourd. Les yeux fermés, attendant la mort, se demandant s'il souffrirait beaucoup.

Il lui fallut un moment pour comprendre qu'il ne s'était rien passé. L'instant d'après, il s'aperçut qu'il entendait de la musique.

Il s'assit, jeta un coup d'œil vers les sacs de sable, derrière lesquels était terrée toute l'équipe, pétrifiée.

Healy défit la fermeture Eclair du sac et regarda à l'intérieur. Le commutateur à bascule avait bien fermé le circuit. Mais il n'avait pas actionné le détonateur ; il avait apparemment allumé une... petite radio. Healy ôta son casque.

— Sam, qu'est-ce que tu fabriques ?

Il ne répondit pas.

Oui, c'était indiscutablement de la musique. Légère. Il gardait les yeux fixés sur le poste, incapable de bouger, se sentant très faible. Des parasites. Puis il entendit le présentateur. « Vous êtes à l'écoute de WJES, la fréquence des plus belles musiques chrétiennes... »

Il regarda l'explosif. Enleva le gant et en retira un peu avec son ongle. Le renifla. Il aurait reconnu cette odeur entre toutes. Mais ce n'était pas dû à sa formation de démineur. C'était grâce à Adam. L'explosif était de la pâte à modeler.

Rune ne perdit pas de temps à tenter de percer les murs. Elle tomba à genoux et récupéra ce qu'elle avait vu sous le lit quand Hathaway l'avait entraînée dans la chambre.

Un téléphone.

Lorsque Rune s'était penchée en avant tout à l'heure, elle n'avait nullement eu l'intention de sauter sur Hathaway. En fait, elle avait aperçu par terre un vieux téléphone noir à cadran rotatif. En le poussant avec les pieds, elle l'avait caché sous le lit.

Elle souleva le combiné. Silence.

Non !

Il ne fonctionnait pas. Ses yeux suivirent le cordon.

Hathaway, ou quelqu'un d'autre, avait arraché le fil.

Elle retomba à genoux et, à l'aide de ses dents, rongea l'isolant. Elle mit au jour quatre petits fils : blanc, jaune, bleu, vert.

Pendant cinq minutes, elle dénuda les fils jusqu'à obtenir quatre minuscules fils de cuivre. Contre le mur se trouvait un boîtier téléphonique percé de quatre entrées. Recroquevillée, le combiné sous le menton, Rune commença d'enfoncer les fils dans les trous, essayant diverses combinaisons.

Finalement, la dernière combinaison fut la bonne : Rune obtint la tonalité.

Il restait douze minutes.

Elle composa le 911.

Mais à quoi bon, nom d'un chien ? Y avait-il même une caserne de pompiers sur Fire Island ? Et comment leur expliquer où elle se trouvait ?

Merde !

Elle appuya sur le bouton et composa le numéro personnel de Healy.

Pas de réponse. Elle allait raccrocher violemment, se ravisa et rappuya avec précaution sur le bouton, comme s'il ne lui fût resté qu'un temps limité de tonalité... Cette fois-ci, elle appela la standardiste, lui dit d'une voix essoufflée que c'était une urgence, lui demanda de lui passer le poste de la 6e circonscription à Manhattan. A son grand étonnement, on le lui passa au bout de cinq secondes.

— Il faut que je parle de toute urgence à Sam Healy, Brigade de déminage !

Des parasites. Quelqu'un au standard racontait une blague polonaise. Encore des parasites.

« Transmettez l'appel », entendit Rune.

Encore des parasites. La chute de la blague.

Parasites.

Oh, je vous en supplie...

Puis la voix de Healy.

— Central à 255, disait l'opératrice. J'ai un appel d'un poste fixe pour vous. Urgence, dit la femme. Vous êtes disponible ?

— Je suis sur le terrain. Qui est-ce ? Que veut-elle ?

— Sam ! hurla-t-elle.

Mais il n'entendit pas.

CHAPITRE 28

— Dites-lui : de la part de Rune ! cria-t-elle à la standardiste. Vite !

L'instant d'après, elle entendit mieux malgré les parasites.

— Sam, fit-elle en pleurant. Il m'a enfermée dans une chambre avec une bombe. L'assassin de l'Epée de Jésus !

— Où es-tu ?

— Dans une maison sur Fire Island. A Fair Harbor, je crois. Il a déposé une bombe ici.

Sept minutes.

— Où est le type qui l'a déposée ?

— Il est parti. C'est ce Warren Hathaway... le témoin du premier attentat. Il va retourner à Bay Shore par le ferry.

— OK. Je vais envoyer un hélicoptère. Décris la maison.

Elle s'y efforça. La communication s'interrompit durant vingt secondes, terrifiantes.

— Bon, reprit-il. C'est quoi, cette bombe ?

— Une grosse poignée de, quoi déjà ?... de C3. Il y a un détonateur à retardement. Ça doit exploser dans six minutes.

— Nom de Dieu, Rune ! Fous le camp...

— Il m'a enfermée en clouant portes et fenêtres.

Silence. Soupirait-il ? Il reprit, d'une voix aussi apaisante qu'un Valium :

— Bien, nous allons nous en sortir. Ecoute-moi. OK ?

— Qu'est-ce que je fais ?

— Parle-moi de cette bombe.

Rune lui rapporta ce que Hathaway lui avait dit. Elle crut entendre siffler Healy, mais ce n'étaient peut-être que des parasites.

Cinq minutes.

— Quelle est la surface de la chambre ?

— Six mètres sur quatre mètres cinquante environ.

Silence.

— Bon. Voici ce que nous allons faire. Si tu t'éloignes au maximum et te protèges avec des matelas ou des coussins, tu resteras sans doute en vie.

— Mais il a dit que j'en ressortirais sourde et aveugle !

Silence.

— Oui, admit-il. C'est possible.

Quatre minutes, vingt secondes.

— Toutefois, poursuivit-il, si tu essaies de la désamorcer toi-même et qu'elle explose, tu seras tuée.

— Sam, je vais le faire. Comment ? Dis-moi comment.

Il hésitait. Reprit enfin :

— Ne retire pas le détonateur de l'explosif. Il y a dedans un interrupteur à pression. Ne touche pas au shunt et coupe le cordon de la batterie. Il faut suffisamment d'électricité pour faire croire au galvanomètre que le cordon n'est pas coupé.

— C'est du chinois !

— Ecoute-moi bien. Regarde la bombe. Il doit y avoir un petit boîtier près de la batterie.

— Gris. Je le vois.

— Muni de deux bornes métalliques.

— Oui.

— Il faut que tu passes un bout de fil électrique de très fin calibre...

— Parle plus simplement, l'implora-t-elle.

— Excuse-moi... Le fil doit être très fin. Passe ce

fil entre un connecteur de ce boîtier et la borne principale reliant la batterie au câble. Tu suis ?

— Oui.

— Ensuite, tu coupes les fils de la minuterie.

Trois minutes trente.

— D'accord, fit-elle.

— Trouve un bout de fil électrique, dénude-le et
enroule un brin – juste *un* – autour de la borne du
boîtier gris, puis l'autre autour de la borne de la minuterie. Coupe ensuite les autres fils de la minuterie.

— OK, je vais le faire.

Elle regardait fixement les composants en plastique.
Tenta de se représenter l'opération.

— Et surtout, reprit Healy, n'oublie pas qu'il y a cet
interrupteur à bascule. Tu ne peux donc pas déplacer la
bombe.

— On dit « engin explosif », Sam, dit-elle au travers de ses larmes. Pas « bombe ».

— L'hélicoptère est en route. La police du comté
attendra le ferry à Bay Shore. Et nous allons en
envoyer un à Fair Harbor.

— Oh, Sam, et si je me planquais tout simplement
sous le matelas ?

Silence. Des parasites éclatèrent entre eux, tel un
orage.

— « Crois à l'impossible jusqu'à ce qu'il devienne
possible », lui rappela-t-il.

Deux minutes.

— A bientôt, Sam.

Rune arracha les fils du téléphone. Puis, avec les
dents, dénuda l'un d'eux – le blanc – et enroula un
brin autour des deux bornes, conformément aux indications de Healy.

Quatre-vingt-dix secondes.

Elle coupa les câbles de la batterie, se pencha sur la
bombe, sentit l'odeur huileuse de l'explosif, à quelques
centimètres de son visage, prit l'un des fils noirs dans
sa bouche. Elle se mit à mâchonner. Des larmes coulè-
rent sur le plastic.

C'était plus épais que prévu.

Cinquante secondes.

Elle s'ébrécha une dent, sentit une décharge électrique, eut le souffle coupé.

Quarante.

Trente.

Le fil cassa.

Plus de temps pour l'autre. Avait-il parlé de deux fils ? Elle en était presque sûre. Merde ! Elle s'écarta de la bombe, arracha le matelas et le sommier du lit, puis s'allongea par terre dans l'angle de la chambre, comme Hathaway le lui avait dit. Aveugle et sourde.

Trente. Vingt-neuf. Vingt-huit. Vingt-sept...

Elle pria – un Dieu bien différent de celui revendiqué par l'Epée de Jésus, du moins l'espéra-t-elle.

Quatorze. Treize. Douze. Onze...

Rune plaqua le menton contre la poitrine.

Warren Hathaway était fier d'être précis. Lorsqu'il ne fabriquait pas de bombes, il était effectivement comptable – pas expert-comptable, certes – et prenait un plaisir sensuel à couvrir de chiffres le papier vert pâle à l'aide d'un stylo-plume ou d'un feutre fin – qui n'accroche pas sur la feuille. Il avait le goût de l'exactitude et des détails.

Il aimait aussi assister à de grosses explosions.

Aussi, lorsqu'il ne vit pas voler en éclats les fenêtres de la villa ni ne sentit la terre sablonneuse trembler sous le choc de la déflagration, eut-il l'estomac noué par l'horreur. Il s'abstint de jurer – cette idée ne lui serait jamais venue à l'esprit. Il se contenta de saisir son marteau et de parcourir les cent mètres jusqu'à la maison.

Les épreuves de Job...

Il savait qu'il avait correctement réglé le système. Il connaissait indiscutablement son matériel. Le détonateur était enfoui dans l'épaisseur idoine de plastic. Le C3 était en bon état. La batterie était chargée.

Cette petite traînée avait bousillé son travail.

Il entra, puis attaqua au marteau les planches de bois qui barricadaient la porte. Il les frappa près des clous pour en extraire les têtes, avant de les saisir à l'aide de la pince. Avec un grincement sinistre de maison hantée, les clous commencèrent à sortir.

Au premier clou, il entendit la voix de la fille, paniquée, demandant qui était là.

Au deuxième clou, elle hurlait au secours. Comme elles pouvaient être bêtes et hystériques par moments. Les femmes. Ces traînées de femmes.

Au troisième coup : silence.

Il marqua une pause. Ecouta. N'entendit rien.

Hathaway arracha le reste. La porte s'ouvrit.

Rune était debout à l'intérieur, devant la table, le fixant d'un air de défi. La sueur avait plaqué ses cheveux sur son visage ; elle louchait. Elle se passa le dos de la main sur la bouche, déglutit. Elle tenait dans l'autre main un pied de table ou de chaise arraché.

Il se mit à rire, puis fronça les sourcils, regardant en direction de la bombe. Il l'examina avec une curiosité professionnelle. La fille n'avait pas touché au shunt.

— Tu as fait ça ? Comment as-tu su...

Elle brandit son gourdin improvisé.

— Espèce de pute, reprit Hathaway. Tu crois que ça va m'arrêter ?

Il s'avança vers elle. Il fit un seul pas avant de trébucher contre le fil téléphonique que Rune avait tendu en travers du seuil.

Hathaway tomba lourdement. Il se rattrapa, mais son poignet heurta le sol avec un craquement sonore. Il poussa un cri de douleur, tentant de se relever. Rune lui donna alors un violent coup de gourdin sur les épaules et passa devant lui en courant. Il retomba sur son poignet meurtri, hurlant de nouveau.

Hathaway essaya de se relever, un genou à terre, un pied au sol. Il glissa sa main valide dans sa poche pour s'emparer de son cutter. Il fixait Rune comme s'il eût été en présence du Diable.

Rune attendit un instant, puis lança le pied de table, qui fila devant Hathaway.

Après, les images se brouillèrent.

Rune se jetant par terre contre la plinthe de la salle de séjour.

Hathaway, paniqué, tentant maladroitement d'intercepter le pied de table avant qu'il n'atteignît sa cible.

En vain.

Puis une zébrure, une boule de feu, quand le pied de table heurta la bombe, que l'interrupteur à bascule fit exploser le C3.

Ce fut alors un tourbillon de sable, d'éclats de bois, de bouts de cloison, de métal, de fumée. Un vrai tremblement de terre.

Hathaway ne s'était pas trompé quant aux murs. Le mur extérieur tint le coup. Les murs intérieurs, eux, furent pulvérisés, débris pris dans l'ouragan, sifflant aux oreilles de la jeune femme recroquevillée. Le plancher s'affaissa de quinze centimètres. Il n'y eut pas de feu, mais la fumée fut aussi irritante que prévu. Lorsque la gorge de Rune se contracta, que la toux devint trop violente, elle se mit debout – sans regarder dans la chambre à coucher – et sortit en titubant.

Sourde, les yeux ruisselant de larmes, elle tomba à genoux et se traîna lentement jusqu'à la plage, toussant, crachant l'âcre fumée chimique.

Fire Island est vide en semaine. Personne ne risquait d'être attiré par l'explosion. La plage était totalement déserte.

Rune se laissa choir sur le sable et roula sur le dos, espérant que le ressac allait s'approcher, s'approcher, lui toucher les pieds. Elle comprenait mal pourquoi elle avait un désir aussi obsédant d'être touchée par l'eau. S'agissait-il de quelque thérapeutique primitive, ou bien avait-elle besoin de sentir bouger quelque chose de vivant ?

A la première caresse de l'eau froide, Rune ouvrit les yeux et scruta l'horizon.

Un hélicoptère !

Elle le vit approcher à basse altitude, puis en aperçut un autre.

Et encore une douzaine ! Tous fonçaient directement sur elle, venant à sa rescousse. Elle fut alors secouée d'un rire de gorge, sans s'entendre, quand les hélicoptères se transformèrent comme par enchantement en grosses mouettes. Celles-ci ne prêtèrent pas la moindre attention à Rune, allant se poser sans grâce sur le sable ferme.

CHAPITRE 29

Rune resta seule les quelques semaines suivantes. C'était là son souhait. Elle vit plusieurs fois Sam Healy, mais elle jugea préférable de rester un peu distante.

Et de s'en tenir au plan professionnel. L'affaire avait eu des suites. Rune avait expliqué à la police avoir entendu Hathaway au téléphone peu de temps avant qu'il ne l'enfermât dans la chambre. Il avait peut-être parlé aux autres membres de l'Epée de Jésus. La police de l'État de New York avait retrouvé trace de l'appel et lancé sa propre enquête. Trois jours après que Gabriel eut été pulvérisé, trois membres éminents de l'Epée de Jésus avaient été arrêtés.

Il y avait eu aussi le problème Arthur Tucker. Lorsque Rune était retournée sur sa péniche, elle avait constaté une effraction. Elle avait cru au début qu'il ne manquait rien, puis s'était avisée que le scénario subtilisé dans le bureau d'Arthur Tucker avait disparu.

Elle avait alors téléphoné à ce dernier, menaçant d'appeler la police et de révéler qu'il avait volé les pièces de théâtre d'une morte. Le vieux ronchon lui avait rétorqué : « Appelez si ça vous chante. Il y a vos empreintes dessus et j'ai déjà signalé à la police une effraction il y a une semaine – juste après votre visite pour m'interviewer. Et je suis furieux que vous m'ayez présenté à quasiment tout le monde comme suspect dans l'affaire. C'est de la diffamation. »

Ils avaient trouvé un compromis : chacun en resterait là et s'il gagnait de l'argent avec les pièces de théâtre, il ferait don d'un quart des bénéfices à la Coalition new-yorkaise contre le sida.

Là-dessus s'était produit un événement peu banal.

Larry – le Larry de « L & R » – s'était pointé à la porte de sa péniche.

— Pas de téléphone, bon sang ! T'es vraiment bonne à rien !

— Larry, j'ai eu ma dose d'insultes pour la semaine.

— Fichue péniche !

— Vous voulez un verre ?

— J'peux pas rester. J'suis venu te dire que c'est un trou du cul, m'sieur Portefeuille. Que te dire d'autre ?

— Il n'empêche que je vous ai bousillé le contrat, Larry. Vous ne pouvez pas me redonner mon boulot.

Il partit d'un gros rire australien.

— Bah, mignonne, c'est que ça ne devait pas se faire. Bon, voici : y a un type qui m'a appelé. Il a ses entrées chez PBS, et ils ont l'intention de faire une série sur les nouveaux réalisateurs de documentaires...

— Larry !

— Bon, je t'ai recommandée. Et ils ont le budget. Pas lourd. Dix mille par film. Mais si tu n'y arrives pas pour moins, autant renoncer à être réalisatrice.

Il écrivit le nom. Elle réussit à prendre Larry presque entièrement dans ses bras et le serra contre lui.

— Je t'aime !

— Si tu fous ça en l'air, j'te connais plus. Oh, et puis, pas un mot à Bob. Il a une petite poupée, vois-tu, avec ton nom écrit dessus, et chaque soir il plante des aiguilles...

— Foutaises !

Cinq minutes après son départ, Rune était au téléphone avec le distributeur. Celui-ci resta évasif et lui demanda de soumettre une proposition pour qu'ils décident du financement.

— Une proposition ? Mais j'ai tout le film en boîte.

— Ah bon ? fit-il, plus impressionné qu'un professionnel n'aurait dû l'être. Chez les autres, le projet tient
sur une page.

Deux jours plus tard, quand elle appela, il lui
annonça qu'il avait vendu *Epitaphe pour une star du
porno* à PBS. C'était programmé pour septembre, dans
une émission sur les jeunes réalisateurs. Elle recevrait
sous peu un chèque pour tout son travail de postproduction.

Sam Healy refit surface et commença à passer de
plus en plus de nuits sur la péniche. Il se plaignit à
plusieurs reprises du mouvement du bateau, mais Rune
sentit que c'était pour la forme. Dans l'esprit de Healy,
il devait incomber à la femme d'emménager chez
l'homme, plutôt que l'inverse.

Il voyait un peu Cheryl également. Il en avait parlé
à Rune – *l'honnêteté, cette foutue honnêteté* –, mais
apparemment ils se rencontraient pour discuter des
détails pratiques dont débattent les candidats au
divorce. Néanmoins, cette chère Cheryl n'avait toujours pas fait enregistrer les papiers. Une fois ou deux,
lorsque Rune avait passé la nuit chez lui, il avait reçu
des appels tard le soir et parlé durant une quarantaine
de minutes. Elle n'avait pas entendu ce qu'il disait,
mais s'était doutée qu'il n'était pas en communication
avec le Central de la police.

Adam décida qu'il appréciait beaucoup Rune et lui
demanda son avis sur les groupes rock du moment et
sur les magasins où trouver des vêtements chic d'occasion. (« C'est normal, Sam. Tu ne veux pas qu'il ait
l'air ringard ? ») Tous deux étaient allés ensemble à un
match des Mets : Healy avait pris des places, mais
n'avait pu assister au match à cause d'un réveil de
voyage dans une valise d'une consigne des autorités
portuaires. Rune et Adam avaient passé un bon
moment. Quand un type avait essayé de la draguer en
lui disant qu'elle avait un frère sympa, Adam avait
rétorqué : « Ne parlez pas comme ça de ma maman. »

Ils avaient ri un bon moment de la réaction du gars en rentrant à la maison.

Ce soir, c'était dimanche et Sam Healy était resté pour la nuit. Il regardait le match, tandis que Rune consultait le *Times*, cherchant le courage de préparer le petit déjeuner, se demandant s'il était risqué de faire des gaufres. Elle tomba sur un article, le lut, se redressa soudain.

Healy la regarda.

Elle tendit le doigt vers l'article.

— Ce type qu'on a retrouvé dans le coffre d'une voiture à La Guardia il y a quelques jours...

— Qui avait des liens avec la Mafia ?

— Oui.

— Eh bien ? questionna Healy.

— Le médecin légiste dit que, d'après l'autopsie, le type était mort depuis une semaine.

Healy tourna les yeux vers l'écran.

— Les Yankees sont à la traîne avec sept et tu te tracasses pour un tueur à gages liquidé...

— Le médecin légiste adjoint qui a pratiqué l'autopsie... Il s'appelle Andy Llewellyn.

Mais Healy avait reporté son attention sur les gars du Bronx, espérant qu'ils allaient se rattraper dans la huitième.

— J'ai quelques courses à faire, annonça Rune. Tu seras là quand je rentrerai ?

Il l'embrassa.

— Ils peuvent y arriver, dit-il.

Elle le regarda.

— Les Yankees, précisa-t-il.

— Je touche du bois, l'assura Rune sincèrement.

Rune fit une longue promenade et se retrouva, à son grand étonnement, à Times Square. Elle entra dans le vieux *Nathan's Famous*, commanda un Coca et un carton de frites, qu'elle noya sous de la choucroute, du ketchup et de la moutarde. Elle mangea tant bien que mal à l'aide de la petite pique rouge qu'on vous donne en guise de fourchette.

Elle n'avait pas tout à fait terminé, mais soudain elle se leva et sortit pour aller téléphoner d'une cabine. Elle passa deux appels interurbains. Cinq minutes plus tard, elle était dans un taxi, en direction de sa péniche, se demandant si Sam lui prêterait l'argent pour un billet d'avion.

Sous le 727, l'étendue du lac Michigan – tellement plus bleu que le port de New York – touchait la rive septentrionale, non loin de Wilmette. Le frêle dôme treillissé du temple Baha'i se dressait juste au-dessus de l'éponge verte formée par les arbres en cette fin d'été.

Rune, regardant à travers le viseur de la petite caméra vidéo JVC, perdit de vue le temple cependant que l'avion prenait un virage sur l'aile. Elle cessa de filmer. Le train d'atterrissage s'abaissa, vibrant sous l'impact du sillage, des sonneries retentirent, des lumières s'allumèrent. Cinq minutes plus tard, ils avaient atterri à O'Hare. Dans le vrombissement des rétropropulseurs s'évanouirent ses pensées sur la fragilité de la vie, juste avant l'atterrissage.

— Bienvenue à Chicago, déclara le steward.

C'est à voir, pensa Rune en débouclant sa ceinture de sécurité.

— « La ville est plate... A la différence de New York, où toute l'énergie se concentre sur une île rocheuse. La ville s'étale, se répand. Elle est sans force, elle est... »

Rune s'interrompit. Le magnétophone miniature s'arrêta.

— Disséminée ? proposa le chauffeur de taxi.

— Disséminée ?

Clic. Elle coupa le magnéto.

Rune jeta un coup d'œil à sa tête, dégarnie sur le dessus. Les cheveux du type sur les côtés étaient ramenés en arrière par une longue queue-de-cheval. Dans le rétroviseur, elle remarqua qu'il avait une barbichette démoniaque.

— Alanguie ? suggéra-t-il.

Clic.

— « ... elle est sans force et alanguie... De vastes terres s'étalent entre les poches... ».

— Pourquoi pas « s'étendent » ? intervint le chauffeur. Vous avez déjà utilisé « s'étaler ».

— Ah bon ?

Sa veine poétique se tarissant, Rune fourra le magnéto dans son sac.

— Vous êtes quoi ? Ecrivain ? s'enquit-il.

— Je suis réalisatrice de films.

Ce n'était pas vraiment le cas, se dit-elle. Mais « être ceci ou cela » consiste-t-il à faire quelque chose régulièrement en gagnant de l'argent ? D'un autre côté, « réalisatrice », ça faisait nettement mieux que « serveuse occasionnelle dans une cafétéria de la 6e Avenue », boulot qu'elle venait d'accepter.

De toute façon, qui vérifierait ?

Le chauffeur – en fait mi-étudiant, mi-chauffeur – aimait le cinéma et conclut, alors que le taxi descendait Lawrence Avenue, que Rune devait tourner un film sur Chicago.

Il coupa le taximètre et balada Rune dans la ville au cours de la demi-heure suivante.

— Chicago signifie « Oignon Sauvage », expliqua-t-il. Ce serait une bonne entrée en matière pour votre film.

Il lui parla du capitaine Streeter, des émeutes de Haymarket, du colonel McCormick, de William Wrigley, de Carl Sandburg, de Sullivan et Adler, des Sox et des Cubs, de la catastrophe de bateau de l'Eastland, de la Water Tower, de Steve Goodman, de Big Bill Thompson, du maire Daley, de la sculpture de Picasso représentant une vilaine femme-singe, de la neige, du vent, de l'humidité, de Saul Bellow, de cuisine polonaise, allemande, suédoise...

— Kielbasa, précisa-t-il, de l'admiration dans la voix.

Il parla beaucoup du Grand Incendie. Il lui montra d'où il était parti – de l'ouest, près du fleuve –, et où il avait pris fin – au nord.

— Hé, ce serait génial. (Il se retourna vers elle.) Un film sur les catastrophes citadines. San Francisco, Dresde, Nagasaki...

Ils arrivèrent à son hôtel. Rune le remercia et décida que, même si l'idée n'était pas mauvaise, elle ne ferait jamais un film pareil. Les cataclysmes, elle en avait son compte.

Ils échangèrent leurs coordonnées. Il ne voulut pas accepter de pourboire, mais elle promit de le filmer pour l'ambiance, si besoin était.

Rune s'installa dans la chambre du petit hôtel tout proche de Lincoln Park. Celle-ci donnait sur le lac, et Rune resta assise à le contempler un moment.

La salle de bains était extraordinaire. Il y avait suffisamment de serviettes pour se sécher en changeant à chaque membre ; tellement de miroirs qu'elle se découvrit une tache de vin au creux des reins, jamais soupçonnée. Rune utilisa le minuscule savon parfumé pour se laver le visage, puis les petites bouteilles de shampooing et d'après-shampooing. Un vrai luxe. A la maison, elle se servait d'un vieux savon pour tout, même pour la vaisselle. Elle subtilisa le bonnet de douche. Après la douche, Rune enfila son unique robe – une robe de soie bleu pâle que sa mère lui avait envoyée quatre ans auparavant. (Mais, l'ayant seulement portée trois fois, elle pouvait la considérer comme encore neuve.)

Elle se regarda dans le miroir en pied.

Moi, en robe, dans un hôtel donnant sur un beau lac agité de vagues bleu-vert, dans une ville ravagée par le feu et ressuscitée de ses cendres.

Rune alluma alors la lampe du bureau et sortit sa

trousse de maquillage. Elle entama une opération à laquelle elle n'avait pas procédé depuis près d'un an : elle mit du vernis à ongles. Rouge foncé. Pourquoi avait-elle choisi cette teinte ? Sophistiquée, cultivée... Teinte parfaite pour aller au théâtre.

— C'est là que John Dillinger a passé l'arme à gauche, lui expliqua un jeune blondinet aux mâchoires carrées. Rune était en train de manger un hamburger dans un club de musique folk à demi désert. Le type s'était penché par-dessus le bar, tendant le doigt vers le vieux cinéma *Biograph* de l'autre côté de la rue.

— Il a été trahi par une femme en robe rouge, ajouta-t-il d'une voix séductrice.

Mais Rune fit fuir le gus en lui demandant, l'œil brillant, si l'on voyait toujours les taches de sang.

Le *Haymarket Theater* se trouvait dans une petite bâtisse victorienne à deux étages de Lincoln Avenue, juste au nord de Fullerton. Rune prit son billet et alla s'asseoir dans la petite salle. Elle feuilleta le programme. A vingt heures une, les lumières s'éteignirent et le rideau se leva.

Rune ne savait trop que penser de la pièce. Elle avait beau aimer le cinéma, elle n'appréciait généralement guère les pièces de théâtre. Juste au moment où l'on commence à croire aux décors peints ainsi qu'à la drôle de façon de parler et de marcher des acteurs, les deux heures sont révolues, et il faut retrouver la réalité. Très éprouvant pour les nerfs.

Mais cette pièce n'était pas mauvaise du tout. En tout cas, contrairement à bien des pièces contemporaines, il y avait une histoire que l'on pouvait suivre : une jeune femme – jouée par une jolie actrice brune du nom de Rebecca Hanson – remettait constamment au lendemain sa vie sentimentale à cause de sa famille. L'événement principal de la pièce était son départ de la maison à l'âge de trente-deux ans.

Il y avait des passages très réussis, comme la scène

où un acteur parlait à un autre acteur qui se transformait soudain en quelqu'un d'autre par le biais d'un retour en arrière. La pièce était drôle par endroits, puis triste, et de nouveau drôle. Rune pleura quand l'actrice fit ses adieux à son copain et à sa petite ville, avant de partir pour l'Europe.

Le public était ravi. Près de la moitié des spectateurs se levèrent pour applaudir la vedette. La pièce était longue. A la fin des rappels, il était vingt-deux heures quarante-cinq. Tous les spectateurs, sauf Rune, s'éclipsèrent vite une fois les lumières rallumées dans la salle.

Elle attendit le départ de scène des acteurs et actrices, puis gagna les coulisses.

Personne ne l'arrêta.

La loge de Rebecca Hanson était au bout du couloir.

Rune s'arrêta devant, se ressaisit, puis frappa.

— Oui ?

Rune ouvrit la porte.

Shelly Lowe essuya les dernières traces de fond de teint et adressa un pâle sourire à Rune.

— Il me semblait bien vous avoir aperçue parmi les spectateurs, dit-elle. Ma foi, une petite conversation s'impose, il me semble.

CHAPITRE 30

Les deux femmes descendirent Lincoln Avenue, passant devant des boutiques closes, des bars presque vides, jusqu'à la vaste intersection d'Halsted et de Fullerton. Puis elles prirent en direction de l'est.

Devant elles, les lumières des rues et des appartements se perdaient dans une zone d'obscurité. S'agissait-il du lac ? Du parc ? Du ciel ?

Elle jeta un coup d'œil à Shelly. Celle-ci portait un jean, un chemisier en soie et des Reeboks.

— Vous n'êtes plus tout à fait la même physiquement, dit Rune. Du moins, de près.

— Un peu de chirurgie esthétique. Les yeux et le nez. J'ai toujours voulu le faire raccourcir.

— Arthur Tucker savait depuis le début, n'est-ce pas ?

— D'une certaine façon, l'idée est de lui. Il y a environ six mois, il a découvert ma carrière au cinéma... Evidemment, je n'en faisais pas un secret. Nous avons eu une terrible altercation.

— Je l'ai rencontré. Il n'apprécie guère la pornographie.

— Non, mais ce n'était pas l'aspect moral qui le dérangeait. Selon lui, tourner dans ces films me – quel était son mot ? – rabaissait. Il disait que ça m'empêchait de faire quelque chose de grand, que ça m'annihilait sur le plan créatif. Comme l'alcool ou la drogue. Ce qui m'a donné à penser. Il avait raison, mais je lui ai répondu que je ne pouvais pas me permettre de laisser tomber du jour au lendemain. Je ne connaissais pas la pauvreté. Il aurait fallu que je sois folle pour arrêter ce que je faisais. Folle, ou morte.

« "Eh bien, meurs", m'a-t-il répliqué. Alors j'ai réfléchi à la possibilité de disparaître comme le peintre Gauguin. Mais toutes les villes assez importantes pour posséder de bons théâtres disposent aussi d'un marché du porno : je risquais donc d'être reconnue. A moins que... (Elle sourit.) A moins que je ne meure pour de bon. Une semaine plus tard, cette secte a commis le premier attentat dans le cinéma. D'après les médias, certains corps étaient méconnaissables en raison de la violence de l'explosion. Je me suis mise à gamberger : et si l'on avait identifié par erreur l'un des corps comme étant le mien ? J'aurais pu aller à San Francisco, Los Angeles, et même à Londres...

« Cette idée a commencé à m'obséder. Puis j'ai décidé que ça pouvait marcher pour de bon.

— Vous vous être procuré la bombe par l'intermédiaire du copain militaire de Tommy ? A Monterey ? Celui qui est passé devant le tribunal militaire avec lui ?

Shelly haussa le sourcil. C'était difficile de la voir en brune. Elle était décidément faite pour être blonde.

— Comment avez-vous appris ça ? questionnat-elle.

— En faisant des rapprochements.

— Il vend des munitions au marché noir. C'était un ancien expert en démolition. Je l'ai payé pour qu'il me fabrique une bombe. Il m'a expliqué comment ça marchait.

— Et puis vous avez attendu. Quelqu'un comme moi. Un témoin.

Elle ne répondit pas tout de suite. Le parc s'étendait devant elles, sur leur gauche. Des couples se promenaient sur les pelouses bien tondues, entre les chênes et les érables.

— Et puis j'ai attendu, admit-elle doucement. Il fal-

342

lait que quelqu'un me voie dans la pièce où l'explosion s'est produite.

— Vous avez essayé de me faire filmer la scène. Vous me l'avez demandé, je m'en souviens. Là-dessus, la bombe explose. Mais vous vous étiez éclipsée. Quant au corps dégotté pour vous par Andy Llewellyn, vous l'aviez placé à côté du téléphone.

Shelly eut un sourire admiratif, sembla-t-il à Rune.

— Vous connaissez son nom ? Cela aussi, vous l'avez découvert ?

— J'ai vu son nom sur votre agenda mural. Et puis l'autre jour j'ai lu un article dans le journal à propos d'un meurtre. Où l'on précisait qu'il était médecin légiste. Je me suis dit que c'était le moyen idéal pour se procurer un corps.

— Le corps... répéta Shelly après un silence. Je me suis souvenue de ce type, Andy, qui m'avait draguée dans un bar une fois. Il était vraiment drôle, et c'était un type sympa, pour quelqu'un qui fait des autopsies à longueur de temps. Comme, par chance, il gagnait des clopinettes, il fut ravi de se faire trente mille comptant pour me fournir un corps, s'arranger pour pratiquer l'autopsie et truquer les empreintes dentaires – afin de faire passer ce corps pour le mien. Pas si difficile à trouver, les cadavres, vous savez ! Il y a des dizaines de cadavres non identifiés chaque année.

Elle secoua la tête.

— Ce soir-là, reprit-elle, j'étais en pilotage automatique, en quelque sorte. Le corps était dans la pièce chez « Lame Duck », là où Andy et moi l'avions placé avant que je n'aille chez vous pour l'interview filmée. La bombe était dans le téléphone. Vous, vous étiez dehors. Je vous ai appelée, je suis ensuite allée au fond du studio et j'ai appuyé sur les quelques boutons d'un émetteur radio. La bombe a explosé.

« Dans mon sac de voyage, j'avais ce qui restait de mes économies, en liquide, l'édition originale d'une pièce de Molière, une bague de ma mère, quelques bijoux. Rien d'autre. Mes cartes de crédit, mon permis de conduire, mes lettres pour ma carte de retrait de la Citybank, tout était resté dans mon sac à main, dans la pièce chez « Lame Duck ».

— Vous ne craignez pas qu'on vous reconnaisse ici ?

— Si, bien sûr. Mais Chicago n'est pas New York. Il n'y a que quelques cinémas porno ici, quelques sex-shops. Pas d'affiches de Shelly Lowe, comme à Times Square. Pas de cassettes de Shelly Lowe dans les vitrines des sex-shops. De plus, j'ai eu cette opération de chirurgie esthétique.

— Et vous vous êtes fait teindre les cheveux.

— Non, c'est ma couleur naturelle. (Shelly se tourna vers elle.) A propos, vous êtes à quelques pas de moi... Quelle est votre impression ? Est-ce que je ressemble à la femme interviewée à bord de votre péniche ?

Non, ce n'était pas le cas. Pas du tout. Les yeux. Toujours bleus, mais ce n'étaient plus des rayons laser. Son attitude, sa voix, son sourire... Elle semblait à la fois plus âgée et plus jeune.

— Je me rappelle, répondit Rune, quand j'ai commencé à vous filmer, vous avez attaqué très fort, vous étiez – comment dire ? – sûre de vous.

— Shelly Lowe était une battante.

— Mais vous avez lâché prise. Vers la fin, vous êtes devenue une autre.

— Je sais. C'est pourquoi...

Elle détourna les yeux. Elles reprirent leur promenade. Rune arbora un grand sourire.

— C'est pourquoi vous vous êtes introduite par effraction sur ma péniche et avez volé la cassette. Elle en révélait trop sur vous-même.

— Je suis désolée.

— Nous pensions que Tommy était l'assassin, vous savez.

— J'ai appris ça. Quant à Nicole... Quel malheur. (Sa voix s'éteignit.) Danny, Ralph Gutman et tous les autres... Ils n'étaient que dégueulasses. Mais Tommy, lui, flanquait la trouille. C'est la raison pour laquelle je l'ai quitté. A cause de ses films. Il a commencé à tourner de vrais films de SM. Je l'ai quitté après ça. A mon avis, quand il s'est aperçu que la douleur ne lui suffisait plus pour jouir, il s'est tourné vers le tournage de ces films avec mise à mort. Je ne sais pas...

Elles continuèrent à marcher en silence quelque temps. Shelly se mit à rire avec tristesse.

— Je n'arrive vraiment pas à comprendre comment vous m'avez retrouvée, avoua-t-elle. Ici, à Chicago.

— C'est à cause de votre pièce, *Fleurs à domicile*. Je l'avais vue sur le bureau d'Arthur Tucker. Il avait barré votre nom et mis le sien à la place. J'ai cru... Ma foi, j'ai cru qu'il vous avait tuée, pour voler votre pièce. Il m'a bien eue.

— C'est un prof d'art dramatique, rappelez-vous. Et l'un des meilleurs acteurs qui soient.

— Il faudrait lui décerner un Oscar pour ce numéro-là. Je me suis souvenue du nom du théâtre. Le Haymarket. Il était écrit sur la page de couverture de la pièce. J'ai appelé le théâtre et j'ai demandé ce qui était à l'affiche. On m'a répondu *Fleurs à domicile*.

— C'était son idée. Nous avons décidé qu'il se ferait passer pour l'auteur de la pièce. Une pièce d'Arthur Tucker avait nettement plus de chances d'être montée qu'une pièce de Becky Hanson. Il me reverse les droits d'auteur.

— Rien à la Coalition contre le sida ?

— Non. Pourquoi ?

Rune se mit à rire.

— Il devrait sans doute le faire. Mais la donne a changé depuis l'accord que nous avions conclu ensemble.

Fichtre, ce type était décidément un sacré acteur, pensa-t-elle.

— Arthur a réussi à faire monter la pièce par la compagnie locale et s'est arrangé pour que j'obtienne le premier rôle... J'ai réfléchi par la suite à l'étrangeté de la situation. Ici j'ai eu l'occasion de mettre en scène ma propre mort. Bon sang ! quelle chance pour une actrice ! Vous vous rendez compte ? L'occasion de créer un personnage au sens ultime du terme, de donner naissance à une personne toute nouvelle.

Elles suivirent Clark Street durant quelques minutes, puis arrivèrent devant un immeuble victorien de grès brun. Shelly prit ses clefs dans son sac.

— Je ne connais pas grand-chose au théâtre, dit Rune, mais j'ai bien aimé la pièce. Je n'ai pas tout compris, vous savez, mais généralement, si je ne comprends pas tout, ça signifie que la pièce est plutôt bonne !

— Les critiques ont apprécié. On parle de la faire représenter à New York par une compagnie itinérante. Ce sera un crève-cœur, mais je ne pourrai pas les accompagner. Pas pour le moment. Pas avant quelques années. C'est mon intention, et il faudra que je m'y tienne. Que Shelly repose en paix.

— Vous êtes heureuse ici ? demanda Rune.

Elle leva la tête.

— Je suis presque fauchée, et j'habite un troisième sans ascenseur. J'ai déposé au mont-de-piété mon dernier bracelet en diamant il y a un mois parce que j'avais besoin d'argent. (Shelly haussa les épaules, puis sourit.) Mais avec ce que je fais ? En étant actrice ? Oui, je suis heureuse.

Rune regarda le portail aux volutes de fer forgé.

— Seulement, il y a comme un problème.

— Comment ça ?

— Il y a un film sur vous.

— Celui que vous tourniez quand j'ai été tuée ? (Shelly la considéra avec surprise.) Mais après l'attentat... Eh bien, vous n'aviez plus de matière pour votre film.... Vous avez interrompu le tournage, non ?

Rune s'appuya contre la grille et se tourna vers Shelly.

— Il est programmé sur PBS.

Shelly écarquilla les yeux.

— Oh, Rune, vous ne pouvez pas... PBS est une chaîne nationale. Le film peut très bien être vu ici.

— Vous avez changé physiquement.

— Pas au point d'empêcher un éventuel rapprochement.

— Vous vous êtes servie de moi, répliqua Rune. Vous n'avez pas été honnête avec moi.

— Je sais. Je suis mal placée pour demander...

— Vous n'avez nullement essayé de m'aider pour mon film. Vous vous êtes seulement servie de moi, répéta-t-elle.

— Je vous en prie, Rune, tous mes projets... Ils commencent à se concrétiser. Pour la première fois de ma vie je suis heureuse. Personne ne sait ce que je faisais... Ces films... C'est merveilleux de ne plus être reluquée comme un objet, de ne plus avoir honte...

— Mais c'est une chance unique pour moi, riposta Rune. Je vis avec ce film depuis des mois. Il m'a fait perdre mon boulot et j'ai failli être tuée une fois ou deux. C'est tout ce que j'ai, Shelly. Je ne peux pas laisser tomber.

Des larmes perlèrent dans les yeux de l'actrice.

— Vous vous rappelez, sur votre péniche, quand nous avons regardé ce livre de mythologie ? L'histoire d'Orphée et Eurydice ? Shelly Lowe est morte, Rune. Ne la faites pas revivre. Je vous en prie... (Les yeux ronds de Shelly étaient noyés de larmes. Sa main serra le bras de Rune.) Regardez-moi, Rune ! Je vous en prie. Comme Orphée. Regardez-moi et renvoyez-moi aux enfers.

L'Hudson était clapoteux ; un orage se préparait. Rune craignait une panne d'électricité.

Il ne manquerait plus que ça ! Mon film en exclusivité à la télé et une coupure de courant sur New York.

Un éclair au-dessus du New Jersey figea l'image de Sam Healy en train d'ouvrir deux canettes de bière en même temps.

La pluie commença à battre contre le flanc de la péniche en brusques rafales.

— J'espère que les amarres vont tenir, observa Rune.

Healy regarda par la fenêtre, puis le dîner posé sur la table basse en formica bleu. La pizza froide aux anchois paraissait le soucier davantage qu'une balade impromptue dans le port de New York.

— Ils te paient bien pour ton film ?

— Non. C'est la télé publique... Tu fais ça pour l'amour de l'art, répondit Rune en allumant le téléviseur. Et puis, si j'ai du pot, un producteur libidineux avec de l'argent à perdre va regarder l'émission.

— Tu utilises ton vrai nom ?

— A ton avis, Rune n'est pas mon nom ?

— Non. (Il but quelques gorgées de sa Miller.) C'est ton vrai nom ?

— Au générique tu liras Irene Dodds Simons.

— Très classe. Ça, c'est donc ton vrai nom ?

— Va savoir...

Rune eut un sourire mystérieux et s'enfonça dans le vieux canapé acheté d'occasion. Il avait toujours des bosses depuis le jour où elle avait tailladé une bonne partie du rembourrage à la recherche d'un magot caché, mais si l'on se calait bien, il en arrivait à devenir confortable.

Healy essaya le canapé, puis s'assit par terre. Il se mit à enlever les anchois d'une moitié de la pizza et les fit passer sur l'autre moitié.

— Tu désamorces des bombes, commenta Rune, et tu as peur de quelques petits poissons ?

L'écran prit l'aspect flou des vieux téléviseurs et les énormes haut-parleurs émirent un son légèrement réverbéré.

Ils eurent droit aux présentations des prochaines émissions – une émission médicale sur l'amniocentèse, une émission de sciences naturelles qui montrait des vautours adultes donnant à manger quelque chose de rouge et de cru à des bébés vautours.

Healy renonça à la pizza.

L'émission sur les *Jeunes Réalisateurs* fut présentée par un Anglais entre deux âges. Il parla d'Irene Dodd Simons comme d'une jeune réalisatrice de Manhattan pleine d'avenir, qui n'avait jamais eu de formation classique, mais avait acquis de l'expérience en tournant des publicités pour la télévision.

— S'ils savaient... commenta Rune.

La caméra fit un gros plan sur le type au moment où il annonçait :

— Et maintenant, notre premier film : *Epitaphe pour une star du porno*.

L'ouverture en fondu laissa apparaître une mosaïque criarde de couleurs : Times Square au crépuscule. On voyait passer des hommes en imper.

La voix d'une femme : « *Les films X. La pornographie excite les uns, révulse les autres. Elle conduit certains à des actes pervers et criminels. Voici l'histoire d'une jeune femme de talent qui gagnait sa vie dans le monde de la pornographie, d'une victime du pouvoir d'attraction des ténèbres...* »

— C'est toi qui as écrit ça ?

— Chut...

Times Square fit place à un jeu abstrait de couleurs, qui se fondit à son tour en une image en noir et blanc : une remise de diplômes au lycée.

— Joli effet.

« *... une jeune actrice qui chercha et ne trouva jamais, qui noya sa tristesse dans le seul monde qu'elle comprenait – le monde luxuriant des fantasmes* ».

Gros plan sur la photo du lycée, de plus en plus nette.

« *Voici l'histoire de Nicole D'Orleans. La vie et la mort d'une star du porno.* »

Plan sur Nicole, assise dans son appartement, regardant par la fenêtre, le visage en larmes, filmée par l'objectif tremblotant de la caméra cachée. Elle parlait doucement.

« *Ces films, c'est la seule chose que je sache faire.*

*Je fais bien l'amour. Mais je suis nulle pour le reste.
J'ai essayé. Rien ne marche... C'est terrible, de détester la seule chose que l'on sache bien faire. »*

Retour sur la photo du lycée, tandis que défilait le
générique d'ouverture.

— Qui fait la voix *off* ? questionna Healy. La narra-
trice est formidable.

Rune ne répondit pas tout de suite.

— J'ai demandé ça à une pro, finit-elle par expliquer. Une actrice de Chicago.

— Une pro ? Son nom me dirait quelque chose ?

— Non, je ne pense pas.

Rune jeta la pizza sur la table et se rapprocha de
Healy, posant la tête contre sa poitrine. Fin du générique. L'image de Nicole s'estompa. Apparut la marquise crasseuse, baignée d'une lumière froide, d'un
cinéma de la 8e Avenue.

Composition réalisée par NORD COMPO

Imprimé en France sur Presse Offset par

BRODARD & TAUPIN

GROUPE CPI

La Flèche (Sarthe).
N° d'imprimeur : 14945 – Dépôt légal Édit. 26651-10/2002
LIBRAIRIE GÉNÉRALE FRANÇAISE - 43, quai de Grenelle - 75015 Paris.
ISBN : 2 - 253 - 17255 - 3